LILLI BECK
Die Schwestern vom See
*Dem Glück entgegen*

AF202072

# LILLI BECK

# Die Schwestern vom See

*Dem Glück entgegen*

Roman

blanvalet

Verlagsgruppe Random House FSC® N001967

1. Auflage
Originalausgabe 2024 by Blanvalet
in der Penguin Random House Verlagsgruppe GmbH,
Neumarkter Str. 28, 81673 München
Copyright © 2024 by Lilli Beck
Redaktion: Ulrike Strerath-Bolz
Umschlaggestaltung: www.buerosued.de
Umschlagmotiv: Arcangel Images (Evgeniia Tankova;
Anke Doerschlen); www.buerosued.de
KW·Herstellung: lor/DiMo
Satz: Buch-Werkstatt GmbH, Bad Aibling
Druck und Bindung: GGP Media GmbH, Pößneck
Printed in Germany
ISBN 978-3-7341-1086-3

www.blanvalet.de

Backen ist aus Teig geformte Liebe.

# Prolog

Lissi legte ihre Hand auf das zierliche Gliederarmband, das sie in Erinnerung an Großvater Max König an diesem Tag trug. Dieses goldene Armband mit dem Herzanhänger hatte sie an den Bodensee gebracht. Nun saß sie zwischen Annemarie und Herbert König, den Kindern von Max König, im Büro des Familienanwalts Bachmann.

Der Jurist öffnete die vor ihm auf dem Schreibtisch liegende schwarze Ledermappe. Mit konzentrierter Miene blätterte er die Dokumente durch, als wollte er sich der Vollständigkeit versichern. Schließlich schenkte er den Anwesenden einen freundlichen Blick, räusperte sich hinter vorgehaltener Hand und begann in nüchternem Tonfall: »Vor mir erschienen sind ...«

Lissi hörte aufmerksam zu, als Bachmann alle Namen inklusive deren Geburtsdatum, Adressen und Berufen vorlas und abschließend den Anlass der Zusammenkunft verkündete.

Für diesen besonderen Tag war sie in ihren besten schwarzen Hosenanzug geschlüpft, wobei in ihrem Kleiderschrank Schwarz ohnehin vorherrschte, und hatte ihn mit weißen Sneakers aufgestylt. Schließlich war dies keine Beerdigung, sondern ein Grund zur Freude. Die Augen hatte sie wie gewöhnlich dunkel geschminkt, den Mund mit naturfarbenem Lippenstift betont, sich sogar die Fingernägel lackiert, und ihr welliges schwarzes Haar war vor wenigen Tagen frisch geschnitten worden. Seit sie vor einem Jahr im Tortenhimmel die Ausbildung zur Konditorin begonnen hatte, war der streichholzkurze Look perfekt.

Annemarie, deren Markenzeichen ein verstrubbelter grauer Haarschopf und knallrote Lippen waren, trug ein schmales blaues Kleid, im runden Ausschnitt eine Kette aus dicken silbernen Perlen und hohe Pumps. Ihre zweiundsechzig Jahre sah man ihr nicht an.

Herbert hatte seinen »Konfirmationsanzug«, wie er den dunkelgrauen Anzug gern nannte, angezogen. Dazu trug er ein blassrosa Hemd und hatte eine dunkelrote Krawatte mit grauen Tupfen umgebunden. Anscheinend fühlte er sich nicht besonders wohl darin, wie seine Versuche verrieten, den Schlips möglichst unauffällig zu lockern.

Lissis Gedanken schweiften ab. Mit knapp dreißig würde sich ihr größter Traum verwirklichen, obwohl es noch vor zwei Jahren nicht danach ausgesehen hatte.

Sie erinnerte sich noch sehr deutlich an den Tag, als ihre Mutter Charlotte erfahren hatte, dass sie das uneheliche Kind von Max König war, dem Gründer der Pension König in Auerbach am Bodensee. Als junger Konditorgeselle war er in den späten 1950er-Jahren nach Wien gegangen, um dort im *Hotel Sacher* die Geheimnisse der berühmten österreichischen Backkunst zu erlernen. Im *Sacher* war er abgewiesen worden, aber stattdessen hatte er bei Georg Haas in seinem Wiener Kaffeehaus eine Anstellung gefunden. Dort hatte er bald eine leidenschaftliche Affäre mit Georgs Frau Elfie begonnen und Charlotte mit ihr gezeugt. Und am

Ende war er enttäuscht an den Bodensee zurückgekehrt, als Elfie behauptet hatte, sie sei von ihrem Ehemann schwanger, und ihren Mann nicht verlassen wollte. Eine verzweifelte Schutzbehauptung, denn damals war Ehebruch in Österreich eine Straftat, die sowohl Elfie als auch Max ins Gefängnis hätte bringen können.

Zurück in seiner Heimat am Bodensee, heiratete Max die junge Margarete, deren Mitgift ein Haus mit Fremdenzimmern und eigenem Seezugang war. Aus der Ehe gingen zwei Kinder hervor: Annemarie und Herbert. Im Laufe der Jahre ließ Max das einfache Gästehaus in eine ansehnliche Pension mit Seeterrasse umbauen. Später entstanden das Wintergartencafé und die Konditorei Tortenhimmel. Als Max dann vor gut zwei Jahren verstarb, erbten die Kinder den Betrieb und entdeckten zufällig das Wiener Geheimnis. Charlotte, als Max' uneheliche Tochter, war ebenfalls erbberechtigt, hatte aber nie irgendwelche Ansprüche gestellt.

»Hat jemand dazu noch Fragen?«

Die Stimme des Anwalts holte Lissi aus den Betrachtungen zu einer Familie, die jetzt auch die ihre war. Auch wenn sie als uneheliche Enkelin eine Außenseiterin war, zählte doch nur die Herzlichkeit, mit der sie aufgenommen worden war. Allen voran die der kinderlosen Tante Annemarie, die nicht Tante genannt werden wollte und die sie eines Tages fest umarmt und gesagt hatte: »Du bist die Tochter, die ich mir immer gewünscht habe.«

Auch Iris und Rose, die Töchter von Herbert und seiner aus Frankreich stammenden Frau Florence, hatten ihr das Einleben leicht gemacht.

Bis vor wenigen Wochen hatte der Plan noch so ausgesehen, dass Rose und Iris den Betrieb samt Konditorei in dritter Generation weiterführen sollten. Doch im Leben läuft nicht immer alles wie geplant, und Pläne ändern sich.

Iris, die das Hotelfach erlernt hatte, war von ihrem ersten Mann geschieden, inzwischen mit dem Journalisten Fritz verheiratet, zweifache Mutter und wünschte sich noch mehr Kinder. Mindestens vier, hatte sie gesagt und dabei so glücklich ausgesehen, dass niemand bezweifelte, wie sehr die Mutterrolle sie erfüllte.

Rose war als Geschäftsführerin für den reibungslosen Ablauf der Pension und für alles verantwortlich, was sonst noch damit zusammenhing. Doch auch sie war mittlerweile verheiratet und hatte leise angedeutet, irgendwann mit ihrem Mann Nico in seiner Heimat England leben zu wollen.

Herbert hatte sich mächtig aufgeregt. »Und wie soll es mit dem Betrieb weitergehen, wenn meine Töchter sich einbilden, andere Ziele verfolgen zu müssen? Vielleicht sollen wir Max Königs Lebenswerk an den Meistbietenden verscherbeln?« So abwegig war Herberts Vorwurf nicht. Bereits im Jahr zuvor, als der Betrieb eine finanzielle Durststrecke erlebt hatte, war über einen Verkauf gesprochen worden. Doch darüber auch nur nachzudenken, war für die Familie ähnlich beunruhigend wie ein ehrgeiziger Lebensmittelkontrolleur vom Gesundheitsamt, der letztes Jahr unbedingt etwas finden wollte, weil ihm die vorherrschende klinische Sauberkeit suspekt war.

Bis zum heutigen Tage war es nicht ausgeschlossen gewesen, dass Lissis erhoffter Neustart durch den Verkauf der

Pension König oder irgendeinen Schicksalsschlag in eine vollkommen andere Richtung gelenkt wurde. Womöglich sogar wieder zurück in ihre Heimatstadt Wien, wo sie als studierte Ökotrophologin bei einem Süßwarenkonzern gearbeitet hatte. Denn die Familie, zu der Lissi nun gehörte, war in den letzten beiden Jahren hart geprüft worden. Sie hatte den Tod von Gründer Max König verkraften müssen, mit dem sie auch einen genialen Konditormeister verloren hatten. Viola, die jüngste Tochter von Herbert und Florence, die als preisgekrönte Konditormeisterin die Nachfolge von Max König angetreten hatte, war bei der Geburt ihres Babys Jasmin gestorben. Das Kind war mittels Verwandtenadoption Iris zugesprochen worden. Und Roses Liebesglück hatte sich durch einen schweren Unfall tragisch gewandelt.

Um Max Königs Lebenswerk zu sichern, war Lissi auf die Idee gekommen, eigene Finanzmittel zu investieren. Denn arm war sie ja weiß Gott nicht: Georg Haas, in dessen Kaffeehaus Max König zwei Jahre lang gebacken und die Ehefrau des Chefs verführt hatte, war als reicher Mann gestorben. Sein Vermögen hatte er Charlotte und Lissi hinterlassen, ohne je erfahren zu haben, dass Charlotte nicht seine leibliche Tochter und Lissi nicht seine leibliche Enkelin war. Charlotte hatte es erst nach dem Tod ihrer Mutter Elfie aus deren Tagebuch erfahren und später durch Anwalt Bachmann die Bestätigung erhalten.

»Kommen wir nun zu den Unterschriften!« Bachmann schob jedem ein Exemplar des siebenseitigen Dokuments über den Tisch, dessen Inhalt er in der letzten halben Stunde vorgelesen hatte. »Bitte auf dem letzten Blatt …«

Er holte drei identisch aussehende leuchtend gelbe Kugelschreiber aus der Schreibtischlade und schob sie ihnen zu.

Lissi war direkt feierlich zumute, als sie einen der Stifte in die Hand nahm. Sie hatte schon öfter Verträge unterschrieben – den Mietvertrag ihrer ersten eigenen Wohnung, den Anstellungsvertrag bei der österreichischen Süßwarenfirma oder den Kaufvertrag für ein Auto. Aber dieses Abkommen war etwas ganz Besonderes. Sie investierte einen ansehnlichen Betrag in ihre Zukunft. Und das war es wert, sich vor der Unterschrift einen Atemzug lang zu besinnen. Noch konnte sie den Deal platzen lassen, mit ihrem Geld eine hübsche Wohnung kaufen oder eine Weltreise unternehmen und spannende Abenteuer erleben. Aber das wäre eine andere Zukunft, in der ihr Traum nicht vorkäme.

Sie schaute zu Annemarie. Als die ihr zuzwinkerte und Herbert sie anlächelte, schrieb sie ohne Zögern *Lissi Strasser* auf die gestrichelte Zeile.

Sie war Mitinhaberin!

Wie auf der Hinfahrt zur Kanzlei Bachmann nach Konstanz lenkte Lissi den firmeneigenen Viertürer auch auf der Rückfahrt nach Auerbach. Annemarie besaß keinen Führerschein, und Herbert düste nach einem leichten Herzinfarkt vor zwei Jahren nur noch mit dem Rasenmähertraktor über die Grünflächen des weitläufigen Gartens.

Es war still im Wagen, die Aufmerksamkeit für den monoton vorgetragenen und ungewohnten juristischen Text war anstrengend gewesen. Lissi konzentrierte sich auf den Verkehr, Annemarie lehnte an der Kopfstütze, und Herbert schaute auf den Bodensee.

Die Strecke von Konstanz nach Auerbach führte dicht am Ufer vorbei. Die Aprilsonne stand um sechs Uhr abends schon ziemlich tief am intensiv blauen Horizont. Durch das einen Spaltbreit geöffnete Fenster wehte kaum Fahrtwind in den Wagen. Die dunkelblaue Wasseroberfläche schimmerte im späten Sonnenlicht, und die Schönwetterwolken vom Mittag hatten sich aufgelöst.

»Was für ein wunderschöner Frühlingstag«, sagte Lissi, die sich auf angenehme Weise entspannt fühlte und diesen Zustand sehr genoss.

»Bald wird es heiß werden«, sagte Herbert.

Annemarie drehte sich um. »Hast du umgeschult auf Wetterfrosch?«

»Klimawandel«, antwortete Herbert gelassen.

»Das glaube ich erst, wenn der Bodensee austrocknet«, entgegnete Annemarie, immer zu einem Scherz aufgelegt.

»Glaub doch, was du magst. Ich glaube, dass wir zur Feier des Tages gleich ein Fläschchen öffnen werden.«

»Unbedingt!«, stimmte Annemarie zu und lächelte ihren jüngeren Bruder über ihre Schulter an.

Lissi musste schmunzeln. Sie hatte sich längst an die kleinen Sticheleien zwischen den Geschwistern gewöhnt. Sie und alle Mitglieder der Familie wussten, dass es vollkommen normale und liebevolle Kabbeleien waren.

Wenig später fuhr sie auf den Parkplatz vor der Pension.

»Dann sehen wir uns zur Feier. Ich möchte bei den Vorbereitungen helfen«, verkündete Annemarie, noch ehe Lissi den Motor abgestellt hatte.

»Und ich begebe mich sofort in den Keller, um für diesen besonderen Tag ein gutes Tröpfchen auszusuchen.«

Lissi stieg aus, schloss den Wagen ab und blieb stehen. Sie war jetzt tatsächlich Miteigentümerin und wollte den Anblick der Pension König noch einen Moment auf sich wirken lassen.

Als sie vor zwei Jahren zum ersten Mal mit ihrer Mutter vor dem Pensionsgebäude gestanden hatte, war sie sofort verliebt gewesen in dieses romantisch anmutende dreigeschossige Anwesen. In den sonnengelben Anstrich. Die weißen Sprossenfenster mit den weißen Holzläden und den Fenstergauben, die wie kleine Nasen aus dem roten Ziegeldach herausragten. Links vom Hauptgebäude befand sich das Wintergartencafé, von dem aus die Gäste auf den Bodensee blicken konnten. Davor lag die angrenzende Terrasse, die auch im Winter an warmen Tagen gut besucht war. Im Sommer saß man dort beschattet von gelben Sonnenschirmen oder unter flach ausladenden Dachplatanen. Und schließlich der niedrige Seitenflügel, in dem der Tortenhimmel untergebracht war. An diesem Ort, wo himmlisch-köstliche Torten und Gebäckstücke erschaffen wurden, durfte sie unter Aufsicht des nach Violas Tod eingestellten Konditormeisters Müller die Konditorenkunst erlernen: ein Handwerk, das ihr im Blut lag, schließlich waren beide Großväter, Max König und Georg Haas, Meister dieser Zunft gewesen.

Während sie langsam auf den Rundbogeneingang mit den goldenen Lettern *Pension König* zuging, hoffte sie, hier für den Rest ihres Lebens glücklich sein zu dürfen.

# 1

Lissi legte ihr Telefon zu Seite. Sie hatte ihren in der Wachau lebenden Eltern von dem Termin beim Anwalt berichtet, der letzte Woche stattgefunden hatte. Ihr war wohl deutlich anzuhören gewesen, wie aufgeregt sie immer noch war. Obwohl es sich sieben Tage später schon viel normaler anfühlte, ein Teil der Familie König zu sein. Die Konditorentradition fortzusetzen. Nach Großvater Max König, Herbert König und Viola König die vierte Konditorin in der Familie zu werden.

Bis zur Gesellenprüfung Ende Juni würden aber noch viele Wochen vergehen, und sie hatte genügend Zeit, in einem Backbuch zu blättern: ihre zweitliebste Beschäftigung nach dem Backen. Sie hatte es sich mit einigen Kissen auf dem Rattanbett bequem gemacht. Das breite Bett und die restliche Einrichtung hatte sie von Iris übernommen, nachdem diese zu Fritz in dessen Wohnung gezogen war. Vorher hatte Lissi in einem der Pensionszimmer mit Duschbad gewohnt. Ein sehr hübscher Raum mit Blick auf den Bodensee und vollkommen ausreichend für eine Person. Dieses Zimmer unterm Dach war doppelt so groß und einfach nur wunderschön. Die Einrichtung im Boho-Stil stammte noch von der verstobenen Viola. »Du kannst es natürlich neu möblieren, wenn dir die Sachen nicht gefallen«, hatte Iris gesagt. Aber Lissi gefielen die grüne Samtcouch, der helle Kelim-Teppich mit dem floralen Muster und die beiden Korbsessel, in denen bunte Kissen lagen. Sie hatte nur den niedrigen Holztisch gegen einen runden Glastisch getauscht, zwei hellere Nachttischlampen und einen Mini-kühlschrank für Getränke angeschafft. Sie fühlte sich sehr wohl in diesem Zimmer mit der Dachschräge; schließlich war sie ja Violas Nachfolgerin, wie Annemarie es einmal formuliert hatte. »Ohne dich wäre die Konditorei vielleicht eines Tages in fremde Hände gefallen. Wir sind alle sehr glücklich, dass du aufgetaucht bist und noch dazu Konditorin werden willst. So bleibt der Tortenhimmel in der Familie.«

Annemarie, unverheiratet und kinderlos, ging Familie über alles. Auch für Lissi war sie wichtig, und sie schätzte sich überglücklich, seit dem Notartermin ganz offiziell zwei Familien zu haben. Das Backbuch in ihren Händen war auch nicht irgendein beliebiges, sondern das berühmte rote Rezeptbuch von Opa Georg. Es war ihr wertvollster Besitz, und sie erinnerte sich, was er einmal zu ihr gesagt hatte: »Hier drin sind alle von mir entwickelten Rezepte notiert. Es stellt mein gesamtes Vermögen dar; ohne dieses Buch wäre ich ein armer Mann.« Damals war sie fünf oder sechs Jahre alt gewesen, hatte aber gleich verstanden, was er damit ausdrücken wollte. Einige der klassischen Rezepte wie die Sachertorte hatte er natürlich oft genug gebacken, dass er nicht mehr ins Buch schauen musste. Für andere hatte er die exakten Zutatenmengen nicht im Kopf, und bei Kuchen und Torten war es unerlässlich, alles ganz genau abzuwiegen. Ein paar Gramm oder ein Deka, wie in Österreich gemessen wurde, zu viel oder zu wenig, und der Teig war ruiniert. Dann fiel der Biskuit zusammen, oder der Hefeteig »blieb hocken«, wie Opa Georg es genannt hatte, wenn der Teig nicht aufging. Sie sah sich noch neben ihm in der Backstube stehen und zusehen, wie er Eier gewissenhaft trennte. Eiweiß mit dem Schneebesen aufschlug. Schokolade über Wasserdampf schmolz oder Schokoladenguss über Torten fließen ließ. Mit ungefähr acht Jahren, als sie gut lesen konnte, durfte sie ihm die Zutaten vorlesen und bald auch beim Abwiegen helfen. In dieser Zeit war ihr Wunsch erwacht, Konditorin zu werden. Wie ihr Großvater wollte sie den köstlichen Duft von frisch gebackenem Kuchen einatmen, Rührschüsseln ausschlecken, Kuchenkrümel naschen und eines Tages die Zutaten zu ihrer ersten eigenen Torte in dieses rote Buch schreiben.

Noch hatte sie kein eigenes Rezept entwickelt, aber bereits eine Idee, die sie demnächst ausprobieren wollte. Wenn das Ergebnis so aussah und schmeckte, wie sie es sich vorstellte, würde sie hoffentlich Meister Müller damit begeistern können. Vielleicht würde er dann das neue Gebäck ins Sortiment aufnehmen: das höchste Lob, das sie sich vorstellen konnte. Der Meister war extrem wählerisch, was das Angebot im Tortenhimmel betraf. Alles, was in der Vitrine stand, war ungemein köstlich, und vieles war weit über Auerbach hinaus bekannt. Modernere Kreationen wären ihrer Meinung nach kein Nachteil. Gerne auch eine Neuschaffung, die ihren Namen trug, immerhin war sie nun Miteigentümerin und hatte somit ein Recht darauf erworben. In der Familie König gab es nämlich die Tradition, für jedes Kind zur Geburt ein neues Gebäck zu entwickeln, das den

Namen des neuen Erdenbürgers erhielt. Als Tante Annemarie geboren wurde, hatte Großvater Max die Anatorte gebacken: eine Kuppeltorte mit Ananas-Buttercreme-Füllung und Schokoladenguss. Sie wurde noch heute angeboten und war sehr beliebt bei der älteren Kundschaft. Für Onkel Herbert hatte Max sich den Schokoberg ausgedacht, eine üppige Kalorienbombe aus Biskuitteig und Schokoladenbuttercreme auf einem Knusperboden. Als Herbert Vater wurde, führte er die Tradition fort. Er kreierte pastellbunte Petit Fours für seine Töchter und verzierte sie mit kandierten Blüten; eine Kunst, die er in Paris erlernt hatte. Für Baby Jasmin, deren Vater unbekannt war, hatte Herbert zarte Mandel-Macarons, gefüllt mit Schokoladen-Ganache, gebacken. Und Lissi als das uneheliche Enkelkind musste sich eben selbst darum kümmern, dass bald eine Lissi-Torte in der Vitrine stand.

Aber heute war keine Zeit, um sich ein neues Rezept auszudenken.

Morgen sollte ihre Teilhaberschaft offiziell gefeiert werden. Annemarie hatte gemeint, das wäre der geeignete Anlass für ein festliches Abendessen. Herbert, der jede Gelegenheit nutzte, um eine Flasche Wein zu öffnen, hatte seiner Schwester sofort zugestimmt. Für diesen Anlass war die Sachertorte der perfekte Nachtisch. Hergestellt nach Opa Georgs Rezept, der die Torte auch in seinem Kaffeehaus angeboten hatte. In Wien und in ganz Österreich existierten von der berühmten Spezialität vermutlich mehr Rezeptvarianten als von jeder anderen landestypischen Mehlspeise. Doch die Rezeptur in dem roten Büchlein unterschied sich erheblich von den üblichen, denn sie kam mit deutlich weniger Mehl aus. Stattdessen wurde der Teig mit blanchierten und gemahlenen Mandeln angerührt, weshalb sie länger frisch blieb, weitaus saftiger war und eigentlich erst am zweiten Tag ihr volles Aroma entfaltete.

Als Lissi am späten Abend das Wohnzimmer betrat, war sie wie erwartet allein. Die Familie hatte nach dem Essen noch bei Kräutertee und Apfelschorle zusammengesessen, hatte wie üblich die Ereignisse des Tages besprochen, Termine abgeglichen und sich gegen zehn in die jeweiligen Privatzimmer unterm Dach zurückgezogen. So konnte sie nun ungestört in der vorbildlich aufgeräumten Küche werkeln.

Während sie Mandeln, Mehl und Zucker aus dem Vorratsschrank holte und auf der Arbeitsplatte abstellte, kam ihr plötzlich eine geniale Idee. Anstatt einer normal großen runden Torte wollte sie Törtchen backen. Die sahen nicht nur auf den Tellern hübscher aus als einzelne Stücke, es war auch wesentlich mehr von dem köstlichen Schokozuckerguss dran, der ähnlich wie Fondant schmeckte. Und nur mit diesem zuckrigen Guss war es eine original Sachertorte.

Zur Vorbereitung zog sie das Blech aus dem Backrohr, belegte es mit Backpapier und schaltete das Rohr auf Mittelhitze ein. Beim Trennen der sechs Eier musste sie an Opa Georg denken, der es mit einer Hand beherrscht hatte. Sie hatte es oft versucht, doch meist waren ihr dabei kleine Stücke von der Eierschale ins Eiklar geraten, die sie dann mühsam hatte herausfischen müssen. Auch Alex, der Geselle, beherrschte die Einhandkunst. Meister Müller vermutlich auch, obwohl er das Eieraufschlagen Alex oder ihr überließ. Sie blieb bei der klassischen Methode mit zwei

Händen, ließ das Eiklar direkt in die Rührschüssel der Küchenmaschine laufen und schaltete dann das Rührwerk ein. Bis aus der flüssigen Masse steifer Eischnee wurde, blieb Zeit, die Butter abzuwiegen, die sie schon vor dem Abendessen aus dem Kühlschrank genommen hatte. Die zimmerwarme Butter kam zusammen mit dem Zucker in eine zweite Schüssel. In der Backstube der Konditorei standen zwei große professionelle Teigmaschinen bereit, in der pro Rühr- oder Knetzyklus bis zu 45 Kilo Teig hergestellt werden konnten. Aber für kleine Mengen waren sie ungeeignet. Großvater Haas war prinzipiell gegen Maschinen in der Backstube gewesen, er hatte Schaummassen stets mit der Hand aufgeschlagen. Nur dann wurden sie angeblich perfekt. Aber wer schon einmal auf diese altmodische Weise gearbeitet hatte, was locker fünfzehn Minuten dauerte und zu einem Krampf in der Hand führen konnte, der wusste die moderne Technik durchaus zu schätzen. Dennoch dauerte es auch mit dem elektrischen Rührwerk einige Minuten, bis die Butter-Zucker-Masse lange Spitzen zog. Dann war sie locker genug, um nach und nach die Eigelbe in die schaumige Masse zu geben. Das Ganze wurde nochmals gut zehn Minuten gerührt, ehe die geschmolzene Schokolade, die restlichen Zutaten und ganz zum Schluss der Eischnee nach und nach vorsichtig untergehoben wurden.

Mit routinierten Handgriffen und einem Teigschaber beförderte Lissi den Teig aus der Schüssel auf das Backblech. Er glänzte samtig, duftete nach Butter und Schokolade. Nun noch mit der Palette glätten und in das vorgeheizte Rohr befördern!

Bald zog ein himmlischer Duft durch die Küche. Dieser

Wohlgeruch war Lissis Lebenselixier. Eingehüllt in dieses Aroma, fühlte sich zurückversetzt in ihre Kindheit, in der sie unzählige Stunden bei Opa Georg in der Backstube verbracht hatte. In seiner Obhut hatte ihr nichts geschehen können, außer dass sie sich vielleicht an einem heißen Backblech die Finger verbrennen konnte, wenn sie nicht aufpasste. Doch das war nie passiert, darauf hatte der Opa stets geachtet.

Die zwanzigminütige Backzeit nutzte sie, um die Zutaten für den Guss abzuwiegen, die Marillenmarmelade für die Füllung zu erwärmen und auch ein passendes Weinglas zu suchen, das sich zum Ausstechen der runden Stücke für die Törtchen eignete.

Die antike Standuhr im Salon, die noch von Max König stammte, schlug halb zwei, als Lissi mit einem Tablett voller ansehnlicher Sachertörtchen in die Backstube marschierte. Der Konditormeister hatte ihr den Schlüssel überlassen, damit sie das fertige Backwerk in den großen Kühlschrank stellen konnte. Er würde Augen machen, wenn er sah, was sie gezaubert hatte.

Zwei Uhr und zehn Minuten zeigte ihr Handy an, als sie es auf dem Nachttisch ablegte, sich zufrieden in die Kissen fallen ließ und sofort einschlief.

# 2

Annemarie schlüpfte in graue Jogginghosen, wählte dazu ein schlichtes rotes Shirt und grüne Sneakers. In dieser für sie ungewöhnlich simplen Aufmachung assistierte sie wenig später Herrn Otto, dem langjährigen Oberkellner des Wintergartencafés, beim Zusammenstellen der Vierertische. Weiße Tischtücher, bequeme Kaffeehausstühle mit Armlehnen – und fertig war die Tafel, an der heute Abend Lissis neue Position groß gefeiert werden sollte.

Zufrieden begutachtete sie die lange Tafel, an der die kleine Gesellschaft ausreichend Platz finden würde. Spätes Abendlicht malte sonnengelbe Streifen auf den weißen Damast, durch die bodentiefen Fenster glitzerte der tiefblaue Bodensee, die Fenster waren geöffnet, und frische Luft flutete den weitläufigen Raum. Der Aufenthalt im Café hatte zu jeder Jahreszeit eine beruhigende Wirkung auf alle, die hier verweilten. Auch sie saß in der Mittagspause so oft wie möglich an einem der Tische am Fenster, genoss eine halbe Stunde Nichtstun und eines der berühmten Sandwiches von Frau Waltraud, der Küchenchefin des Cafés.

Familienfeiern und Mahlzeiten fanden gewöhnlich im Salon statt: ein großes Wohnzimmer im Erdgeschoss mit Kamin, einem Esstisch aus massivem Holz, Sitzgruppe, Fernseher und einer angrenzenden Küche, in der Florence manchmal köstliche französische Gericht zubereitete. Hier wurden auch Kaffee und Tee getrunken, Geburtstage, Jubiläen, Ostern und Weihnachten gefeiert. Aber Lissis finanzieller Einstieg in den Betrieb bot Gelegenheit, alle Mitarbeiter wieder einmal einzuladen: ein längst überfälliges Zeichen der Wertschätzung. Und für sechzehn Personen hätte der Platz im Familiensalon nicht ausgereicht. Deshalb war das Wintergartencafé, in dem die Pensionsgäste frühstückten und auch externe Gäste bewirtet wurden, heute schon um sieben statt wie sonst um acht geschlossen worden.

Annemarie liebte Feiern jeglicher Art. Zu Lebzeiten ihres Vaters Max König hatten sie jedes Jahr am ersten Advent eine Weihnachtsparty für alle Mitarbeiter veranstaltet. Nach Max' Tod und den darauf folgenden schwierigen Monaten während der Pandemie hatten sie den Betrieb komplett schließen müssen. Und auch private Feste waren nicht erlaubt. Zum Glück waren diese Maßnahmen Geschichte, dachte Annemarie und beschloss, die Adventstradition bald wieder aufleben zu lassen.

»Dieses Jahr wird unsere Adventsfeier wieder stattfinden«, sagte sie zu Herrn Otto, während sie auf großen Tabletts das Goldrand-Service aus dem Salon in den Wintergarten schleppten.

Herr Otto stellte noch zwei dreiarmige Kerzenleuchter auf den Tisch und bestückte sie mit rosaroten Kerzen. »Oh, das würde mich freuen, es waren immer so nette Abende.«

Annemarie nickte zustimmend. Nicht nur dass es schön war, zusammenzusitzen und einmal nicht nur über Geschäfte zu reden, solche Abende waren auch wichtig, um die Belegschaft ans Haus zu binden. Ohne Personal wäre ein Betrieb wie die Pension König nicht lebensfähig. Die Familie wäre nicht in der Lage, allein die zwanzig Pensionszimmer zu reinigen, den Service im Wintergarten und den Verkauf im Tortenhimmel zu bewältigen. Bislang hatte Rose, die für Personalfragen verantwortlich war, jede offene Stelle problemlos neu besetzen können, was in Zeiten von Personalmangel – gerade im Gastgewerbe – ein kleines Wunder war. Momentan waren sie sozusagen komplett, obwohl … Annemarie erinnerte sich, dass Horst, der »Allrounder«, neulich etwas angedeutet hatte, was sie geflissentlich überhört hatte. Horst war zuständig für Ausfahrten, diverse Notfälle, kleine Reparaturen oder die Abholung besonderer Gäste vom Bahnhof in Konstanz. Seit Herberts leichtem Herzinfarkt übernahm Horst bis auf das Rasenmähen auch alle Gartenarbeiten. Ohne ihn würde ein wichtiges Glied in der Kette fehlen. Bloß nicht dran denken, ermahnte sie sich und widmete sich voller Hingabe dem Falten von sechzehn blütenweißen Damastservietten.

Die Speisen für das festliche Abendessen hatte Annemarie in Absprache mit der Familie bei der Cateringfirma bestellt, die auch für Frau Trautmann, die Inhaberin der Eventagentur *Trau Dich*, arbeitete.

Florence hatte zuerst protestiert, sie sei durchaus in der Lage, für mehr als vier oder fünf Personen zu kochen. Herbert war es dann gelungen, seine Frau davon zu überzeugen, dass sie mit dem Job der Hausdame, den sie von Iris übernommen hatte, reichlich ausgelastet wäre. Iris befand sich nach der Geburt des kleinen Maximilian (benannt nach Großvater Max) noch in Elternzeit, und solange war Florence für diese Aufgabe verantwortlich.

Die Menüfolge für das große Essen hatten sie und Lissi nach Fotos auf der Caterer-Homepage ausgesucht: Rote-Bete-Crêpe-Röllchen mit Ziegenfrischkäse-Dattel-Füllung auf Rucolasalat mit Balsamicodressing als Vorspeise. Zum Hauptgang wurden Bodenseefelchen in Kräuterbutter mit Kartoffeltürmchen serviert, ein Klassiker am Bodensee. Die Sachertorte, die Lissi zum Dessert versprochen hatte, würde diese Feier adeln.

Kate und Konrad, das Caterer-Ehepaar, erschienen wie vereinbart eine Stunde vor Partybeginn. Die beiden Spitzenköche hatten jahrelang in Sternerestaurants gekocht und sich danach in die Selbstständigkeit gewagt. Ihr *Food-Truck*, ein zur Küche umgebauter orangefarbener Bus, war eine fahrende Sensation. Und das Essen war mindestens so spektakulär wie der Bus, das bezeugten Fotos und zahlreiche Kundenbewertungen auf der Homepage.

Nach den Vorbereitungen begab sich Annemarie in ihr Badezimmer, um sich für den Abend zurechtzumachen. Sie lebte in einem Zimmer mit eigenem Bad unterm Dach, wie die anderen Familienmitglieder. Ihr Refugium hatten früher Max und Margaret, ihre Eltern, bewohnt. Bis zu Max' Tod war es allen streng verboten gewesen, den Raum zu betreten. Nur ihr hatte Max erlaubt, die Bettwäsche zu wechseln, sauber zu machen oder sich um die Wäsche zu kümmern. Als der Raum nach seinem Tod dann ausgeräumt wurde, hatten sie unter der Matratze etwas gefunden, was sein eigenwilliges Verhalten erklärte: eine Zigarrenkiste, darin die Fotografie von drei Frauen nebst einem unbeendeten Brief, der mit folgenden Worten begann: *Meine liebe Charlotte, liebes Kind …*

Annemarie erinnerte sich noch gut an die Verblüffung der ganzen Familie. Niemand war je auf die Idee gekommen, dass Max ein Geheimnis hütete, dass er ein uneheliches Kind hatte. Die volle Wahrheit kam erst Monate später ans Licht, als Charlotte und Lissi unerwartet auftauchten. Auch dass er gar nicht im Sacher beschäftigt gewesen war, wie er zeitlebens behauptet hatte, sondern als Konditorgeselle in Georg Haas' Kaffeehaus, stellte sich erst jetzt heraus. Und dass er ein Verhältnis mit Elfie Haas gehabt hatte, aus dem seine Tochter Charlotte hervorgegangen war. Heute Abend würde also seine Enkelin Lissi eine Sachertorte kredenzen, deren Rezept aus dem roten Rezeptbuch von Großvater Georg Haas stammte. Wie zur Erinnerung an Lissis beider Großväter, die auf diese Weise indirekt auch mit am Tisch saßen.

Seltsam, was das Leben für Haken schlägt, dachte Annemarie und wusste plötzlich, mit welchen Worten sie ihre kurze Ansprache beginnen würde. Eine solche Feier verlangte schließlich nach einer Rede!

Um zehn vor acht marschierte sie mit beschwingten Schritten über die Holztreppe zwei Etagen nach unten ins Erdgeschoss. Sie hatte ein rotes Kleid mit Tulpenrock und weiße Sneakers mit grünen Schnürbändern angezogen. In farbenfroher Kleidung und flachen Schuhen fühlte sie sich am wohlsten. In ihrem Schrank fanden sich zwar auch ein, zwei dunkle Teile für Ämter, Anwälte oder Beerdigungen. Manchmal war es halt angebracht, nicht wie Pippi Langstrumpf im Ruhestand aufzutreten. Ihre Grundstimmung war aber fröhlich, positiv, lebensbejahend, und in einem bunten Outfit fühlte sie sich auch um Jahre jünger. Oder wie Berthold Müller, ihr Konditormeister, es ausgedrückt hatte, nachdem sie einander nähergekommen waren: »Das Alter ist nur eine Zahl, und auf niemand trifft das mehr zu als auf dich.« Berthold war nicht nur ein genialer Konditormeister, sondern auch ein zärtlicher Liebhaber, der es nebenbei verstand, zauberhafte Komplimente zu machen.

Annemarie war die Erste im Wintergarten. Die Fenster waren geöffnet, ein frischer Abendwind wehte in den Raum. Das fröhliche Gezwitscher von Vögeln in Frühlingsstimmung war zu hören. Auf dem See fuhren die Linienschiffe unter einem rosa-blauen Himmel. Eine fast kitschig anmutende Postkartenstimmung, die sie in der Tageshektik viel zu selten beachtete, breitete sich aus. Doch heute realisierte sie sehr deutlich, wie glücklich sie sein musste, hier zu leben.

Ihr blieben noch einige Minuten, um sich ein paar knackige Sätze einzuprägen, ehe die Gäste eintrudelten.

Zuerst Lissi, die den schwarzen Hosenanzug gegen ein schwarzes, ärmelloses Sommerkleid mit Plisseerock getauscht hatte. Irgendwann würde sie es vielleicht schaffen, das Mädchen für ein farbiges Outfit zu begeistern, in dem sie nicht wie ein Grufti mit Freude an Okkultismus aussah.

Danach betraten Rose und ihr Ehemann Nico den Wintergarten. Händchen haltend! Die beiden waren seit über einem Jahr verheiratet, immer noch verliebt wie am ersten Tag und in ihren Augen das glücklichste Paar der Welt. Trotz des schwierigen Beginns: Während des Polterabends hatte Rose erfahren, dass Nico der Sohn des Immobilienkonzerns war, für den er die Pension ausspioniert hatte, um sie aufzukaufen. Rose war fassungslos, als die Wahrheit ans

Licht kam, hatte ihm den Verlobungsring vor die Füße geworfen und war weggerannt, ohne Nicos Erklärung anzuhören. Vollkommen aufgewühlt war er daraufhin in seinen Oldtimer gestiegen und hatte bei regennasser Straße einen schweren Unfall gebaut. Wochenlanges künstliches Koma war die Folge gewesen. In dieser schweren Zeit war Rose erst so richtig bewusst geworden, wie sehr sie Nico liebte.

Dieses junge Ehepaar war die Bestätigung, dass es die große Liebe tatsächlich gab. Die auch eine Frau mit über sechzig Jahren noch erleben konnte, wie sie selbst wusste, seit sie Berthold gefunden hatte.

Marcella und Antonella, die blonden italienischen Zimmermädchen, erschienen gemeinsam, beide in wadenlangen dunkelgrünen Halterneck-Kleidern mit weißen Blumen auf weit schwingenden Röcken.

Horst, ganz ungewohnt in einem hellen Sommeranzug, fragte, ob er noch etwas helfen könne.

»Danke, Horst. Heute bist du nur Gast, genieße die Aperitifs.« Annemarie wies mit einer Kopfbewegung zu Kate und Konrad, die Prosecco, Aperol Spritz oder Mineralwasser mit Limettenschnitz anboten.

Paula, die zuverlässige Kraft hinter dem Verkaufstresen im Tortenhimmel, heute mal ohne Schürze und in einem hellgrauen zweiteiligen Sommerkleid, betrat kurz nach Horst den Wintergarten. Ihr folgten Alex, der Konditorgeselle, und gleich darauf Berthold, den Annemarie schon sehnlichst erwartete.

»Wie ging es in der Backstube?«, erkundigte sich Annemarie, als Berthold sie mit Wangenküsschen begrüßte. Sie wusste, dass er Lissis Torte begutachtet hatte, die vielleicht ins Sortiment übernommen werden sollte. Aber das würden sie gemeinsam nach der Verkostung entscheiden.

»Lissi macht das echt prima. Und ich bin sehr gespannt, wie das Gebäck schmeckt, auch wenn das Aussehen nicht der Norm entspricht.«

»Nicht der Norm, wie soll ich das verstehen?« Annemarie schaute Berthold lauernd an. Lissi hatte sich doch bislang in der Backstube bewährt, und die Gesellenprüfung würde sie bestimmt mit Bravour bestehen! Hoffentlich bahnte sich da keine Katastrophe an, davon hatten sie in den letzten Wochen und Monaten mehr als genug gehabt.

»Lass dich einfach überraschen«, antwortete Berthold mit verschmitztem Lächeln.

Herbert kam Arm in Arm mit seiner Frau. Florence trug ein auberginefarbenes Seidenkleid und hatte das dunkle, wellige Haar zu einem Nackenknoten aufgesteckt, wodurch ihre goldenen Ohrringe vorteilhaft zur Geltung kamen. Dass sie zweifache Großmutter war, sah man ihr nicht an. Herbert, wieder einmal im »Konfirmationsanzug«, aber ohne Schlips und Brille, ging neben ihr. Die Brille benötigte er nur noch zum Lesen, seit der Graue Star mittels Laser-OP entfernt und neue Linsen eingesetzt worden waren.

»Jetzt bin ich doch ganz froh, das Kochen nicht übernommen zu 'aben«, sagte Florence, deren Deutsch fehlerfrei war, bis auf den kleinen Makel mit dem h. Sehr zu Herberts Freude, der es liebte, wie sie seinen Namen aussprach.

Frau Waltraud im wadenlangen flaschengrünen Seidenkleid statt in weißer Kittelschürze zu sehen, war im ersten Moment sehr ungewohnt, gefiel Annemarie aber umso mehr. Ebenso wie der Anblick von Herrn Otto ohne Oberkellneruniform. Stattdessen trug er einen dunkelgrauen Anzug mit hellblauem Hemd.

Endlich tauchte auch Iris mit Ehemann Fritz und dem kleinen Maximilian auf. Das Baby hatte sie im Tragetuch bei sich. Iris stillte noch und hatte angekündigt, dass sie vielleicht nur eine Stunde bleiben konnte.

Nachdem jeder mit einem Aperitif versorgt war, forderte Annemarie alle auf, Platz zu nehmen. Sie wollte ihre kurze Ansprache noch vor dem ersten Gang loswerden, und mit Kate und Konrad war vereinbart, dass der um zwanzig nach acht servieren sollte. Es war also höchste Zeit, damit auch Iris in den Genuss des ganzen Menüs kam.

Als alle suchend um den Tisch liefen, merkte Annemarie, dass sie etwas vergessen hatte: die Namenskärtchen! Ach was, Kleinigkeit. Sie breitete die Arme aus und verkündete: »Heute ist freie Platzwahl.«

Herbert hatte mittlerweile drei Flaschen Weißwein in Kühlern auf der Tafel verteilt, und Kate und Konrad füllten die Gläser bis auf das von Iris, die natürlich auf Alkohol verzichtete.

Annemarie hatte sich am Tischende positioniert, atmete kurz ein und begann: »Mit dem heutigen Tag hat sich der Kreis geschlossen.« Sie legte eine winzige Pause ein und lächelte in die Runde. »Inzwischen wissen ja alle, dass Lissi finanziell in die Firma eingestiegen und per Vertrag ganz offiziell zur Miteigentümerin geworden ist. Max König, der Vater von Herbert und mir und Lissis Großvater, hätte sich ganz bestimmt gefreut über diese glückliche Fügung. Ich für meinen Teil tue es jedenfalls sehr, und ich freue mich auf viele gemeinsame glückliche Jahre …«

»Sehr schön, sehr schön, wunderbare Rede«, unterbrach Herbert sie voller Ungeduld. »Wir freuen uns alle, deshalb würde ich vorschlagen, wir stoßen darauf an.« Er hob sein Glas. »Auf das neue Mitglied der Familie. Und auf Max König, wo auch immer er jetzt ist.«

Annemarie lachte über die Ungeduld ihres Bruders und griff nach ihrem Glas. »Auf Lissi und Max! Ohne seinen ›Fehltritt‹ hätten wir Lissi nie kennengelernt.«

»Auf Lissi und Max!«, stimmte die Familie in den Toast ein.

# 3

Lissi fühlte, wie ihr bei Annemaries Worten das Blut in die Wangen schoss. Sie wurde tatsächlich rot wie ein Schulmädchen, das vor versammelter Klasse ein Lob erhielt. Als hätte sie den besten Aufsatz des Jahres geschrieben. Auch ein Abend zu ihren Ehren war ein völlig neues Gefühl für sie. Ein wunderschönes Gefühl, wie ihr in diesem Moment bewusst wurde. Sie gehörte nun zu dieser Familie. Alles war so wunderschön! Die stilvolle Tafel, die schick gekleideten Gäste und das romantische Kerzenlicht.

So ähnlich musste es sich anfühlen, wenn man sich nach dem Jawort in die Augen blickte und einander die Ringe ansteckte. Eilig verdrängte sie diese unpassende Assoziation, in der ein ganz bestimmter Mann vorkam. Dessen Namen auszusprechen oder auch nur zu denken sie sich verboten hatte. Um den sie nie wieder weinen wollte.

Etwas zu hektisch nahm sie einen großen Schluck Wein und musste husten. Sie konnte sich gerade noch die Hand auf den Mund pressen, sonst hätte sie den Wein über den Tisch gespuckt.

Alle starrten sie besorgt an.

»Vielleicht ein Schluck Wasser?« Herr Otto griff in professioneller Routine nach einer Mineralwasserflasche.

Annemarie, die neben ihr saß, sprang auf und klopfte ihr sanft auf den Rücken. »Alles in Ordnung?«

Lissi tupfte sich mit der Serviette die Tränen aus den Augenwinkeln, die glücklicherweise nur eine Folge des Hustenanfalls waren. »Geht schon wieder.«

»Na, dann auf die Gesundheit!«, meinte Herbert sichtlich erleichtert.

Nach Herberts Trinkspruch ließ die Anspannung nach, und alle freuten sich auf die Vorspeise, die von Kate und Konrad aufgetischt wurde. Bald waren begeisterte Urteile wie »superlecker«, »einfach göttlich« oder »fantastisch« zu hören.

Lissi aß bewusst langsam und genoss dieses köstliche Abendessen. So exotisch die Vorspeise auf der Website geklungen hatte, die Aromen von Roter Bete, Datteln und Ziegenfrischkäse mit dem Rucolasalat verbanden sich zu einem außergewöhnlichen Geschmackserlebnis. Und die zarten Bodenseefelchen in Kräuterbutter mit den Kartoffeltürmchen mundeten nicht weniger. Ein winziger Wermutstropfen war der Anblick von Iris mit ihrem Baby und Fritz, der sich rührend um seine Frau und seinen Sohn kümmerte. Dieses Paar war so glücklich miteinander, wie sie es heute auch wäre, wenn nicht …

Sie ermahnte sich mit einem stummen *Stopp*, nicht länger an die gescheiterte Beziehung in Wien zu denken. Ihre Zukunft lag hier am Bodensee. Und sie konnte auch ohne Mann glücklich werden. Ach was, sie *war* glücklich. Sie hatte die dunklen Tage des Liebeskummers und der Selbstzweifel überwunden. Beziehungen wurden ihrer Erfahrung nach ohnehin vollkommen überschätzt. Sie war auch als

Singlefrau vollständig: Sie hatte ihr Studium in Ökotrophologie mit Auszeichnung bestanden, eine erfolgreiche Karriere hinter sich und einen vielversprechenden Neustart vor sich. Nicht zum ersten Mal schwor sie sich, einen großen Bogen um alle Männer zu machen. Ganz besonders um die attraktiven, denen die Frauen nachliefen, ohne dass sie sich groß anstrengen mussten. Deren Bettpfosten von »Kerben« übersät waren, die nicht an einer echten Partnerschaft interessiert waren, sondern nur ihren Spaß haben wollten.

»Ein rundum gelungener Einstand«, sagte Annemarie zu Lissi, als die Teller des Hauptgerichts abgeräumt wurden.

»Danke schön für diesen traumhaften Abend«, entgegnete Lissi, erleichtert, dass die Tante sie auf andere Gedanken brachte.

»*Wir* haben zu danken!« Annemarie nahm ihr Glas und lächelte ihr zu. »Mit dir bleibt der Tortenhimmel in der Familie. Ich kann es gar nicht erwarten, dass du die Gesellenprüfung bestehst und damit ganz offiziell die Tradition der Familie König weiterführst. Und mach uns ja keine Schande …«

Lissi legte die Hand an die Brust wie zum Schwur. »Versprochen! Nächstes Jahr um diese Zeit bin ich geprüfte Konditorgesellin. Und jetzt werde ich mich um den Nachtisch kümmern.« Sie schob ihren Stuhl zurück und verließ den Wintergarten, um die Törtchen aus der Kühlung zu holen.

Als sie mit dem Tablett zurückkam und es auf den Tisch stellte, sah sie an den staunenden Mienen, dass ihr die

Überraschung gelungen war. »Ich dachte, eine normale Sachertorte kennt doch jeder und hat vermutlich auch jeder schon mal gegessen. Deshalb die Törtchen mit dem original Schokoladenzuckerguss.«

Alle klatschten Beifall. Rose zückte ihr Handy und schoss Fotos aus unterschiedlichen Perspektiven, um sie sofort auf dem Insta-Account der Pension König hochzuladen.

Von Annemarie kam der Ausruf: »Meinem Vater hätte die Idee bestimmt auch gefallen.«

»Sie schauen sehr verlockend aus«, urteilte Herbert und betrachtete Lissis Werk. »Wenn sie auch so schmecken, sollten wir sie ins Sortiment aufnehmen.«

Lissi strahlte. Von Herbert, der in Paris als Konditor gearbeitet, dort die Kunst der Zuckerblütenherstellung erlernt und etliche Wettbewerbe gewonnen hatte, war das ein gewichtiges Lob. Mit zufriedener Miene verteilte sie die Törtchen.

Kate und Konrad servierten eine große Schüssel mit geschlagener Sahne, die bei einer Sachertorte nicht fehlen durfte. Dazu boten sie Espresso an, den aber fast alle dankend ablehnten. Im Gastgewerbe konnte man sich keine von Koffein aufgeputschten Nächte erlauben, denn Ausschlafen war ein seltener Luxus. Nur Fritz und Nico nahmen das Angebot an.

Während Lissi das nächste Kompliment von Meister Müller genoss, der die zuckrige Glasur mit »sündig lecker« beurteilte, ertönte ein helles Klirren.

Iris hatte mit der Kuchengabel an ihr Wasserglas geklopft. »Bevor wir leider gleich aufbrechen müssen, wollte ich noch etwas bekannt geben.«

Florence schaute ihre älteste Tochter besorgt an. »Geht es dir gut?«

»Alles bestens, *maman*, mach dir keine Sorgen. Es betrifft den Job, also indirekt alle Anwesenden, deshalb wollte ich die Gelegenheit …«

»Also eine offizielle Angelegenheit«, unterbrach Florence sie.

»Ja, *maman* … Du weißt, dass ich immer eine große Familie wollte, und auch Fritz wünscht sich noch weitere Kinder.« Iris streichelte sanft über den Rücken des Babys, das nach einigem Quengeln nun friedlich auf ihrem Bauch schlief.

Lissi wunderte sich, dass Iris sich die Tortur der Geburt nochmals antun wollte. Hatte sie doch schon Wochen vor Maxis Niederkunft schreckliche Angst gehabt, das gleiche Schicksal wie ihre Schwestern Viola zu erleiden, die an einer Fruchtwasserembolie gestorben war. Außerdem war der kleine Max kein so pflegeleichtes Kind wie Jasmin, die trotz der Frühgeburt wenig geweint hatte und ein sehr friedliches Baby gewesen war. Maxi hatte bisher noch keine einzige Nacht durchgeschlafen. Auch tagsüber war er ein munteres Kind, das sehr viel Aufmerksamkeit verlangte.

Auch Rose musterte ihre ältere Schwester mit erstauntem Blick. »Noch mehr Kinder?« Der leicht schrille Unterton in ihrer Stimme war nicht zu überhören.

»Nur noch ein oder zwei«, antwortete Iris und schaute Fritz verliebt an, der ihren Blick lächelnd erwiderte.

Ein frischer Wind wehte durch ein noch offen stehendes Fenster herein. Gut möglich, dass noch ein Gewitter drohte. Herr Otto erhob sich und schloss alle Fenster.

»Soll das heißen, dass wir dich als Hausdame endgültig verlieren?« Rose kniff die Augen zusammen und musterte ihre Schwestern lauernd, als wünschte sie, sich geirrt zu haben.

Iris nickte. »Ich hoffe, die Nachricht ist kein allzu großer Schock und verdirbt euch nicht den restlichen Abend.« Sie wandte sich wieder ihrer Mutter zu. »Du verstehst mich bestimmt.«

»Natürlich, *ma chérie*. Rose und ich werden schon eine Lösung finden, mach dir darüber keine Gedanken.« Florence lächelte sanft. »Nicht wahr, Rose?«

Rose schnaufte leicht genervt.

Iris und Fritz verabschiedeten sich. Florence begleitete sie hinaus, während sich für einige Minuten Stille über den Raum senkte. Nur das leise Kratzen von Kuchengabeln auf Porzellan war zu hören.

»Dann werden wir uns nach einer neuen Hausdame umsehen müssen«, griff Florence das Thema wieder auf, als sie zurückgekommen war und sich an den Tisch setzte. »Ich fühle mich nämlich nicht fit genug, um diesen anstrengenden Job auf Dauer zu erledigen. Außerdem wollen ’erbert und ich unseren Lebensabend in Frankreich verbringen.«

Irgendwo donnerte es leise.

»Wollen wir?« Herberts Frage suggerierte, dass er sich nicht erinnern konnte, vielleicht auch nicht erinnern wollte, jemals etwas in dieser Richtung geäußert zu haben.

»*Oui*, ’erbert, du ’ast mir einen längeren Urlaub versprochen. Und du solltest dich auch an den Rat von Doktor Rossa erinnern. Er hat dir dringend geraten kürzerzutreten. Auch wenn du nicht mehr in der Konditorei stehst und dich nur noch um den Rasen kümmerst. Der 'erzanfall vor zwei Jahren war nur ein Warnschuss, den nächsten würdest du vielleicht nicht überleben.«

»Der Ross-Doktor übertreibt wie alle Ärzte. Die reden einen doch grundsätzlich krank, um sich ihre Kundschaft zu erhalten. Aber ich bin kerngesund!« Herbert schnaufte entrüstet.

Lissi wusste, was Florence vor der Familie nicht aussprechen wollte: Es ging um Herberts heimlichen Schnapskonsum. Er konnte Violas Tod einfach nicht überwinden und tröstete sich mit Alkohol. Immer wieder fand Florence die kleinen Schnapsfläschchen in seinen Hosentaschen.

»Im Moment magst du dich gesund fühlen, aber wir werden doch beide nicht jünger, nicht wahr, 'erbert?«

Dem Donner von vorhin folgte ein erneuter Blitz, der kurzzeitig die Nacht erhellte.

Herbert widmete sich wieder mit Hingabe dem winzigen Rest des Törtchens auf seinem Teller. »Wird nicht einfach werden, eine qualifizierte Hausdame zu finden. Wir wissen doch alle, wie gravierend der Personalmangel in unserer Branche ist. Erst recht vor Beginn der Hochsaison.«

»Wie auch immer«, überging Florence seine pessimistische Einschätzung. »Rose und ich werden das Problem schon in den Griff kriegen, und ich werde natürlich bleiben, bis wir jemanden gefunden 'aben.«

Herbert hob den Kopf. »Ich drücke die Daumen«, wandte er sich an Rose, was vielleicht eher ironisch gemeint war, wie das leicht spöttische Lächeln vermuten ließ.

»Danke, Papa. Bis jetzt habe ich noch jedes Personalproblem gemeistert.«

»Meine geliebte Rose kann Berge versetzen und Halbtote aufwecken«, bestätigte Nico, beugte sich zu Rose und küsste sie auf die Wange. »Notfalls könnte ich einspringen. Florence müsste mich natürlich einarbeiten …«

Rose lachte laut auf. »Das ist wirklich süß von dir, Nico, aber du in Gummihandschuhen, nein!«

»Wieso Gummihandschuhe?« Nicos ratloser Gesichtsausdruck machte deutlich, dass er vom Job einer Hausdame nur sehr wenig Ahnung hatte.

»Weil wir ein kleiner Familienbetrieb sind und eine Hausdame notfalls auch mal mit anpacken muss. Manchmal überschneiden sich Ab- und Anreisen, dann müssen Zimmer in Turbogeschwindigkeit gereinigt werden«, erklärte Rose und küsste nun ihn auf die Wange.

»Schade! Es hätte mir Spaß gemacht, die Damen mit Rat und Tat zu unterstützen.«

»Du weißt, ich liebe deine Scherze, Nico-Liebling, aber im Moment ist mir nicht zum Lachen zumute. Also, Themenwechsel.« Rose schob ihren Teller mit dem noch unberührten Sachertörtchen von sich weg. Ihre angestrengte Miene zeigte deutlich, dass sie doch besorgter war, als sie zugeben wollte.

»Eine Frage hätte ich noch …«, sagte Nico.

Rose schenkte Nico einen genervten Seitenblick. »Ja?«

»Muss eine verhältnismäßig kleine Pension mit zwanzig Zimmern überhaupt eine Hausdame beschäftigen?«

Nico hatte sofort die volle Aufmerksamkeit aller Anwesenden. Allerdings nur in Form von staunenden Blicken.

Rose holte Luft, sagte aber nichts.

»Berechtigte Frage«, sagte Annemarie. »Theoretisch

kämen die Zimmermädchen sicher auch ohne ›Aufsicht‹ zurecht. Dass wir eine Hausdame beschäftigen, geht auf unseren Vater zurück, der dafür sorgen wollte, dass wir den allerhöchsten Standard bieten können. Dazu gehörten für ihn nicht nur eine Hausdame, sondern auch die weißen Tischdecken im Wintergarten. Die ein ›unnötiger Luxus‹ sind und zusätzliche Arbeit plus Kosten verursachen.«

»Dem Café aber genau den gewissen Touch Luxus verleihen«, meldete sich Frau Waltraud nun zu Wort. »Ich habe hier angefangen, als Max König noch lebte. Wir sind klein, aber besonders fein, hat er immer gesagt und großen Wert darauf gelegt, dieses Versprechen einzuhalten.«

»Unser verehrter Altchef hat auch verfügt, dass ich als Herr Otto anzusprechen sei, wie es in Österreich üblich ist. Niemand sollte ungehörig mit den Fingern schnippen, wenn er bedient werden möchte. Auch nicht Hallo rufen. Er war der Meinung, niemand ist ein *Hallo*.«

Lissi lauschte gespannt der Unterhaltung. Sie liebte es, Episoden aus dem Leben ihres Großvaters zu hören, den sie leider nicht mehr kennengelernt hatte. Von zahlreichen Eigenheiten würde sie sonst vielleicht nie erfahren.

»Wir hätten einen Vorschlag«, sagte Antonella, die mit Marcella getuschelt hatte.

»Raus damit«, kommandierte Annemarie, die vor Iris als Hausdame gearbeitet hatte und damals die Vorgesetzte von Antonella und Marcella gewesen war.

»Wir sind jetzt seit fast drei Jahren hier, und Sie waren doch immer zufrieden mit unserer Arbeit«, sagte Marcella.

»Stimmt, da gab es nichts zu meckern«, antwortete Annemarie.

»Ihr macht ausgezeichnete Arbeit«, bestätigte auch Florence.

»*Mille Grazie*«, bedankten sich die Schwestern und lächelten selbstbewusst, bevor Antonella weitersprach. »Wie wäre es, wenn wir versuchsweise allein arbeiten? Nur solange noch keine neue Kraft gefunden wurde.«

»Die Abläufe haben wir voll im Blut, egal, was anliegt, das beherrschen wir im Schlaf«, ergänzte Marcella.

Rose strich sich nachdenklich eine Strähne ihrer schulterlangen blonden Haare zurück. Dann schaute sie von Florence zu Annemarie und zu den Zimmermädchen. »Schafft ihr das auch wirklich?«

»Ganz bestimmt«, versicherte Marcella.

»Jetzt im April ist das Haus ja auch noch nicht voll belegt, da schaffen wir die Arbeit locker«, merkte Antonella an.

»Gut, machen wir ein, zwei Probewochen«, entschied Rose. »Wenn es nicht funktioniert ...«

»Dann darf ich einspringen?«, startete Nico einen neuen Versuch.

Diesmal musste Rose doch lachen. »Deine Hartnäckigkeit kenne ich ja zur Genüge. Aber vielleicht habe ich doch eine Aufgabe für dich, wenn du dafür überhaupt Zeit hast.«

Nico strahlte. »Meine Immobiliengeschäfte kann ich sofort auf Eis legen. Was soll ich machen?«

»Mich bei den Buchungen und der Kontrolle für den Belegungsplan unterstützen. Vielleicht auch bei der Wäsche, aber das ist nicht schwierig. Maschinen befüllen, Waschpulver dazugeben und einschalten.«

»Perfekt. Kontrolle kann ich, und Knöpfe drücken schaffe ich auch.« Nico strahlte.

Florence war deutlich anzusehen, wie erleichtert sie über die Lösung war. »Sobald sich das Arrangement eingespielt 'at, können wir den Urlaub antreten, 'erbert.«

Herbert ließ den Kopf sinken. Er schien zu resignieren. Einen Atemzug später jedoch drückte er den Rücken durch und schaute seine Frau herausfordernd an. »Und wer kümmert sich dann um die Liegestühle für die Gäste und die toten Enten am Strand?«

»Tote Enten?«, wiederholte Florence, schaute Herbert konsterniert an und lachte dann laut auf, als er mit den Schultern zuckte. »Das war sehr lustig, 'erbert. Aber mit den anderen Argumenten hast du recht, dafür müssen wir jemanden finden.«

»Ich übernehme das gern«, sagte Horst.

Rose nahm das Angebot freudig an, fragte Horst aber dann doch: »Wird dir das nicht zu viel neben den Ausfahrten für den Tortenhimmel?«

Mit großem Interesse folgte Lissi der Diskussion über die Aufteilung der einzelnen Arbeiten. Nach einigem Hin und Her waren alle Punkte geklärt. Rose hatte den Laden einfach im Griff. Widrigkeiten waren dazu da, gemeistert zu werden. Absolut bewundernswert. Und sicher hoffte die ganze Familie, dass Rose niemals mit Nico nach England auswandern würde. Denn wie die Pension König ohne Rose funktionieren sollte, vermochte Lissi sich nicht vorzustellen.

# 4

Lissi saß im Schneidersitz auf dem Bett, einen Packen Bücher um sich herum, und lernte für die Gesellenprüfung. Im Kapitel »Tortencremen« wurde nach der Herstellung einer Ganache – auch Pralinencreme genannt – gefragt.

Eine kinderleichte Frage: Fein gehackte Schokolade in heißer Sahne auflösen. Die Mischung unter vorsichtigem Rühren abkühlen und dabei möglichst *wenig* Luft einrühren. Die Creme abgedeckt in den Kühlschrank stellen. Nach dem vollständigen Erkalten mit dem Rührgerät zu einer steifen Masse aufschlagen. Anschließend ist die Ganache bereit, als Tortenfüllung oder für Desserts verwendet zu werden.

Nächste Frage: Nennen Sie eine gekochte Creme.

Spontan fielen ihr drei klassische Cremes ein: Weinschaumcreme, Zitronencreme und natürlich die beliebte Bayerische Creme. Hergestellt aus Milch, Sahne, Eigelb, Zucker, Vanilleschote und Gelatine. Sie selbst würde das Geliermittel aber durch pflanzliches Agar-Agar ersetzen; damit wäre die Creme auch für Vegetarier geeignet.

Lissi blätterte weiter zum Kapitel *Mehle, Stärkemehle, Triebmittel.* Das war lernintensiver, denn sie musste sich Eckdaten und Zahlen einprägen.

Erste Frage: Wie werden die unterschiedlichen Mehltypen bestimmt?

Antwort: Über den Aschegehalt im Mehl.

Erklärung: 100 Gramm Mehl werden bei hohen Temperaturen verbrannt, die Asche gewogen, und der Messwert ergibt die Typennummer. Dinkelmehl Type 630 hat somit einen Mineralstoffgehalt von rund 630 mg Asche pro 100 Gramm.

Was Stärkemehl in einer Teigmasse bewirkte, war eine weitere Frage, die sie sogar beantworten konnte, würde sie nachts aus dem Schlaf gerissen. Dieses spezielle Mehl wurde aus Kartoffelstärke oder Maisstärke hergestellt. Stärkemehl verlieh Teigen eine besonders lockere Struktur und wurde auch in der Süßwarenproduktion verwendet. Auf Wunsch konnte sie sogar die Strukturformel nennen.

Das Kapitel *Fette* mit dem Unterkapitel *Transfettsäuren* war ihrer Meinung nach essenziell, denn Letztere förderten Herzinfarkte. Dass diese gesundheitsgefährdenden Fettsäuren in unzähligen Fertigprodukten wie Keksen, Backwaren oder Pizza vorkamen und beim Braten von Öl mit Temperatur über 200 Grad entstanden, darüber wussten die wenigsten Menschen Bescheid.

Obwohl die Prüfung für sie als studierte Ökotrophologin eher eine Formsache und ihr der Stoff aus dem Studium noch geläufig war, arbeitete sie alles gründlich durch: Auffrischen schadete nicht. Die Prüfung nicht zu bestehen, war keine Option. Sie konnte es kaum erwarten, endlich den Gesellenbrief einrahmen zu können und selbstständig arbeiten zu dürfen. Meister Müller war kein Kontrollfreak, der ihr ständig über die Schulter blickte; dennoch würde sie mit der bestandenen Prüfung die erste Etappe auf dem Weg zum Ziel erreicht haben. Dank ihres Studiums hatte sie einen Antrag auf Verkürzung der Ausbildung stellen können und die Erlaubnis erhalten, die Prüfung bereits nach eineinhalb Jahren statt der üblichen drei abzulegen.

Die meisten Kollegen und Kolleginnen an der Schule wollten nach der Prüfung ein, zwei Wanderjahre einlegen. Durch die Welt reisen, Erfahrungen sammeln und andere Techniken kennenlernen, wie Großvater Max es auch getan hatte. Mit großen Plänen war er nach Wien gekommen, wie sie im Tagebuch von Großmutter Elfie Haas gelesen hatte. Herbert hatte in Paris eine Patisserieschule besucht und sich dort in Florence verliebt. Es schien, als könnte man sein Glück leichter finden, wenn man sich in die Welt hinauswagte. Aber sie hatte nicht vor, erneut die Koffer zu packen. Sie war von Wien an den Bodensee »gewandert« und hatte ihr Paradies im Tortenhimmel gefunden.

Nach gut einer Stunde Pauken klappte Lissi die Arbeitsmappe zu. Für heute hatte sie genug von Fakten und Zahlen, außerdem waren ihr die Beine eingeschlafen.

Aufstöhnend rutschte sie von der Bettkante und stellte sich fest auf den Boden. Nach einigen Sekunden ließ das taube Gefühl nach. Sie zog eine locker sitzende schwarze Hose und dazu ein sauberes Shirt an. Über die Schultern einen Pulli gegen den kühlen Wind, der abends oft aufkam.

Durchs Dachfenster lugte ein plakativ rosa-lila gefärbter Abendhimmel. Die Sonne hinterließ noch ein paar romantische Impressionen, bevor sie sich verabschiedete. Es würde noch mindestens zwanzig Minuten hell sein. Hell genug, um auf der gusseisernen Gartenbank, die auf dem eigenen Seegrundstück in Ufernähe stand, die Ereignisse des Tages zu überdenken. Von diesem Platz aus hatte man einen offenen Blick auf den See, konnte Wasservögel beobachten oder den vorbeifahrenden Linienschiffen nachschauen. Sie liebte dieses In-sich-Gehen auf der Bank, bei dem alle Sorgen wie ein Stein im Wasser versanken.

Durch den Hinterausgang verließ sie das Haus und ging durch den weitläufigen Garten zum See hinunter. Schon von Weitem sah sie zwei Personen auf der Bank sitzen.

Lissi überlegte, lieber einen Spaziergang auf der Promenade unter den Dachplatanen zu unternehmen, als sie beim Näherkommen Annemarie und Rose erkannte. Annemarie an der stoppeligen Kurzhaarfrisur, Rose an ihren sanft im Wind flatternden blonden Haaren.

Sie wollte sich dazusetzen, aber falls die beiden Wichtiges zu bereden hatten, sich wieder verabschieden.

»Hallo, Rose, hallo, Annemarie«, grüßte sie, blieb aber an der Seite stehen. »Stör ich?«

Rose hatte ein Tablet auf dem Schoß, Annemarie einen Notizblock nebst Kugelschreiber in der Hand.

»Ganz im Gegenteil«, sagte Annemarie.

»Ich habe eben für die Prüfung gelernt und wollte noch ein wenig Seeluft tanken«, erklärte sie.

»Vorbildlich! Setz dich doch zu uns.« Annemarie klopfte mit der Hand auf den freien Platz neben sich. »Wir besprechen gerade einen Punkt, der sich neulich bei unserem Abendessen eigentlich erledigt hatte, jetzt aber wieder aktuell ist. Vielleicht kannst du uns helfen.«

»Die Hausdame«, kombinierte Lissi und nahm neben Annemarie Platz.

Rose nickte betrübt. »Leider hat sich die provisorische Lösung nicht bewährt. Die Zimmermädchen kämen alleine gut zurecht mit den Reinigungsarbeiten, aber Nico hat es mit dem Waschpulver zu gut gemeint. Ich glaube, die Maschine schäumt immer noch …«

»Wir konnten das Schlimmste verhindern, aber noch einmal wollen wir das nicht erleben, und Rose hat Nico sozusagen fristlos gefeuert«, beendete Annemarie den Bericht.

Lissi verkniff sich ein Lachen. Rose war eine sehr toughe Geschäftsführerin, aber den eigenen Mann zu entlassen, war ihr sicher nicht leichtgefallen. »Könnten die Mädchen vielleicht auch noch die Wäsche übernehmen?«

»Leider klappt das zeitlich nicht, denn die beiden haben nachmittags noch eine zweite Stelle«, antwortete Rose.

»Also wollt ihr doch eine neue Kraft einstellen«, folgerte Lissi.

»Ja«, bestätigte Rose. »Ich könnte die Aufgaben zwar übernehmen, aber bald haben wir Hochsaison, und mit den buchhalterischen Aufgaben kann es schwierig werden, den Überblick zu behalten. Noch dazu hat uns die nächste Katastrophe heimgesucht: Horst will demnächst aufhören.«

Lissi war ehrlich geschockt. »Warum das denn? Bei unserem Essen vor zwei Wochen hat er doch noch angeboten, sämtliche Gartenarbeiten und was sonst noch so anfällt zu übernehmen.«

»Hat er. Aber nun plant er, einen Hausmeisterservice zu gründen.« Die Information kam von Annemarie. »Über zehn Jahre lief alles reibungslos, und plötzlich tut sich jeden Tag eine neue Baustelle auf.« Sie klang frustriert.

Lissi musste daran denken, was Großvater Georg über Veränderungen im Leben gesagt hatte: »*Nur einem renom-*

*mierten Konditor gelingt es, dass eine Torte der anderen gleicht und auch so schmeckt. Aber im Leben gleicht kein Tag dem anderen, und jeder Tag bringt neue Überraschungen.*« Aber sie versagte es sich, diese Weisheit laut auszusprechen. Mit schlauen Sprüchen war niemandem gedient. So sagte sie stattdessen: »Falls ich irgendwie helfen kann …«

»Wir haben gerade eine Stellenanzeige aufgesetzt. Die wollen wir auf verschiedenen Portalen, auf unserer Website und auch auf unserem Insta-Account einstellen …« Annemarie reichte ihr den Notizblock.

Lissi las leise murmelnd: »Familienpension mit zwanzig Zimmern sucht zuverlässige Kraft in Festanstellung für die Position der Hausdame. Bewerbung mit Gehaltsvorstellung bitte an Pension König, Auerbach, Bodensee.«

»Zu dröge?«, fragte Annemarie.

»Nein, finde ich nicht, kurz und knapp ist immer besser als lange Texte. Die liest doch heute keiner mehr. Wer aus der Gastronomie oder Hotelbranche kommt, weiß, worum es geht. Ein bisschen moderner wäre es allerdings, wenn man Housekeeping statt Hausdame schreiben würde.« Lissi gab Annemarie den Block zurück.

»Gute Idee.« Resolut strich Annemarie das Wort durch. »Und dann müssen wir hoffen, dass sich überhaupt jemand meldet. Sonst würde Herbert mit seiner negativen Einstellung recht behalten, und das wollen wir doch nicht.«

»Housekeeping ist ohnehin sinnvoller, vielleicht interessiert das auch männliche Bewerber. Wir leben doch in Zeiten der Gleichberechtigung«, fügte Rose noch an. »Wir überlegen außerdem, die Position zu erweitern. Sobald Horst nicht mehr im Team ist, fehlt jemand, der sich auch mal um einen verstopften Abfluss kümmern kann. Wobei Frauen das natürlich auch können.«

»Logisch«, stimmte Annemarie ihrer Nichte zu und streckte kampfeslustig die Faust in die Luft. »Frauenpower! Wir können alles!«

»Frauenpower!«, schloss Lissi sich lachend an.

# 5

Gut eine Woche später lagen ganze zwei Bewerbungen auf Roses Schreibtisch. Immerhin! Eine fünfundvierzig Jahre alte Dame und ein jüngerer Mann hatten geschrieben. Beide waren vom Fach. Herbert hatte gelästert, dass *eine* Bewerbung schon erstaunlich gewesen wäre, aber zwei seien ein echtes Wunder. Vorausgesetzt, die Kandidaten wüssten, dass Housekeeping echte Arbeit bedeutete. Dass beide in der Branche beschäftigt waren, behielt Annemarie noch für sich.

Die Vorstellungsgespräche waren für Samstagnachmittag angesetzt. Rose war wegen einer ankommenden Reisegruppe verhindert, deshalb würden Annemarie und Lissi die Gespräche führen.

In Absprache mit Rose war zuerst Hermine Rotenberg für 15 Uhr in den Wintergarten bestellt worden. Um die Zeit war es noch ruhig im Café, die externen Gäste kamen gewöhnlich erst gegen vier zu Kaffee und Kuchen. Zudem konnten Herr Otto und auch Frau Waltraud die Kandidaten ganz beiläufig beäugen, was ein zusätzlicher Vorteil war.

Annemarie saß mit Lissi an einem der Tische am Fenster. Bei trübem Wetter wie an diesem Samstag war der Ausblick allerdings nicht so prachtvoll wie an sonnigen Tagen, wenn sich ein strahlend blauer Himmel im See spiegelte und das Wasser glitzerte, als wäre es mit einer Schicht Pailletten überzogen. Trotzdem war der Raum lichtdurchflutet und die Atmosphäre angenehm.

»Überlass mir das Reden«, instruierte Annemarie Lissi. »Du konzentrierst dich bitte ganz darauf, die Bewerber zu beobachten. Sind sie nervös oder ganz entspannt? Antworten sie spontan, oder suchen sie vielleicht nach Ausreden? Wichtig ist auch der Gesamteindruck: Kleidung, Haare, Hände und Fingernägel sagen viel über eine Person aus.«

»Kapiert, ich werde mir auch das kleinste Wimpernzucken einprägen«, versprach Lissi.

Zwei Minuten vor drei trat eine sehr schlanke Frau mit kurzen blonden Haaren durch die Tür zum Café. Sie war klassisch gekleidet in einem steingrauen Kostüm mit weißer Rüschenbluse und trug eine rote Umhängetasche über der Schulter. Nach einem flüchtigen, orientierenden Blick steuerte sie direkt auf Annemarie und Lissi zu.

»Guten Tag, ich bin Hermine Rotenberg.« Sie lächelte freundlich, streckte aber nicht die Hand aus. Für Annemarie ein Indiz, dass sie die neuen Gepflogenheiten verinnerlicht hatte. Während der Pandemie war Händeschütteln gefährlich geworden, und mittlerweile war es aus der Mode. Ihrer Meinung durfte es gerne dabei bleiben.

»Angenehm. Ich bin Annemarie König, und die junge Dame neben mir ist Elisabeth Strasser, meine Nichte.«

»Freut mich sehr.«

Annemarie deutete auf den Stuhl gegenüber. »Bitte, nehmen Sie doch Platz.«

»Danke schön. Was für ein traumhafter Ausblick«, sagte Hermine, bevor sie sich setzte. Die Tasche legte sie auf dem Stuhl daneben ab.

Annemarie hatte Hermines ausgedruckte Bewerbung vor sich liegen. Auf dem einkopierten Foto sah sie bis auf etwas längere Haare genauso aus wie in der Realität. Das war schon mal der erste Pluspunkt. Nichts verabscheute Annemarie so sehr wie geschönte Bilder. Auch die Eckdaten waren überzeugend: verheiratet, wohnhaft am Rand von Konstanz, zwei Kinder im Teenageralter, gelernte Hauswirtschafterin, seit fünf Jahren in einer Pflegeeinrichtung in Konstanz tätig. Das Problem Elternzeit würde also nicht mehr akut werden. Annemarie liebte Kinder, aber ein kleiner Betrieb wie der ihre konnte sich keine Schwangerschaften mehr leisten.

Annemarie offerierte Getränke, Hermine bat um Wasser. Mineralwasser nebst zwei frischen Gläsern stand auf einem Tablett bereit. Lissi übernahm das Einschenken, Hermine bedankte sich und trank einen großen Schluck.

»In Ihrem Anschreiben stand, dass Sie die Konditorei kennen, aber nicht unser Haus«, begann Annemarie das Gespräch.

»O ja, der berühmte Tortenhimmel und die köstlichen Torten!« Hermine blickte schwärmerisch aus dem Fenster. »Ich selbst war noch nie hier, aber eine sehr wohlhabende Dame aus der Pflegeeinrichtung hat sich regelmäßig Gebäck oder Kuchen liefern lassen. Und zu Weihnachten bekamen alle Angestellten eine Packung mit Weihnachtsplätzchen.«

»Aus den Unterlagen kann ich ersehen, dass Sie in der Einrichtung nur halbtags beschäftig sind«, kam Annemarie auf das eigentliche Thema zu sprechen.

»Von sieben bis elf am Vormittag.« Hermine nickte

knapp. »Meine beiden Söhne sind sechzehn und siebzehn, die brauchen mich nicht mehr so sehr, und ich würde gerne mehr arbeiten. Ich bin noch in ungekündigter Stelle dort als Hausdame angestellt. Die Arbeitsvorgänge unterscheiden sich vermutlich nicht von denen in Ihrer Pension.«

»Verstehe.« Annemarie erklärte ausführlich, wie sich der Housekeeping-Job gestaltete, und zählte die zusätzlichen Aufgaben im Garten und am Strand auf.

»Ich liebe Gartenarbeit; leider haben wir nur einen Balkon. Bei allen anderen Aufgaben sehe ich keine Unterschiede zu meinem jetzigen Arbeiten«, stellte Hermine fest. »Ich bin für das Reinigungspersonal zuständig, kümmere mich um Bettwäsche und Handtücher, die dort allerdings ein Wäscheservice übernimmt. Nur die Privatkleidung unserer Patienten wird in unseren Gewerbe-Waschmaschinen gewaschen, das erledige ich gemeinsam mit einer Aushilfskraft. Bei knapp achtzig Bewohnern fällt da natürlich einiges an.«

»Sehr schön, sehr schön.« Annemarie lächelte zufrieden. »Unter Umständen müssten Sie sich bei uns auch mal um ein verstopftes Waschbecken kümmern. Aber nur, falls es ein Notfall ist und wir so schnell keinen Klempner bekommen. Wäre das ein Problem?«

»Offen gestanden habe ich das noch nie gemacht«, gab Hermine ehrlich zu. »Mein Mann oder auch meine Söhne können es mir aber bestimmt beibringen. Ich habe quasi drei Handwerker im Haus und musste mich nie um Technisches kümmern.« Sie lachte leise und trank noch einen Schluck Wasser. »Meine Männer werden vermutlich glauben, ich wollte sie veräppeln. Allein deshalb würde es mir

Spaß machen. Und so schwierig kann es ja nicht sein. Ich sage immer, wir Frauen können alles, was Männer auch können. Wir können sogar Kinder gebären – was das sogenannte starke Geschlecht niemals zustande bringen wird.«

»Meine Rede«, pflichtete Annemarie ihr bei und wandte sich an Lissi. »Haben wir noch Fragen an Frau Rotenberg?«

»Wann könnten Sie bei uns anfangen? Sie haben doch sicher eine Kündigungszeit bei Ihrem jetzigen Arbeitgeber?«

Hermine blickte zu Lissi. »Normalerweise sind es drei Monate. Wenn ich allerdings meine angesammelten Überstunden beanspruche, kann ich locker schon vorgestern dort aufhören.«

»Oh, das klingt nach Überlastung«, sagte Annemarie mitfühlend.

»Das auf jeden Fall.« Hermine gestattete sich einen leisen Seufzer. »Die Arbeit in der Einrichtung ist in einem halben Tag nicht zu schaffen, obwohl ich schnell und effizient bin. Aber die Betreiber sind nicht bereit, mich ganztags anzustellen. Das ist der Hauptgrund, warum ich wechseln möchte.«

Annemarie blätterte in ihrem Notizblock, auf dem sie die wichtigsten Punkte aufgeschrieben hatte. »Dann wäre das geklärt. Noch eine letzte Frage. Warum möchten Sie ausgerechnet bei *uns* arbeiten? Mit Ihrer Ausbildung und Berufserfahrung haben Sie doch freie Auswahl unter massenhaft Angeboten. Der Personalmangel in der Gastronomie und der Hotelbranche ist Ihnen sicher bekannt.«

»Das schon«, bestätigte Hermine. »Aber in großen Häusern herrscht gerade deshalb eine hektische Atmosphäre, und das hatte ich in den letzten Jahren zur Genüge. Vielleicht kommt es in einem kleineren Betrieb wie dem Ihren auch einmal zu stressigen Situationen …« Sie stockte überlegend.

»Das ist die Ausnahme«, bestätigte Annemarie. »Die Pension hat ja nur zwanzig Zimmer.«

»In der Pflegeeinrichtung sind es fünfzehn auf einer Etage, insgesamt fünfundvierzig. Der Arbeitsaufwand wäre für mich also kein Problem. Neue Aufgaben, ganz besonders im Garten, würden mich sehr reizen, ich mag Herausforderung. Selbst wenn es sich um einen verstopften Ausguss handeln sollte.«

Das Gespräch endete mit gemeinsamem Lachen.

Annemarie erkundigte sich abschließend, ob Hermine noch Fragen habe.

»Nein, vielen Dank, das Gespräch war sehr interessant und aufschlussreich«, antwortete Hermine mit einem offenen Lächeln.

Annemarie versicherte ihr, sie würde bald Bescheid geben. Dann verabschiedeten sie sich – wieder ohne Handschlag.

Als Hermine das Café verlassen hatte, wandte sich Annemarie an Lissi. »Und wie war dein Eindruck?«

»Toll«, sagte Lissi, kam aber nicht dazu, ihre Meinung ausführlich zu äußern, denn im Moment eilte der männliche Bewerber mit großen Schritten auf sie zu.

Annemarie riss die Augen auf. Dieser attraktive Mann mit dem rotblonden Schopf sah in Natur noch besser aus als auf dem Foto, das auch er in die obere Ecke seines Lebenslaufs einkopiert hatte. Er war groß, athletisch und wirkte in dem dunkelgrauen Anzug mit schlichtem weißem Shirt, als wäre er einem Plakat für Männermode entsprungen. Auch Lissi schnappte nach Luft, wie ihr ein schneller Seitenblick verriet.

Mit etwas Abstand blieb er vor dem Tisch stehen. »Mein Name ist Philip Jäger«, sagte er und schaute sie aus tiefblauen Augen direkt an.

Annemarie hatte sich sofort wieder im Griff. Sie stellte sich und Lissi vor und bat Jäger, sich zu setzen.

Er nickte knapp, nahm Platz und verneinte dankend, als sie ihm etwas zu trinken anbot.

»Freut mich, dass Sie es einrichten konnten«, begann Annemarie das Gespräch.

»Ich habe mich sehr über die Chance eines persönlichen Gesprächs gefreut. Als ich die Nachricht erhielt, habe ich Ihr Haus natürlich gegoogelt, wie man das eben so macht, und fand die Instagram-Seite der Pension. Was für ein Paradies! Es muss herrlich sein, hier arbeiten zu dürfen.«

»Sehr freundlich …« Annemarie warf einen kurzen Blick auf das Blatt mit seinem Werdegang und las leise. »Abitur, danach ein Praktikum als Koch im *Hilton Hotel Park* in München abgebrochen, aber im selben Haus dann eine Ausbildung zum Hotelkaufmann erfolgreich abgeschlossen. Seitdem waren Sie dort beschäftigt und sind auf eigenen Wunsch ausgeschieden. Die Hotelleitung bedauert das sehr.« Sie blickte auf und schaute ihn fragend an. »Hier steht leider nicht, warum Sie einen Wechsel wünschen. Und warum ausgerechnet am Bodensee?«

»Ich habe immer nur im *Hilton* gearbeitet, dort in den drei Münchner Häusern alle Bereiche durchlaufen, von der Zimmerreinigung bis zur Rezeption. Zuletzt war ich im

*Hilton Airport* als Housekeeper beschäftigt. Es ist höchste Zeit, mich ein wenig in der Welt umzusehen, bevor ich alt und grau bin.« Sein Blick wanderte aus dem Fenster über den See. »Als ich auf Ihre Instagram-Seite gestoßen bin und die Bilder gesehen habe, war ich sofort verliebt in die Gegend und natürlich in die traumhaften Torten. Ich habe eine Schwäche für Süßes und lese leidenschaftlich gerne Back- und Kochbücher, wie andere Menschen vielleicht Krimis.«

»Wie interessant«, sagte Annemarie, obwohl seine Erklärung nicht gerade erhellend war. Womöglich gab es private Gründe für seinen Wunsch, aber sie versagte es sich, danach zu fragen. Seine Zeugnisse waren makellos, alles andere hatte sie nicht zu interessieren. »Haben Sie Fragen an uns?«

»Ja, ich würde gerne mehr über die einzelnen Aufgaben erfahren. Es wurde eine Ganztagsstelle mit vierzig Wochenstunden ausgeschrieben. Ich habe mich gefragt, ob es sich nur um das reine Housekeeping handelt. Bei nur zwanzig Zimmern ist das doch mit zwei Zimmermädchen in höchstens einem halben Tag getan.«

»Ganz recht«, bestätigte Annemarie und zählte wie schon bei Hermine die Extras auf: »Den Rasen mit einem Minitraktor kurz halten, Liegen für die Gäste aufstellen, den Strand säubern. Notfalls müsste auch mal ein Abfluss gereinigt werden.«

Philip hatte aufmerksam zugehört. »Das klingt nach einer abwechslungsreichen Tätigkeit. Während meiner Ausbildung im Hilton Hotel konnte ich reichlich Erfahrungen in allen Bereichen sammeln, und eine solche umfassende Tätigkeit würde mir großen Spaß machen. Nicht zuletzt wollte ich immer schon mal auf so einem Minitraktor fahren. Verstopfte Abflussrohre sind für mich eine Sache von höchstens zehn Minuten. Ich komme aus einer Handwerkerfamilie, mein Onkel Alfred ist Klempner, dem habe ich schon als Kind über die Schulter geschaut. Er könnte mir sicher auch noch einen Crashkurs geben.«

Annemarie hätte gerne gejubelt. Ihr gegenüber saß – aus beruflicher Sicht – der absolute Traummann. »Vielen Dank für das aufschlussreiche Gespräch, Herr Jäger. Von unserer Seite aus sind alle Fragen geklärt. Wir werden Ihnen bald Bescheid geben.«

Philip erhob sich und schob den Stuhl vorsichtig zurück. »Es hat mich sehr gefreut. Ich wünsche noch einen angenehmen Tag.« Er nickte Annemarie und Lissi kurz zu, drehte sich um und verließ das Café ohne Hast.

»Was sagst du zu diesem Prachtexemplar, Lissi?«

Lissi hatte Philip mit gemischten Gefühlen nachgeschaut, holte jetzt tief Luft und zischte ein leises: »Nein!«

»Wie bitte?« Annemarie klang fassungslos.

»Mit dem stimmt was nicht«, erklärte Lissi mit gedämpfter Stimme.

»Was soll denn bei diesem Mann nicht stimmen? Außer du bemängelst, dass er sehr attraktiv und überqualifiziert ist. Und er hat Erfahrung als Barmixer, der könnte uns leckere Drinks zubereiten. Wir sollten glücklich sein, dass er sich überhaupt bei uns beworben hat, und ihm den roten Teppich ausrollen. Der würde doch überall genommen!«

»Genau *das* ist der Punkt. Ich finde es verdächtig, dass er sich nicht in einem Fünfsternehotel bewirbt, um ›die Welt‹ anzuschauen, wie er es so blumig genannt hat. Vielleicht hat er eine Leiche im Keller und will sich in Auerbach, am Ende der Welt, verstecken. Ich bin dafür, Hermine einzustellen, die passt besser zu uns und den Zimmermädchen.«

»Ja, Hermine ist toll und sympathisch und kompetent. Aber Philip ist perfekt! Ein Traumkandidat! Wir müssen ihn nicht anlernen, der könnte sogar an der Rezeption aushelfen und Rose entlasten. Auch seine Gehaltsforderung ist absolut im Rahmen, obwohl er mehr verlangen könnte.«

»*Noch* ein Punkt, der mir verdächtig vorkommt«, ereiferte sich Lissi. »Wobei das nicht mal das stärkste Gegenargument ist.«

»Du sagst das so, als hättest du noch mehr Einwände.«

»Ja, und zwar den wichtigsten: Er sieht viel zu gut aus!« Natürlich würde sie Annemarie niemals gestehen, dass er sie an jemanden erinnerte, den sie vergessen wollte. Dass Philip für sie zu den Männern mit starker charismatischer Ausstrahlung gehörte, die einem weismachen konnten, Buttercreme wäre ein Schlankmacher. Die Frauen wie Fast Food konsumierten und niemals Schuldgefühle hatten. Dieser Typ Mann weckte Erinnerungen, die sie entsetzlich schmerzten.

Annemarie hob erstaunt die Augenbrauen. »Schönheit stört mich nicht im Geringsten. Und wäre es nicht diskriminierend, ihn deswegen abzulehnen?«

»Mich stört gutes Aussehen auch nicht, solange er nicht bei uns arbeitet«, behauptete Lissi und schaute Annemarie mit hocherhobenem Kopf an. »Stell dir nur einmal vor, Antonella oder Marcella verliebt sich in diesen Schönling? Soweit ich weiß, sind beide ungebunden. Wenn sie jetzt täglich mit so einem Prachtexemplar, wie du ihn nennst, zusammen sind, ist das brandgefährlich. Und wenn da was schiefgeht, kündigen am Ende entweder die Schwestern oder Philip, dann sind wir die Dummen und müssen uns auch noch neue Zimmermädchen suchen.«

»Hm«, murmelte Annemarie, schaute eine Weile aus dem Fenster und sagte dann: »Du hast nicht ganz unrecht. Fragen wir noch Herrn Otto und Frau Waltraud, bevor wir eine endgültige Entscheidung treffen.«

»Nie im Leben wäre ich auf die Idee gekommen, dass er sich um die Stelle bewirbt. Ich hätte ihn eher der Kategorie *Nobles Trinkgeld* zugeordnet«, erklärte Herr Otto.

Auch Frau Waltraud hatte den Kandidaten ausgiebig betrachtet. »Sooo ein schöner Mann, da möchte man glatt wieder jung sein. Noch dazu glatt rasiert, eine optische Wohltat, wo doch jetzt fast alle jungen Männer mit diesen grauslichen Vollbärten rumlaufen.«

»Na bitte«, triumphierte Lissi nach dieser Beurteilung. »Vielleicht ist es sexistisch, jemand auf sein Äußeres zu reduzieren. Aber wir können uns keine amourösen Verwicklungen leisten.«

»Du hast ja recht«, gab Annemarie kleinlaut nach. »Dann stellen wir Hermine ein. Mit ihr bekommen wir Frauenpower.«

Lissi atmete erleichtert auf. Obwohl sie sich den ganzen Tag in der Konditorei aufhielt und mit Philip kaum Kontakt haben würde – ihn im Haus zu wissen, war das Letzte, was ihr fehlte. Sie war auf ihre Ausbildung und die anstehende Prüfung fokussiert, alles andere war uninteressant. Gut aussehende Männer doppelt und dreifach. Noch jetzt lief es ihr eiskalt den Rücken hinunter, wenn sie an den Moment dachte, als er am Tisch gestanden und ihr dann direkt in die Augen geschaut hatte. Sie hatte das fast unmerkliche Zucken seiner Augenlider wohl bemerkt. Hätte er dazu gelächelt, wäre es ihr bestimmt nicht aufgefallen, doch seine unbewegliche Miene hatte sie alarmiert. Sie hatte deutlich gefühlt, wie sehr er den Blickkontakt vermied, während er sich mit Annemarie unterhalten hatte. Irgendetwas stimmte nicht mit ihm. Seine Begründung, warum er in einer kleinen Pension arbeiten wollte, war so durchsichtig wie Läuterzucker, das sagte ihr Bauchgefühl. Und ihr Bauch hatte sie noch nie getäuscht.

# 6

Philip war aufgekratzt und nervös und wäre am liebsten aus dem Café gerannt wie auf der Flucht. Doch er zwang sich, das Lokal ohne Hast zu verlassen.

Nicht das Gespräch hatte ihn emotional so mitgenommen, sondern die Anwesenheit dieser schönen jungen Frau. Sie war ihm sofort beim Betreten des Cafés aufgefallen. Und der erste Blick in ihre goldbraunen Augen durchfuhr ihn wie ein elektrischer Schlag.

Lissi, murmelte er leise. Geheimnisvoll wie eine Sphinx hatte sie schweigend am Tisch gesessen, hatte versucht, ihn *nicht* zu beobachten, und es doch getan. Immer wieder waren sich ihre Blicke wie zufällig begegnet. Zuerst hatte er sich gegen die Kraft der Anziehung gewehrt, die zwischen ihnen vom ersten Augenblick an Funken versprüht hatte. Dass sie auch noch angehende Konditorin war, hatte ihn endgültig umgehauen. Mühsam hatte er sich auf die Fragen konzentriert und keine plausible Erklärung dafür gefunden, warum er das *Hilton* verlassen wollte. Wie ein Anfänger zu behaupten, etwas von der Welt sehen zu wollen! Was für eine lächerliche Begründung, wenn man sich in der Provinz bewarb. Vermutlich hatte er sich damit jegliche Chance auf die Anstellung verdorben. Aber er hatte doch unmöglich zugeben können, dass eine unglückliche Liebesgeschichte zu einer Kollegin dahintersteckte. Beziehungen unter den Angestellten wurden von keinem Arbeitgeber gern gesehen. Sie störten die Arbeit, provozierten Eifersüchteleien und Kündigungen.

Nachdem er das Haus verlassen hatte, spazierte er die Promenade am See entlang. Der Mai zählte auch am Bodensee noch nicht zur Hochsaison, und doch war diese Allee gut besucht. Er musste ein ganzes Stück weit gehen, ehe er eine freie Parkbank mit Blick auf den See fand.

Nachdenklich setzte er sich, kramte die Zigarettenpackung aus der Jacketttasche und zündete sich eine Zigarette an. Eigentlich hatte er längst aufgehört zu rauchen, nur in großer Anspannung fiel er zurück in die alte Sucht.

Nach einigen tiefen Zügen und dem entspannenden Beobachten der Wasservögel wurde er ruhiger. Es wäre ganz sicher wundervoll, hier arbeiten und leben zu dürfen. Er würde sich garantiert wohlfühlen in diesem kleinen Betrieb, der nicht von Hektik bestimmt war wie die großen Hotels. Nachtschichten waren in der Ausschreibung und auch im Gespräch nicht erwähnt worden. In einer Familienpension wie dieser wäre das auch absolut unnötig. Bei wenigen Doppelzimmern und voller Belegung waren höchstens fünfunddreißig Gäste anwesend. Was an Reinigungen, Wäsche, Garten- und Strandarbeiten anfiel, war ein Klacks. Im Vergleich zu seinen bisherigen Aufgaben fast ein Minijob. Er war es gewohnt, volle acht Stunden beschäftigt zu sein, und scheute auch keine Überstunden. Sollte man ihn einstellen, würde er sich über jede zusätzliche Aufgabe freuen – selbst über verstopfte Abflüsse.

Verrückt, was das Schicksal oft für Haken schlug. Dass er

hier gelandet war, konnte nur Bestimmung sein. Er musste an Alexander von Humboldts These denken: *Alles hängt mit allem zusammen.* Damit hatte Humboldt das Zusammenspiel von Umwelt und menschlichem Wirken gemeint. Aber Humboldts Worte trafen auch auf seine Situation zu.

Eine lange, qualvolle Zeit lag hinter ihm. Schließlich hatte er die Kraft gefunden, die quälende Beziehung zu vergessen. Den Job zu kündigen, war die logische Folge. Auf den internen Gastro-Portalen hatte er diese Ausschreibung gefunden und ohne lange nachzudenken eine Bewerbung geschrieben. Als er tatsächlich die Einladung zum Vorstellungsgespräch erhalten hatte, war er mit seinem klapperigen VW Polo losgefahren.

Er war sich durchaus im Klaren, welche enorme Veränderung ein Wechsel an den Bodensee mit sich bringen würde. Aber sein Bauch signalisierte ihm, dass es die richtige Entscheidung wäre. Und der hatte ihm noch nie falsche Zeichen geschickt.

Er nahm einen letzten Zug von der Zigarette, drückte sie an seinem Schuhabsatz aus und behielt die Kippe in der Hand. Er würde sie im nächsten Abfalleimer entsorgen. Dann zog er sein Handy aus der Jackentasche, öffnete die Seite von Immoscout und tippte in die Suchzeile: Einzimmerapartment.

Den Job hatte er zwar noch nicht in der Tasche, doch es konnte nicht schaden, die Gegend nach Unterkünften abzuchecken.

# 7

Annemarie thematisierte das Vorstellungsgespräch noch einmal beim gemeinsamen Abendessen. Angeregt wurde mit der gesamten Familie darüber debattiert, an wen der Posten vergeben werden sollte. Vorher hatte sie noch mit Iris telefoniert und sie nach ihrer Meinung gefragt. Iris stimmte ebenfalls für Hermine. Ein gut aussehender Mann stifte schnell Unruhe, hatte sie gemeint.

Rose war anderer Meinung. »Moment mal! Ihr wollt ihn nicht einstellen, weil er attraktiv ist?« Irritiert wanderte ihr Blick von Annemarie zu Lissi. »Ich habe mir das Foto auf seiner Bewerbung natürlich angesehen und muss zugeben, dass er ein echter Hingucker …«

»Dann bin ich auch dagegen«, unterbrach Nico seine Frau, grinste sie aber schelmisch an.

»Keine Sorge, du bleibst meine Nummer eins.« Rose streichelte ihm über den Kopf, ehe sie weiterredete. »Wer sagt euch denn, dass die Mädchen auf ihn fliegen würden? Vielleicht ist er gar nicht ihr Typ. Nur weil einer gut aussieht, kann er noch lange nicht alle Frauen haben.«

»Die Gefahr besteht aber immer«, antwortete Lissi. »Und wenn du ihn gesehen hättest, wärst du meiner Meinung.«

»Es besteht auch die Gefahr, dass unser achtzig Jahre altes Dach einstürzt«, scherzte Rose.

»Lass die schwachen Scherze!«, fuhr Herbert seine Tochter an.

»Du bist also für Philip?«, schloss Annemarie aus Roses Anmerkungen.

»Bin ich«, antwortete Rose. »Handwerklich geschickt, umfassende Ausbildung im Hotelfach, weiß in allen Bereichen Bescheid und kann an der Rezeption aushelfen. Dann hätte ich vielleicht auch mal ein freies Wochenende. Philip ist der Traumkandidat.«

»Freies Wochenende!«, wiederholte Nico begeistert. »Dann bin ich unbedingt für Philip. Und er kann sofort anfangen, weil er im *Hilton* bereits gekündigt hat. Hermine hat bestimmt eine dreimonatige Kündigungsfrist.«

»Gut, er ist ein Tausendsassa, überall und sofort einzusetzen. Abgesehen von der Konditorei, hinter der Verkaufstheke im Tortenhimmel kann ich ihn mir nämlich nicht vorstellen«, setzte Lissi dagegen.

Herbert betrachtete Rose mit zusammengekniffenen Augen. »Warum sollten wir eine Aushilfe für die Rezeption brauchen? Willst du uns etwa verlassen?«

Rose blickte zuerst Nico an, bevor sie schwach den Kopf schüttelte. »Ähm ... nein, nein ... aber ich könnte doch mal krank werden ... oder ...«

»Oder was?«, hakte Herbert nach.

»Nichts.«

»Dann stimmen wir ab«, forderte Annemarie.

Florence und auch Berthold, der mittlerweile zur Familie gehörte, stimmten für Hermine.

»Dann ist es entschieden. Inklusive der Stimme von Iris steht es vier zu drei für Hermine«, schloss Annemarie die

Familienkonferenz und steckte die Unterlagen zurück in die grüne Mappe.

Rose setzte Hermines Daten in den Einstellungsvertrag und schrieb den Arbeitsbeginn auf den nächsten Ersten fest. In einem freundlichen Begleitschreiben bat sie um baldige Rücksendung des unterzeichneten Vertrags, druckte beides aus und steckte alles in ein Kuvert. Lissi brachte den Vertrag sofort zum Briefkasten.

Lissi klopfte kräftig auf das Dach des gelben Postkastens, um sicherzugehen, dass der Brief auch tatsächlich nach unten fiel. Jetzt konnte nichts mehr schiefgehen, und sie freute sich auf Hermine – egal, wie häufig sie der Hausdame begegnen würde.

Anschließend spazierte sie auf der Promenade entlang, setzte sich auf eine Bank und rief ihre Mutter an, die ab Mai am besten abends zu erreichen war. Ihre Eltern verbrachten den ganzen Tag im Weinberg und überwachten den Zustand der Reben. Wie alle Weinbauern fürchteten sie sich am meisten vor Schädlingen oder Unwettern, die wegen des Klimawandels immer häufiger wurden.

»Was gibt es Neues?«, fragte Charlotte, die sich über Lissis wöchentlichen Anruf freute.

Lissi erzählte von den Sachertörtchen, die sie für die Feier gebacken hatte, und von den Vorstellungsgesprächen. »Eine ganz neue und interessante Erfahrung für mich.«

»Dann fühlst du dich immer noch wohl in der Familie und bereust deinen Entschluss nicht? Es war ja doch ein ziemlich großer Schritt.«

»Nein, auf keinen Fall. Wenn ich morgens aufwache, freue ich mich auf die Backstube. Jeden Tag aufs Neue. Und seit ich ganz offiziell Miteigentümerin bin, fühlt es sich wirklich *leiwand* an. Nur noch ein paar Wochen, dann hab ich auch die Prüfung in der Tasche …«

»Den Termin hab ich mir schon notiert, ich werde ganz fest an dich denken.«

»Danke, Mami, das ist lieb. Ich sitze auch jeden Abend über den Büchern und lerne; ich möchte den besten Abschluss von allen machen. Ihr kommt doch nach Auerbach, wenn ich bestanden habe?«

»Versprochen«, antwortete Charlotte.

»Und wie geht es euch mit dem Weinberg? Keine Rebläuse an den Trauben, kein Schimmelpilz in Sicht oder fiese Schädlinge in der Erde?«

»Pssst, pssst …«, zischte Charlotte durchs Telefon. »Schon darüber zu reden, kann gefährlich sein. Ich bin zwar nicht abergläubisch, doch Vorsicht schadet nicht.«

»Das stimmt, Mami, dann tun wir einfach so, als hätte ich nichts gesagt«, erwiderte Lissi.

Ohne es verhindern zu können, musste sie an den Mann denken, dessen Namen sie auch besser nicht aussprach. An seine strahlend blauen Augen, an die verstohlenen Blicke, die sie ausgetauscht hatten und die sie nicht vergessen konnte, sosehr sie sich auch bemühte. Und einen halben Atemzug lang war sie versucht, ihrer Mutter von der Begegnung mit Philip zu erzählen und weshalb die alten Verletzungen wieder schmerzten. Wusste Charlotte doch von ihrem Liebeskummer und warum sie nach Auerbach geflüchtet war. Doch es war klüger, sich auf die Zukunft zu konzentrieren, die sich ausschließlich um Kuchen, Torten und Pralinen drehte.

»Sag mal, Mami, vielleicht kannst du mir helfen; ich suche ein österreichisches Rezept, das in Deutschland eher unbekannt ist.«

»Hm, lass mich überlegen … eine Wiener Spezialität sind die Punschkrapferln …«

»Genau, ich erinnere mich«, rief Lissi begeistert. »Opa Georg hat sie regelmäßig fürs Café gebacken. An Weihnachten gab's für mich auch welche ohne Rum.«

»Gibt es einen speziellen Grund für deine Frage?«

Lissi erzählte von der Tradition im Hause König, nach der für jedes Kind zur Geburt eine Torte oder ein Gebäck kreiert wurde. »Ich würde gerne etwas finden, was ich Lissi-Torte oder so ähnlich nennen kann.«

»Schau doch mal in das Rezeptbuch«, riet Charlotte ihrer Tochter. »Vielleicht findest du darin eine Rezeptur für die Krapferln. Hach, jetzt bekomme ich direkt Appetit auf die kleinen rosafarbenen Köstlichkeiten. Leider haben wir keine Konditorei in der Nähe, ich müsste sie selber backen.«

Das Gespräch drehte sich noch eine Weile um das Café Haas, das Opa Georg, Charlottes Vater, noch lange nach Lissis Geburt betrieben hatte.

Charlotte erinnerte sich, wie auffällig oft ihre Mutter Elfie von Max erzählt hatte. Dem tüchtigen deutschen Gesellen, dem keine Arbeit und keine Überstunde zu viel war.

»Max war wohl die große Liebe von Oma Elfie«, sagte Lissi.

»Im Rückblick wissen wir ja auch, warum. Wenn eine Liebe mit Tränen endet, gräbt sich die Erinnerung an die schönen Tage noch tiefer ins Herz. Schade, dass er sich viel zu spät bei Elfie gemeldet hat und ich ihn nicht mehr kennenlernen konnte.«

»Ja, sehr schade, ich bedauere es ebenso, ich hätte ihn auch gerne kennengelernt. Bis nächste Woche, Mami.« Lissi verabschiedete sich mit einem Küsschen.

Auf dem Nachhauseweg verdrängte sie die Gedanken an ihre eigene unglückliche Liebe. Sie wollte nicht zurückblicken auf enttäuschte Gefühle, sondern sich lieber auf Wichtigeres konzentrieren.

Wieder in der Pension, schaute sie an der Rezeption vorbei, wo gerahmte Fotos von allen Konditoren der Familie an einer Wand angebracht waren. Auch eines von Großvater Max als junger Mann, offensichtlich nach bestandener Meisterprüfung, wie an der Urkunde in seiner Hand zu erkennen war. Ein Schwarz-Weiß-Bild, aufgenommen in den Fünfzigerjahren und leider etwas verblasst. Dass er ein Mann mit positiver Ausstrahlung war, ließ sich aber noch sehr gut an seinem breiten Lachen erkennen. »Wirklich schade, dass du dich nie wieder in Wien hast blicken lassen«, flüsterte sie ihm zu. »Aber ich verspreche dir, eine würdige Nachfolgerin zu werden und die Konditorei eines Tages in deinem Geiste weiterzuführen.«

In ihrem Zimmer machte sie es sich mit vielen Kissen auf dem Rattanbett bequem und blätterte das rote Rezeptbuch von Opa Georg durch. Notizen zu Punschkrapferln waren keine zu finden. Vermutlich hatte er die Zutaten im Kopf abgespeichert. Aber online gab es wie zu allen österreichischen Mehlspeisen massenhaft Beiträge oder Rezepte. Während sie sich von einigen inspirieren ließ, entstand die

Idee für eine Krapferl-Variante, zu der ihr auch ein passender Name einfiel. So bald wie möglich wollte sie sich ans Ausprobieren machen.

Am folgenden Samstagnachmittag war die Backstube frei, und Lissi konnte ungestört probieren. Angetan in weißen Hosen, einem weißen Kurzarm-Shirt und festen Arbeitsschuhen, das dunkle Haar mit einem weißen Bandana bedeckt, begab sie sich ans Werk.

Eier, Zucker, Mehl und etwas Zitronensaft für einen Biskuitteig bereitstellen. Für diesen luftigen Teig, die Basis für die meisten Torten und auch für ihr Gebäck, hatte sie die genauen Angaben plus der Herstellungsweise seit vielen Jahren im Kopf. Noch nie war ihr ein Biskuit misslungen, und das wäre in einem professionellen Betrieb auch eine Schande gewesen. Niemand konnte sich eine Verschwendung von Ressourcen leisten.

Nach knapp einer halben Stunde hatte sie den Teig auf das mit Backpapier belegte Blech gestrichen. Als sie es gerade ins Backrohr schob, klopfte Annemarie an das Fenster der Tür und winkte ihr zu.

Lissi stellte die Temperatur ein und ging dann zur Tür, die sie nur einen Spaltbreit öffnete.

»Weißt du, was passiert ist?« Annemarie wirkte gestresst.

»Keine Ahnung. Hoffentlich nichts Dramatisches.«

»Das wird die Zukunft zeigen.« Annemarie hatte ein weißes Blatt Papier in der Hand, das sie ihr reichte.

Hermine hatte geschrieben. Sie bedanke sich für das Gespräch in der letzten Woche und die Zusendung des Vertrags, müsse aber leider absagen. Lissi las den Satz ein zweites Mal und schaute Annemarie empört an. »Das ist ja nicht zu fassen …«

»Ich bin auch entsetzt. Aber lies weiter.«

Lissi überflog murmelnd den Rest des Textes, in dem Hermine erklärte, dass die Chefin der Pflegeeinrichtung fassungslos über Hermines Kündigung gewesen sei. Sie habe ihr nun doch eine Ganztagsstelle angeboten, und zwar mit deutlich höherem Gehalt. Hermine bat um Verständnis, sie bliebe auch wegen einiger dementer Bewohner, die keine Verwandten mehr hätten und die sie als eine Art Tochter ansähen.

»Blöd gelaufen«, meinte Annemarie. »Aber wir können sie ja wohl kaum verklagen.«

»Saublöd gelaufen, auch wenn das im Grunde genommen sehr lieb von Hermine ist und ich sie verstehe. Jetzt sind wir die Dummen und müssen wieder von vorne anfangen«, schnaubte Lissi genervt.

»Nein, müssen wir nicht. Wir stellen Philip ein. Hoffentlich ist er noch interessiert. Rose hat ihm schon eine Mail geschrieben.«

»Nein!«

»Doch. Da musst du jetzt durch …« Annemarie schnupperte in die Luft. »Was riecht denn da so verbrannt?«

»Mist, verdammter Mist! Mein Biskuit!« Hektisch lief Lissi zum Backofen und holte den Teig heraus. Er war tatsächlich verbrannt.

»Gräm dich nicht, das kann den Besten mal passieren. Nennt sich Künstlerpech«, rief Annemarie durch den Türspalt.

Lissi starrte wütend auf die dunkle Teigoberfläche. »Daran ist nur dieser Philip schuld«, schimpfte sie.

Annemarie stand immer noch an der Tür und hatte es gehört. »Schlecht möglich, der ist ja nicht mal im Raum.«

Das ist offenbar auch nicht nötig, dachte Lissi. Allein über ihn zu reden, bringt Unglück. Sie drehte sich zu Annemarie. »Meine Bedenken sind immer noch aktuell. Wir sollten uns noch mal nach einer anderen Kraft umsehen.«

»Jetzt werde bloß nicht schwierig«, tadelte Annemarie mit Chefinnenstimme. »Es ist nämlich egal, ob er dir gefällt oder nicht, er wird in der Pension und im Garten arbeiten. Du wirst nichts mit ihm zu tun haben.«

»Meine Zustimmung bekommst du trotzdem nicht.« Lissi rollte den verbrannten Biskuit zusammen und beförderte ihn mit einer gehörigen Portion Wut in den Abfalleimer.

»Die brauchen wir auch nicht, denn noch entscheiden Herbert, Rose und ich über die Personalfragen.« Damit drehte Annemarie sich um, und weg war sie.

Das war deutlich, dachte Lissi frustriert. Jetzt konnte sie nur hoffen, dass dieser Schönling sich doch gegen die Provinz entscheiden würde. Hoffentlich hatte er sich inzwischen besonnen und fand die Aussicht, in einem winzigen Nest zu leben, doch nicht so prickelnd, wie er behauptet hatte. *Sie* fühlte sich sehr wohl, aber die Königs waren ja auch ihre Familie. Ein junger Mann hingegen, der aus einer quirligen Großstadt wie München kam, konnte sich unmöglich dermaßen umstellen. Er würde sich nach kürzester Zeit schrecklich langweilen und kündigen.

Genau so wird es kommen, dachte Lissi, und Annemarie wird sich kräftig ärgern. Mit einem schadenfreudigen Lächeln auf den Lippen machte sie sich daran, einen zweiten Biskuitteig herzustellen.

Diesmal gelang er perfekt. Glücklich betrachtete sie den fertig gebackenen Teig. Er sah luftig aus, war von zartgelber Farbe und duftete himmlisch. Genau so, wie man es von Gebäck aus dem Tortenhimmel erwarten konnte.

# 8

Philip las die Mail von Rose König zweimal, erst dann realisierte er sein Glück.

Mit hochgezogenen Mundwinkeln verfasste er einen freundlichen Antworttext, erwähnte, dass er morgen anreisen würde, am nächsten Tag mit der Arbeit beginnen könne und wie sehr er sich auf die neuen Aufgaben freue.

Das waren keine leeren Schönwetterfloskeln. Er war mit dem Gefühl, der beste Bewerber gewesen zu sein, zurück nach München gefahren und hatte drei Tage lang auf einen Bescheid gewartet. Personal im Gastgewerbe war das *Gold* der Branche; kein Betrieb konnte ohne die richtigen Mitarbeiter wirtschaften, und niemand ließ sich lange Zeit mit einer Zu- oder Absage. Vermutlich gingen die Uhren in einem kleinen Familienbetrieb doch etwas langsamer. Einige der Kollegen hatten ihn ohnehin für komplett durchgeknallt erklärt, von einem renommierten Hotel in eine kleine »Klitsche« wechseln zu wollen. Doch er hatte sich nicht beirren lassen.

Als er am Tag des Vorstellungsgesprächs angekommen war, hatte er beim Blick auf den wundervollen See ein Gefühl von tiefer Zufriedenheit gespürt. Diese Empfindung war für ihn die Bestätigung gewesen, dass er mit seinem Plan richtiglag. Das Gespräch mit den beiden Damen war nach seinem Empfinden sehr positiv verlaufen, abgesehen von Elisabeths irritierenden Blicken. Eine atemberaubende Schönheit und gefährlich wie eine Raubkatze. Vermutlich hatte sie ihr Veto eingelegt. Doch jetzt freute er sich doppelt über die Zusage. Die »Kirsche auf der Torte« seines Neuanfangs!

Nun galt es, ein letztes, aber sehr dringendes Problem zu lösen: eine Unterkunft zu finden! Möglichst noch vor seiner Abreise an den Bodensee.

Nachdem er die Mail an Rose König abgeschickt hatte, suchte er direkt auf der Homepage von Immoscout nach einer passenden Wohnung.

In München hatte er in einer traumhaften Altbauwohnung in Haidhausen gelebt; nach dem Beziehungs-Aus war er in eine Wohngemeinschaft gezogen. In der bayerischen Hauptstadt, wo die höchsten Mieten des Landes verlangt und gezahlt wurden, sofort eine Wohnung zu finden, war so utopisch wie der berühmte Lottogewinn. Ein WG-Zimmer war das kleinere Übel gewesen.

Doch auch in Konstanz waren bezahlbare Wohnungen Mangelware, wie er sehr bald bemerkte. Was dort circa eine halbe Stunde Fahrtzeit von Auerbach entfernt angeboten wurde, konnte er sich nicht leisten. Also doch wieder ein WG-Zimmer? Eigentlich fühlte er sich mit fünfunddreißig viel zu alt für chaotische Küchen und eklige Bäder, weil Putzpläne nicht eingehalten wurden.

Aber mehr als fünfhundert Euro waren nicht drin in seinem Budget. Der überall herrschende Personalmangel in der Gastronomie hatte leider nicht zu steigenden Löhnen geführt. Aber er liebte seinen Job, das Kommen und Gehen der Gäste und dass er als Hotelfachmann freie Auswahl unter den aufregendsten Orten der Welt hatte. Egal, ob Luxushotel oder Kreuzfahrtschiff, Steward auf einer Privatjacht, Butler bei einem Milliardär oder Housekeeper in einer Familienpension: Alles war möglich. Nun hatte er sich für Letzteres entschieden. Er wollte sich entschleunigen, wie es auf Neudeutsch hieß. Ausprobieren, wie sich ein Leben ohne Hektik anfühlte. Er wollte mehr Zeit für Bücher und auch mehr Freizeit haben. Was der überschaubare Arbeitsplan für die Pension garantierte. Ob seine Entscheidung ein Fehler war oder sich als Glück seines Lebens herausstellte, würde er eines Tages wissen.

Das Zimmer in einer vegan/vegetarischen WG schien interessant. Es war für jemand zwischen fünfundzwanzig und dreißig Jahren ausgeschrieben. Die abgebildete Küche und das geräumige weiß gefliste Badezimmer gefielen ihm so gut, dass er die angegebene Handynummer wählte. Sein wahres Alter würde er vorerst verschweigen.

Es meldete sich eine weibliche Stimme von der Mailbox, auf die er »quatschen« sollte. Philip nahm an, dass sie von den vielen Anfragen überrannt worden waren und Anrufe deshalb nicht mehr persönlich beantworteten.

Er holte Luft, hinterließ mit ruhiger Stimme Name, Beruf, wo er in Zukunft arbeiten würde und dass er *sehr* interessiert wäre. Womit er garantiert nicht allein war.

Danach begann er zu packen.

Seine Habseligkeiten passten in einen großen Rollkoffer, zwei Reisetaschen und zwei mittelgroße Kartons. Als er die letzten Backbücher verstaut hatte, klingelte das Telefon.

Heute schien sein Glückstag zu sein! Doch es war nicht

der erhoffte Anruf aus der WG, sondern Gloria, eine Ex-kollegin aus dem Hilton.

»Ich kann es immer noch nicht glauben, dass du wirklich einen Job am Bodensee angenommen hast. Da ist es doch garantiert megalangweilig!«

»Vielleicht auch nicht, wer kann schon in die Zukunft schauen«, entgegnete Philip betont freundlich und fragte sich, woher sie die Infos hatte. Von ihm jedenfalls nicht.

Gloria hatte ihm oft mit Blicken gezeigt, dass sie ihn sehr mochte. Sie war ein hübsches, fröhliches Mädchen von zweiundzwanzig Jahren, aber nicht sein Typ und außerdem viel zu jung. Sie liebte Fast Food, interessierte sich brennend für Mode und Musik, redete über Designer und Bands, von denen er noch nie gehört hatte, und sie träumte von einer bombastischen Hochzeit ganz in Weiß mit Pferdekutsche und fliegenden Turteltauben. Andere Gespräche hatten sie nie geführt. Er hatte ihr nie Hoffnungen gemacht, oft genug seine feste Beziehung erwähnt und sie damit doch nicht abschrecken können.

»Ich schicke dir 'ne Postkarte, ganz old school«, sagte er und bereute es im selben Augenblick.

»O ja, bitte. Dann komme ich dich besuchen«, erwiderte Gloria in aufgekratztem Tonfall. »Wo war das noch mal genau?«

Vorsicht, ermahnte er sich im Stillen, jedes Wort könnte ihn verraten. »In der Nähe von Lindau«, antwortete er aus-weichend.

»Keine Ahnung, wo das liegt. Schreib mir halt dem-nächst mal die genaue Adresse. Wäre doch schön, wenn wir in Kontakt blieben, oder?« Es klang beinahe zärtlich.

»Hmm«, murmelte er vage, um sie nicht zu verletzen, und verabschiedete sich mit der Entschuldigung, er müsse noch einiges erledigen.

In Wahrheit gab es nichts mehr zu tun, nur noch das Gepäck ins Auto zu tragen. Aber Gloria gehörte zu den Frauen, die nicht aufhörten zu reden, solange man sie nicht stoppte. Und er war kein Mann, der Gefühle ausnutzte oder Menschen durch schlechtes Benehmen verletzte. Er war selbst gerade verletzt worden, und die Enttäuschung steckte ihm noch in den Knochen.

# 9

Lissi scrollte durch Philips Instagram-Profil. Ziemlich infantil, gestand sie sich ein, als wäre sie in ihn verliebt. Aber das war so unwahrscheinlich wie die Vorstellung, der Bodensee könnte austrocknen. Dass er ab morgen zum Personal gehörte, damit hatte sie sich abgefunden, und sie akzeptierte seine handwerklichen Fähigkeiten als nicht zu verachtenden Vorteil. Handwerker waren oft schwer zu bekommen, und einen begabten Heimwerker sogar im Haus zu haben, war ein Pluspunkt.

Doch sie, als Mitinhaberin des Betriebs, wollte noch mehr über den Menschen wissen, mit dem sie es in Zukunft zu tun haben würde. Die Bewerbungsunterlagen hatte sie zwar gelesen, aber Zeugnisse verrieten nichts über eine Persönlichkeit. Wer war dieser Philip Jäger, wenn er nicht in einer Uniform steckte? Wenn er nicht die Gäste freundlich grüßte, wovon sie ausging? Welche Laster hatte der private Philip? Welche Vorlieben? Welche Geheimnisse?

Um ein wenig über ihn herauszufinden, hatte sie ihn gegoogelt, wie das heute alle Welt tat. Und die meisten jungen Menschen trieben sich auf den sozialen Medien herum. Heutzutage war man oder frau ohne Profilseite auf den einschlägigen Portalen offensichtlich nicht existent. Als wäre man nur dann am Leben, wenn die ganze Welt Einzelheiten über das tägliche Dasein erfuhr. Da wurde jeder Kaffee fotografiert, Bilder von Urlauben oder Wochenendausflügen gepostet und natürlich Selfies. Ein wichtiger Gradmesser der Existenz. Vielleicht ein Klischee, aber es traf ziemlich genau auf Philip zu. Zugegeben, er sah verdammt gut aus, war extrem fotogen und wusste sich in Szene zu setzen. Soweit sie erkennen konnte, hielt er bei Selfies das Handy stets etwas schräg. Dadurch entstand eine ungewöhnliche Perspektive, überraschend und interessant.

Das Bild eines Backbuchs fiel ihr auf. Nicht irgendeines, sondern das Tortenhimmel-Backbuch! *Neues Lieblingsbuch* lautete der Text dazu. Wie sie am Datum des Beitrags ersehen konnte, hatte er das Buch wenige Tage vor seiner Bewerbung erworben. Es stimmte also, er hatte eine Vorliebe für Süßes und schmökerte gerne in Back- und Kochbüchern. Nicht gerade die übliche Lektüre für einen Mann, dachte sie und überlegte, ob der gut aussehende Philip, der es liebte, am Herd zu stehen, homosexuell war. Um sofort danach zu erkennen, dass sie in die Klischeefalle geraten war. Sie schämte sich dafür und schwor sich, ihn mit professioneller Freundlichkeit zu behandeln und sich solche Assoziationen zu verbieten. Es sei denn, er stiftete Unruhe bei den Zimmermädchen. Aber dann würden seine Tage in der Pension König ohnehin gezählt sein, sobald Annemarie davon Wind bekäme. Bis dahin war Philip nichts weiter als ein Kollege.

Als Lissi wie jeden Morgen in weißen Hosen, einem kurzärmligen weißen Shirt und dem weißen Bandana auf ihren schwarzen Haaren in der Backstube stand, vergaß sie ihre peinliche Recherche. Und als sie etwas später mit dem Ausrollen des Hefeteigs begann, galt ihre gesamte Aufmerksamkeit diesem empfindlichen Teig. *Hefeteig gedeiht nur mit Handwärme und Liebe*, hatte Opa Georg ihr beigebracht. Im Tortenhimmel wurden die meisten Teige mit der Maschine hergestellt, nur das Ausrollen oder Formen wurde per Hand von ihr oder dem Gesellen Alex erledigt. Momentan war sie aber allein, Alex befand sich noch im Urlaub, und Meister Müller war bei einer Besprechung in Annemaries Büro.

Schnell waren zwei große Bleche mit Hefeteig für den beliebten Sahnebienenstich belegt und zum nochmaligen Aufgehen mit Tüchern bedeckt. Nach einer weiteren Gehzeit von fünfzehn Minuten waren sie bereit für den Backofen. Inzwischen kochte sie Butter, Sahne, Zucker und Honig für den Belag zu einer dicken Masse auf, unter die zum Schluss noch blanchierte Mandelblättchen gemischt wurden.

Der Teig war luftig aufgegangen, die Mandelmasse abgekühlt. Vorsichtig verteilte sie die Masse mit einem Löffel gleichmäßig auf beide Bleche und strich sie mit der angewinkelten Palette glatt.

Die kurze Backzeit von circa 25 Minuten nutzte Lissi zum Saubermachen. Obwohl es die unbeliebteste Arbeit von allen war, summte sie zufrieden vor sich hin. Sie war das glücklichste Mädchen der Welt, verbrachte die Tage, eingehüllt in köstlichste Aromen von Frischgebackenem, und konnte so viel davon essen, wie sie mochte. Die Backstube war wie ein Kokon, in dem ihr nichts geschehen konnte. Hier war es immer warm genug, im Sommer gerne ein bisschen zu warm, aber daran hatte sie sich längst gewöhnt. Und egal, wie oft sie die beliebte Schwarzwälder Kirschtorte, eine Käsesahnetorte oder eine aufwendige dreistöckige Hochzeitstorte herstellte, die Zeit verflog jeden Tag viel zu schnell. Nie wurde es langweilig, nicht einmal mit eher öden Aufgaben wie Butter schaumig schlagen, Eier trennen oder Tortenböden durchschneiden.

Als sie die Bleche aus dem Ofen holte und zum Abkühlen auf Metallgitter beförderte, kam Meister Müller zurück.

Kontrollierend beugte er sich ein wenig über die fertigen Bleche und rieb sich nachdenklich das Kinn. Erst nach einer Weile drehte er sich mit einem Lächeln zu Lissi. »Wenn ich deine Arbeit ansehe, bin ich hier überflüssig.«

Lissi lachte laut auf. »Guter Witz.«

»Ganz und gar nicht. Du steigerst dich täglich; ich mache mir nicht die geringsten Sorgen wegen der Prüfung. Solltest du dennoch Hilfe bei den Vorbereitungen benötigen, lass es mich wissen.«

Lissi bedankte sich mit hochrotem Kopf. Sie freute sich sehr über das Lob und nahm sich einmal mehr vor, die Prüfung mit Auszeichnung zu bestehen. Sie konnte es kaum erwarten, sich endlich in die Fotogalerie in der Rezeption einreihen zu dürfen. Sie mit ihrem Gesellenbrief an der Wand zwischen Großvater Max, Herbert und Viola. Die Zeugnisse einer erfolgreichen Konditorendynastie!

Müller räusperte sich. »Der Bienenstich muss ja noch eine Weile auskühlen, ehe er bereit ist zum Durchschneiden und Füllen. Inzwischen würde ich gerne über einen Auftrag mit dir reden.«

Lissi schaute den Konditormeister ungläubig an. Noch nie hatte er etwas mit ihr bereden wollen. Er gab Anweisungen, Unterweisungen und selten auch Zurechtweisungen. Für Aufträge beriet er sich mit Annemarie, die er mittlerweile Anne nannte.

»Was für eine Torte fällt dir zum Thema Scheidungsparty ein?« Müller hatte sich an eine Ecke des Arbeitstisches gelehnt und die Arme verschränkt.

Lissi glaubte, nicht recht verstanden zu haben. »Zu einer Scheidung?«, wiederholte sie.

»Ja, ich weiß, die Leute werden immer verrückter. Aber es soll Paare geben, die sich friedlich trennen und danach beste Freunde bleiben oder sich das zumindest versprechen.«

»Klingt doch sehr zivilisiert. Hoffentlich kommt es dann auf der Party nicht doch noch zum Streit«, äußerte Lissi ihre Bedenken.

»Das würde uns ja nicht betreffen. Also, das betreffende Pärchen möchte mit ungefähr fünfzig Gästen ganz groß die neue Freiheit feiern«, erklärte Müller und schaute sie schmunzelnd an.

»Ich höre heute zum ersten Mal von so einer Party«, gestand Lissi. »Andererseits ist es tröstlich, dass es so etwas gibt. Meist bleiben ja nur Scherben und traurige Erinnerungen übrig.« Sie dachte an ihre Cousine Iris, deren Scheidung von Christian ziemlich schwierig gewesen war und die sicher niemals an eine Scheidungsparty gedacht hatte.

»Frau Trautmann organisiert ständig solche Partys, und diese soll nun bei uns im Wintergarten stattfinden, mit einer prächtigen Tortenhimmel-Torte. Die Geschiedene wünscht sich etwas Außergewöhnliches.«

Lissi hatte während ihrer Tätigkeit in dem Süßwarenkonzern mehrmals Meetings erlebt, bei denen es um die Schöpfung neuer Produkte gegangen war. Jeder sprach einfach aus, was ihm gerade durch den Kopf ging, und in sieben von zehn Fällen war etwas Brauchbares dabei herausgekommen.

»Gebrochenes Herz.«

»Wie bitte?«

»Wenn ich an eine Scheidung denke, fallen mir zuerst gebrochene Herzen ein«, antwortete Lissi. »Selten geht eine Trennung so einfach über die Bühne. Mindestens einer von beiden wird leiden.«

Müller rückte seine weiße Schildmütze zurecht, die er gemäß den Hygieneregeln stets in der Backstube aufhatte. Er schnaufte wie der Überlebende eines Dramas. »Die Assoziation ist schon mal passend. Und wie könnte das als Torte aussehen?«

»Ein großes in der Mitte zersplittertes Herz, das nur noch unten an der Spitze zusammenhängt.«

»Gefällt mir, gefällt mir sehr!« Müller strahlte sie euphorisch aus seinen hellgrünen Augen an.

»Moment«, stoppte Lissi seine Begeisterung. »Wie groß ist die Gesellschaft, also, wie viele Gäste? Bei einem Riesenherz könnte der Effekt nicht überzeugen.«

»Es war von circa fünfzig Personen die Rede. Aber das Herz muss ja nicht so groß wie ein Tisch sein. Wenn es dick genug ist, bekommt trotzdem jeder ein Stück.«

Nun strahlte Lissi. »Stimmt! Ich habe natürlich nur an ein Herz mit der üblichen Höhe von zehn Zentimetern gedacht, dumm von mir! Sehen Sie, und genau deshalb kann der Tortenhimmel noch sehr lange nicht auf Sie verzichten.«

Müller tippte sich an seine Schildkappe. »Herzlichen Dank auch. Ich würde vorschlagen, wir bauen ein Modell aus Pappe, um die Wirkung beurteilen zu können. Haben wir noch von den großen Kartons im Vorratslager?«

»Bestimmt, ich schaue sofort nach.«

Als Lissi mit zwei leeren Kartons in die Backstube zurückkam, unterhielt sich Müller mit Annemarie, die in der Tür stand. Einen Schritt weiter in die Backstube hinein, und sie hätte wegen der Hygieneregeln einen Kittel tragen und ihr Haar bedecken müssen.

»Gibt es schon innovative Ideen für eine tolle Scheidungstorte? Frau Trautmann rief nämlich gerade an. Die Geschiedenen sind etwas ungeduldig.« Theatralisch verdrehte Annemarie die Augen und verzog den rot geschminkten Mund zu einer Schnute.

Müller erklärte Lissis Idee und erwähnte, dass sie eine Art Modell aus Pappe anfertigen würden, um herauszufinden, ob es funktionierte.

»Tolle Idee, Lissi, das könnte super werden.« Annemarie nickte ihr zu. »Aber nur das Herz allein ist vielleicht etwas mager. Wie wär's mit etwas Deko? Ich weiß zwar nicht, was da passen könnte, aber ihr seid die Tortenkünstler. Denkt euch was Schönes aus.« Damit verschwand ihr grauer Schopf, und die Tür fiel hinter ihr ins Schloss.

Eine ganze Stunde wurde an dem Pappeherz gebastelt. Das Ergebnis waren zwei halbe Herzen, groß wie ein Caféhaustisch und 35 Zentimeter hoch.

Müller betrachtete das Werk mit gerunzelter Stirn. »Anne hat recht, ohne Deko ist es fad. Fällt uns was Lustiges ein?«

»Tränen?«, platzte Lissi heraus.

Müller lachte laut auf. »Ziemlich lustig, ob es den Geschiedenen auch gefallen würde? Aber es ist gleich Mittagspause …« Er hob den Kopf und blickte auf die große altmodische Wanduhr, die noch von Max König stammte und in Ehren gehalten wurde. »Wir reden später weiter.«

Lissi nickte. »Ich werde mich an den See setzen und aufs Wasser starren, da fällt mir immer was ein.«

Sie wechselte die Arbeitshose und ihr Shirt gegen ein schwarz-weiß geblümtes Sommerkleid ohne Ärmel und schlüpfte in ein Paar Birkenstocksandalen. Mit einem leckeren Käse-Tomaten-Sandwich von Frau Waltraud und einer Zitronenlimonade bewaffnet, spazierte sie ans Seeufer, wo sie sich auf der gusseisernen Gartenbank niederließ.

Es war ein sonniger Tag, nicht zu heiß, und eine leichte Brise brachte Kühlung. Der Frühling ging langsam zu Ende, das Blau des Himmels wurde von Tag zu Tag intensiver, und die Hitze nahm zu.

Lissi hatte die Sonnenbrille aufgesetzt, durch die das Wasser leicht grünlich schimmernd wirkte. Sanfte Wellen schwappten am Ufer über die Steine. Hin und wieder fuhr eines der Linienschiffe vorbei. Segler konnte sie keine ausmachen, vermutlich reichte der Wind nicht aus. Aber sie machte sich nichts aus Segeln, obwohl ihr Vater ein leidenschaftlicher Wassersportler war und sie die Ferien oft am Wörthersee verbracht hatten, wo dann auch Segelboote gemietet worden waren. Sie schwamm gerne, aber noch lieber lag sie einfach in der Sonne und ließ die Gedanken fliegen.

Doch jetzt war keine Zeit für faules Abhängen, es galt, sich eine Deko für die Scheidungstorte auszudenken. Dass Müller die Tränen praktisch abgelehnt hatte, war schade. Blumen, welche auch immer, kamen sicher auch nicht infrage, die würden zu sehr an eine Hochzeitstorte erinnern. Überhaupt waren alle Elemente tabu, die jeder sofort mit einer Hochzeit in Verbindung brachte.

Möglich wäre auch, das Herz nur mit einer farbigen Ganache zu überziehen. In zwei verschiedenen Farben. *Naked Cakes* waren seit einer Weile sehr beliebt. Ein Kuchen ohne Schnickschnack, sinnbildlich für das Ende einer Ehe, nach dem beide mit »leeren Händen« dastanden. Jedenfalls emotional. Sie würde es dem Chef vorschlagen.

Müller gefiel die Idee der zwei Farben. »Aber ganz nackt wäre es kein Knaller, und der wurde verlangt. Sonst war das die letzte Feier, die Frau Trautmann bei uns veranstaltet hat. Und dann spricht Anne nie wieder ein Wort mit mir«, erklärte er mit besorgter Miene.

Lissi schluckte und schwieg und fragte schließlich, wann die Feier stattfinden würde.

»Ich glaube, in vier Wochen.«

»Dann bleibt uns ja noch etwas Zeit.«

»Ja, für die finale Herstellung. Leider ist mir in der Mittagspause auch keine Wahnsinnsdeko eingefallen. Deshalb werde ich behaupten, dass wir gerade ein paar super Ideen ausbrüten. Das muss erst mal genügen. Die Grundidee des gebrochenen Herzens ist perfekt, die kann Anne ja schon mal weiterleiten, damit die Hochzeitsplanerin nicht nervös wird. Dann kannst du jetzt den Bienenstich fertigstellen.«

Lissi lächelte erleichtert. Meister Müller schien heute besonders gut gelaunt zu sein, normalerweise verlangte er schnellere Ergebnisse.

Als sie an diesem Abend kurz davor war, einzuschlafen,

blitzte der zündende Einfall auf. Die beliebteste Deko auf Hochzeitstorten war ein Brautpaar aus Zucker oder Marzipan: ein Pärchen, das sich küsste, umarmte oder tanzte. Für eine Scheidungstorte wäre ein getrenntes Paar logisch, jeder saß auf einer der Herzhälften.

# 10

Philip lenkte den VW Polo im Schneckentempo auf den Parkplatz der Pension König und stellte den Motor ab. Nachdem er ausgestiegen war, streckte er sich ausgiebig. Sein Rücken schmerzte vom langen Sitzen hinterm Steuer. Seine Arme waren steif geworden, die Knie knackten.

Außerdem hatte er Kaffeedurst nach der Vierstundenfahrt von München nach Auerbach. Er war nonstop durchgefahren, um möglichst nicht in die Dunkelheit zu geraten. Seit ein guter Freund von ihm nachts auf der Autobahn durch einen Geisterfahrer ums Leben gekommen war, vermied er Nachtfahrten, so gut es ging.

Er verdrängte die traurige Erinnerung und konzentrierte sich auf den Anblick der Pension König.

Der sonnengelbe Anstrich, die weißen Sprossenfenster, die etwas altmodischen Fensterläden, die hübschen Dachgauben und die goldene Schrift *Pension König* über dem Rundbogeneingang ergaben ein harmonisches Bild. Dieses Haus strahlte ein freundliches Willkommen aus, noch bevor man es betreten hatte. Dazu die Lage am See, ideal für einen entspannten Erholungsurlaub. Er war sehr neugierig auf die Gäste, die ihm hier begegnen würden.

Ein kurzes Luftholen, dann fühlte er sich bereit für die neue Aufgabe. Der Weg in die Rezeption führte durch einen Windfang und eine Schwingtür. Die Wände des rechteckigen Raumes waren hellgrau gestrichen, an der Stirnseite befand sich ein halbrunder dunkelroter Tresen mit schwarzer Steinplatte. Seitlich davon zwei bequem aussehende dunkelrote Samtsessel. Dazwischen ein niedriger Glastisch. Darüber eine Galerie mit gerahmten Bildern aller Konditoren des Tortenhimmels. Aufgelockert wurde der moderne Stil durch einen schweren antiken Kristallspiegel. Der würde sich auch in einem Schloss gut machen.

Hinter dem Tresen saß eine junge blonde Frau, die aufblickte, als er eingetreten war. »Herzlich willkommen in der Pension König.«

»Danke schön. Mein Name ist Philip Jäger«, stellte er sich vor und erklärte, dass er die Housekeeping-Stelle antreten würde.

»Ich bin Rose Weingold, Tochter des Hauses und die Geschäftsführerin.« Sie streckte ihm die Hand entgegen.

»Angenehm ... sehr freundlich. Dann war der Brief von Ihnen?«

»Ganz recht.« Sie war aufgestanden. »Leider konnte ich bei den Bewerbungsgesprächen nicht dabei sein, aber ich kenne natürlich Ihre Unterlagen. Ich freue mich auf die Zusammenarbeit.«

»Ich kann es kaum erwarten, zu beginnen.« Philip lächelte. Rose Weingold war extrem hübsch, das nachtblaue Jackett über einer weißen Hemdbluse betonte ihre schlanke Figur. Ihre hellgrünen Augen, umrahmt von dunkel getuschten Wimpern, strahlten auf eine Weise, dass ihm direkt warm wurde. »Ich wollte nur kurz meine Ankunft melden, und dass ich morgen pünktlich erscheinen werde. Sie schrieben, dass die Zimmermädchen um sieben Uhr anfangen würden.«

»Sehr professionell.« Rose griff in die Jackentasche und zog ein Handy heraus. »Am besten, wir tauschen gleich die Nummern aus. Für alle Fälle, man kann ja nie wissen.«

»Wohl wahr«, bestätigte Philip und angelte sein Telefon aus der rückwärtigen Jeanstasche hervor.

»Wo werden Sie wohnen?«, erkundigte sich Rose, als der Nummernaustausch erledigt war.

»Das ist nicht so einfach zu beantworten«, antwortete er und ärgerte sich, das Thema Unterkunft beim Vorstellungsgespräch nicht angesprochen zu haben. Andererseits verfügte dieser kleine Betrieb sicher nicht über Zimmer für Angestellte, wie es in manchen großen Häusern der Fall war.

»Das müssen Sie mir erklären.« Rose musterte ihn gespannt.

»Nun, ich habe versucht, online eine Unterkunft zu finden, was mir aber ...«

»... nicht gelungen ist«, unterbrach Rose ihn schmunzelnd.

Philip nickte seufzend. »Aus München bin ich die katastrophale Situation auf dem Wohnungsmarkt gewohnt, aber dass es hier fast genauso schwierig ist, hat mich doch überrascht. Damit ich nicht im Auto übernachten muss, habe ich für den Übergang ein privates Zimmer in Konstanz gemietet.«

Rose fuhr sich mit der flachen Hand über das zu einem tadellosen Nackenknoten gebundene Haar, das eigentlich keiner Korrektur bedurfte. »Hatten Sie mit Annemarie König über eine Unterkunft gesprochen?«

Philip verneinte. »Es hing ja davon ab, ob Sie mich einstellen wollen. Das Thema vorab zu erwähnen, wäre mir voreilig erschienen, und nur auf Verdacht wollte ich auch nicht auf Wohnungssuche gehen.«

»Verstehe, ich frage auch nur, weil ich eventuell eine Lösung …« Rose stockte und wandte ihren Blick einem Paar um die dreißig zu, das mit zwei kleinen Kindern die Rezeption betrat. »Herzlich willkommen, Familie Schneider. Ich freue mich, Sie gesund und munter wiederzusehen. Und wie groß die Kinder geworden sind!«

Philip trat höflich zur Seite, zu den gerahmten Fotos an der Wand. Wenn man jetzt direkt davorstand, war der Anblick schon imponierend. Vor allem die zahlreichen Preise, die sie für ihre Tortenkunstwerke gewonnen hatten, waren beeindruckend. Und er freute sich mächtig darauf, all die Köstlichkeiten probieren zu dürfen. Er würde aufpassen müssen, nicht binnen kürzester Zeit kugelrund zu werden. Er würde mehr Sport treiben müssen. Joggen, Schwimmen, Radeln, irgendetwas Schweißtreibendes. In dieser traumhaften Gegend musste es Spaß machen, sich auszupowern.

Als Rose der Familie Schneider die Zimmerschlüssel übergeben und einen erholsamen Urlaub gewünscht hatte, trat er wieder an den Tresen.

»Wo wurden wir unterbrochen?«, knüpfte Rose an das Gespräch an.

»Bei meinem Wohnungsproblem. Sie meinten, dass Sie vielleicht eine Lösung wissen.« Philip schaute sie interessiert an. In ihrer Position hatte sie vermutlich zahlreiche Kontakte und wusste von einer bezahlbaren Unterkunft.

»Sie stehen also praktisch auf der Straße?«

Philip schluckte. Es war nur eine Phrase, dennoch sah er sich schon im Auto schlafen, und die Vorstellung behagte ihm ganz und gar nicht. »So kann man es auch sehen.«

»Wir werden Sie schon unterbringen«, versprach Rose nun. »Morgen weiß ich Genaueres. Morgen früh wird Annemarie Sie auch einweisen. Sie hatte den Job lange inne und kennt die Arbeitsvorgänge wie sonst keine. Ich wäre keine große Hilfe, meine Welt sind die Zahlen.«

»Dann werde ich etwas früher da sein, vielleicht um halb sieben.« Philip war gespannt, was ihn erwartete. Aber Housekeeping war kein Neuland für ihn, er wüsste nicht, was ihn noch überraschen sollte.

»Fünfzehn Minuten vorher genügt vollkommen. Einen Punkt müssten wir aber jetzt schon besprechen: Ihr Outfit.«

Philip wusste, worauf Rose anspielten. »Im Hilton wurden wir vom Hotel eingekleidet. Im Zimmerservice trugen wir nachtblaue Hosen, hellblaue Hemden und nachtblaue Westen, im Winter ein Sakko. Dazu gab es Anstecknadeln mit dem Hotellogo.«

»Dunkelblau ist auch unsere Servicefarbe, allerdings hatten wir bislang nur *Hausdamen* beschäftigt, deshalb kann ich Sie jetzt noch nicht einkleiden. Ich dachte, es wäre am einfachsten, Sie entscheiden selbst, was Sie tragen möchten. Gerne wieder eine Hose-Hemd-Weste-Kombination. Wir können gemeinsam etwas aussuchen.«

»Für morgen kann ich eine dunkle Hose und ein weißes Oberhemd anbieten. Leider besitze ich kein dunkles Jackett.«

Rose musterte ihn von oben bis unten. »Entschuldigen Sie, wenn ich Sie so ungeniert betrachte. Ich habe überlegt, ob Ihnen eine Weste von Herrn Otto, unserem Oberkellner, passen würde. Aber nein, er ist einen ganzen Kopf kleiner als Sie und auch um die Taille etwas fülliger. Leider haben wir niemanden in der Familie mit Ihrer Figur. Wird es ein, zwei Tage auch ohne echte Uniform gehen?«

»Da sehe ich kein Problem. Und im Beisein der Zimmermädchen ist es ja auch ersichtlich, dass ich zum Housekeeping gehöre. Dann bis morgen früh.« Philip bedankte sich und verließ die Pension. Halbwegs zuversichtlich stieg er in seinen Wagen und genoss die traumhafte Landschaft auf der Strecke zu seiner Unterkunft.

Überpünktlich parkte er am nächsten Morgen vor der Pension. Er hatte unruhig geschlafen, war nervös und auch etwas verunsichert. War das Wohnungsproblem ein Anzeichen für einen unglücklichen Beginn? Hatte ihn sein Bauchgefühl getäuscht? Hatte er die falsche Entscheidung getroffen?

Benimm dich wie ein Mann, steh zu deiner Entscheidung, motivierte er sich streng, atmete tief durch und war bereit für seinen ersten Arbeitstag. Für den ersten Tag seines neuen Lebens.

»Guten Morgen, Sie sind ja schon da!« Rose stand bereits hinterm Tresen und war sehr munter, wie er aus ihrem perfekten Aussehen und dem gewinnenden Lächeln schloss.

Er wünschte ihr ebenfalls einen guten Morgen. »Die Straßen waren leer, anders als in München, wo eigentlich ständig Stau herrscht.«

»Das kann ich mir gut vorstellen. Aber schön, dass Sie da sind, und Ihr Outfit ist perfekt.« Sie ließ ihren Blick kurz von dem blütenweißen Hemd über die schwarze schmale

Hose bis zu den blank geputzten Schuhen wandern und schaute ihn dann wieder direkt an. »Haben Sie schon gefrühstückt?«

Gestern noch hatte er gedacht, dass ihn kaum etwas würde überraschen können. Prompt war er sprachlos. »Ähm …« Er räusperte sich. »Eine Tasse Kaffee.«

»Nicht gerade üppig.« Rose kam hinter ihrem Tresen hervor, das Handy in der Hand. »Dann folgen Sie mir unauffällig«, sagte sie mit einem verschmitzten Lächeln.

Nach nur wenigen Schritten betraten sie den Wintergarten, den Philip vom Bewerbungsgespräch noch in bester Erinnerung hatte. Der Blick aus den tiefen Fenstern war auch zu dieser frühen Stunde spektakulär. Das leicht dunstige Morgenlicht und die Nebelfetzen über dem Wasser hatte er schon auf der Fahrt bewundert. Die Stimmung hatte etwas Märchenhaftes, und er wäre nicht erstaunt, würde jetzt eine Nixe aus dem Wasser steigen.

»Es ist einfach zauberhaft«, sagte er leise, als Rose sich kurz umdrehte.

»Das kann ich unterschreiben«, scherzte Rose und deutete zu einem Tisch am Ende des Cafés. »Unsere Pensionsgäste frühstücken hier, doch die ersten kommen meist erst gegen acht. Wir können uns hinsetzen und über den Tagesablauf sprechen, während wir frühstücken. Ich habe nämlich auch noch nichts im Magen.«

Kaum hatten sie Platz genommen, kam der Kellner an den Tisch.

»Das ist Herr Otto, der beste Oberkellner in ganz Baden-Württemberg. Philip Jäger, der ab heute fürs Housekeeping verantwortlich ist«, stellte Rose sie einander vor.

Herr Otto lächelte fast unmerklich. »Ich erinnere mich. Willkommen im Team. Was darf ich bringen?«

»Für mich bitte einen Milchkaffee und ein Hörnchen.«

»Das Gleiche, bitte.«

»Die Hörnchen sind leider von gestern. Frische kommen erst gegen zehn Uhr.«

»Die schmecken trotzdem«, erklärte Rose.

Philip schloss sich an. Es gab absolut keinen Grund, sich zu beschweren.

»Bitte sehr. Kommt sofort.« Herr Otto zog die weiße Serviette von seinem Arm, wedelte damit ein unsichtbares Staubkorn von der Tischdecke und entfernte sich.

Rose griff nach ihrem Handy, das sie auf den Tisch gelegt hatte. »Darf ich Ihnen den heutigen Ab- und Anreiseplan per WhatsApp schicken? Das erspart uns den Papierkram. Die Mädchen haben die Reinigungspläne aber noch in Papierform. Das ändern wir demnächst.«

Philip angelte sein Telefon aus der Hosentasche. »Gern.«

Ein Piepsen des Handys zeigte die Ankunft des Plans an, gerade als Herr Otto die Bestellung brachte.

Philip öffnete die Nachricht und las sie durch. »Nur eine Abreise«, stellte er halblaut fest.

Rose hatte ihr Handy wieder abgelegt und rührte einen Teelöffel Zucker in den Milchkaffee. »Im Mai ist noch keine Hochsaison, es sollte also ein ruhiger Tag werden.«

Philip verzichtete auf Zucker, nahm einen Schluck aus der großen Tasse und biss dann in das Hörnchen, das köstlich schmeckte, wie Rose versprochen hatte. »Hmm, die schmecken tatsächlich ganz frisch.«

Rose nickte, tunkte ihr Gebäckstück in den Milchkaffee

und ließ es sich schmecken. »Zu Ihrem Wohnungsproblem«, sagte sie, als sie das Hörnchen aufgegessen hatte.
»Also, die Familie wohnt unterm Dach, und da wäre noch
ein Zimmerchen frei. Es ist das ehemalige Kinderzimmer
meiner Nichte. Wenn Sie möchten, können wir es nachher
besichtigen. Es hat nur leider kein eigenes Badezimmer, das
müssten Sie mit Lissi teilen.«

»Was höre ich da?« Lissi tauchte unerwartet neben dem
Tisch auf und starrte ihn mit ihren großen dunklen Augen
fast drohend an.

Philip schluckte hastig den Kaffee herunter und brachte
gerade noch ein holpriges »Guten Morgen« zustande, ehe
er heftig husten musste.

# 11

Lissi hatte den Tag mit einer halben Stunde Schwimmen begonnen. Ende April hatte sie angefangen, noch vor dem Frühstück in den See zu springen. Danach hatte sie oft Appetit auf etwas Deftiges, wie Rühreier und Speck. Doch im Familienkühlschrank fanden sich leider keine Eier. Zum Glück konnte sie welche von Waltraud ausborgen. Als sie das Wintergartencafé betreten hatte und Rose mit dem Neuen am Fenster sitzen sah, war sie nicht umhingekommen, wenigstens einen guten Morgen zu wünschen. Nur deshalb hatte sie gehört, dass sie mit dem Schönling das Bad teilen sollte.

»Hallo, Lissi, das passt gut«, sagte Rose in ihrer warmen »Empfangsdamenstimme« und erklärte ausführlich, dass und warum sie Philip einquartieren wollte.

»Aha«, entgegnete Lissi und schluckte ein wütendes *nur über meine Leiche* hinunter.

Das fehlte ihr gerade noch! Nicht genug, dass dieser Mensch ab heute zum Haus gehörte, jetzt sollte sie auch noch das Badezimmer mit ihm teilen! Ihm vielleicht auch noch halb nackt begegnen, weil er vergaß, die Tür zu verriegeln.

Philip bedankte sich betont freundlich bei Rose. »Das ist sehr nett und würde mir auch sehr helfen, aber ich kann das

nicht annehmen. Ich werde schon etwas anderes finden.«
Er hob den Kopf und schaute Lissi mit seinen tiefblauen
Augen an, als sei er ihr zuliebe bereit, im Freien zu schlafen.

»Ach was, das kleine Zimmer steht ohnehin leer, und für
Lissi ist es auch okay. Oder, Lissi?« Rose hob fragend die
Augenbrauen. »Es ist ja auch nur für ein paar Tage.«

Ganz schön dreist von Rose, dachte Lissi, die immer
noch wütend war. Nach diesem raffinierten Schachzug blieb
ihr keine Wahl, sie musste zustimmen. »Hm …« Panisch
überlegte sie, mit welchem Argument sie die Katastrophe
abwenden könnte, als ihr ein wichtiger Punkt einfiel. »Was
sagen denn Annemarie, Herbert und Florence und auch
Nico dazu, sie wohnen schließlich auch auf der Etage.«

»Was sollten sie dagegen haben? Nico und ich wohnen
auch unterm Dach, uns stört es nicht. Und wie gesagt, es ist
nur für ein paar Tage, bis Philip eine Wohnung gefunden
hat.« Aus Roses Tonfall war deutlich zu hören, dass es ab-
gemachte Sache war. Widerspruch zwecklos.

»Gut, meinetwegen.« Was blieb ihr anderes übrig, als sich
ihrem Schicksal zu ergeben?

»Vielen, vielen Dank! Sie werden mich gar nicht bemerken«, sagte Philip, der ihr Gemurmel als Zustimmung verstanden haben musste.

»Na dann.« Sie rang sich ein Lächeln ab und wandte sich
zum Gehen. Nach dieser Hiobsbotschaft benötigte sie mindestens drei Eier mit extraknusprigem Speck

Nach einer großen Portion Rührei hatte sie sich beruhigt,
auch wenn ihr Magen noch grummelte. Dieser Kerl bedeutete nichts als Ärger. Genau das hatte sie bei der ersten

Begegnung gespürt. Seine tiefblauen Augen konnten sie nicht täuschen. Sollte sich die Gelegenheit ergeben, wollte sie die Mädchen ein bisschen ausfragen, wie er sich benahm. Annemarie würde nicht den kleinsten Ausrutscher tolerieren und ihn sofort feuern, wenn er sich etwas herausnahm.

Bald nach Arbeitsbeginn vergaß sie den Ärger wegen Philip. Während sie Biskuitteig herstellte und die Backstube sich später mit köstlichen Aromen füllte, verzog sich ihre grauschwarze Zorneswolke.

Meister Müller und auch Annemarie hatten dem Vorschlag mit den abgewandt sitzenden Figuren begeistert zugestimmt. Frau Trautmann war ebenfalls hingerissen und hatte sofort eine normal große Probetorte bestellt, die sie mit dem Scheidungspärchen noch heute verkosten wollte. Aber die Herzhälften sollten bitte schön doch mit pastellfarbenem Fondant eingedeckt werden, das Paar liebe diesen Zuckerüberzug.

Bis die fertig gebackenen Biskuitböden kalt genug waren, um mit Himbeergeist getränkt zu werden, bereitete Lissi ein Himbeergelee zu. Das fruchtige Gelee würde in Kombination mit einer leichten Vanille-Ganache und einer Knusperschicht aus Mandelkrokant die Füllung bilden. Den gewünschten »Knaller« erzeugten dann die Marzipanfiguren auf dem pinkfarbenem Fondant.

Beim Schmelzen der weißen Schokolade fiel ihr ein, was in der Berufsschule über die Ganache oder Pralinencreme erzählt worden war: Sie wurde 1850 zum ersten Mal in einer Pariser Pâtisserie unbeabsichtigt hergestellt. Ein Lehrling soll versehentlich heiße Milch über geschmolzene Schokolade gegossen haben, woraufhin er als *Ganache* beschimpft wurde, was Dummkopf oder Esel bedeutet. Durch das Aufschlagen entstand dann doch noch ein brauchbares Produkt; die Bezeichnung wurde beibehalten.

Konzentriert arbeitete Lissi in den nächsten Stunden an der Bestellung. Gegen Mittag war das Werk vollendet, und sie betrachtete zufrieden das Ergebnis. Das gebrochene Miniaturherz sah auch schon ohne Figuren auf der Kuchenkante super aus. Die üblichen tanzenden, küssenden oder sich umarmenden Brautpaare waren zwar vorrätig, das getrennte Pärchen musste sie erst herstellen. Diese Figuren, die Frischvermählte oft zur Erinnerung behielten, waren aus Keramik und fest miteinander verbunden. Der Chef würde die Marzipanfiguren modellieren, er war ein talentierter Künstler. Für die Probetorte hatte er ein zehn Zentimeter großes Paar in Kleid und Anzug angefertigt. Für die endgültige Scheidungstorte müssten sie aber mindestens doppelt so groß sein.

Lissi fotografierte die fertige Torte, und Annemarie schickte das Foto via WhatsApp an Frau Trautmann.

Die Hochzeitsplanerin war sofort »verliebt«, wie sie in ihrer Antwort schrieb, und bat um schnelle Lieferung. Annemarie rief Horst an, der in einer halben Stunde zurück sein wollte. Lissi solle die verpackte Torte dann zu Rose an die Rezeption bringen.

Zur vereinbarten Zeit marschierte sie mit dem Tortenhimmel-Karton zur Rezeption. Rose saß nicht hinter dem Tresen und war auch nicht im Salon, wo sie bis vor Kurzem mit Nico ganz stilvoll die englische Teatime zelebriert hatte. Lissi ahnte, dass Rose wieder eine ihrer Unterrichtsstunden in Englisch nahm. Irgendwann hatte Rose ihr verraten, dass sie und Nico eines Tages in England leben wollten. Herbert sollte vorerst nichts von ihren Plänen erfahren, war er doch entschieden gegen Roses »Auswanderung«, wie er kürzlich bei der großen Firmenfeier lautstark geäußert hatte.

Lissi setzte sich auf einen der Samtsessel und stellte den Karton auf dem niedrigen Glastisch ab. Sie könnte ihn auch einfach hier stehen lassen, niemand würde ihn stehlen. Aber sie wollte Horst einschärfen, besonders vorsichtig zu fahren und den Karton mit der Torte so behutsam zu tragen, als wären rohe Eier darin. Die Figuren waren empfindlich, würden sie herunterfallen, dann wären sie zerstört.

Horst ließ auf sich warten. Endlich, nach zehn Minuten öffnete sich die Tür. Aber es war Philip, der auch gleich auf sie zusteuerte.

»Hi.«

Lissi schaute ihn nur fragend an. Was sollte denn dieses »Hi«? Sie waren doch keine alten Freunde!

»Horst hatte eine Reifenpanne«, erklärte Philip in ruhigem Ton. »Annemarie, ähm … Frau König hat mich gebeten, die Auslieferung zu übernehmen.«

»Etwa mit dem Viertürer? Ein anderer Firmenwagen steht ja nicht zur Verfügung, wenn Horst mit dem Lieferwagen liegen geblieben ist. Und Sie kennen die Gegend nicht, das dürfte schwierig werden.«

»Alles kein Problem. Ich wäre zwar in der Lage, einen Viertürer zu steuern, aber ich nehme mein eigenes Auto. Ist zwar nur ein armseliger Polo, hat aber tatsächlich schon ein Navi. Meiner Meinung nach ist er auch groß genug für den Karton …« Amüsiert betrachtete er die Tortenhimmel-Schachtel. »Wäre doch gelacht, wenn ich das nicht schaffe.«

Lissi überging seinen beißenden Spott, stand auf und nahm den Karton zur Hand. »Die Adresse haben Sie bekommen?«

»Alles auf dem Handy eingespeichert. Machen Sie sich keine Sorgen.«

»Na gut. Aber *bitte besonders* vorsichtig fahren und bloß nicht rasen! Es wäre eine Katastrophe, wenn die Torte beschädigt ankommt.«

Mit einem gelassenen Nicken nahm er das empfindliche Transportgut entgegen. »Verstanden. Leider werde ich mich auf der Landstraße dem allgemeinen Tempo anpassen müssen. Im Schneckentempo errege ich sonst Aufsehen wegen Verkehrsbehinderung. Dann kommt die Polizei, ich muss mühsam erklären, warum und wieso, und die Torte könnte in der Zeit schmelzen.«

Lissi hörte den Sarkasmus sehr wohl heraus, dachte aber gar nicht daran, darauf einzugehen. Ohne zu antworten, drehte sie sich um, ließ ihn einfach stehen und eilte durch den Flur ins Wintergartencafé.

Sie hatte zwar noch nicht Feierabend, benötigte aber dringend ein kaltes Getränk, um sich abzukühlen. Ein Glas Holunderschorle mit viel Eis war genau das Richtige. Und ein paar Minuten auf der Gartenbank am See würden ihr ebenfalls guttun.

Mit Blick auf das heute tiefblaue Wasser atmete sie die erfrischende Luft ein und spürte, wie sich ihr Herzschlag beruhigte. Eine Möwe kreiste dicht über ihrem Kopf, kackte ihr direkt vor die Füße und flog hämisch kreischend davon.

»Was erlaubst du dir, unverschämtes Mistvieh?«, schrie

sie dem Vogel zornig nach, um sich gleich danach bewusst zu machen, wem ihr Zorn eigentlich galt.

Philip Jäger.

Schneckentempo, also wirklich! Er wusste ganz genau, was sie hatte ausdrücken wollen. Eine Frechheit, sich aus ihrer Sorge einen Spaß zu machen. Das war hochgradig unprofessionell. Genau wie dieses süffisante Grinsen.

Oder war sie überempfindlich? War sein Lächeln ganz normal gewesen und sie hatte es nur falsch gedeutet? Hatte sie ihn doch wieder vorverurteilt? Lag es daran, dass sie attraktiven Männern grundsätzlich misstraute? Dass die alten Verletzungen noch schmerzten? War sie ein Fall für eine Therapie?

Lissi seufzte, trank ihr Glas aus und brachte es zurück ins Café. Danach sauste sie in ihre friedliche Backstube zurück. Zwischen Butter, Zucker und Mehl war die Welt in Ordnung. Auch mit zwei Männern. Aber der Konditormeister war die Seele in Person und Alex ein fröhlicher Schatz, gesegnet mit einem köstlichen Humor. Außerdem war er schwul und verheiratet. Sie hatten sich auf Anhieb gut verstanden, allein schon weil sie beide leidenschaftliche Konditoren waren und nach der Maxime lebten: Kuchen macht nicht dick, er zieht die Falten glatt!

Der Konditormeister empfing sie mit strenger Miene. »Da bist du ja endlich, wo warst du denn so lange? Ist auch alles in Ordnung mit der Lieferung?«

»Tut mir leid.« Sie erklärte, warum sie sich verspätet hatte, und gestand, sich eine kurze Auszeit genommen zu haben.

»Schon gut, das nächste Mal gibst du mir aber Bescheid,

damit ich mir keine Sorgen machen muss. Und jetzt dalli, dalli, es kam ein großer Auftrag für einhundert Cakepops rein. Die müssen heute noch gemacht werden und werden morgen Vormittag um neun abgeholt.«

»Wow!«

»Das kannst du laut sagen«, lachte der Chef, der bereits dabei war, Schokoladenkuchen für die Grundmasse der Cakepops erst mal grob mit einem Messer zu zerkleinern. »Und wir werden uns besonders viel Mühe geben, die Dinger sind nämlich für einen Kindergeburtstag. Ein kleines Mädchen wird fünf Jahre alt, und die Eltern spendieren diese Kuchen am Stiel für den Kindergarten.«

»Selbstverständlich! Ich werde eine extragroße Portion Liebe hineinkneten«, versprach Lissi auch sich selbst.

Der zerkleinerte Schokoladenkuchen wurde mit Frischkäse und Orangensaft vermischt, und dann wurden die Zutaten gründlich miteinander vermengt. Das Rollen von einhundert ungefähr dreißig Gramm schweren Kugeln, die Stiele mit Kuvertüre zu befestigen, sie dann mit heller oder dunkler Schokolade zu überziehen und mit Glitzerzucker zu bestreuen, erledigten sie gemeinsam.

Dem Chef schien die Arbeit derart großes Vergnügen zu bereiten, dass er dazu vergnügt trällerte: »Ohne Kuchen und Gebäääck ... hat das Läben keinen Zwäääck!«, zu einer Melodie aus der Operette *Der Zigeunerbaron* von Johann Strauss. Als gebürtige Wienerin war Lissi mit der Musik von Strauss aufgewachsen, sie erkannte jede Note sofort: eine liebe Erinnerung an Konzerte oder Theaterbesuche mit ihren Eltern.

Zwei Überstunden später steckten die fertigen Cakepops

auf 30 mal 30 Zentimeter großen Styroporplatten. Die passten perfekt in die Tortenschachteln mit der goldenen Aufschrift »Tortenhimmel«. Sicher verstaut würden sich die Kartons dann unfallfrei zum Kindergeburtstag transportieren lassen.

Es war schon fast neun, als Lissi die Backstube verließ. Hungrig war sie nicht, sie hatte zu viel genascht, wollte sich aber noch etwas zu trinken holen. Dann Mami anrufen und später bei einer Serie langsam einschlafen.

Im Salon saßen Rose und Iris bei Chips und Bier.

»Das ist alkoholfreies«, erklärte Rose sofort, als Lissi erstaunt die Augenbrauen hob. »Iris stillt ja noch.«

»Und Bier ist gut für den Milchfluss«, ergänzte Iris und nahm einen großen Schluck.

»Gut zu wissen«, entgegnete Lissi lachend und schaute sich suchend um. »Wo ist das Baby?«

»Ich hab mir eine Stunde freigenommen. Immer nur Mutter zu sein, ist ganz schön anstrengend, auch wenn ich meine süßen Kinder über alles liebe«, antwortete Iris. »Fritz ist zu Hause und macht das prima.«

»Ich habe Iris gerade erzählt, was Philip für ein Glücksfall ist«, wechselte Rose das Thema.

Lissi nickte notgedrungen. Ihre Vorstellung von einem Glücksfall hatte nicht mal für eine Prise Zucker mit diesem Neuzugang zu tun, aber wozu diskutieren. *Der* Kuchen war gebacken.

Rose kaute noch an einem Kartoffelchip, während sie weiterredete. »Philip einzustellen, hat sich heute schon bewährt, als Horst wegen einer Autopanne nicht ausfahren konnte und Philip das übernommen hat. Sogar mit seinem eigenen Wagen.«

Iris lächelte Lissi an. »Und dieser Prachtkerl wohnt jetzt Tür an Tür mit dir.«

»Ja, Rose hat das im Handumdrehen geregelt«, grummelte Lissi schicksalsergeben und spazierte in die Küche zum Kühlschrank.

»Für meine Schwester gibt es keine Probleme, nur Lösungen!« Iris hob ihr Glas und prostete Rose zu. »Ich erinnere mich noch gut, als sie letztes Jahr kurz davor war, den gesamten Betrieb zu verkaufen, und tatsächlich einen Interessenten gefunden hatte. Fünf Millionen Euro hatte der Mann geboten!«

»Es war ein Schönheitschirurg, der unsere schöne Pension zur Rehaklinik machen wollte«, ergänzte Rose.

»Vater war natürlich dagegen. Nicht mal für den doppelten Betrag hätte er zugestimmt«, fügte Iris an.

Lissi nahm sich ein alkoholfreies Bier aus dem Kühlschrank. »Ich erinnere mich auch an diese aufregende Zeit und empfinde es als Glück, dass Herbert so an der Tradition hängt. Sonst wäre ich jetzt bestimmt nicht Mitinhaberin.« Sie setzte sich zu ihren Cousinen an den Tisch. »Ein Hoch auf die Tradition.«

Als sie anstießen, schlug die alte Standuhr neun Uhr.

Rose und Iris sahen sich lächelnd an. »Großvater Max schickt uns einen Gruß.«

Lissi wusste, dass Max König die Uhr angeschafft hatte, die lange in der Rezeption gestanden hatte. Nach einer Renovierung war sie dann in die Küche umgezogen.

Sie tranken einen erfrischenden Schluck auf Max König, dann verabschiedete Lissi sich.

Als sie oben ankam, trat Philip aus *ihrem* Badezimmer.

Halb nackt, ein Handtuch um die Hüften, das rotblonde Haar noch nass. In der Hand trug er einen ledernen Kulturbeutel, auf den Lippen ein verlegenes Lächeln.

»Hi«, grüßte er leise.

Lissi nickte stumm, eilte an ihm vorbei und konnte nur daran denken, was er versprochen hatte: Sie werden mich gar nicht bemerken!

An diesem Abend lag sie lange wach. Ob sie wollte oder nicht, sie konnte diesen gut gebauten Körper, die breiten Schultern und den Blick aus seinen tiefblauen Augen nicht vergessen. Dazu das Wasser, das aus den nassen Haaren tropfte … wahnsinnig sexy.

Und sie musste sich eingestehen, dass ihr der Anblick gefallen hatte – sosehr sie sich auch dagegen wehrte.

# 12

Annemarie liebte die Vorbereitungen für Familienfeiern: die Einkäufe, sich ein Menü zu überlegen, ob als Nachtisch besser ein Dessert oder Kuchen passte oder ob vor dem Dessert noch Käse gereicht werden sollte … Das alles besprach sie mit Florence, die am liebsten Gerichte aus ihrer französischen Heimat kochte. Wichtig waren auch die Getränke. Meistens Wein, aber nicht jeder Anlass rechtfertigte französischen Champagner zum Dessert, oft genügte auch ein frischer Prosecco. Aber dafür war Herbert zuständig.

Ihr Bruder hatte das Prädikat »Kellermeister« von seinem Vater geerbt. Und als der einzige Mann in der Familie König war Herbert so lange für die Schätze des Weinkellers verantwortlich, bis er die Schlüssel weiterreichen wollte. Möglicherweise würde sich heute Abend herausstellen, wer Herberts Nachfolger wurde. Sie schätzte, dass Rose die Ehre haben würde, da sie ohnehin die Geschäfte führte – und das seit Jahren vorbildlich.

Diese Feier sollte der Abschiedsabend für Herbert und Florence werden. Nachdem Philip Jäger sich im Housekeeping bereits am ersten Arbeitstag bewährt hatte, war Herbert endlich einverstanden, nach Südfrankreich umzuziehen. Florence hoffte, für immer. Herbert beharrte darauf, es sei nur ein langer Urlaub. Von »Auswandern« wollte er nichts hören. Er war in Auerbach verwurzelt bis in die letzte Faser seines Herzens. Der Bodensee war seine Heimat, er hatte immer hier gelebt, ausgenommen das »Wanderjahr« in Paris, wo er Florence kennengelernt hatte. Aber in Auerbach hatte er eine Familie gegründet, drei Töchter gezeugt, war Großvater zweier Enkelkinder und hing mit ganzem Herzen an seinem Betrieb. Nicht zuletzt war Viola, seine jüngste Tochter, hier beerdigt, und er besuchte sie auch zwei Jahre nach ihrem Tod beinahe jeden Tag auf dem Friedhof.

Umso gespannter war Annemarie, welche Überraschungen dieser Abend bereithielt. Denn so viel wagte sie zu prophezeien, es würde sich einiges verändern.

Stattfinden sollte die Festlichkeit am Samstagabend, dem ruhigsten Abend der Woche, an dem auch in der Konditorei um 18 Uhr Feierabend war.

Heute war Donnerstag, und Annemarie saß mit Florence auf der Caféterrasse. Es war ein sonniger Nachmittag, bestens geeignet, um bei Kaffee und Kuchen das Menü und alle Einzelheiten zu besprechen. Außerdem liebte sie es, aufs Wasser zu blicken und ganz nebenbei ein bisschen das Geschehen zu beobachten. Vollkommen unauffällig natürlich. Schließlich gehörte ihr ein Großteil des Anwesens inklusive aller Geschäfte, und als gute Geschäftsfrau achtete sie auf ihren Betrieb. Dass Lissi Miteigentümerin war, änderte nichts an ihrer Verantwortung.

Annemarie genoss die entspannte Stimmung auf der Terrasse. Den Geruch des Wassers, das leise Stimmengewirr der Gäste, die durch gelbe Sonnenschirme vor starker Hitze geschützt waren. Das aufgeregte Zwitschern der Spatzen, die am Boden die Kuchenkrümel aufpickten; ein paar Freche wagten sich sogar auf unbesetzte Stühle, Tische oder auf Tellerränder, sehr zur Freude der Kinder.

Die beiden Saisonkellnerinnen, die ab Mai eingestellt waren, hatten gut zu tun. Sie waren flink und freundlich, wie Annemarie via Seitenblick beobachtete. Herr Otto, als dienstältester und ungemein zuverlässiger Mitarbeiter, stand selbstverständlich außerhalb jeden Zweifels. Sollte sie jemals eine Vertrauensperson benötigen, würde sie ihm ohne Bedenken alle Schlüssel inklusive sämtlicher Passwörter anvertrauen.

Als Herr Otto sie und Florence gesichtet hatte, kam er eilig an den Tisch. »Was darf ich den Damen bringen?« Er strahlte übers ganze Gesicht, ohne servil zu wirken.

Florence bestellte Cappuccino und ein Veilchen-Petit-Four, die Herbert damals zu Violas Geburt kreiert hatte.

»Für mich eines von den kleinen Sachertörtchen und einen Espresso. Danke, Herr Otto.« Die Törtchen waren Lissi extrem gut gelungen, und sie notierte sich in Gedanken, demnächst ein Foto davon bei Instagram einzustellen.

»Ich 'abe überlegt, diesmal auf französische Küche zu verzichten und Wiener Schnitzel zuzubereiten, als Trost für 'erbert. Weißt du noch, was er gesagt hat, als Charlotte zu Besuch war und diese Schnitzel gebraten 'at?«

»Er hat die Schnitzel sofort zu seinem Lieblingsgericht erklärt.« Annemarie erinnerte sich sehr genau, dass er sich gewünscht hatte, jeden Tag paniertes Kalbfleisch auf dem Teller zu haben. Ihr selbst hatte die österreichische Spezialität aber auch sehr gemundet.

»Zur Vorspeise dann etwas Leichtes, einen Salat mit Crevetten …« Florence blickte Annemarie fragend an, die zustimmend lächelte. »Und als Nachspeise ein *Omelette sur-prise*. Das ist etwas aufwendig, passt aber zum Champagner«, schlug Florence vor. »Es ist mein Lieblingsdessert und etwas ganz Besonderes.«

»Um das Omelett kann sich vielleicht Berthold kümmern. Ich weiß, dass er es liebt, auch mal was anderes zubereiten zu können als Kuchen oder Torten.« Annemarie schrieb einen Einkaufszettel für Rose, die sich um alle Besorgungen kümmerte, und zählte auf, wer alles an diesem Abend dabei sein würde: »Rose und Nico. Iris, Fritz und Jasmin, der kleine Maxi hängt ja noch an der Brust. Florence und Herbert, Lissi, ich selbst und Berthold.«

Herr Otto brachte die Bestellung und servierte zwei kleine Gläser Wasser dazu. Ein Service, den Max König aus seiner Zeit in Wien mitgebracht hatte, wo dieses kostenlose Extra Usus war.

»Eine kleine Träne werde ich wohl doch vergießen.« Florence rührte nachdenklich in ihrer Tasse. »Aber ich mache mir große Sorgen um 'erbert. Er will nicht auf den Arzt 'ören und auch nicht auf mich.«

Annemarie wusste, worauf die Schwägerin anspielte. »Du meinst die heimlichen Schnäpse, die er immer noch pichelt?«

Florence nickte seufzend. »Wenn er auf dem Friedhof war, riecht er immer nach Alkohol. Er streitet es natürlich ab, be'auptet, ich würde mich täuschen.«

Herberts Problem war kein Geheimnis mehr, und auch Annemarie sorgte sich um ihren Bruder. »Ein Ortswechsel könnte tatsächlich helfen. Die ungewohnte Umgebung, andere Menschen, neue Eindrücke wirken oft Wunder.«

»Darauf 'offe ich sehr, er könnte vielleicht für das kleine Bistro im Ort Kuchen backen. Nur ein- oder zweimal die Woche. Das wäre eine stressfreie Aufgabe, die ihn auf andere Gedanken bringt, und ist nicht so anstrengend wie die Arbeiten in unserem Garten.«

Annemarie lächelte Florence liebevoll an. »Das ist eine tolle Idee, er würde es bestimmt lieben. Ich bin sicher, er vermisst es, zu backen. Aber in die Backstube hier mag er ja nicht mehr gehen. Die würde ihn so sehr an Viola erinnern, dass er in tiefste Depressionen verfallen würde, behauptet er immer.«

»Ich vermisse meine Tochter auch ganz schrecklich, aber wir haben noch zwei andere Kinder und süße Enkelkinder, die brauchen uns. Das Leben ist nicht vorbei, es lohnt sich, weiterzumachen, auch wenn es schwer ist.« Demonstrativ zupfte Florence das kandierte Veilchen von dem zuckrigen Gebäckstück und legte es auf den Kuchenteller, ehe sie den kleinen Kuchen verspeiste.

»Dann werde ich dich bei deinen Plänen nach Kräften unterstützen«, versprach Annemarie.

Als Annemarie am Samstag in ihr neues pistaziengrünes Tunikakleid schlüpfte, krabbelte Gänsehaut über ihren Rücken. Mit der ganzen Familie am Tisch zu sitzen, gemeinsam zu essen, einen besonderen Nachtisch zu genießen und ein, zwei Gläser Champagner zu trinken – sie konnte sich keinen schöneren Abend vorstellen.

Noch ein letzter Blick in den Badezimmerspiegel; sie war zufrieden. Das kurz geschnittene silbergraue Haar war zu einer igeligen Frisur gestylt, die Lippen orangerot geschminkt und die Wimpern schwarz getuscht. Sie fand, dass sie mit ihren zweiundsechzig Jährchen noch ganz passabel aussah. Was natürlich auch an Berthold lag. Seit sie in ihn verliebt war, hatte sich ihre Haut zum Positiven verändert. Liebe war das wirksamste Mittel gegen Falten überhaupt, ihr Gesicht war der beste Beweis. Und das eine oder andere Stück Kuchen war ein weiteres Antifaltenmittel, wie Geselle Alex nicht müde wurde zu behaupten.

Annemarie kam nicht als Erste in den Salon. Rose und Nico waren schon da und deckten gerade den Tisch mit dem guten Goldrandgeschirr. Lissi stand in der Küche an der Arbeitsplatte und rührte mit einem Schneebesen in der großen Schüssel. Salatsoße, vermutete Annemarie. Lissi war nicht nur eine ausnehmend hübsche junge Frau mit einem exotischen Touch und als Konditorin ein Gewinn, sondern auch in der Küche hochbegabt. Welcher Mann auch immer sich in sie verliebte – sobald er in den Genuss ihrer Back- oder Kochkünste kam, würde er endgültig verzaubert sein.

Als Philip sich vorgestellt hatte, war es Annemarie einen Moment lang so vorgekommen, als wäre Lissi sehr angetan von diesem Prachtburschen. Ihre unzähligen Argumente gegen Philips Einstellung waren noch lange kein Beweis, dass er Lissi *nicht* gefiel. Womöglich kämpfte sie gegen eine Liebe auf den ersten Blick. Irgendwann würde sich herausstellen, ob dabei die ganz große Liebesgeschichte herauskam. Dass Philip so schnell keine Wohnung gefunden hatte und von Rose im Haus einquartiert worden war, konnte doch kein Zufall sein, das hatte Amor gedeichselt! Sie beobachtete die beiden jedenfalls mit großer Spannung.

Herbert stürmte in den Salon. In der Hand einen geflochtenen Korb, darin vier Flaschen Wein. »Ihr dürft euch auf einen fruchtigen Rosé vom Spätburgunder freuen«, verkündete er mit glänzenden Augen. »Der passt sowohl zur Vorspeise als auch zum Hauptgericht.«

»Ich liebe Rosé, gut gemacht, 'erbert«, rief Florence, die neben Lissi an der Arbeitsplatte stand und die Panade für die Schnitzel vorbereitete.

Herbert schritt mit zufriedener Miene zum Sideboard, aus dem er zwei doppelwandige Weinkühler herausnahm, in denen die Flaschen auch ohne Eis kalt blieben. Die beiden anderen Weine deponierte er im Kühlschrank.

Als nächster Gast kam Berthold in den Salon. Er gehörte mittlerweile definitiv zur Familie und genierte sich längst nicht mehr, die Privatgemächer über die Rezeption zu betreten.

Was für ein gut aussehender Mann!, dachte Annemarie verliebt, während sie auf ihn zuging. Der steingraue Anzug, unter dem er ein schlichtes weißes Hemd ohne Krawatte trug, harmonierte mit den grau melierten Haaren, die er streng zurückgekämmt hatte. Wollte man unbedingt einen Makel finden, könnte man den Bauansatz kritisieren, den Annemarie als ihr ganz privates Kuschelkissen bezeichnete. Aber das Attraktivste an Berthold waren die auffällig türkisblauen Augen, die sie vom ersten Moment an fasziniert hatten. Nicht weniger anziehend fand sie seine kräftigen Hände, in denen er jetzt einen bunten Blumenstrauß hielt.

»Hallo, Berthold«, begrüßte sie ihn und blickte ihm tief in die Augen.

»Du siehst betörend aus, Anne.« Er hauchte ihr zwei Küsse auf die Wangen und überreichte ihr den Strauß.

»Der ist absolut traumhaft, danke, Berthold.« Annemarie

freute sich nicht nur über den Strauß, auch das Kompliment war einmal mehr der Beweis dafür, dass sie noch im Alter ihre große Liebe gefunden hatte. Sie drückte ihr Gesicht in die Mischung aus bunten Sommerblumen und sog die Duftmischung ein. Ein wenig süßliche Vanille, frische Zitrone und auch würzige Aromen von Kräutern stiegen ihr in die Nase.

Berthold holte eine Vase aus der Küche, versorgte den Strauß mit Wasser und stellte ihn zur Seite. Auf dem Tisch mit silbernen Leuchtern, zehn Gedecken, Besteck für drei Gänge, Servietten, Wein- und Wassergläsern war kein Platz.

Die Vorspeise stand bereit, es fehlten nur noch Iris, Fritz und die Kinder. Die junge Familie mit Kleinkind und Baby verspätete sich öfter, daran hatten sich alle gewöhnt. Als sie eintrafen, verging eine gute Viertelstunde mit Küssen und Umarmungen, Bewunderung für Jasmin, die mit ihren zweieinhalb Jahren ein ganz hinreißendes kleines Mädchen war. Und natürlich für Maxi, das sechs Monate alte Baby. Es schlief friedlich in seinem Tragesitz und ließ sich auch von Gelächter oder Stimmengewirr nicht stören. Erst als alle auf ihren Plätzen saßen, der Salat verteilt war, jeder ein gefülltes Glas vor sich hatte und Herbert mit einem Löffel vorsichtig an sein Glas klopfte, fing Maxi an zu brüllen. Binnen weniger Sekunden war er rot wie Himbeergelee. Iris nahm ihn auf den Arm, wo er sich schnell beruhigte.

»Fangt bitte schon an zu essen«, sagte Iris. »Ich trage Maxi ein paar Minuten spazieren, dann schläft er bald wieder ein. Und der Salat wird ja nicht kalt.«

Daraufhin fing auch Jasmin plötzlich an zu weinen und wollte von Nico herumgetragen werden.

Die Unterbrechung dauerte dann doch eine Weile. Aber

schließlich saßen alle am Tisch. Herbert konnte seine kleine Rede halten, verzichtete aber vorsichtshalber darauf, ein zweites Mal an sein Glas zu klopfen.

»Liebe Familie«, begann er, stand auf und hielt sein Glas in die Höhe. »Mein Arzt behauptet, ich müsse kürzertreten, sonst *trete* ich bald ab. Aber wir wissen alle, dass Ärzte grundsätzlich übertreiben, um die Kundschaft bei der Stange zu halten. Das Motto der Götter in Weiß lautet doch: Wer gesund ist, ist nur nicht gründlich genug untersucht worden. Genau deshalb ist mir die Meinung des Medizinmannes egal. Ich werde unser schönes Heimatland meiner Frau zuliebe für einige Monate verlassen, weil ich es Florence vor vielen Jahren versprochen habe. Sie wartet schon so lange darauf, ihr geliebtes Frankreich wiederzusehen.« Er lächelte seiner Frau zu, bevor er weiterredete. »Wie auch immer dieses ›Probe-Auswandern‹ verlaufen wird, Weihnachten sind wir wieder da. Garantiert! Und jetzt wünsche ich euch guten Appetit.«

»Das war sehr schön, 'erbert …« Gerührt betupfte Florence die Augenwinkel mit der Serviette.

Auch Annemarie schluckte. So gefühlvoll hatte sie ihren Bruder lange nicht mehr erlebt. Den Bodensee zu verlassen, schien ihm wirklich schwerzufallen, obwohl Frankreich doch »ums Eck« lag und ganz sicher ein traumhaftes Land war. Florence' Verwandtschaft besaß ein schlossähnliches Anwesen mit eigenem See, und zum Meer war es auch nicht weit. Aber auch sie würde ihren kleinen Bruder definitiv vermissen. Deshalb verzichtete sie dieses Mal darauf, ihn mit einem der üblichen Scherze aufzuziehen, und hob mit den anderen ihr Glas. »Auf Frankreich!«

Während des Essens lockerte sich die rührselig gewordene Stimmung wieder, was nicht zuletzt an Herberts Verzückung wegen der panierten Schnitzel lag.

»Mein absolutes Lieblingsessen!«, beteuerte er und betrachtete begeistert das panierte Stück Fleisch, zu dem nach österreichischer Tradition Kartoffelsalat serviert wurde.

»Das kann ich dir auch in Frankreich braten«, stellte Florence in Aussicht und erntete dafür Applaus.

Jasmin sorgte für Heiterkeit, weil sie mehrmals aufstand, um sich zu vergewissern, ob der kleine Bruder noch schlief.

Den Höhepunkt bildete natürlich das Omelette surprise, das Berthold am Vormittag vorbereitet und mangels Platz im hiesigen Kühlschrank im doppelt so großen der Konditorei deponiert hatte. Es fehlte nur noch die dicke Haube aus sehr steif geschlagenem Eiweiß. Die sorgte dafür, dass die von Biskuitboden umhüllten Eiscremeschichten im Backrohr nicht schmolzen. Und genau das war die Überraschung – überbackene Eiscreme.

Lissi übernahm das Eiweißaufschlagen und strich es im Wellenmuster auf die länglich geformte Eisbombe. Mit der Stoppuhr überwachte sie das kurze Abflammen bei zweihundertfünfzig Grad Oberhitze. Sofort nach dem Herausnehmen träufelte sie zwei Esslöffel Cognac darüber, zündete ihn an und servierte ein brennendes Dessert nach allen Regeln der Konditorenkunst.

Herbert hatte eine Flasche vom besten Champagner so gekonnt geöffnet, dass nur ein leises »Plopp« zu hören war.

Maxi schlief weiter, und Jasmin bekam eine Portion Eis ohne das mit Alkohol getränkte Baiser.

Annemarie legte sich in Gedanken gerade ein paar

Abschiedsworte zurecht, als Herbert sich bewusst laut räusperte.

»Liebes Röslein«, sagte er, angelte einen Schlüssel mit Anhänger aus seiner Hosentasche und legte ihn neben Roses Dessertteller. »Jemand muss sich um den Weinkeller kümmern, solange ich weg bin. Hiermit ernenne ich dich also zur Kellermeisterin.«

Rose zuckte erschrocken zusammen. »Äh ... Papa, das ist ja sehr lieb ...«

»Aber?« Herbert zog die Stirn kraus.

»Na ja ... wir ... also Nico und ich, wir wollen doch ...«

»Was soll das Gestammel? Raus mit der Sprache.«

Nico ergriff Roses Hand und antwortete: »Wir planen, demnächst nach England zu gehen, um dort zu leben.«

Annemarie schnappte nach Luft, und alle anderen schienen nicht weniger geschockt.

»Was ist das denn für ein Unsinn?«, polterte Herbert los, der bereits rot anlief. »Wer soll sich denn um die Pension, das Personal und die Abrechnungen kümmern? Annemarie hat die Konditorei, und Lissi ist noch in der Ausbildung.«

»Bitte, reg dich doch nicht so auf, Papa.« Rose lächelte ihren Vater versöhnlich an. »Erstens sitzen wir noch nicht auf gepackten Koffern, und zweitens haben wir mit Philip Jäger gerade einen perfekt ausgebildeten Hotelfachmann eingestellt, den würde ich einarbeiten ...«

»Einen Fremden?«, unterbrach er Rose. »Kommt gar nicht infrage.« Er nahm sein Glas, leerte es in einem Zug, setzte es gefährlich heftig auf dem Tisch ab und schnaufte: »Wenn du den Betrieb verlässt, werde ich hierbleiben. Florence, es tut mir leid ...«

»Herbert, das kannst du Florence nicht antun«, mischte Annemarie sich ein und lächelte ihrer Schwägerin zu, die mit erstarrter Miene dasaß. »Außerdem wäre Philip durchaus in der Lage, den Laden zu wuppen. Schau dir seine Zeugnisse an, da wirst du staunen. Wenn Rose ihn einarbeitet, ist der in einer Woche fit.«

»Danke für die Unterstützung, Annemarie«, sagte Rose und berichtete, dass Philip sich bereits bewährt hatte. »Er packt überall mit an, wo er gebraucht wird. Lissi kann es bestätigen, oder?«

Lissi nickte. »Er hat für eine Lieferung sogar den eigenen Wagen genommen, ohne etwas dafür zu verlangen.«

Florence sagte immer noch kein Wort.

»Vorschlag«, ergriff Rose wieder das Wort. »Ich werde Philip einarbeiten, und wenn er es nicht packt, dann bleiben wir hier.«

Annemarie zwinkerte Rose verstehend zu. Wenn Herbert erst mal in Frankreich und Philip eingearbeitet war, konnte er nichts mehr gegen Roses Pläne einwenden. Intern war schon lange geklärt, dass Rose mit Nico in seiner Heimat leben wollte.

Annemarie wunderte sich über Florence, die nach wie vor schwieg. »Wenn es dich beruhigt, Herbert, könnte ich einspringen«, sagte sie und lächelte Florence zu.

»Ach, und was ist dann mit dem Tortenhimmel?« Herbert blitzte sie unfreundlich an.

»Berthold könnte übernehmen.« Annemarie griff nach Bertholds Hand, der neben ihr am Tisch saß und der Diskussion teilweise schmunzelnd zugehört hatte. »Wenn du dich erinnern magst, Berthold hatte eine eigene Konditorei in Lindau und kennt sämtliche Abläufe, von der Produktion bis zum Verkauf, aus eigener Erfahrung.«

»Tatsächlich?« Herbert mustert Berthold mit sichtbarem Zweifel, wie die zusammengezogene Stirn und der fragende Blick verrieten.

Berthold berichtete mit betrübter Miene: »Eine anonyme Anzeige wegen angeblicher Mäuse im Schaufenster hatte das Gesundheitsamt auf den Plan gerufen. Obwohl mir das Amt dreißig Jahre lang einen makellos geführten Betrieb bescheinigt hatte, machte das Gerücht die Runde. Und seltsamerweise landete die Mäusegeschichte dann auch noch in der Presse. Die Kunden haben die Story geglaubt, ich blieb auf meiner Ware sitzen und musste nach einigen Monaten Insolvenz anmelden.«

»Na also, dann musst du dich nicht mehr sorgen«, meldete sich Florence endlich zu Wort.

Doch Herbert kratzte sich nachdenklich am Kinn; er schien immer noch nicht überzeugt.

Florence schnellte von ihrem Sitz auf. »Zum Donnerwetter, Herbert!« Die gesamte Familie starrte sie an, als sie den Namen ihres Mannes vollkommen akzentfrei aussprach. »Wenn dir das immer noch nicht genügt, dann fahre ich allein nach Frankreich. Du kannst ja von mir aus hierbleiben und den Kontrolleur spielen.« Damit drehte sie sich um und verließ den Raum.

Minutenlang herrschte fassungsloses Schweigen.

Annemarie beendete den Aufruhr mit dem schwesterlichen Ratschlag: »Wenn du keinen Ehekrach riskieren willst, Herbert, solltest du ihr nachlaufen und dich auf Knien entschuldigen.«

# 13

Philip blickte in den antiken Kristallspiegel, um den Sitz der neuen Uniform zu überprüfen. Sie gefiel ihm gut! Eigentlich war es nur eine normale nachtblaue Hose, eine ebenso nachtblaue Weste und darunter ein weißes Hemd mit blauer Krawatte. Wirklich besonders war der Platz, an dem er sich momentan befand: die Rezeption! Nach nur zwei Wochen als Housekeeper durfte er sich am Empfang bewähren, und das erfüllte ihn mit Stolz.

Zufrieden schmunzelnd strich er über die schwarze Steinplatte des halbrunden Tresens. Das war also sein Arbeitsplatz, bis Rose etwa um 14 Uhr vom Bahnhof zurückkam.

Sie und Nico brachten ihre Eltern zum Zug nach Frankreich. Soweit er wusste, hatte es in der letzten Woche einige Diskussionen um die Frankreichreise von Roses Eltern gegeben. Herbert wollte wohl nicht akzeptieren, dass »der Neue« nach so kurzer Zeit Rose am Empfang vertreten sollte.

Gäste empfangen, Anmeldungen überprüfen, Zimmerschlüssel aushändigen – es gab hier tatsächlich noch ganz normale Schlösser wie im vorigen Jahrtausend – war aber kein Neuland für ihn. Im Hilton hatte er zu den unterschiedlichsten Zeiten am Empfang gearbeitet und reichlich Erfahrung mit pflegeleichten und eher schwierigen

Menschen sammeln können. Er konnte mit Stress umgehen, selbst die Ankunft einer Reisegruppe würde ihn nicht ins Schwitzen bringen. Aber damit war nicht zu rechnen. Es wurden überhaupt keine neuen Gäste erwartet. Das Haus war zur Hälfte belegt, und Ab- oder Anreisen standen am Sonntag nicht auf dem Plan. Er musste also nur Anrufe beantworten und kleine Katastrophen bewältigen, die auch in einer Pension Garni vorkamen: Jemand benötigte ein Extrahandtuch, ein Pflaster fürs Kind, eine Salbe gegen Sonnenbrand oder einfach eine Auskunft. Wenn überhaupt würden ihn Fragen nach Geheimtipps für Ausflugsziele, Shoppingtouren oder Restaurants kurzzeitig in Verlegenheit bringen. Rose hatte aber eine Liste im Rechner gespeichert, auf der alles Mögliche verzeichnet war. Und genau die studierte er jetzt, waren die Tipps doch auch für ihn persönlich interessant.

»Bist du ein Chef?«

Eine helle Kinderstimme unterbrach seine Lektüre. Als er aufschaute, stand ein ungefähr fünfjähriger Junge in froschgrünen Shorts und einem zitronengelben Shirt am Tresen, der gerade knapp über die Steinplatte schauen konnte. Sein rundes Gesicht war von der Sonne gebräunt, Haarsträhnen klebten an Stirn und Hals, Sommersprossen tummelten sich auf der Stupsnase. Ein niedlicher Kerl, und das Niedlichste an ihm waren die abstehenden Ohren.

»Ja, heute bin ich der Chef der Rezeption«, antwortete Philip. »Und wer bist du?«

»Ludwig, aber du darfst mich Lui nennen, wie alle meine Freunde.«

»Danke schön, Lui. Ich heiße Philip. Was kann ich für dich tun?«

»Ich muss ganz dringend ein Ei legen, aber ich weiß nicht, wo.«

»Ein Ei legen?«, wiederholte Philip amüsiert.

»Ja, ganz dringend.« Lui trat von einem Bein aufs andere. »Bitte, sag schnell …«

Herrje, der Kleine musste aufs Klo! Philip führte ihn in den Wintergarten, wo sich die Gästetoilette befand. Helfen musste er dem Jungen nicht.

»Ich kann schon alleine«, beteuerte er selbstbewusst.

Minuten später stand Lui wieder vor dem Tresen und streckte seine Hände aus. »Siehst du, Philip-Chef, frisch gewaschen.«

»Das hast du prima gemacht«, lobte Philip. »Aber sag mal, wohnst du ganz alleine hier?«

Lui grinste über das ganze runde Sommersprossengesicht. »Du hast vielleicht Ideen. Ich bin doch noch ein Kind. Ich wohne mit meinen Eltern in dem tollen Balkonzimmer, wir sind gestern angekommen. Deshalb ist auch alles noch ein bisschen fremd, und ich hab das Klo nicht gleich gefunden. Aber du hast es gewusst, weil du der Chef bist. Chefs wissen alles.«

»Da hast du vollkommen recht, Lui, aber ich bin heute zum ersten Mal der Chef und muss mich noch einarbeiten. Wo sind denn deine Eltern?«

»Die liegen faul am See. Mami will das Baby nicht aufwecken, und weil es so dringend war, bin ich schnell alleine losgelaufen. Servus, bis später!« Winkend rannte er davon.

Was für ein aufgeweckter Junge, dachte Philip und musste noch mal über Luis *Ein Ei legen* grinsen.

Kurz nach zwei Uhr war Rose wieder da. »Meine Eltern sitzen im Zug, jetzt kann ich aufatmen. Hier alles in Ordnung, irgendwelche Katastrophen?«

»Ein vollkommen ruhiger Sonntagnachmittag, abgesehen von Lui«, antwortete Philip und erzählte vom Besuch des Jungen.

»Ah, der süße Lui Lechner«, entgegnete Rose. »Die Familie kam gestern an wie jedes Jahr in den Pfingstferien. Ich kenne den Kleinen, seit er zwei ist.«

»Er meinte, die Mutter konnte wegen des Babys nicht mit ihm zur Toilette gehen.«

Rose lachte laut auf. »Die Mutter ist schwanger, aber Lui hat eine lebhafte Fantasie.«

»Manche Kinder sind wirklich erstaunlich«, bemerkte Philip und wechselte das Thema. »Kann ich sonst noch etwas erledigen?«

»Nein, vielen Dank. Wie läuft denn die Zusammenarbeit mit den Zimmermädchen?«

»Problemlos und sehr angenehm.« Philip trat hinter dem Tresen hervor, um Rose ihren angestammten Platz zu überlassen. »Die beiden sind zwei echte Perlen, und sie arbeiten sehr effizient. Mir bleibt nichts weiter zu tun, als die Reinigungslisten abzuhaken. Zu beanstanden war noch nie etwas.«

»Ja, mit den Schwestern haben wir echt Glück. Mein größter Albtraum wäre, wenn sie uns verlassen.« Rose schnaufte, als hätten die beiden bereits gekündigt.

»Ich habe nicht den Eindruck, als wären sie auf dem Absprung«, sagte Philip, um Rose zu beruhigen. »Soweit ich das beurteilen kann, sind sie zufrieden mit ihrem Job und fühlen sich auch der Familie verbunden. Wenn es sich ergibt, werde ich vorsichtig nach ihren Zukunftsplänen fragen. Ohne übergriffig zu werden, versteht sich. Als Mann muss man heutzutage sehr vorsichtig sein. Eine falsche Frage oder ein Lächeln zu viel kann die Arbeitsatmosphäre vergiften.«

Rose verdrehte die Augen und hob abwehrend die Hände. »Ein *MeToo*-Skandal, das fehlte uns noch«, sagte sie, lachte aber belustigt.

Philip hatte es als Scherz verstanden, versicherte aber dennoch: »Da müssen Sie sich keine Sorgen machen. Ich werde mich stets so verhalten, dass es keinen Anlass zur Beschwerde geben kann.«

»Danke! Jetzt ist aber Feierabend für Sie, genießen Sie den restlichen Sonntag. Vielleicht besuchen Sie die Insel Mainau, es lohnt sich.«

»Das steht ganz oben auf meiner Liste. Aber ich werde mich wohl eher wieder auf Wohnungssuche begeben …«

»Machen Sie sich keinen Stress, wir brauchen das Zimmer momentan wirklich nicht. Und es hat ja auch seine Vorteile, wenn Sie vor Ort und bei Notfällen verfügbar sind«, sagte Rose.

»Jederzeit!« Philip bedankte sich und lief die Treppe nach oben, um die Uniform auszuziehen.

Nur in Boxershorts und mit einem Shirt bekleidet, legte er sich aufs Bett. Über das Zimmer konnte er sich wirklich nicht beschweren. Der Raum war etwa achtzehn Quadratmeter groß, durch eine Dachgaube fiel das Licht auf sonnengelbe Wände, und er mochte die Atmosphäre. Die Möblierung war nicht luxuriös, aber bequem und zweckmäßig: ein etwas breiteres Bett mit Polsterkopfteil, eine Schubladenkommode, darauf eine Tischlampe mit grünem Glasschirm. Eine fahrbare Kleiderstange diente als Schrankersatz. Auch ein kleiner Fernseher war vorhanden. Er stand auf einem runden, fahrbaren Beistelltisch, der sich bis ans Bett ziehen ließ. Vorerst reichte ihm dieser Komfort. Es war sehr großzügig von der Familie König, ihn hier wohnen zu lassen, und dafür war er ausgesprochen dankbar.

Frühstücken konnte er im Café, wo es auch Snacks zu günstigen Angestelltenpreisen gab. So musste er nicht in teuren Gaststätten oder Restaurants essen. Die Preise hier am See unterschieden sich nämlich kaum von denen in München. Ihm machte es auch nichts aus, das Badezimmer mit Lissi teilen zu müssen. Für ihn war es das kleinere Übel, für Lissi offenbar eine Zumutung, wie ihm ihr abschätziger Blick neulich verdeutlicht hatte. Er hatte überlegt, an ihrer Tür zu klopfen, um sich zeitlich mit ihr abzustimmen, es dann aber bleiben lassen, weil ihm die passenden Worte nicht einfallen wollten. Eigentlich war er nicht schüchtern und schon gar nicht verklemmt, aber Lissi hatte etwas an sich, was ihn irritierte. Sehr schade, er würde sie gerne näher kennenlernen. Sich mit ihr über Rezepte austauschen. Und vielleicht ganz nebenbei herausfinden, warum sie so unnahbar war.

Seit dem »Zusammenstoß« vor zwei Wochen waren sie sich nicht mehr über den Weg gelaufen. Um sicherzugehen, hatte er das Bad nur noch angezogen verlassen. Inzwischen hatte er auch mitbekommen, dass Lissi am Morgen nicht vor sieben Uhr ins Badezimmer ging. Da er bereits um sechs aufstand, war die Gefahr einer weiteren Begegnung gleich null.

Dennoch betrieb er die Suche nach einer eigenen Wohnung mit großer Intensität. Er vermisste eine Küche und sehnte sich danach, seine Lieblingspasta *Spaghetti aglio olio e peperoncino* zubereiten zu können. Solange er keine Wohnung gefunden hatte, fühlte er sich wie ein Tourist. Die eigenen vier Wände, ein eigenes Bett und Möbel nach seinem Geschmack waren eine Voraussetzung, wenn er am Bodensee tatsächlich ankommen wollte. Schließlich wollte er sich hier ein neues Leben aufbauen und das alte vergessen.

Er rief die Immobilien-Homepage auf und tippte in die Suchmaske »Einzimmerwohnung« und »Konstanz« ein.

Die Angebote waren seit seiner letzten Suche nicht besser, eher noch spärlicher geworden. Genau zwei Apartments in akzeptabler Preisklasse kamen infrage. Er verfasste eine ausführliche Bewerbung, die eher ein Bettelbrief war. Und wie jedes Mal überfiel ihn eine diffuse Angst, die ihn frösteln ließ. Wie lange würde er das Gästezimmer in Beschlag nehmen können? Wie sollte er sich verhalten, wenn die Familie in den nächsten Wochen Verwandtschaftsbesuch bekäme? Die Pension war ab Juni komplett ausgebucht. Wo also könnten dann Besucher einquartiert werden?

Ein Klopfen an der Tür schreckte ihn aus seinen düsteren Vorahnungen.

»Einen Moment!«, rief er im Aufspringen und schaute sich nach der nächsten Hose um. Die Lieblingsjeans hingen über dem fahrbaren Kleiderständer. In der Eile verhedderte er sich in einem Hosenbein, hielt sich an dem wackeligen Ständer fest – und kippte mit ihm um.

»Verdammter Mist!«

»Alles in Ordnung da drin?«

Sein halblauter Fluch war wohl gehört worden.

»Alles okay … bin gleich da …«

Außer Atem riss er die Tür auf und schaute in das fragende Gesicht von Lissi. Instinktiv wich er einen halben Schritt zurück. »Äh … die Klamotten sind umgefallen«, murmelte er und hoffte, nicht wie ein totaler Idiot zu klingen.

Lissi schaute ihm über die Schulter, zog die perfekt geformten Augenbrauen hoch, und ohne das Chaos im Zimmer zu kommentieren, hielt sie ihm ein weißes, gefaltetes Papier entgegen. »Ich dachte, eine Liste könnte helfen.«

Er nahm es und faltete es auseinander. Es war eine Auflistung der Zeiten, in denen sie das Badezimmer benutzen wollte. »Danke, super Idee …« Er sog den Duft von frischer Zitrone ein, der Lissi umgab.

»Okay«, sagte sie, ohne den Mund zu verziehen oder die Augen zu rollen, drehte sich um und verschwand in ihrem Zimmer.

Verblüfft starrte er ihr nach. Was für eine rätselhafte Frau. Aber die Liste fand er gut, hatte er doch selbst schon daran gedacht. Leicht benommen von Lissis Überraschungsbesuch, verzog er sich wieder aufs Bett. Kaum hatte er es sich bequem gemacht, klopfte es erneut. Hatte Lissi etwas vergessen? Vielleicht wollte sie noch *Meine Handtücher sind tabu* hinzufügen.

Aber es war Rose, die ihn freundlich anlächelte. »Ah, Sie sind zu Hause, sehr gut. Morgen wollten Annemarie und ich mit Ihnen die Aufgabenverteilung besprechen. Wäre das möglich?«

»Selbstverständlich, vielleicht nach elf, da sind wir mit den Zimmern durch«, sagte Philip, erleichtert über Roses harmloses Ersuchen.

»Nichts Dramatisches. Ich habe nur überlegt, ob Sie mich vielleicht regelmäßig an der Rezeption vertreten könnten. Dann wäre es sinnvoll, wenn wir einen Plan erstellen. Sie können vielleicht schon mal überlegen, welche Tage passen.«

»Mache ich gern«, antwortete Philip.

»Wie läuft die Wohnungssuche?«, wechselte Rose das Thema.

Philip zuckte innerlich zusammen. Wollte sie vorsichtig anfragen, wann er auszog? War tatsächlich privater Besuch im Anmarsch? »Schwierig, aber nicht hoffnungslos. Ein kleines Apartment ganz in der Nähe wäre genau das Richtige, ich habe mich beworben und hoffe, es klappt.«

»Und wenn nicht, bleiben Sie einfach hier wohnen. Übrigens, wenn Sie noch einen Sessel benötigen oder was sonst noch fehlt, einfach Bescheid geben.«

»Ich bin wunschlos glücklich, aber trotzdem vielen Dank.«

»Das freut mich. Dann bis morgen.«

Eindeutig ein Tag der Listen, dachte Philip amüsiert, als er die Tür wieder schloss.

Am nächsten Morgen musste er sich im Bad nicht mehr hetzen wie in den vergangenen zwei Wochen. Er konnte die Dusche genießen, sich die Haare waschen und in aller Ruhe rasieren, fast wie in einer eigenen Wohnung. Denn er war nach dem Aufstehen nicht der Schnellste und wurde erst dann richtig wach, wenn er trödeln durfte. Und er genoss es, wieder im Badetuch über den Flur zu huschen, ohne fürchten zu müssen, dass er Lissi verärgerte.

Glatt rasiert, in der Hose-Weste-Uniform und einem frischen Hemd, begab er sich vergnügt summend ins Wintergartencafé.

In der Nacht hatte es geregnet; schwere dunkle Wolken hingen immer noch über dem Wasser, und Nebelfetzen sorgten für eine leicht mystische Stimmung. Sie passte zu seiner eigenen Verfassung, die nach der vertrödelten Morgenstunde erstaunlich rosig war.

Herr Otto war dabei, ein kleines Frühstücksbüfett aufzubauen, das nur während der Saison von Mai bis Oktober angeboten wurde, wenn das Haus mindestens zwanzig Gäste beherbergte. In den übrigen Monaten konnte man *á la carte* frühstücken.

Seinen morgendlichen Imbiss – eine Tasse Milchkaffee, Vollkornbrot und ein gekochtes Ei – holte sich Philip bei Frau Waltraud in der recht überschaubaren Küche.

»Wunderschönen guten Morgen, Frau Waltraud«, begrüßte er die beleibte Köchin, deren Kittelschürze um diese Zeit noch blütenweiß und deren Kopftuch noch nicht verrutscht war.

»So gut gelaunt, trotz des Regenwetters?« Waltraud schaute ihn neugierig an. »Sie haben eine Wohnung gefunden, richtig?«

»Gefunden ja und auch angefragt, aber noch keine Zusage«, erwiderte er und erzählte von dem Apartment, in das er gerne einziehen würde. »Drücken Sie mir die Daumen, dass es klappt.«

»Wird gemacht.« Waltraud hielt den Milchtopf unter die Dampfdüse und drehte auf. »Wenn Sie ausziehen, müssen Sie aber trotzdem bei uns frühstücken!«, rief sie ihm über das Geräusch hinweg zu.

»Versprochen! Ohne Ihren köstlichen Milchkaffee kann ich sowieso nicht überleben«, gab Philip zurück und strahlte Waltraud an. Die mütterliche Frau war ihm in den wenigen Tagen richtig ans Herz gewachsen, und er freute sich jeden Morgen darauf, die ersten Worte mit ihr zu wechseln. Natürlich hatte er ihr auch von seiner Zeit im Hilton erzählt und ihr verraten, dass kein einziges Sandwich in den dortigen Restaurants an ihre heranreichte.

Auch zu Herrn Otto, den er freundlich lächelnd begrüßte, hatte er bereits ein vertrautes Verhältnis entwickelt.

Mit seinem Frühstück setzte sich Philip ans Fenster, schaute auf den See und genoss die friedliche Stimmung. Nur selten traf er auf Frühaufsteher, heute waren alle Tische unbesetzt.

In München hatte er nach dem Frühstück ein bis zwei Zigaretten geraucht, aber nach der Zusage für diesen Job hatte er der tödlichen Sucht abgeschworen. Die gewonnenen Minuten nutzte er, um am Seeufer tief durchzuatmen und sich positiv auf den Tag einzustimmen. Auf ein anderes Leben ohne Hektik, in dem er die Schönheiten der Natur genießen wollte. Danach war noch ein kleines Zeitfenster für letzte persönliche Dinge, bevor in der ersten Etage sein Arbeitstag begann.

Antonella und Marcella, die dunkelblonden Italienerinnen mit den hellen Augen, hatte er bereits schätzen gelernt. Die beiden waren flink und stets gut gelaunt bei der anstrengenden Arbeit, die noch dazu unter Zeitdruck erledigt werden musste, damit die Gäste schnellstens wieder über ihre Zimmer verfügen konnten.

Die Schwestern erwarteten ihn in der ersten Etage nahe der Vorratskammer. Dort waren sämtliche Bettwäsche, Handtücher, Portionsfläschchen mit Shampoo, Seife und auch alle Putzmittel deponiert.

Für die Reinigung eines Einzelzimmers waren fünfzehn Minuten eingeplant, zwanzig Minuten für ein Doppel- und eine halbe Stunde für ein Abreisezimmer. Zurzeit waren ausschließlich Urlaubsgäste im Haus, die mindestens eine Woche blieben. Da fielen die vor einer Neubelegung übliche Endreinigung, bei der auch die Fenster geputzt wurden, und die Extrainspektionen der Matratzen weniger häufig an. Um alle zwanzig Zimmer zu säubern, benötigten die Mädchen also etwa drei Stunden. Da sie jeden Raum gemeinsam reinigten, waren sie schneller fertig, als würde jede allein arbeiten. Je nachdem, wann die ersten oder letzten Gäste ihre Zimmer verlassen hatten, waren alle Arbeiten spätestens um elf Uhr erledigt. Einschließlich der Bettwäsche, die er auf Schäden untersuchte, bevor er sie in die Waschmaschine und später in den Trockner füllte.

Seine Rolle waren die des Kontrolleurs und das Abhaken der Reinigungslisten. Bei Beschwerden konnte anhand dieser Listen die gründliche Reinigung jedes einzelnen Zimmers nachgewiesen werden. Wie gemütlich der Job im Vergleich zu dem in München war, hatte er bereits am ersten Tag registriert.

Vor der Mittagspause kümmerte er sich dann um quietschende Türen, tropfende oder verkalkte Wasserhähne. Das alles hatte Horst bisher erledigt, der aber auf dem Absprung war. Doch auch mit diesen kleinen Instandsetzungsarbeiten war er noch lange nicht ausgelastet. Es blieb genügend Zeit für neue Aufgaben, die Rose ihm hoffentlich auftragen würde.

Am Nachmittag war er mit Horst im Garten verabredet, um sich Tipps geben zu lassen. Er hatte keine Erfahrung in Gartenarbeiten, abgesehen vom Rasenmähen, und beim ersten Bewundern der traumhaften Blumen- und Rosenbeete war ihm klar geworden, dass diese Pracht ohne Mühe nicht zu erreichen war. Aber hieß es nicht, Gartenarbeit sei eine meditative, glücklich machende Tätigkeit? Wenn das zutraf, war er zu jeder Anstrengung bereit.

# 14

Lissi war nervös wie an dem Tag, als sie in der Backstube ihre Ausbildung angefangen hatte. Aber auch die Familie war in heller Aufregung, der Betrieb versank im Chaos, und es drohte eine Katastrophe größeren Ausmaßes, die niemand abzuwenden vermochte. Denn niemand, absolut niemand war in der Lage, das Wetter zu beeinflussen, die Wolken zu vertreiben oder die Sonne hervorzulocken. Leider sah es danach aus, als würde die Wolkendecke immer dichter. Ausgerechnet heute, wo die Scheidungsparty stattfand.

Am Morgen, als die Wettervorhersage nur leichte Schauer angekündigt hatte, war im Garten das Partyzelt aufgebaut und mit Tischen, Stühlen und langen Tapeziertischen für das Büfett bestückt worden. Vor einer Stunde hatte sich der wolkenlose Himmel dann nach und nach mit immer dunkleren Gewitterwolken bezogen. Inzwischen waren am anderen Seeufer die ersten Blitze gesichtet worden, und heftiger Wind war aufgekommen. Mit viel Glück würde er die regenschweren Wolken auf die andere Seite des Sees treiben. Hatten sie Pech, würde er das Zelt einreißen.

Die Hochzeitsplanerin Frau Trautmann sowie Kate und Konrad, die Caterer, wuselten zwischen Himmelsbeobachtung und Wintergartencafé hin und her, unschlüssig, ob sie gelassen bleiben oder hektisch das aufgebaute Büfett ins

Café verlegen sollten. Noch wäre Zeit, die Gäste und das Ex-Ehepaar wurden erst in einer Stunde erwartet.

Lissi hatte in der Backstube gerade noch einmal das »gebrochene Herz« im Kühlschrank begutachtet. Es war noch immer wunderschön. Die Figuren würde sie erst in letzter Minute draufsetzen, sobald entschieden war, wo gefeiert würde. Jeder Ortswechsel war gefährlich. Große Torten ließen sich nicht so einfach transportieren wie ein paar Muffins auf einem Tablett. Die Vorstellung, dass ihr Werk den Umzug nicht überleben könnte und die ganze Mühe umsonst gewesen war, trieb ihren Herzschlag in gefährliche Höhen.

»Lissiii, Lissiii«, hörte sie Annemaries unverkennbares Organ, und schon stand sie in der Tür zwischen ihrem Büro und der Backstube. Regentropfen schimmerten in ihren grauen Haaren; auch ihre Wangen und das hellgrün-weiß gestreifte Shirt waren nass. »Kannst du uns helfen, das Büfett in den Wintergarten hinüberzutragen? Es wird gleich heftig schütten. Die ersten Tropfen fallen schon.«

Eilig zog Lissi den sauberen weißen Kittel aus, den sie über Jeans und Shirt trug, hängte ihn an einen Wandhaken und folgte Annemarie in den Garten.

Sie waren noch nicht am Partyzelt angelangt, als der Wind plötzlich stärker wurde und an der weißen Zeltplane rüttelte, als wolle er es anheben und davontragen. Das Zelt war zwar regenfest, aber einem solchen Sturm würde es vielleicht nicht standhalten.

Rose, Nico, Meister Müller, Annemarie und auch Frau Trautmann waren bereits im Zelt.

Kate gab den vier Servicekräften Anweisungen, was

zuerst in Sicherheit gebracht werden sollte. »Tische und Klappstühle wieder in den Anhänger … Bitte zuerst die Speisen, so viel ihr tragen könnt«, wandte sie sich dann an die Familie und wirkte kein bisschen aufgelöst, obwohl das gesamte Event gefährdet war. »Aber bitte Vorsicht, einige Platten sind sehr schwer«, fügte sie noch hinzu.

Konrad rannte zu den beiden Dixi-Toiletten, um deren Standfestigkeit zu kontrollieren.

Lissi bewunderte das Catering-Paar. Zu keiner Sekunde ließen die beiden sich anmerken, was für ein Desaster dieser Wetterumschwung bedeutete. Die ersehnte Stimmung einer Sommernachtsparty unterm Sternenhimmel mit Lampions, edlem Büfett und Grillen am Seeufer fiel buchstäblich ins Wasser.

Lissi schnappte sich eine mit Kunststofffolie abgedeckte Platte: geräucherter Fisch auf hellem und dunklem Brot, das ansehnlich in Fischform geschnitten und mit viel frischem Dill garniert war, den sie sogar durch die Folie riechen konnte. Die Häppchen waren eine optische Sensation; dass sie auch köstlich schmecken würden, daran bestand für Lissi kein Zweifel. Doch die Platte war besonders schwer, und sie konnte nur eine und nicht wie gedacht zwei davon tragen.

Vorsichtig, die Augen abwechselnd auf den Boden und die wertvolle Fracht gerichtet, marschierte sie zum Ausgang, wo sie um ein Haar mit Philip zusammengestoßen wäre und ins Straucheln geriet.

Reaktionsschnell griff Philip nach der Häppchenplatte und verhinderte, dass alles im Gras landete.

Lissi schluckte ein impulsives »Verdammt« hinunter und lachte leicht hysterisch los.

»Das war knapp«, sagte Philip und lachte ebenfalls.

Lissi nickte betreten und nahm ihm die Fischhäppchen wieder ab. Ehe sie an ihm vorbeimarschierte, trafen sich ihre Blicke. Sie begegneten sich während der Rettungsaktion noch öfter, und jedes Mal lächelte er freundlich.

Der Regen war stärker geworden, als Lissi später das in graue Kunststoffkörbe geschichtete Geschirr transportierte. Dicke Tropfen prasselten auf ihren Kopf, das Besteck, die schneeweißen Teller und die stattliche Anzahl an Gläsern. Nachdem sie den letzten Korb im Café abgestellt hatte, war sie nass bis auf die Haut.

Ohne lange darüber nachzudenken, unterstützte sie die Crew noch beim Arrangieren der Platten und Schüsseln. Alle Speisen waren gerettet worden, aber das Geschirr musste noch getrocknet und poliert werden, ehe man den Gästen etwas anbieten konnte.

Kurz vor Partybeginn hatten sie es geschafft.

Fünf Minuten später erschienen Simone, geschiedene Landgraf, und Markus Landgraf. Arm in Arm wie ein frisch getrautes Paar betraten sie den Wintergarten. Ein Paar wie aus einem Hochglanzmagazin, schön und elegant und sichtbar gut gelaunt.

Lissi schätzte die Blondine in dem hautengen blauen Designerkleid auf Mitte vierzig. Der tiefe Ausschnitt des Kleides war prall gefüllt und ließ keinen Platz für Fantasie. Der Geschiedene in einem silbergrauen Seidenanzug war etwa Anfang fünfzig und zeigte ebenfalls viel Haut durch ein weit aufgeknöpftes schwarzes Hemd.

Frau Trautmann eilte ihren Auftraggebern entgegen und begrüßte sie mit Küsschen auf die Wangen.

Lissi hätte zu gerne erfahren, in welcher Branche das Paar tätig war. Auf den ersten Blick würde sie Herrn Landgraf eher als Inhaber eines Fitnesscenters sehen als in einer Anwaltsrobe. Seine Ex-Frau konnte sie sich in einem Nagelstudio vorstellen. Klischeevorstellungen, und von der Wirklichkeit womöglich so weit weg wie die Idee, sie könnte sich in Philip verlieben. Obwohl sie zugeben musste, dass sein Blick sie vorhin berührt hatte. Natürlich waren ihr auch seine muskulösen Arme aufgefallen. Wie mühelos er zwei von den schweren Vorspeisenplatten tragen konnte, als wären es normal große Teller!

»Lissi, es wird langsam Zeit für die Torte«, holte Meister Müller sie aus ihren Betrachtungen. Er hatte das Nachspeisenbüfett ins Café geschafft und kümmerte sich jetzt noch um eine ansprechende Anordnung.

»Ich bin schon auf dem Sprung«, versicherte Lissi.

»Ähm … wollten Sie vielleicht nach oben gehen?«, sprach Philip sie unerwartet an.

Lissi schaute ihn verwundert an. »Warum?«

»Um eine heiße Dusche zu nehmen. Sie haben reichlich Regen abbekommen …« Er blickte wie zufällig an ihr vorbei, als wollte er bewusst vermeiden, ihr durchnässtes Shirt zu betrachten. »Ich frage nur, damit ich das Badezimmer nicht besetze.«

»Dank, sehr aufmerksam, aber ich muss in die Backstube, mich um die Torte kümmern …« Lissi blickte seufzend durch die bodentiefen Fenster nach draußen auf den See, der durch den anhaltenden Regen dunkelgrün-grau aussah. »Wenn es nicht aufhört …« Sie ließ den Satz unbeendet. Zu schrecklich war der Gedanke, die Torte nicht heil und trocken transportieren zu können. Der Anbau, in dem sich die Backstube und die Konditorei befanden, war vor Jahrzehnten mal eine separate Remise gewesen, zum Wintergartencafé bestand kein Verbindungsgang. Der Weg ins Café führte über den offenen Parkplatz. Vermutlich war der längst überschwemmt.

»Kann ich vielleicht helfen?«

Lissi sah sich um. Alle waren beschäftigt, und sie konnte wirklich Hilfe brauchen. »Wenn Sie Zeit haben …«, erwiderte sie.

»Hab ich …«

Als sie durch den Haupteingang ins Freie traten, erblickte sie auf dem Parkplatz einen Rolls Royce. Schwarz, glänzend und mit viel Chrom, als wäre ein Mitglied des britischen Königshauses unter den Gästen. Frau Trautmann gehörte der Wagen bestimmt nicht. Vielleicht dem Gastgeberpaar? Passte dann noch ihre Assoziation vom Fitnesscenter?

Der Sprint zur Backstube dauerte keine zwei Minuten, trotzdem lief ihnen das Wasser aus den Haaren über Gesicht und Hals, als sie Annemaries Büro betraten.

Philip wischte sich mit beiden Händen übers Gesicht. »Selten traf der Spruch *wie aus dem Wasser gezogen* so ins Schwarze.«

»So fühle ich mich auch«, entgegnete Lissi. »In der Backstube gibt's Handtücher. Warten Sie hier einen Moment. Wegen der Hygieneregeln muss ich Ihnen auch einen Kittel besorgen.«

»Alles klar.«

Lissi kam mit zwei Handtüchern und zwei Kitteln zurück, die sie auf einem der Besucherstühle deponierte. Erst einmal reichte sie Philip ein Handtuch.

»Danke, das hilft zumindest etwas.«

»Ersetzt keine Dusche, aber man kann eben nicht alles haben«, murmelte Lissi, während sie sich abtrocknete und dann in ihren Arbeitskittel schlüpfte.

Philip zog den anderen Kittel an. »Müssten wir nicht auch die Haare bedecken?«

»Normalerweise ja, aber wir backen ja jetzt nicht, deshalb geht es auch ohne.«

»Schade«, entgegnete Philip.

»Sind Sie ein Fan von Kappen?«

Philip knöpfte den Kittel zu. »Ähm ... nein. Ich meine, schade, dass wir nicht backen.«

»Verstehe.« Lissi erinnerte sich, dass er beim Vorstellungsgespräch eine Sammlung Backbücher erwähnt hatte.

»Ja, Backen ist meine Leidenschaft, aber nicht nur das; auch in meinem Praktikum in der Hotelküche ging nichts ohne Bandana«, erklärte Philip.

Lissi fühlte sich einigermaßen trocken, soweit das überhaupt möglich war nach dem notdürftigen Abrubbeln mit dem Handtuch. Sie öffnete die Tür zur Backstube. »Theoretisch könnten Sie also auch in der Küche aushelfen.«

»Und im Café bedienen ...« Philip stockte. »Tut mir leid, das klingt eingebildet. Aber in der Ausbildung mussten wir uns in allen Bereichen beweisen.«

»Nein, nein«, entgegnete Lissi. »Außerdem war Ihre umfassende Ausbildung doch der Grund, warum Sie eingestellt wurden.« Lissi war an den Kühlschrank getreten und öffnete die Tür.

»*Holy cow* ...« Philip bestaunte mit halb offenem Mund die zwei Herzhälften auf den randlosen Blechen.

»Wie bitte?«

»Oh, Verzeihung, ich war mal sehr eng mit jemandem aus Texas befreundet, dort ist *holy cow* der Inbegriff von Begeisterung, Bewunderung und Staunen.«

»Ach so, klingt lustig.« Lissi lachte. »Aber das Werk hier ist noch nicht ganz fertig, und genau dabei können Sie mir helfen.«

»Wirklich? Für mich sieht es absolut megamäßig aus. Die kleinen weißen Zuckerrosen auf Pink, ein toller Effekt!« Philip strahlte sie an.

»Danke, aber das Wichtigste fehlt eben doch noch.« Lissi fand ihn direkt niedlich in seiner Begeisterung, zumal in dem weißen Kittel. Ausschließlich als Kollege und sonst nichts. Sie war immun gegen texanische Begeisterungsfloskeln oder Blicke aus tiefblauen Augen.

»Ich bin bereit. Sagen Sie mir einfach, was ich tun soll.«

»Den Wagen da in der Ecke …« Lissi deutete auf einen Servierwagen aus Edelstahl mit zwei Ebenen. »Darauf wollte ich die Torte transportieren. Aber bei dieser Sintflut wäre sie ruiniert, bevor wir im Café landen.«

Philip wiegte überlegend den Kopf. »Wenn wir sie auf die untere Ebene stellen und den Wagen mit einer Folie überdecken, müsste es klappen.«

»Gute Idee! Da wäre nur ein kleines Problem.«

»Welches?«

»Die Folie.« Lissi hob hilflos die Hände und schaute sich suchend um. »Die Bahnen von Alu- oder Frischhaltefolie sind viel zu schmal, und ich fürchte, sie wären auch nicht stabil genug, um diesen Sturm abzuhalten. Wie auch immer, erst einmal kümmern wir uns um die finale Fertigstellung. Vielleicht lässt der Regen ja nach.« Sie nahm eine Herzhälfte aus dem Kühlschrank und trug sie zum Arbeitstisch.

Philip griff unaufgefordert nach der zweiten Hälfte und brachte sie zum Tisch.

»Danke«, sagte Lissi mit einem Blick über die Schulter. »Sie kapieren schnell.«

»War nicht sooo schwierig.«

Lissi setzte die beiden Herzhälften mithilfe einer gebogenen Palette auf ein sauberes, glänzendes Blech, das groß genug für beide Hälften war. Die Herzspitzen berührten sich nun, und nach oben öffnete sich das Herz.

Philip stieß einen leisen Pfiff aus. »Spektakulär! Diese Farbe ist einfach toll. Ist das Fondant?«

»Genau. Das Innere besteht aus dunklen Biskuitböden, getränkt mit Himbeergeist, gefüllt mit Vanille-Ganache, einem fruchtigen Himbeergelee und einer dünnen Knusperschicht aus Mandelkrokant.«

»Bitte aufhören«, stöhnte Philip übertrieben, verdrehte theatralisch die Augen und presste sich die Hände auf die Ohren. »Das klingt einfach zu köstlich, und wenn man davon nicht probieren darf, grenzt es an Folter.«

Lissi lachte. »In Wien sagen wir übrigens *leiwand*, wenn uns etwas begeistert, besonders super ausschaut oder gut schmeckt.«

»Werde ich mir merken.« Er suchte ihren Blick.

Soll das etwa ein Flirt werden?, fragte sich Lissi und ging zurück zum Kühlschrank, um die Figuren zu holen. Die lagerten geschützt in einem Tortenhimmel-Karton, wo sie schön kühl geblieben waren. Handgeformte Marzipanfiguren waren zwar nicht sehr temperaturempfindlich, dafür aber umso sensibler gegen starke Erschütterungen.

Sie stellte den Karton auf die Arbeitsplatte und öffnete ihn. Der Chef hatte die sitzenden Figuren wirklich super hinbekommen. Die Dame war blond, hatte ein sexy schwarzes Kleid und schwarze Pumps an. Sie blickte nach oben, und ihre Hände lagen auf den Knien der überkreuzten Beine. »Er« war dunkelhaarig, trug einen dunklen Anzug und saß kerzengerade. Die Beine nebeneinander, die Füße überkreuzt, der Kopf zur Seite, als wollte er über die Schulter schauen. Bevor Lissi die beiden aus dem Karton nahm, holte sie die Einweghandschuhe aus ihrer Kittelschürze und zog sie an.

»Wie hübsch«, sagte Philip und verbesserte sich. »Ich meine … *leiwand*.«

»Genau«, bestätigte Lissi lachend. »Und jetzt überlegen wir mal, wo die beiden sitzen sollten.«

Philip musterte erst die Marzipanfiguren, dann die rosafarbenen Kuchenherzen und schaute Lissi verunsichert an. »Jeder auf einer Hälfte?«

»Und wo genau?« Lissi hatte sich die Platzierung längst überlegt, die Frage war nur rhetorisch.

»Jeweils in die Mitte …«

Lissi setzte die Figuren zwischen den kleinen weißen Rosen mittig auf die Herzhälften, wie geplant voneinander abgewandt.

Philip zog die Stirn in Falten und verschränkte die Arme vor der Brust. Er wirkte nachdenklich.

»Es gefällt Ihnen nicht, oder?«

»Doch … doch … nur …«

»Ja?«

»Warum Rücken an Rücken?«

»Weil sie geschieden sind! Deshalb auch das optisch gebrochene Herz, es steht sinnbildlich für den Schmerz, der eine Scheidung doch immer bedeutet«, antwortete Lissi.

»Ja, schon, aber ob das für dieses Paar auch zutrifft?« Philip schaute Lissi fragend an. »Die zwei scheinen doch ziemlich beste Freunde zu sein. Warum sonst würden sie eine Party veranstalten?«

»Gutes Argument«, gab Lissi zu und fragte, wie er die Figuren stattdessen positionieren wollte.

»Wie wäre es, sie an die oberen Ränder zu setzen?« Philip löste seine Arme und deutete auf die Stellen. »Sie wären weit voneinander entfernt, hätten aber noch Blickkontakt.«

»Probieren wir's aus …«, entgegnete Lissi bereitwillig, fixierte die Figuren mit Holzstäbchen, trat dann einen Schritt zurück und betrachtete das Ergebnis. »Wie war das mit der heiligen Kuh?«

»*Holy cow!*« Philip lachte aus vollem Herzen. »Also gefällt es Ihnen?«

»Es ist *leiwand*. Und ich muss zugeben, Ihre Idee ist besser als meine ursprüngliche, weil sie das Motto genauer trifft.«

»Danke schön, freut mich, dass ich helfen konnte«, sagte Philip. Lissi hätte gern behauptet, dass er dabei überheblich klang, aber das war gar nicht der Fall.

»Nicht so voreilig«, dämpfte sie trotzdem sogleich wieder seine Freude. »Noch haben wir nicht geliefert. Und es regnet nach wie vor so heftig, als würde man unter der Dusche stehen.«

»Das ist es!« Philips Augen glitzerten regelrecht. »Ein Duschvorhang! Der ist wasserdicht.«

Lissi verstand, was er im Sinn hatte, musste aber doch einen Einwand vorbringen. »In dieser Backstube ist wirklich eine Menge Zeug vorrätig, von A wie Ausstecher über M wie Mandeln bis Z wie Zucker oder Zimt. Aber bei Duschvorhängen muss ich passen.«

»Wir nehmen den aus unserem Badezimmer. Der ist total sauber und auch trocken.« Philip zog den Kittel aus und legte ihn ordentlich gefaltet auf dem Arbeitstisch ab. »Bin gleich wieder da.«

Lissi gestand sich ein, dass Philips Ideen tatsächlich sehr hilfreich gewesen waren. Auf den Gedanken mit dem Duschvorhang wäre sie nie gekommen.

Zehn Minuten später kam Philip zurück. Den weißen Vorhang unter einen Arm geklemmt, stand er in der Tür zur Backstube. »Soll ich den Kittel wieder anziehen?«

»Nicht nötig, kommen Sie einfach rein. Wir sind ja gleich fertig«, erklärte Lissi und erzählte, dass morgen Vormittag, wie an jedem Sonntag, eine Grundreinigung geplant sei.

Gemeinsam beförderten sie die Torte auf die untere Ebene des Servierwagens, breiteten den Duschvorhang darüber und sicherten ihn mithilfe einer Schnur kreuz und quer, bis das Ganze aussah wie ein riesiges Paket.

Lissi betrachtete ihr gemeinsames Werk grinsend. »Wenn wir damit heil im Haus ankommen, bin ich wunschlos glücklich.«

»Dann los, stürzen wir uns in die Fluten!« Philip öffnete die Tür zum Büro.

Sie gelangten problemlos über den mittlerweile voll

belegten Parkplatz und den ebenerdigen Hintereingang in die Pension. Die Torte hatte den Weg unversehrt und trocken überstanden.

In Roses Büro waren noch eine Girlande aus weißen und roten Rosen und ein ganzer Bund Rosen deponiert. Die Girlande war für die Griffe des Servierwagens gedacht, die Blütenköpfe als Dekoration für die nüchternen Metallbleche. Philip half bei der finalen Dekoration.

»So romantisch!«, seufzte Lissi, als sie ihr Handy aus der rückwärtigen Jeanstasche zog und Fotos schoss.

»Ganz Ihrer Meinung.«

Einige Atemzüge lang betrachteten sie die Herztorte.

»Nachdem wir gemeinsam ein echtes Abenteuer überstanden haben und ein Badezimmer teilen, können wir vielleicht das *Sie* weglassen? Ich bin Philip.« Er streckte ihr die Hand entgegen.

Lissi fand es auch albern, sich unter Gleichaltrigen zu siezen. Ihm aber das Du anzubieten, darauf war sie nicht gekommen. Irgendwie hatte sie gedacht, er sei für steife Förmlichkeiten. Aber nun lächelte sie und nahm seine Hand. »Gerne. Elisabeth, aber meine Freunde nennen mich Lissi. Dann los wir werden erwartet.«

Philip ging voraus und hielt Lissi die Tür zum Café auf.

Applaus brandete auf, als Lissi den geschmückten Servierwagen langsam in den Raum schob.

Die Präsentation, die detaillierte Beschreibung der Torte und ihrer Füllung, übernahm Konditormeister Müller. Das Anschneiden war dann Sache der Gastgeber, die diese Aufgabe gemeinsam und in großer Harmonie erledigten.

Lissi verzog sich still und leise unter die Dusche.

Das »gebrochene Herz« war nicht nur die Sensation des Abends, sondern auch das meist fotografierte Objekt der Scheidungsparty.

# 15

Annemarie hatte für Sonntag ein Meeting mit Philip vereinbart, um zusammen mit Rose einen erweiterten Arbeitsplan zu besprechen. Eigentlich gehörten alle Belange der Pension zu Roses Job, doch wenn Philip sie an der Rezeption vertreten sollte, war Annemarie seine Vorgesetzte. Seit Herbert in Frankreich weilte, war sie für wichtige Fragen und Entscheidungen zuständig, welche auch immer das sein mochten.

Das Sonntagsfrühstück fand wie meist in der Hauptsaison in Etappen statt. Annemarie, in rosa Sommerhosen und einem grün-weiß gemusterten Shirt, hatte bereits einen kurzen Spaziergang zu Bäcker Wyss hinter sich, der letzten Bäckerei in Auerbach, die sonntags frische Backwaren anbot.

Der Esstisch im Salon war ab sieben Uhr gedeckt. Die Kaffeemaschine in der Küche lieferte laufend frischen Wachmacher, und so konnte jeder kommen, wie es für ihn passte. Rose und Nico hatten sich vor allen anderen ein englisches Frühstück mit Eiern, Speck und Würstchen gegönnt, dessen Duft man noch erschnuppern konnte. Rose saß bereits an der Rezeption, und Nico begutachtete die Rosenstöcke. Nachdem Horst zum Monatsletzten ausgeschieden war, hatte Nico zwischenzeitlich die Pflege der

Rosen übernommen. Er war zwar kein Spezialist für Gartenarbeiten, aber wie die Königin aller Blumen behandelt und geschnitten werden sollte, das hatte er von seiner englischen Mutter gelernt.

»Willst du am Nachmittag dabei sein?«, wandte sich Annemarie an Lissi, die ihr gegenüber in einem schwarzen Jogginganzug auf dem Stuhl lümmelte und anscheinend noch nicht ganz wach war.

»Wo dabei?« Lissi richtete sich träge auf und rührte einen Teelöffel Zucker in den Milchkaffee.

Annemarie erklärte, worum es ging. »Da dir ein Teil des Betriebes gehört, interessiert es dich sicher, und du möchtest vielleicht bei allen *Sitzungen* dabei sein.«

»Ach so, ja, das stimmt.« Lissi nahm einen Schluck Milchkaffee und bestrich ein Vollkornbrötchen mit Frischkäse. Obendrauf verteilte sie einen dicken Klecks Marmelade und zog mit dem Messer ein hübsches Muster.

»Ich hatte übrigens gestern bei der großen Scheidungsparty den Eindruck, als würdest du dich inzwischen ganz gut mit unserem Neuzugang verstehen. Er hat dir aus der Verlegenheit geholfen, oder?«, bemerkte Annemarie in harmlosem Plauderton.

»Gut beobachtet.« Lissi biss in ihr Brötchen und erzählte kauend von Philips außergewöhnlicher Idee. »Hmm … Er scheint tatsächlich sehr praktisch veranlagt zu sein. Ich wäre nie im Leben auf den Duschvorhang gekommen. Ist ja auch ziemlich abwegig. Aber ohne dieses wasserdichte Teil wäre die Torte garantiert nass geworden. Ich war echt erleichtert. Hmm … und … wir duzen uns jetzt. Falls du das nicht mitbekommen hast.«

»Wer hätte das gedacht.« Annemarie verzog den noch ungeschminkten Mund zu einem doppeldeutigen Grinsen. »Aber es freut mich, dass ihr euch gut versteht.«

»Guten Morgen, die Damen!« Berthold, lässig gekleidet in hellgrauen Leinenhosen und einem blassrosa Hemd, betrat den Salon. Mit ihm wehte ein zitronenfrischer Duft in das Familienzimmer.

»Guten Morgen!« Annemarie lächelte ihn an. Er gehörte längst zu ihr, als wären sie verheiratet, und es war absolut nicht ungewöhnlich, dass er hereinmarschierte, als wohnte er im Haus. Was er nicht tat: Er hatte eine eigene Wohnung in der Nähe. Doch wenn es spät wurde, so wie gestern Abend, blieb er über Nacht.

Berthold holte sich eine Tasse Kaffee aus der Maschine und setzte sich neben Annemarie. »Lissi, schau doch mal auf unsere Instagram-Seite.«

»Stimmt, das wollte ich dir auch noch erzählen, Lissi, aber ich hab's tatsächlich vergessen.« Annemarie tippte sich mit zwei Fingern gegen die Stirn. »Du wirst staunen.«

Lissi griff nach ihrem Handy, das neben ihrem Teller lag, und ging auf die Tortenhimmel-Seite.

Berthold nahm sich eines der Brötchen aus dem Korb in der Tischmitte. »Super, oder? Rose hat es gestern Nacht noch gepostet, oder wie das heißt.«

Lissis Augen leuchteten, als sie den Kopf hob und zu Berthold schaute. »Die Scheidungstorte geht viral!«

»Wohin?«

»In die Welt hinaus«, antwortete Lissi. »Das Tortenfoto wird von anderen Instagrammern geteilt, und so verbreitet es sich immer weiter und weiter ...«

Berthold schnitt sein Brötchen auf. »Erste Sahne, sollen sie es verbreiten, je mehr, je lieber. Ist kostenlose Werbung für den Tortenhimmel.«

Lissi tippte einige Male auf ihr Handy und hielt es dann Annemarie entgegen. »Hier, die Landgrafs haben auch jede Menge tolle Bilder von gestern Abend hochgeladen.«

Annemarie betrachtete die Fotos mit geröteten Wangen. »Großartig, das habt ihr gut gemacht.« Sie blickte von Berthold zu Lissi. »Wenn Herbert hier wäre, würde er trotz des frühen Morgens eine Flasche Schampus öffnen.«

»Schick ihm doch die Fotos, das wird ihn freuen«, schlug Lissi vor.

»Ja, das mache ich. Und wir sollten unbedingt auch dich mit deinen Sachertörtchen fotografieren. Sobald du wieder frische produziert hast, sag Bescheid, dann soll Rose das fotografieren. Die kann das besser als ich.«

»Wird erledigt«, antwortete Lissi murmelnd.

»Du hast noch nicht gesagt, ob du uns am Nachmittag die Ehre gibst«, kam Annemarie wieder auf das ursprüngliche Thema zu sprechen.

»Ich muss dringend lernen, die Gesellenprüfung steht an. Aber ich versuche es. Wann trefft ihr euch?«

»Um eins nach der Mittagspause auf der Seeterrasse. Dann ist Roses Kernzeit an der Rezeption zu Ende, und Philip ist ganz sicher mit dem Housekeeping durch.«

»Wenn ich mit dem Lernen gut vorankomme, bin ich dabei. Und jetzt entschuldigt mich bitte, ich verziehe mich zu meinen Büchern.« Lissi bestrich sich noch eine Scheibe Vollkornbrot mit Frischkäse und Marmelade, die sie auf dem Teller mitnahm. »Bis nachher.«

Als Lissi die Tür hinter sich zugezogen hatte, wandte sich Annemarie an Berthold: »Ist dir aufgefallen, wie unerwartet vertraut Lissi und Philip wirkten, als sie gestern mit dem Servierwagen ins Café kamen? Anfangs war sie ja total gegen seine Einstellung, aber das hat sich wohl geändert.«

»Finde ich gut, freuen wir uns darüber.« Berthold nahm einen Schluck Kaffee. »Brr, der ist aber heute bitter ...« Er gab Milch und einen gehäuften Löffel Zucker in seinen Kaffee, probierte nach dem Umrühren erneut und nickte. »Abneigungen innerhalb kleiner Firmen können das Betriebsklima regelrecht vergiften.«

»Das auch, aber ich freue mich aus einem anderen Grund. Findest du nicht, dass die beiden ein schönes Paar wären?«

»Hast du Lissi deshalb von dem Meeting erzählt, um sie mit Philip zu verkuppeln? Denn eigentlich müsste sie ja nicht zwingend dabei sein. Sein Arbeitsplan betrifft Lissi doch gar nicht.«

»Stimmt schon, aber ein bisschen Kuppeln kann nicht schaden. Und da die zwei sich jetzt duzen, ist das doch ein erfreulicher Anfang«, meinte Annemarie.

Sie erinnerte sich noch sehr genau an Lissis frostiges Benehmen nach dem ersten Gespräch mit Philip. Lissis Argumente, ihn wegen seines guten Aussehens nicht einzustellen, waren offenbar nur ein Vorwand gewesen. Die plötzliche Annäherung der beiden und das Duzen bestätigten ihre Vermutung. Die beiden mochten sich, waren Singles und hatten jede Menge gemeinsam. Lissi war eine begabte Konditorin, Philip sammelte Backbücher und hatte eine Schwäche für Süßes. Waren das nicht die besten Voraussetzungen für eine glückliche Beziehung? Sie stellte sich

Lissi in der Backstube vor; Philip stand daneben und reichte die Zutaten an.

Annemarie hatte Lissi vom Tag des ersten Kennenlernens gemocht. Und im Laufe der Zeit war sie ihr wie eine Tochter ans Herz gewachsen. Die Tochter, die sie sich immer gewünscht hatte.

Vor dreißig Jahren hatte sie geglaubt, den Vater für ihre Kinder gefunden zu haben. Karsten; sie hatte den Namen eigentlich längst verdrängt. Er war beruflich viel auf Reisen und hatte auch am Bodensee zu tun. Sobald er in der Nähe war, stieg er in der Pension König ab. Damals hatte sie ihre Mutter bei der Zimmerreinigung unterstützt, und so waren sie sich über den Weg gelaufen. In so einem kleinen Haus erinnerte man sich an die Gäste, besonders an nette Stammgäste. Anfangs hatte er großzügige Trinkgelder dagelassen, sie dann zum Essen eingeladen, und schließlich waren sie auf dem Zimmer gelandet. Das war der erste Fehler gewesen, heute würde man No-Go sagen.

»Du wirkst so abwesend«, sagte Berthold und riss sie aus ihren Erinnerungen. »Denkst du immer noch über Lissi und Philip nach?«

»Nein, ich musste daran denken, wie das war, als ich in Lissis Alter war, von eigenen Kindern geträumt habe und einen Mann kennengelernt hatte, mit dem sich dieser Traum hätte erfüllen sollen.« Annemarie blickte in Bertholds hellgrüne Augen, die so klar waren wie der Bodensee an einem ruhigen Frühlingstag.

»Das hört sich nach einer aufregenden Geschichte an. Warum wurde nichts daraus?« Berthold hatte sich ihr zugewandt und sah sie neugierig an.

»Die ewig gleiche Geschichte: Er war verheiratet und hat es mir anfangs verschwiegen.«

»Das kann dir mit mir nicht passieren, du kennst mein Leben bis ins kleinste Detail.« Berthold blickte an ihr vorbei und griff mit einer Hand nach der Papierserviette, als müsste er sich irgendwo festhalten.

Annemarie hatte von Bertholds beruflichem Schicksal zuerst aus den Unterlagen erfahren, mit denen er sich als Konditormeister beworben hatte. »Du hast mir alles über deine kinderlose Ehe erzählt, die schließlich am Konkurs der Konditorei zerbrochen ist.«

Berthold beugte sich zu Annemarie und küsste sie innig auf die Wange. »Dass wir beide ungewollt kinderlos sind, ist nur eine unserer Gemeinsamkeiten. Aber ich bin sicher, du wärst eine tolle Mutter geworden … allerdings …«

»Ja?«

»Mit Kindern wäre dein Leben vollkommen anders verlaufen. Dann hätten wir uns vielleicht niemals kennengelernt, und das wäre sehr schade.«

»Jammerschade.« Annemarie lehnte ihren Kopf an seine Schulter. »Was hältst du davon, wenn wir uns noch ein wenig hinlegen? Schließlich ist heute Sonntag, und das ist ein Ruhetag.«

Berthold schob seinen Stuhl zurück und reichte ihr die Hand. »Müssen wir noch den Tisch abräumen und das Geschirr in die Spülmaschine stellen?«

Lachend zog Annemarie sich an seiner Hand in die Senkrechte. »Vergiss das Geschirr, heute benehmen wir uns einfach mal wie selbstsüchtige Teenager.«

# 16

Annemarie und Berthold gingen Hand in Hand über den Parkplatz zum Tortenhimmel. Sie benötigte für das Meeting mit Rose und Philip noch einen Notizblock aus ihrem Büro; Berthold wollte inzwischen ein »Pralinentelegramm« kreieren. Sonntags wurde nur in Ausnahmefällen gebacken, da hatte er die Backstube für sich und konnte experimentieren.

Annemarie schnappte sich den Notizblock und verabschiedete Berthold mit einem innigen Kuss. »Schreib was Schönes.«

»Wird erledigt, meine kinderlose Schöne«, raunte Berthold ihr zu, bevor er durch die Verbindungstür die Backstube betrat.

Mit einem strahlenden Lächeln spazierte Annemarie zur Pension. Seit es Berthold in ihrem Leben gab, war jeder Tag ein Sonntag. Ärger mit Lieferanten oder ausbleibende Materiallieferungen kosteten sie nur ein Lächeln. Und wenn sie einmal wirklich nicht weiterwusste, fand Berthold eine Lösung.

Niemals hatte sie es für möglich gehalten, sich mit über sechzig noch einmal so zu verlieben wie mit dreißig. Nein, korrigierte sie sich eine Sekunde später, die Liebe zu Berthold war erfüllender und so viel tiefer, als es die zu diesem verheirateten Schuft gewesen war. Sie hatte damals lange unter Liebeskummer gelitten und geglaubt, nie wieder glücklich werden zu können. Doch jetzt, genau in diesem Moment, wusste sie, wie Glück sich anfühlte. Es floss durch ihre Adern wie Schokoladensoße, dachte sie und lachte laut auf über ihre kitschige Anwandlung.

Die Seeterrasse war zu gut zwei Drittel besetzt. Das angenehm warme Sommerwetter lockte Einheimische wie Touristen auf die Promenaden und in die Cafés. In einer Stunde würden alle Plätze besetzt sein. Herr Otto, Frau Waltraud und die beiden Saisonaushilfen würden ohne Pause auf den Beinen sein. Und der Ansturm würde erst am späten Nachmittag nachlassen. Als Geschäftsfrau hatte sie natürlich den höchst erfreulichen Umsatz im Blick, den sie hauptsächlich dem Tortenhimmel zuschrieb. Die Tagesgäste logierten ja nicht in der Pension, sie kamen, um die köstlichen Kuchen und Torten zu genießen. Die zwanzig Pensionszimmer ließen sich leider nicht vermehren, also waren diese Einnahmen begrenzt. Doch seit sie online aktiv waren und Rose wunderschöne Bilder von den Zimmern gepostet hatte, mehrten sich die Buchungen. Es bestand also kein Grund, sich über die Finanzen Gedanken zu machen.

Sie erblickte Rose an einem Tisch unter einem der gelben Sonnenschirme. Daneben Nico, der seine Frau mal wieder zum Lachen gebracht hatte, wie unschwer zu erkennen war.

Die beiden waren mindestens so glücklich wie sie und Berthold, dachte Annemarie. Eigentlich waren alle Frauen der Familie König von der Liebe begünstigt. Alle, außer Lissi. Sie hatte noch nie über einen Mann in ihrem Leben gesprochen. Wäre Lissi verliebt, könnte man es ihr ansehen. Liebe war schließlich das ultimative Schönheitselixier. Annemarie wusste, dass sie sogar für ältere Frauen ein echter Jungbrunnen war. Eine Stunde in Bertholds Armen, und ihr Gesicht war faltenfrei.

»Warum lächelst du denn so verzückt?«, fragte Rose.

»Ach, ich musste daran denken, dass Liebe schön macht.«

»Stimmt!«, bestätigte Nico und küsste Rose auf den Mund. »Deine Schönheit färbt sogar auf mich ollen Gnom ab.« Damit stand er auf und verabschiedete sich.

»Berthold ist aber auch ein toller Mann«, entgegnete Rose, als Annemarie sich gesetzt hatte. »Mit dem hast du und haben auch wir großes Glück. Am besten, du heiratest ihn, damit er auch wirklich bleibt.«

»Die Ehe ist keine Garantie für ewige Liebe«, merkte Annemarie nachdenklich an. »Als Iris Christian kennengelernt hatte, war sie total überzeugt, das große Glück gefunden zu haben. Und am Ende war es eher ein Unglück. Aber Schwamm drüber, es ist vorbei, Iris hat mit Fritz einen wunderbaren Mann gefunden und ist sehr glücklich. Wir beide konzentrieren uns auf die Gegenwart, und die heißt ...«

»Tut mir leid, ich bin zu spät ...« Philip stand plötzlich neben dem Tisch.

»Setzen Sie sich doch«, forderte Rose ihn auf.

»Würde ich gern, aber ...« Keuchend holte er Luft. »Es gab einen Wasserschaden im Waschkeller ... Vielleicht sollten wir uns den zuerst anschauen ...«

Annemarie sprang erschrocken auf. »Mist, ausgerechnet im Waschkeller! Wie schlimm ist es?«

»Als erste Sicherheitsmaßnahme habe ich sofort den

Wasserzufluss abgesperrt und den Strom abgestellt«, berichtete Philip atemlos. »Leider wurde dadurch auch das vor zwanzig Minuten begonnene Programm mit einer Ladung Bettwäsche gestoppt.«

Auch Rose war stöhnend aufgesprungen. »Wasserschäden sind mein allergrößter Albtraum.«

Der »Waschsalon«, wie Annemarie ihn nannte, war fünf mal fünf Meter groß und mit allem ausgestattet, was für die Wäschepflege nötig war: einer Gewerbewaschmaschine, die pro Waschgang zwanzig Kilo fasste, rollbaren Körben, um die frisch gewaschenen Teile zu den beiden Trocknern zu befördern, und einer Heißmangel. Durch zwei Fenster fiel Tageslicht, das sich jetzt in einer flächendeckenden Wasserpfütze spiegelte.

»So eine kleine Pfütze ist nicht dramatisch«, beruhigte Annemarie ihre Nichte, die wenig damenhafte Flüche ausstieß, und wandte sich an Philip. »Wo genau ist denn der Schaden? Und wie schnell können Sie ihn reparieren?«

»Bitte, möglichst noch heute«, flehte Rose. »Es stehen einige Zimmerwechsel an, das bedeutet auch einen kompletten Handtuch- und Wäschewechsel. Wie sieht es mit dem Vorrat aus?«

Philip nickte. »Den habe ich gecheckt, für ungefähr fünf Zimmer ist genug Wäsche vorrätig. Aber …«

»Ich hasse *Abers* …« Rose verdrehte genervt die Augen. »Die bedeuten meist Ärger und Kosten.«

»Zuerst hatte ich auf ein Leck im Wasserzulauf für die Waschmaschine getippt. Das hätte ich reparieren können«, antwortete Philipp und trat an die Waschmaschine. »Doch leider befindet sich der Schaden in der Wand.« Er deutete auf einen deutlich sichtbaren Wasserfleck. »Da muss aufgestemmt werden. Das allein wäre keine Schwierigkeit, aber ich vermute, dass die Leitungen ...« Er stockte, als suche er nach passenden Worten, und sagte nach einigen Atemzügen: »... nicht mehr ganz neu sind, um es vorsichtig auszudrücken.«

»Nennen wir es ruhig beim Namen: alt und morsch«, sagte Annemarie und fluchte jetzt genau wie Rose ganz ungeniert.

»Vielleicht sind ja bei einer Renovierung doch mal neue Rohrleitungen eingezogen worden.« Philip blickte von Annemarie zu Rose. »Wie alt ist denn das Haus, und wofür wurde dieser Kellerraum früher benutzt?«

Rose zuckte ratlos die Schultern. »Keine Ahnung. Annemarie?«

»Meine Mutter hat das Anwesen samt Haus von ihren Eltern zur Hochzeit geschenkt bekommen«, erinnerte sich Annemarie. »Gebaut wurde es vor circa achtzig Jahren, und in diesem Keller stand bis in die Sechzigerjahre ein Messingkessel, unter dem man Feuer machen und darin die Wäsche kochen konnte.«

Philip hatte mit staunender Miene zugehört. »Wow, das hört sich verdammt anstrengend an. Aber es bedeutet auch, dass die Leitungen vermutlich so alt sind wie das Haus. Das Waschbecken dort an der Seite mit der antiken Armatur stammt wohl auch noch aus dieser Zeit.«

»Vor maroden Leitungen habe ich mich immer am meisten gefürchtet«, stöhnte Rose und stürzte davon, als würde der Keller in den nächsten Sekunden komplett überflutet.

»Das war die knausrige Buchhalterin in Rose; bei unerwarteten Kosten dreht sie schnell durch«, erklärte

Annemarie schmunzelnd. »Nun ja, sie wird sich gleich mit unserer Installationsfirma in Verbindung setzen und sich wieder beruhigen, das Haus steht ja noch. Aber was machen wir jetzt mit der Wäsche?« Sie blickte auf das Bullauge der Waschmaschine, in dem die im Wasser schwimmende Wäsche zu erkennen war. »Das Programm ist noch nicht durchgelaufen, oder?«

Philip schüttelte den Kopf. »Nein, leider nur eine halbe Stunde, die Wäsche liegt in der Lauge …«

Lissi betrat die Seeterrasse und ärgerte sich, weil sie ihre Sonnenbrille vergessen hatte. Die Sonne blendete, und es war schwierig, die Anwesenden zu erkennen. Sie beschattete ihre Augen mit der flachen Hand. Annemarie und Rose waren nicht zu sehen. War sie zu spät? Sie zog ihr Handy aus der rückwärtigen Jeanstasche – zehn nach zwei. Dann war das wohl der kürzeste Besprechungstermin aller Zeiten gewesen. Zu blöd, sie hatte extra das wichtige Lernen unterbrochen. Sie wollte sich noch mal bei Philip bedanken und auch dafür entschuldigen, dass sie gestern so eilig verschwunden war. Er würde sicher verstehen, dass sie sich nach dieser Odyssee nur noch hatte ausruhen wollen. Und tatsächlich wollte sie die Gelegenheit nutzen, ihn heute etwas besser kennenzulernen.

Sie drehte sich um und beschloss, wieder nach oben zu gehen. Es würde noch andere Gelegenheiten geben.

Auf der Treppe hörte sie eine aufgebrachte Stimme aus der Rezeption, die nach Rose klang. Sie hielt sich in ihrem winzigen Büro hinter dem Tresen auf, hatte das Festnetztelefon am Ohr, schnaufte: »Wiederhören!«, und knallte wütend das Mobilteil auf die Station.

»Was ist denn passiert?«, erkundigte sich Lissi.

Rose zog die dunkelblaue Kostümjacke aus, hängte sie über die Lehne des Drehstuhls und sank erschöpft seufzend auf die Sitzfläche. »Wasserschaden im Waschkeller, ausgerechnet am Sonntag. Ich hab zwar die Mobilnummer des Installateurs, der bei uns alle Bäder eingebaut hat, aber er hat die Mailbox eingeschaltet. So viel zu seinem Versprechen, für *uns* wäre er Tag und Nacht erreichbar.« Sie schloss die Augen, massierte sich mit den Fingerspitzen kurz die Schläfen und zog dann die Schreibtischschublade auf, aus der sie eine Packung Zitronenbonbons hervorkramte.

»Wie schlimm ist es?«

»Ziemlich!« Rose steckte sich ein Zitronendrops in den Mund und bot Lissi eines an. »Nimm eines … sauer macht lustig, jedenfalls manchmal.«

»Nein danke … ich geh mal gucken, vielleicht kann ich helfen.« Lissi eilte mit erhöhtem Pulsschlag nach unten. Vielleicht konnte sie sich jetzt bei Philip revanchieren.

Sie war noch nie im Waschkeller gewesen, wurde ihr auf dem Weg nach unten bewusst. Die Arbeitskittel wurden mit der anfallenden Pensionswäsche und der Tischwäsche des Cafés gewaschen. Für ihre privaten Klamotten hatte sie eine kleine Waschmaschine in ihrem Badezimmer zur Verfügung. Iris hatte sie angeschafft, damit sie mit der Babywäsche nicht nach unten laufen musste.

Die gesuchte Tür stand offen, und sie hörte Annemaries resolute Ansage: »Bevor wir irgendwas unternehmen, sollten wir uns Taucheranzüge oder zumindest Gummistiefel besorgen!«

Lissi blieb erst mal im Türrahmen stehen und presste

die Hand auf den Mund, ehe ihr beim Anblick des Dramas ein paar unflätige Wiener Schimpfwörter rausgerutscht wären.

Annemarie hatte sie schnaufen gehört und drehte sich zu ihr um. »Hallo, Lissi, die Besprechung fällt leider aus. Wie du sehen kannst, ist etwas dazwischengekommen.«

»Sehr vornehm ausgedrückt«, gab Lissi lachend zurück. »Wenn ich irgendetwas tun kann, jederzeit.«

»Hallo, Lissi.« Philip schickte ihr einen dankbaren Blick. »Wir überlegen, wie wir am schlauesten die Wäsche aus der Maschine holen könnten …«

»Ohne dass uns die nasse Wäsche und dreißig Liter Wasser entgegenschwappen«, ergänzte Annemarie, stemmte die Fäuste in ihre von einem blumenbedruckten Kleid bedeckte Hüften und starrte die Maschine zornig an. »So ein Schlamassel aber auch!«

»Hat die Maschine denn keine Einstellung, um das Wasser abzupumpen?«, erkundigte sich Lissi.

»Das wäre nur mit Strom machbar. Aber der ist ausgeschaltet, und ihn wieder einzuschalten, wäre gefährlich«, antwortete Philip, der die verrutschten Hemdärmel umkrempelte. »Strom und Wasser sind eine ungute Kombi.«

»Verstehe«, murmelte Lissi enttäuscht, keinen brauchbaren Einfall parat zu haben. Dennoch blieb sie schweigend stehen und dachte nach. Irgendeine Lösung musste es doch geben! Sie ärgerte sich darüber, dass sie technisch vollkommen unbedarft war. Eine Schande für eine emanzipierte Frau! Sie sollte doch zumindest über Grundwissen zur Funktion einer Waschmaschine verfügen.

»Das Ablaufventil!«, rief Annemarie plötzlich lachend

und strahlte Lissi an. »Das ist es. Wie konnte ich das nur vergessen! Offenbar werde ich langsam alt und senil.«

»Guter Witz!« Lachend begab sich Philip an die Maschine.

Es dauerte ziemlich lange, die dreißig Liter Wasser kontrolliert über das dünne Ventil abzulassen. Doch irgendwann war es geschafft und die letzte Pfütze mit einem Gummischieber beseitigt.

Annemarie atmete auf. »Das Schlimmste ist vorbei!«

»Leider ist die Wäsche immer noch klatschnass und auch nicht sauber gewaschen. Das Programm war nur zur Hälfte …« Philip wurde vom Piepsen seines Handys unterbrochen und entschuldigte sich.

Lissi starrte die Waschmaschine an und beobachtete aus den Augenwinkeln, wie Philip das Telefon aus der Hosentasche angelte, einschaltete, einen kurzen Blick drauf warf und es mit düsterer Miene wieder einsteckte.

Annemarie klatschte tatkräftig in die Hände und gab Lissi einen auffordernden Klaps auf die Schulter. »Die packen wir in den Trockner und … verdammter Mist, verdammter, ohne Strom sind die nutzlos.« Enttäuscht ließ sie Hände und Arme sinken. »Da kann man mal wieder sehen, wie fragil das Leben ist. Und ein Betrieb im Besonderen. Ohne Strom stehen alle Räder still.«

Lissi war entschlossen mitzuhelfen, schnappte sich zwei der fahrbaren Körbe und schob sie direkt an die Maschine. »Holen wir sie trotzdem raus, in der Maschine kann sie ja nicht bleiben.«

»Danke, aber das ist nicht nötig«, lehnte Philip die Hilfe der beiden Frauen höflich ab und blickte sich nervös um, als fürchte er unangenehmen Besuch. »Ihr habt bestimmt Wichtigeres zu tun, als euch mit nasser Wäsche zu plagen.«

»Schmarrn«, lachte Lissi und suchte seinen Blick. Doch er schaute an ihr vorbei. »Gestern wäre ich ohne deine Hilfe total aufgeschmissen gewesen. Du hast also was gut bei mir.«

»Nicht der Rede wert.« Philip öffnete die Tür der Maschine. Sofort tropfte Wasser heraus. »Ich überlege gerade, ob wir die Wäsche nicht einfach so lange in der Maschine lassen, bis wir wissen, was damit passieren soll. Es ändert ja nichts, wenn sie in den Körben liegt. Nass bleibt sie dennoch.« Fragend schaute er Annemarie an.

»Klingt logisch. Damit ersparen wir uns das anstrengende Umschichten, wenn es eh nichts bringen würde. Nasse Laken sind schwer. Gehen wir stattdessen auf die Seeterrasse und genehmigen uns ein Eis.«

»Guter Vorschlag«, sagte Philip und bat um fünf Minuten, er würde sofort nachkommen.

»Dann bis nachher.« Annemarie hakte Lissi unter. »Ich glaube, wir haben uns einen großen Eisbecher mit Sahne verdient, oder?«

Lissi hätte zu gerne gewusst, wer Philip die Nachricht geschickt hatte, die ihn offensichtlich so verstört hatte. Genauso neugierig war sie natürlich auf den Inhalt. Seinem Verhalten nach tippte sie auf eine Frau, die er sofort anrufen oder deren Nachricht er beantworten wollte. Es musste sich um eine Frau handeln, anders war sein Stimmungswechsel nicht zu erklären. Vielleicht eine Ex-Freundin? Oder eine neue, komplizierte Liebe? Sie wunderte sich ohnehin, dass er seit seinem Einzug in das Gästezimmer jeden Abend dort verbrachte. Um das herauszufinden, hatte sie ihm nicht nachspionieren müssen, laute Fernsehgeräusche hatten ihn verraten. Sie selbst saß ja momentan in jeder freien Minute über ihren Büchern, und einige Male hatte sie sich wegen der Lautstärke nur schwer konzentrieren können. Ihn zu bitten, den Ton leiser zu stellen, war ihr kleinlich vorgekommen, deshalb hatte sie einen Kopfhörer aufgesetzt.

# 17

Philip lehnte sich an die kühle Wand des Waschkellers und versuchte, den Schock zu überwinden. Die Nachricht hatte ihn kalt erwischt. In der ersten Schrecksekunde war ihm nach Beschimpfungen zumute gewesen, nur die antrainierte Beherrschung, jegliche Emotionen im Dienst zu unterdrücken, hatte ihn davor bewahrt.

Jetzt nahm er das Handy aus der Hosentasche, schaltete es ein und las die WhatsApp-Nachricht noch einmal.

*Hi, wie geht es dir? Ich dachte, wir sind immer noch Freunde und du meldest dich mal. Aber scheinbar willst du nichts mehr von mir wissen!* 😊

»Freunde! Nichts mehr von mir wissen! Was für ein Bullshit! Und dann auch noch so ein dümmliches Emoji«, knurrte er nun in den feuchtkalten Kellerraum.

Er zögerte lange, ehe er eine Antwort tippte: *Nicht ich habe unsere Beziehung torpediert, sondern du.* Dann löschte er die Nachricht sofort wieder.

Nein, er würde nicht antworten. Er hatte genug von vorgetäuschten Gefühlen. Von pubertären Spielchen. Von Betrug.

Er schob die Hemdärmel weiter zurück und ging zum Waschbecken, um sich mit kaltem Wasser das Gesicht zu kühlen. Doch es kam nicht ein Tropfen aus dem Wasserhahn, er selbst hatte ja den Zufluss abgestellt. Und genauso würde er diese Pseudofreundschaft *abstellen*. Einige Male aufs Handy getippt, und die Nummer war blockiert. Ein tiefer Atemzug, und er hatte den Ärger überwunden. Es war vorbei! Endgültig! Er hatte München verlassen, um zu vergessen, um ein neues Leben zu beginnen. Nicht, um sich in diese zermürbende Beziehung zurückziehen zu lassen.

Als er auf den Steinstufen nach oben schritt, schwor er sich, so schnell keine neue Beziehung einzugehen und sich stattdessen ganz auf seine Karriere zu konzentrieren. Im Hilton war sein Weiterkommen mehrmals ausgebremst worden, obwohl ihm eine Beförderung zugesagt worden war. Hier, in diesem vergleichsweise kleinen Haus, bestand keine ausgeprägte Hierarchie, soweit er das bisher beobachtet hatte. Den Housekeeping-Posten sah er als Zwischenstufe. Rose sehnte sich nach mehr Privatleben, und das war seine Chance, die Pension tageweise vollkommen selbstständig zu führen. Er würde diese Chance nutzen und sich unentbehrlich machen.

Er wollte sich auch noch intensiver um eine eigene Wohnung bemühen. Die Nähe zu Lissi war gefährlich. Zuerst hatte er diese dunkelhaarige Schönheit als geheimnisvoll empfunden, nach dem gestrigen Tortenabenteuer auf der Scheidungsparty war sie ihm sympathisch. Die spürbare Aversion der ersten zwei Wochen hatte sich gewandelt; gestern war sie plötzlich aufgetaut, und vorhin hatte er sogar geglaubt, sie wolle mit ihm flirten. Doch vielleicht täuschte er sich. Er kannte sie zu wenig, um ihr sprunghaftes Verhalten genauer einschätzen zu können. Aber sie war eine Frau, und das allein war Grund genug, sich von ihr fernzuhalten.

Mit einem entspannten Lächeln auf den Lippen betrat er die Seeterrasse und verharrte einen Moment am Eingang.

An diesem letzten Sonntag im Mai strahlte die Sonne von einem leicht bewölkten Himmel. Über dem See wehte ein kaum spürbares Lüftchen, das nur Miniwellen erzeugen und die Blätter der Dachplatanen auf der Promenade kaum bewegen konnte. Wie üblich an solchen Bilderbuchsonntagen waren alle Tische besetzt und die Servicekräfte gut beschäftigt.

Annemarie, Rose und auch Lissi entdeckte er am anderen Ende der Terrasse, beschattet von einem der gelben Sonnenschirme, unter dem sie in Eisbechern löffelten.

Er zuckte zusammen, als er an den Tisch trat und sofort Lissis fragenden Blick einfing. Erneut überlegte er, was sie mit seinen Arbeitszeiten zu tun hatte und warum sie anwesend war. Fahrig lächelte er in die Runde. »Tut mir leid, ich musste ein dringendes Telefonat führen.«

Annemarie überging seine Erklärung. »Setzen Sie sich«, forderte sie ihn auf und klopfte mit ihrem Löffel auf den Rand ihres noch halbvollen Glasbechers. »Bestellen Sie sich doch auch ein Eis.«

»Vielen Dank, mir ist eher nach Espresso und Wasser«, sagte er und erklärte noch im Stehen, er würde sich das Gewünschte an der Theke besorgen. Sich bedienen zu lassen, fand er unangebracht. Er war Angestellter und kein Gast.

»Okay, dann kommen wir jetzt zum Grund unseres Treffens«, begann Rose, nachdem er sich mit seinen Getränken an den Tisch gesetzt hatte. Sie reichte ihm ein Blatt Papier. »Hier erste Vorschläge, wie es laufen könnte. Ist aber nicht in Stein gemeißelt, das lässt sich alles noch ändern.«

Er nickte und rührte etwas Zucker in seinen Espresso, den er in kleinen Schlucken genoss, während er Roses Aufstellung las. Montag und Mittwoch sollte er nach seiner Mittagspause um eins die Rezeption übernehmen. Zusätzlich plante Rose einen Nachmittag, an dem sie ihn am Rechner einarbeiten wollte: Buchungen, Abrechnungen, Bestellungen der Lebensmittel für das Café und den Tortenhimmel. War das der Grund, warum Lissi mit am Tisch saß? Würde er mit ihr die Order von Zucker, Mehl, Butter oder sonstigen Zutaten absprechen müssen? Schwer vorstellbar, Annemarie hatte doch die Leitung der Konditorei inne, und vermutlich koordinierte Berthold Müller den Warenbestand. Lissi war noch in der Ausbildung zur Konditorgesellin, er fände es sehr verwunderlich, wenn der Konditormeister ihr derart verantwortungsvolle Aufgaben jetzt schon überlassen würde.

»Sind Sie einverstanden?«, fragte Rose.

»Selbstverständlich«, antwortete er freundlich lächelnd. »Meistens sind wir ungefähr um elf mit dem Housekeeping durch, danach bin ich verfügbar. Die Zusammenarbeit mit Antonella und Marcella klappt reibungslos, wir sind auch nach so kurzer Zeit bereits ein gut eingespieltes Team.« Wieder bemerkte er Lissis kritischen Blick und überlegte verwundert, was sie beschäftigte. Sie zu fragen, war unangebracht.

»Das höre ich gerne«, sagte Annemarie. »Die Einteilung für die unregelmäßig anstehenden Extrareinigungen überlassen wir ganz Ihnen.«

»Auch das hat sich schon vor meiner Zeit gut etabliert«, bestätigte Philip und nahm einen großen Schluck Wasser, ehe er zu Rose sagte: »Ihre Schwester Iris hatte ein effektives System, das ich gern übernommen habe.«

Rose löffelte den letzten Rest Sahne aus ihrem Eisbecher. »Ich werde es Iris ausrichten, das wird sie bestimmt freuen.«

»Gut, dann wäre das in trockenen Tüchern und alles so weit geklärt, oder?« Annemarie schaute ihn fragend an.

»Was den Arbeitsplan betrifft, ja«, antwortete er und erinnerte schmunzelnd an die noch gar nicht trockenen Tücher in der Waschmaschine.

Annemarie lachte auf. »Stimmt, die habe ich doch glatt verdrängt. Ausgerechnet am Sonntag muss so was passieren.«

»Soll ich mich um eine Installationsfirma kümmern?«

»Nicht nötig«, sagte Rose. »Ich habe bereits den Installateur angerufen, mit dem wir seit Jahren zusammenarbeiten. Leider bin ich auf der Mailbox gelandet. Sonntag eben.«

Lissi räusperte sich und schaute Rose herausfordernd an. »Um die nasse Wäsche wird sich der Installateur wohl kaum kümmern.«

»Ich würde sagen, wir warten ab, wie er die Lage beurteilt«, schlug Philip vor. »Vielleicht haben wir Glück, und es dauert nicht zu lange, den Schaden …«

»Ist es nicht unhygienisch, die Wäsche feucht liegen zu lassen?«, unterbrach ihn Lissi. Ihre dunklen Augen funkelten. »Im feuchten Milieu bilden sich gesundheitsschädliche Keime, vielleicht sogar Schimmel. Nicht gerade günstig für Wäsche, in der Gäste schlafen sollen.«

»Das ist richtig«, bestätigte er in freundlichem Tonfall. »Doch bei offener Tür kommt ja Luft dazu. Außerdem verfügen die Gewerbewaschmaschinen über ein Desinfektionsprogramm, das bei neunzig Grad Waschtemperatur eine intensive Desinfektionswirkung erreicht.«

Rose hatte staunend zugehört. »Donnerwetter, das wusste ich ja gar nicht.«

»Musst du ja auch nicht, an der Rezeption wird ja nichts gewaschen«, sagte Annemarie launig und strahlte ihn an. »Mir ist es natürlich bekannt, schließlich war der ›Waschsalon‹ lange Zeit mein Revier. Aber dass Sie auch auf diesem Gebiet so gut Bescheid wissen, beruhigt uns doch sehr.«

Philip wuchs innerlich um einige Zentimeter. Er freute sich riesig über Annemaries anerkennende Worte, schließlich war sie die Chefin, auch wenn Rose die laufenden Geschäfte führte. Es hatte ganz den Anschein, als entwickelte sich der Wasserschaden zu seinem Vorteil. »Trotzdem werde ich vorsorglich nach Wäschereien in der Nähe recherchieren. Dann sind wir vorbereitet, falls die Reparatur doch nicht so einfach zu bewerkstelligen ist.«

Rose nickte ihm zu, sah aber ziemlich unglücklich aus. Er ahnte, dass sie sich um die Kosten sorgte. Nicht ohne Grund hatten sie sich eine teure Gewerbewaschmaschine angeschafft, die locker zwanzigtausend Euro gekostet hatte. Betriebswirtschaftlich gerechnet war so eine Anschaffung aber günstiger, als die Wäsche außer Haus zu geben.

»Dann denken wir mal positiv«, seufzte nun auch Annemarie, schaute ihn aber freundlich an. »Und Sie sollten Ihren restlichen freien Nachmittag genießen. Gehen Sie schwimmen, das Wasser ist herrlich.«

Philip verstand das als Ende der Besprechung, erhob sich und zog die im Sitzen verrutschte Weste zurecht.

»Oh, Moment noch«, hielt Rose ihn zurück. »Wenn Sie

schon morgen das erste Mal die Rezeption übernehmen könnten, wäre mir das sehr recht. Drei Uhr genügt aber.«

»Geht klar!« Er wünschte einen angenehmen Nachmittag und verabschiedete sich.

In seinem Zimmer zog er zuerst die Uniform aus und hängte Hose, Hemd und Weste ordentlich auf einen Bügel. Dann schnappte er sich seinen Laptop und setzte sich aufs Bett, um nach Wäschereien zu suchen.

Ohne lange nachzudenken, tippte er in die Suchzeile des Browsers *Wäscherei für Hotelwäsche* ein und dazu den Zusatz *Konstanz*. Falls auch Fahrtzeiten berechnet wurden, kamen weiter entfernte Betriebe nicht infrage. Die Trefferquote war überschaubar, genügte aber zur ersten Orientierung.

Eilig überflog er die unterschiedlichen Angebote und fand auf einer Website Informationen zu den Kosten. Die wurden per Kilogramm Trockenwäsche berechnet. Dazu der aufschlussreiche Hinweis, dass Handtücher aus dem Wellnessbereich oft noch sehr feucht wären und damit mehr wiegen würden, was sich logischerweise auf den Kilopreis niederschlüge. Frotteeware sollte also vor der Abholung trocken sein.

Philip klappte den Laptop zu und sprang auf. Er musste die Wäsche aus der Maschine holen, so gut wie möglich auswringen und aufhängen. Das Aufstemmen der Wand und die Reparatur würden nicht innerhalb eines Tages erledigt sein. Aber er war kein Fachmann, deshalb hatte er seine Vermutung nicht ausgesprochen.

Barfuß, in kniekurzen Hosen und einem Trägershirt, sprintete er in den Keller. Es gab sicher weitaus angenehmere Sonntagsbeschäftigungen, als sich mit tropfnassen

Bettbezügen oder Handtüchern abzuplagen. Langes Grübeln änderte aber auch nichts.

Zuerst entfernte er das fahrbare Untergestell von einem der Körbe und platzierte ihn dicht an der Maschinenöffnung. Dann zupfte er vorsichtig an der Wäsche, um nicht den gesamten Inhalt von fünf Bezügen, Kopfkissen, Laken und Handtüchern auf einmal herauszuziehen. Ein dickes Bündel Frotteetücher landete im Korb. Die normal großen waren einfach auszuwringen und auf die zwischen den Wänden gespannten Wäscheleinen aufzuhängen. Oft hatte er überlegt, die fünf Plastikleinen zu je fünf Meter abzunehmen; heute war er froh, dass er es aus Faulheit nicht getan hatte. Zusätzlich waren noch drei aufklappbare Wäscheständer vorhanden.

Als die Handtücher auf einem Wäscheständer hingen, waren seine Klamotten klatschnass. Um morgen nicht mit einem dicken Schnupfen antreten zu müssen, zog er sich bis auf die Boxershorts aus. Niemand würde sich an einem halbnackten Angestellten stören, er war ja allein.

Doch dann hörte er Schritte. Kurz danach stand Lissi in der Tür und starrte ihn konsterniert an.

»Hallo«, grüßte er lächelnd.

»Du hast es dir also anders überlegt«, folgerte sie, während ihr erstaunter Blick über seinen Körper wanderte.

Vorsichtig zupfte er ein Laken aus der Maschine. »Ja. Auf der Suche nach Wäschereien konnte ich nämlich herausfinden, dass Wäsche nach Gewicht berechnet wird.«

»Oh, das könnte dann teuer werden.«

»Genau!« Er hob das Laken hoch und versuchte, es in eine handliche Größe zu falten.

Lissi beobachtete ihn eine Weile. »Kann ich helfen?«, fragte sie schließlich.

»Gern, aber deinem Outfit würde das nicht gut bekommen«, sagte er mit einem Blick auf ihr schwarzes Kleid, das sie vorhin noch nicht angehabt hatte.

»Kein Ding.« Lissi fasste das Kleid in der Taille an, zog es mit einer fließenden Bewegung über den Kopf und stand in BH und Höschen vor ihm.

»Hm ... das ist ...« Unkonzentriert suchte er nach Worten. Es fiel ihm schwer, Lissis Traumfigur, den vollen Busen und die endlos langen Beine nicht anzustarren.

»Ein Bikini«, beendete sie sein Gestammel. »Ich wollte schwimmen gehen, bin also darauf eingestellt, nass zu werden«, erklärte sie grinsend.

»Und auf dem Weg an den See hast du dich verlaufen?« Seine Frage war bewusst ironisch formuliert, denn er hätte wirklich zu gern gewusst, warum sie jetzt in diesem Zweiteiler vor ihm stand. Auch wenn er sich nicht mehr binden wollte, gegen Hormone war man leider machtlos.

»Ich hab dich gesucht«, bekannte sie freimütig, als hätte er eine Verabredung vergessen. »Als du weder in deinem Zimmer noch am See und auch nicht im Café warst, gab es logischerweise nur noch den Waschkeller. Ich schulde dir einen Gefallen, und ich kann helfen, die Wäsche aus der Maschine zu holen.«

»Dann nehme ich dankend an.«


Den halben Nachmittag mühten sie sich mit den schweren Wäscheteilen ab. Als endlich auch das letzte Kopfkissen ausgewrungen war und einen Platz auf der Leine gefunden hatte, waren sie beide vollkommen durchnässt, aber erleichtert.

»Sportlich gesehen war das mindestens so effektiv, als hätten wir den See durchschwommen«, sagte Lissi, als er ihr ein trockenes Handtuch aus den Metallschränken reichte.

»Aber längst nicht so lustig«, fügte er hinzu, denn so viel Spaß hatte er schon ewig nicht mehr gehabt.

# 18

Philip lächelte dem älteren Ehepaar zu, das die Treppen herunterkam. Ohne Eile traten sie zu ihm an die Rezeption und legten den Zimmerschlüssel auf die schwarze Steinplatte der Theke. Mit der Bewegung wehte ihm ein leichter Lavendelduft entgegen, der ihn an seine Großtante erinnerte.

»Ob Sie uns wohl ein Taxi organisieren könnten?«, bat die Dame, deren kurzes silberweißes Haar wie frisch vom Friseur wirkte.

»Sehr gerne«, antwortete Philip verbindlich und hängte den Schlüssel an das dazugehörige Postfach, das nur selten mit Briefen oder Karten befüllt wurde. Dann griff er nach dem Telefon und tippte auf die eingespeicherte Taxinummer. Wie üblich meldete sich die Mailbox. Nachdem er den Auftrag hinterlassen hatte, bekam er die Ansage, wann der Wagen eintreffen würde.

»Es dauert etwa zehn Minuten«, gab er die Information an das Ehepaar weiter.

»Wir haben einen Tisch in den Konstanzer Anglerstuben reserviert. Kennen Sie das Restaurant?« Der Herr im dunklen Anzug schaute ihn durch seine randlose Brille an. Die dunkelgrüne, weiß getupfte Fliege unter dem weißen Hemdkragen und das dazu passende Einstecktuch wirkten sehr elegant.

»Ich persönlich war noch nicht da, aber das Lokal steht auf unserer Empfehlungsliste als Gourmetrestaurant. Man kann auch auf der Terrasse speisen. Die Küche ist größtenteils regional-kreativ mit Fischtendenz, und der Service wird allgemein gelobt, ebenso die Weinkarte. Ich denke, Sie werden zufrieden sein.«

»Vielen Dank für die umfassende Erklärung, junger Mann. Sagen Sie, sind Sie neu hier?« Die Dame legte den Kopf etwas schief, als könnte sie ihn dann besser betrachten. »Letztes Jahr waren Sie jedenfalls noch nicht da. Wir kommen immer nach Pfingsten, wenn die Schulferien vorbei sind.«

Philip hatte aufmerksam zugehört. Die beiden waren also Stammgäste, und er ärgerte sich, nicht sofort den Namen parat zu haben. In einer Zwanzigzimmerpension – momentan waren nur vierzehn Zimmer belegt – sollte er alle Gäste namentlich kennen. Ein Fehler, der ihm zukünftig nicht mehr unterlaufen würde. »Ich bin erst seit sechs Wochen im Haus und vertrete Frau Weingold zwei, drei Mal wöchentlich.«

»Ach ja, die hübsche junge Frau, sie hat uns vorgestern empfangen. Wir kennen sie ja noch als Rose König«, erinnerte sich die Dame und schob ihren Gatten zu den beiden Polstersesseln. »Komm, Egon, lass uns hinsetzen, ist ja nicht nötig, dass wir im Weg stehen.«

Als das Ehepaar Hülser – wie Philip mittlerweile wusste – ins Taxi gestiegen war, klingelte das Festnetztelefon.

»Pension König, guten Tag, Philip Jäger am Apparat. Was kann ich für Sie tun?«, meldete er sich mit dem berühmten

Lächeln in der Stimme, das hoffentlich bei dem Anrufer ankam.

»Hallo, hier ist Iris Kreuzer, ich wollte meine Schwester Rose sprechen.«

»Sie ist leider nicht im Haus, Frau Kreuzer.«

»Aha … Und Sie sind?«

Philip nannte noch einmal seinen Namen, erklärte die Situation und dass er vor sechs Wochen den Housekeeping-Posten übernommen hatte.

»Ach, natürlich, ich erinnere mich, Rose hat mir davon erzählt. Tut mir leid, ich hatte es vollkommen vergessen; mit zwei Kleinkindern bin ich oft überfordert. Aber ich wollte Ihnen nichts vorjammern, sondern Rose fragen, ob sie heute Abend babysitten kann. Auf ihrem Handy konnte ich sie leider nicht erreichen. Wissen Sie, wo ich sie erreichen kann?«

»Nein, bedauere, und sie hat auch nicht erwähnt, wann sie zurück sein würde. Kann ich sonst etwas für Sie tun?«

»Danke. Sollte sie auftauchen, möchte sie mich bitte anrufen.«

»Richte ich gerne aus.«

Iris bedankte sich und beendete das Gespräch.

Philip nutzte die folgende sehr ruhige halbe Stunde, um sich die Namen der anwesenden Gäste und deren Zimmernummern einzuprägen. Ein wenig Gehirnjogging, das kurz vor seinem Dienstende um 18 Uhr von einem erneuten Klingeln des Telefons unterbrochen wurde.

Nachdem er sich mit seinem Sprüchlein gemeldet hatte, hörte er eine weibliche, etwas raue Stimme: »Grasser, ich würde gern mit Rose sprechen.«

Auch diese Anruferin musste er enttäuschen. »Kann ich etwas ausrichten oder anderweitig behilflich sein?«, erkundigte er sich.

»Hach, ja, vielleicht …« Sie stockte, schien zu überlegen. »Es handelt sich um die Reisegruppe Grasser. Wissen Sie darüber Bescheid?«

Philip kombinierte, dass es sich um eine Buchung handeln musste, und fragte einfach ins Blaue: »Wann wollten Sie denn anreisen, und auf welchen Namen läuft die Reservierung?«

»Auf meinen Namen, Grasser«, antwortete sie, räusperte sich vernehmlich und nannte dann das Datum.

Er bat um einen Moment Geduld und begab sich mit dem Mobilteil am Ohr in das kleine Büro hinter dem Tresen, wo der Computer stand. Rose hatte ihn bereits so weit eingearbeitet, dass er sich gut zurechtfand. »So, Frau Grasser … Hier sehe ich eine Buchung für sechzehn Personen. Wie kann ich helfen?«

»Also … Das ist mir jetzt schrecklich peinlich, aber ich möchte … nein … ich muss leider stornieren.«

Philip schluckte. Stornieren war in der Gastronomie eines der Wörter, die niemand gerne hörte und bei denen man am liebsten laut aufstöhnen wollte. Es war immer mit Arbeit, oft mit Ärger, aber garantiert mit Verlusten verbunden. Noch ehe er nach dem Grund fragen konnte, erzählte Frau Grasser mit bewegter Stimme, dass ein Ehepaar aus der Gruppe bei einem Verkehrsunfall ums Leben gekommen sei. »Ich hoffe, Frau Rose versteht das. Nächstes Jahr kommen wir auch bestimmt wieder.«

Philip holte Luft. Was für ein trauriger Anlass; sicher

würde Rose dafür Verständnis haben. »Mein aufrichtiges Beileid, Frau Grasser.«

»Danke schön …« Sie schniefte, als würde sie Tränen unterdrücken. »Und weil die Beisetzung direkt in unseren Reisetermin fällt, na ja, deshalb müssen wir eben absagen.«

»Machen Sie sich bitte keine Gedanken, Frau Grasser«, entgegnete er mitfühlend. »Ich werde es ausrichten, und wenn noch Fragen auftauchen, werden wir uns melden. Sind Sie auf dieser Nummer zu erreichen, die mein System mir anzeigt?«

»Ja, die hat Frau Rose bestimmt irgendwo gespeichert. Wenn ich nicht zu Hause bin, ist da so ein Anrufbeantworter eingeschaltet. Dann erst mal vielen Dank und schöne Grüße an Frau Rose. Wiederhören.«

Nachdenklich drückte er auf die Auflegetaste. Er liebte die Arbeit an der Rezeption, die Gespräche und Telefonate mit den Gästen – aber auf solche Anrufe konnte er gerne verzichten.

Er war mit fünfunddreißig zwar nicht in dem Alter, um über den Tod nachzudenken, aber jetzt wurde ihm doch bewusst, wie schnell das Leben zu Ende sein konnte und wie gefährlich Autofahren war. Es genügte ein angetrunkener Fahrer, der die Kontrolle über seinen Wagen verlor, und schon endete das Leben in einem Wrack. Rose hatte ihm erzählt, dass ihr Mann nach einem bösen Unfall auf einer regennassen Straße lange im Koma gelegen hatte. Wie es dazu gekommen war, hatte sie nicht erwähnt, und er hatte aus Respekt vor ihren Gefühlen nicht nachgefragt.

Nun fürchtete er, dass Rose schockiert auf die Absage der Reisegruppe reagieren würde. Er konnte den Grund natürlich nicht verschweigen, aber ihm fiel auch keine harmlose Umschreibung für *Unfall* ein, egal, wie lange er darüber nachdachte. Man musste das Wort nur aussprechen, sofort gerieten manche Menschen in Panik.

Philip beschloss, Roses Rückkehr abzuwarten, obwohl sein Dienst bald endete. Ein weiterer sehr angenehmer Punkt gegenüber dem Hilton, wo er regelmäßig auch Nachtdienste hatte übernehmen müssen. Hier war der Empfang während der Hochsaison von 8 bis 18 Uhr besetzt. Das hatte sich in all den Jahren bestens bewährt. Die größtenteils älteren Urlaubsgäste gingen früh zu Bett, und Familien mit Kindern waren auch keine Nachtschwärmer. Überraschungsgäste oder kurzfristige Buchungen hatte er noch keine erhalten. Die Arbeit war nie stressig, und auch im Housekeeping hatte er sich noch kein Bein ausreißen müssen. Seine Aufgaben liefen so geordnet und gut geplant ab, dass er nichts gegen ein paar Aufregungen einzuwenden hätte. Natürlich keine Todesfälle, keine Stornierungen und schon gar keine Wasserschäden, einer hatte gereicht. Mit Schaudern dachte er an die zehn Tage, die es gedauert hatte, den Schaden zu beheben, an die hohen Kosten für die Wäscherei, die dadurch entstanden waren, und an Roses Frustration. Er hatte sich ein klein wenig schuldig gefühlt. Musste dieses verdammte Wasserrohr ausgerechnet dann platzen, als er noch keinen Monat im Betrieb war? Und jetzt auch noch dieser Storno-Anruf. War das schlechtes Karma?

Rose kam gegen 19 Uhr zurück. Wie immer nach ihrem freien Nachmittag war sie bester Laune. »Du hättest nicht auf mich warten müssen.«

Er duzte sich mittlerweile mit ihr und auch mit Annemarie, die es ihm angeboten hatte. »Es gab ein kleines Problem, von dem ich dir lieber persönlich berichten wollte.«

»Bitte keine Wasserschäden oder ähnliche Katastrophen«, sagte Rose und strahlte ihn unverändert heiter an.

Philip hatte sich schon oft gefragt, was Rose und ihr Mann unternahmen, weil sie jedes Mal dieses besondere Strahlen in ihren hellgrünen Augen hatte, als hätte sie etwas Außergewöhnliches erlebt. Überhaupt wirkte sie auch heute wieder wie ausgewechselt, trug ihr Haar offen und nicht wie sonst zu einem strengen Nackenknoten gesteckt. Statt des formellen dunkelblauen Kostüms hatte sie eine Hose mit weit geschnittenen Beinen und ein bunt bedrucktes Shirt an. Komplettiert wurde der lässige Look durch ein diagonal über die Schulter getragenes Täschchen. Jetzt bedauerte er zutiefst, dass diese Stornierung ihr bestimmt die Laune verderben würde.

»Keine Wasserschäden, aber es gab einen wichtigen Anruf von einer Frau Grasser«, begann er vorsichtig.

»Ah, die Reisegruppe. Die kommt … ich glaube, seit zehn Jahren zu uns. Lauter liebenswürdige ältere Ehepaare, die sich besonders für die Flora und Fauna interessieren und rund um den Bodensee Hobbyforschung betreiben. Ging es um Sonderwünsche?« Rose zog einen Haargummi vom Handgelenk. Mit ein paar routinierten Handgriffen bändigte sie ihr langes blondes Haar zu einem Pferdeschwanz.

»*Sonderwünsche* würde ich es nicht nennen. Sie ist leider gezwungen, die gesamte Reise zu stornieren. Zwei Mitglieder der Gruppe sind …« Er stockte kurz, ehe er so ruhig wie möglich sagte: »Verstorben. Die Beerdigung fällt genau in den Reisetermin.« Von dem Unfall sollte Rose besser von Frau Grasser persönlich erfahren.

Rose zuckte sichtlich zusammen und holte Luft, ehe sie ein fassungsloses »Entsetzlich« murmelte, umrundete den Tresen und lief in ihr Büro.

Philip folgte ihr. »Die Dame meinte, sie wäre unter der üblichen Nummer zu erreichen.«

Rose hatte bereits den Rechner »aufgeweckt«, griff nach dem Mobilteil der Basisstation und tippte nervös auf die Tasten.

Frau Grasser meldete sich tatsächlich. Philip begab sich zurück an den Empfang und vernahm aus der Entfernung nur Gesprächsfetzen. Wobei Rose eher zuhörte, einige Male ihr Bedauern aussprach und der Dame versicherte, die Stornierung sei kein Problem.

Philip kannte Rose inzwischen gut genug, um zu wissen, dass sie Stammgästen gegenüber gerne kulant war. In diesem Fall war sie seiner Ansicht nach allerdings fast zu großzügig. Die Gruppe hatte zwei Wochen gebucht und in dieser Zeit acht Zimmer belegt. Fast das halbe Haus, das riss ein ziemliches Loch in die Kasse.

»Was für ein fürchterliches Drama!«, seufzte Rose, als sie einige Minuten nach Beendigung des Gesprächs zu ihm an den Tresen kam. »Die Schuberts waren so liebenswerte Menschen und an allem interessiert. Ich bin vollkommen geschockt.«

Philip wollte tröstende Worte finden, aber er war ungeübt in diesen Dingen. »Es ist so traurig, man fühlt sich so hilflos.«

»Hm ...« Roses Blick wanderte fahrig ins Leere. Ihre

Augen waren gerötet, ihre Lider flatterten nervös. »Das Gespräch hat mich sehr mitgenommen, weil Nicos Unfall plötzlich wieder präsent war. Ich hab dir davon erzählt?«

»Ich erinnere mich gut. Es muss ein traumatisches Erlebnis gewesen sein, so etwas vergisst man nie.« Philip überlegte, wie er das Thema Stornogebühren ansprechen konnte. Bei allem Mitgefühl durfte Rose den Betrieb doch nicht vergessen.

»Sicher könnten wir Stornogebühren verlangen, um den finanziellen Schaden zu minimieren«, griff sie unerwartet das Thema auf. »Aber Geld ist doch nicht alles im Leben. Als Nico im Koma lag, hätte ich meinen Erbteil an der Pension verkauft, um ihn ins Leben zurückzuholen.« Seufzend bedeckte sie ihr Gesicht sekundenlang mit beiden Händen, ehe sie ihn wieder ansah.

»Ich kenne mich leider nicht mit der Rechtslage aus«, bekannte Philip. »Aber die Zimmer waren doch schon ewig gebucht und für diese beiden Wochen blockiert. Wenn du willst, rede ich mit Frau Grasser. Bei allem Verständnis für die Situation der Gruppe; der Pension entsteht durch den Ausfall ein immenser Schaden. Womöglich gibt es eine Reiserücktrittsversicherung, die in solchen Fällen einspringt.«

»Danke, das ist sehr nett. Aber ich werde zuerst mit Annemarie besprechen, wie wir das am schlauesten handhaben. Immerhin handelt es sich um langjährige Stammgäste, die möchte ich nicht vergraulen. Ich erinnere mich nämlich nicht, ob es eine ähnliche Situation schon mal gab …« Die bekannte Melodie von *I will always love you* ertönte in Roses weißer Schultertasche. Sie zog ihr Handy mit einem gemurmelten »Entschuldigung« heraus, schaute flüchtig auf das Display und nahm das Gespräch an.

Philip fiel in der Sekunde ein, dass Iris ihn gebeten hatte, etwas auszurichten. Doch Rose sprach bereits mit ihr und versicherte nach wenigen Sätzen, sie sei so gut wie unterwegs.

»Tut mir leid«, entschuldigte er sich, als Rose das Gespräch beendet hatte. »Über dieses Drama hab ich den Anruf deiner Schwester ganz vergessen.«

»Kann passieren«, entgegnete Rose verständnisvoll. »Iris hat mich ja erreicht, und ein Abend mit den Kindern ist genau das, was mich nach diesem Schock ablenken kann. Aber jetzt ist Feierabend, fahr nach Hause. Morgen ist auch noch ein Tag.«

Philip wünschte Rose einen angenehmen Abend und verabschiedete sich.

Nachdenklich verließ er die Pension, stieg in seinen Polo und fuhr nach Konstanz. Vor zwei Wochen hatte er dort ein 33 Quadratmeter großes Einzimmerapartment bezogen. Die mitten in der Altstadt gelegene Wohnung mit Einbauküche und Duschbad verdankte er Nico, der im Immobiliengeschäft tätig war und sie ihm vermittelt hatte.

Heute war er doppelt glücklich über sein eigenes kleines Reich, in dem zwar noch einiges fehlte, um es wohnlich zu gestalten, aber in der Küche war alles vorhanden, um kleine Mahlzeiten zuzubereiten. Auch ein Herd mit Backofen, in dem er nach seinem Einzug ein erstes Blech Muffins gebacken hatte.

Kurz vor acht öffnete er das Backrohr, um eine Tiefkühlpizza aufzubacken. Er hatte sie wenige Minuten vor

Ladenschluss im Supermarkt besorgt und auch noch eine Schachtel süße Datteltomaten mitgenommen. Für aufwendiges Kochen war er nach dem ereignisreichen Nachmittag zu faul.

Beim Anschneiden der Pizza musste er an Lissi denken. Ob sie sich beim Gedanken, eine Fertigpizza serviert zu bekommen, schütteln würde? Als professionelle Konditorin empfand sie Fertigprodukte vermutlich als Angriff auf die Ehre aller Konditoren und ihre innersten Überzeugungen. Bei nächster Gelegenheit wollte er sie befragen. Noch lieber würde er sie zu sich einladen, mit ihr kochen oder backen. Leider war er ihr in den letzten Wochen nur noch kurz auf der Treppe begegnet, seit seinem Auszug gar nicht mehr.

Sehr schade. Er hatte angenommen, dass man sich in so einem kleinen Betrieb täglich sehen würde. Aber er hatte nichts in der Backstube verloren, obwohl er gerne mal einen Tag dort verbringen würden, und Lissi kümmerte sich weder um seinen Housekeeping-Job, noch hatte sie am Empfang zu tun.

Wirklich sehr schade.

# 19

Annemarie vermochte ihre Tränen nicht zurückzuhalten. Ihre Augen brannten, sie sah alles verschwommen, und jetzt lief auch noch die Nase.

Sie kramte in ihrer Hosentasche nach einem Taschentuch.

Vergeblich.

»Hier, mein Schatz!« Berthold reichte ihr ein gefaltetes Küchenpapiertuch. »Tief einatmen, dann geht es gleich wieder.«

»Danke.« Schniefend trocknete sie die Augen, putzte sich dann die Nase und seufzte. »Es ist mir ein Rätsel, wie Florence es schafft, beim Zwiebelschneiden nicht zu weinen.«

»Jahrelange Übung, würde ich tippen.« Berthold griff nach dem Messer. »Ich übernehme das jetzt, dann kannst du die Kartoffeln pellen und in Scheiben schneiden. Das geht garantiert tränenfrei.«

Annemarie drückte ihm einen Kuss auf die glatt rasierte Wange. »Das nenne ich wahre Liebe.«

»Unbedingt! In einer funktionierenden Beziehung muss man sich opfern, damit die Liebe bleibt.«

Annemarie betrachtete Berthold mit nun wieder trockenen Augen. »Sagt der Mann, der Zwiebelgeruch an den Händen verabscheut.«

Berthold legte das Messer zur Seite und wackelte mit den Fingern. »Dagegen helfen Einmalhandschuhe.«

»Kommt sofort!« Annemarie kramte die Packung mit den blauen Handschuhen aus dem Schrank unter der Spüle, zog zwei heraus und reichte sie Berthold.

Seit Herbert und Florence in Südfrankreich lebten, hatte sich ein bedeutender Punkt verändert: Jetzt konnte man sich nicht mehr bequem an den Tisch setzen und aufs Essen warten. Florence hatte gewöhnlich am Abend für die ganze Familie gekocht. Dieser Luxus war nun Geschichte. Und es sah nicht danach aus, als würden sie und Herbert so bald nach Auerbach zurückkommen. Herbert hatte im letzten Telefonat von *Tartes* erzählt, die er für das örtliche Bistro backe, und wie glücklich er damit sei. Rose und Nico, die wandelnden Katastrophen am Herd, waren mit Kochverbot belegt und speisten oft auswärts. Rose liebte es, sich zurechtzumachen, und Nico führte sie gerne aus, was er sich auch leisten konnte. Und Lissi, die am Herd annähernd so perfekt war wie Florence und auch gerne kochte, büffelte gerade für die Prüfung, die nächste Woche stattfinden würde. Deshalb standen Annemarie und Berthold jetzt allein an der Arbeitsplatte, um ein simples Abendessen zuzubereiten: gemischter Salat, Bratkartoffeln mit Zwiebeln und Matjesheringe in Sahnesoße, selbst gekauft beim Fischhändler ihres Vertrauens. Insgesamt ein Klassiker, der allen schmeckte und auch für fünf Personen schnell auf den Tisch zu bringen war.

Rose hatte nämlich eine Familienkonferenz einberufen, und weil tagsüber alle beschäftigt waren, bot sich dafür nur der Abend an.

Die Tür flog auf, und das junge Ehepaar stürmte in die Küche.

»Wir haben Nachtisch mitgebracht!« Nico schwenkte eine Flasche, die er auf den Tisch stellte.

»Eierlikör?« Annemarie hob irritiert die Augenbrauen.

»Ich habe Appetit auf Schokoladeneis mit Eierlikör; das Eis holen wir nachher aus dem Café«, erklärte Rose.

Annemarie betrachtete ihre Nichte von Kopf bis Fuß und ganz besonders den Bauch. »Na, das sind ja Gelüste. Ist da irgendwas im Busch?«

Rose lachte nur, hakte Nico unter und zog ihn zur Kommode, wo das Geschirr aufbewahrt wurde. »Lass uns den Tisch decken. Hat Iris sich gemeldet?«, wandte sie sich zu Annemarie.

Annemarie gab zwei Esslöffel Rapsöl und einen Esslöffel Butter in die Pfanne. Mit diesem Tipp von Florence wurden Bratkartoffeln schön knusprig. »Sie hat angerufen, wäre gerne dabei gewesen, aber Jasmin hat aus der Kita einen Infekt mitgebracht.«

»Und Lissi?«

»Die lernt noch, hat aber versprochen zu erscheinen«, sagte Berthold.


Eine Stunde später löffelte Rose genüsslich den letzten Rest Schokoladeneis aus einer Glasschale. »Das war köstlich«, sagte sie. »Jetzt bin ich gestärkt für die Besprechung.«

Annemarie wartete seit Beginn des Essens darauf, dass Rose endlich erklärte, was so wichtig war, dass sie dafür extra eine Familienbesprechung angesetzt hatte. »Ist das Thema denn *so* heikel?«

»Hm ...« Rose wiegte den Kopf, als müsste sie erst überlegen, wie sie eine schlechte Nachricht in nette Worte verpacken könne. »Es geht um eine größere Stornierung«, begann sie und berichtete ausführlich, was geschehen und wie hoch der Verlust war.

Einige Minuten lang herrschte schockiertes Schweigen, dann wandte sich Rose an Annemarie: »Erinnerst du dich an einen ähnlichen Fall in der Vergangenheit?«

»Nein, so was hätte ich nicht vergessen. Es ist doch eine ziemliche Summe. Wäre Herbert hier, er würde gleich den Pleitegeier über dem Haus kreischen hören.«

»Rechtlich gesehen könnten wir natürlich eine Ausfallgebühr verlangen, was ich aber ungern tun möchte«, redete Rose weiter. »Es sind sehr, sehr gute Stammkunden, die nächstes Jahr garantiert wiederkommen.«

»Verzwickte Situation«, bemerkte Lissi und fragte, wie alt diese Reisegruppe sei.

»Zwischen fünfundsiebzig und achtzig. Was spielt das denn für eine Rolle? Das Ehepaar ist bei einem Verkehrsunfall tödlich verunglückt, das passiert auch jungen Menschen.« Rose schluckte und griff nach Nicos Hand.

»Eine ziemlich wichtige Rolle ...« Lissi goss frisches Wasser in ihr Glas, ehe sie Rose mit ernster Miene anschaute. »Bitte, versteh mich nicht falsch, aber soweit ich das beobachtet habe, sind fast alle unsere Gäste im Rentenalter, manche sogar uralt. Unsere Kundschaft wird also bald aussterben. Und wie man an diesem Fall sieht, vielleicht sogar noch schneller, als ohnehin zu erwarten steht.«

»Ja, und?«, brausten Annemarie und Rose einstimmig auf.

»Na ja. Das Haus ist uralt, wie wir unlängst an dem Wasserschaden gesehen haben. Und die meisten Stammgäste sind genauso alt, wenn nicht noch älter.« Lissi blickte selbstbewusst in die Runde. »Eine Marketingfirma würde uns zu einem neuen Konzept raten. Sonst haben wir bald nur noch leere Zimmer und regelmäßig Stornierungen, weil jemand gestorben oder erkrankt ist.«

»Neues Konzept?«, wiederholte Annemarie spöttisch und schaute Lissi an. Sie hatte keine Ahnung, was die Andeutung sollte und warum die Pensionsgäste für sie relevant waren. Hatte sie nicht genug mit den Prüfungsvorbereitungen zu tun?

»Soll heißen: Wir müssen dringend etwas unternehmen, um jüngere Menschen anzusprechen!«, verdeutlichte Lissi. Offenbar hatte sie über dieses Thema bereits nachgedacht.

»Vor Kurzem wurden alle Zimmer renoviert und teilweise neue Bäder eingebaut«, erklärte Rose und erinnerte Lissi an ihre finanzielle Einlage. »Dank deiner Finanzspritze konnten wir unter anderem eine neue Bestuhlung für die Seeterrasse anschaffen. Seitdem findet man dort nur noch selten einen freien Tisch.«

»Das ist super. Aber eine cool bestuhlte Terrasse und leuchtend gelbe Sonnenschirme bringen keine jüngeren Urlaubsgäste in die Pension.« Lissi räusperte sich und hob den Kopf, als plante sie eine Ansprache. »Für junge Familien mit Kindern ist bei uns absolut null geboten. Wir haben nicht mal einen Sandkasten oder eine Rutsche im Garten. Und genau diese Klientel brauchen wir, wenn der Betrieb weiter rentabel sein soll. Im Moment sind nur wenige Zimmer belegt, und jetzt kommt auch noch diese Stornierung, für die du keinen Ausfall berechnen möchtest. Dass wir damit ein saftiges Minus erwirtschaften, muss ich dir nicht vorrechnen.«

»Ich dachte, ihr habt auf Instagram den Supererfolg«, meldete Nico sich zu Wort.

»Stimmt, aber das gilt leider nur für die Konditorei. Wann immer wir Hochzeitstortenfotos posten, kommen neue Bestellungen rein«, berichtete Berthold nicht ohne Stolz. »Oft sind die Aufträge nur mit Überstunden zu schaffen.«

»Der Tortenhimmel ist eine Goldgrube, und wenn es weiter so gut läuft, werden wir wohl noch eine neue Kraft einstellen müssen«, bestätigte Annemarie mit einem zärtlichen Blick zu Berthold. Er war ein genialer Konditor, was auch ihr Vater Max König bestätigt hätte. Er hätte Berthold gemocht, da ging sie jede Wette ein.

»Dagegen könnten die Zimmermädchen und der Housekeeper bald keine Arbeit mehr haben«, unkte Lissi mit schiefem Lächeln und musterte abwechselnd Annemarie und Rose. »Irgendwelche Ideen, um das zu verhindern?«

»Wer will Espresso?«, wechselte Berthold das Thema. »Es sieht ja ganz danach aus, als würde es eine lange Nacht werden.«

Annemarie verlangte nach Kräutertee, der ihre Nerven beruhigen sollte. »Aber, Lissi, was ich mich frage: Warum engagierst du dich plötzlich so für den Umsatz der Pension?« Insgeheim kombinierte sie, dass Lissi wohl fürchtete, Philip würde vielleicht kündigen, was sie ja bereits ausgesprochen hatte. Interessant ... Falls sich da etwas angebahnt hatte, war es mehr oder weniger heimlich geschehen.

»Es ist ja zum Teil auch meine Firma, wie Rose gerade

erwähnt hat. Da ist es doch nur logisch, dass ich mich darum sorge. Oder?«

Annemarie wusste sehr genau, dass Lissi als Enkelin von Gründer Max König rechtlich gesehen ihren Erbteil einklagen könnte.

Der Tisch wurde abgeräumt, das schmutzige Geschirr in der Spülmaschine verstaut, Espresso- und Teetassen bereitgestellt und das heikle Thema auf später verschoben. Schließlich saßen alle wieder auf ihren angestammten Plätzen. Eine Duftwolke von starkem Kaffee hing über dem Tisch, vermischte sich mit dem blumigen Duft von Annemaries Kräutertee und dem buttrigen Aroma von frischen Pralinen. Berthold hatte eine Auswahl seiner »Telegrammpralinen« in die Mitte gestellt. Annemarie hatte den mit weißen Buchstaben versehenen Köstlichkeiten das Label »Scrabble-Pralinen« verpasst. Jetzt legte sie die Worte: Familienbande!

Annemarie eröffnete die zweite Diskussionsrunde. »Ich hätte einen Vorschlag: einen Bücherschrank mit Romanen, Krimis, Thrillern und Kinderbüchern. Dann hat Lissi vorhin einen Sandkasten und eine Rutsche erwähnt. Das ist doch ein guter Vorschlag, der kein Vermögen kostet und flugs umzusetzen wäre.«

»Und wir fragen Iris, ob sie Lust hat, Spielstunden für Kinder anzubieten.« Roses Augen glänzten begeistert. »Sie könnte ihre beiden Kids mitbringen, und alle wären glücklich.«

»Bücherschrank finde ich gut, aber Sandkasten und Rutsche wären nur was für kleine Kinder im Vorschulalter«, relativierte Lissi. »Stellen wir uns eine Familie mit drei

Kindern von vier, sechs und zehn Jahren vor. Die beiden Größeren würden sich schnell langweilen auf dem Mini-spielplatz. Was wir brauchen, ist ein echter Knaller. Einen für die ganze Familie.«

»Dann eben nicht«, sagte Rose gelassen.

Annemarie goss eine zweite Tasse Kräutertee ein und schob sich die Praline mit dem M in den Mund. »Nichts gegen *Knaller*, Lissi, aber was immer du dir darunter vor-stellst, ist garantiert nicht für kleines Geld zu haben. Wir haben einen wunderschönen See direkt vor der Tür und dazu ein eigenes Stück Strand, das können nur wenige bieten.«

»Ja, der eigene Strand ist ja auch sehr nett, aber im Win-ter ist es da zu kalt zum Schwimmen. Ein richtig schickes Poolhouse wäre der Hammer.«

Annemarie verschluckte sich an einem Rest Schokolade und musste erst husten, ehe sie Lissi anfunkelte. »Redest du von einem Swimmingpool *in* einem Haus?«

Lissi verschränkte die Arme vor der Brust und strahlte Annemarie an. »Genau! Im Garten wäre genug Platz da-für. Damit könnte man auch im Winter Gäste anlocken, die sonst in die Karibik flüchten. Bei uns kann man karibisches Flair genießen, ohne in ein Flugzeug steigen zu müssen. $CO_2$ sparen ist doch ein stichhaltiges Argument.«

»Zugegeben, so ein Poolhouse wäre todschick. Aber weißt du, was das kostet? Nicht nur der Bau, auch der Unterhalt, Wasser und Strom würden Unsummen verschlingen.«

Lissi nickte zustimmend. »Das müsste man natürlich mal richtig durchrechnen, aber ich denke, es würde sich schnell amortisieren. Und aufs Dach packen wir eine Solaranlage und produzieren unseren eigenen Strom.«

Rose wandte sich an Nico. »Was sagt denn mein geliebter Immobilienfachmann dazu? Wie viel würde ein Poolhouse mit Solaranlage kosten?«

»Ausgehend von einer Mindestgröße ... von sagen wir fünfzig bis siebzig Quadratmetern, um einigermaßen Platz zu bieten, ist man schnell bei einer halben Million. Dazu braucht man eine Genehmigung vom Bauamt. Wie schnell die zu bekommen ist, kann ich nicht sagen, aber wir wissen, der deutsche Amtsschimmel ist kein Rennpferd.«

Nicos überraschend präzise Angaben ließen die Unterhaltung verstummen. Annemarie schluckte. Rose presste erschrocken die Lippen zusammen. Lissi zog die Stirn kraus und schaute Nico zweifelnd an.

Annemarie überwand den Schock als Erste. »Damit ist das Poolhouse vom Tisch. Und im Grunde hieße es doch, Wasser in den Bodensee zu schütten, der auch im Winter nie ganz eiskalt wird. Im Gegenteil, er speichert die Hitze des Sommers und fungiert im Winter wie eine Heizung, deshalb wird es bei uns auch nie so kalt wie im Rest des Landes.«

Lissi verzog eingeschnappt den Mund. »Dann macht ihr doch einen Vorschlag!«

»Wir könnten mit einem der großen Reiseveranstalter zusammenarbeiten, wodurch sicher auch jüngere Gäste buchen würden«, sagte Rose.

Annemarie hielt dagegen: »Leider hätte das auch den Nachteil, dass wir nicht mehr den vollen Zimmerpreis bekämen. Außerdem hat mein Vater immer betont, dass wir eine Pension mit Familienanschluss sind. Er hat es stets abgelehnt, mit diesen ›Abzockern‹ zusammenzuarbeiten. Tut mir leid, Rose, das ist keine brauchbare Idee. Aber wie wäre es mit einer Tortenhimmel-Filiale in Konstanz?«, wandte sie sich an Lissi.

»Und eine neue Filiale bringt dann auch Pensionsgäste?« Lissi griff nach der Praline mit dem L aus weißer Schokolade, betrachtete den Buchstaben einen Moment und biss ein Stück davon ab.

»Auf jeden Fall mehr Umsatz«, entgegnete Annemarie und rechnete vor, wie hoch die Einnahmen waren, die in den letzten Monaten allein durch das Backbuch zustande gekommen waren.

»Okay! Die Einnahmen sind allerdings sehr erfreulich.« Lissi nickte zustimmend und knabberte weiter an der Pistazienmarzipan-Praline, ehe sie antwortete: »Aber wir reden doch über die Rentabilität der Pension, oder nicht?«

Annemarie hatte inzwischen genug von diesem Hin und Her, sie war müde, wollte ins Bett und in Bertholds Armen einschlafen. »Wenn wir mit zwei oder drei Filialen den doppelten oder sogar dreifachen Umsatz erwirtschaften, ist es letztlich egal, wie viele Pensionszimmer belegt sind oder ob die Stammgäste aussterben. Sollte es mit den Urlaubern gar nicht mehr laufen, können wir das gesamte Haus an den Schönheitschirurgen vermieten. Der suchte doch ein Rehahotel.«

»Das Angebot klang tatsächlich extrem verlockend«, pflichtete Rose ihr bei. »Allerdings müssten wir dann auch das Dachgeschoss ab…«

»Das kannst du vergessen!«, unterbrach Annemarie ihre Nichte.

»Konditoreifilialen würden Massenproduktion bedeuten. Aber Qualität und Quantität waren noch nie ein gutes Gespann«, brachte Lissi ein weiteres Gegenargument vor. »Der Tortenhimmel würde schnell zur Tortenfabrik, und bald wäre unser guter Ruf ruiniert. In Zeiten der Globalisierung sehnen sich die Menschen nach Tradition und Exklusivität. Wer unsere Köstlichkeiten genießen will, muss sich nach Auerbach bemühen.«

»Tatsächlich?« Annemarie hob die Augenbrauen. »Und was ist mit den Verkäufen über Instagram? Das geht doch alles online, keiner muss sich in den Laden bemühen.«

»Wir liefern nur frische Torten und nur in die nähere Umgebung, es ist also immer noch sehr exklusiv und kein Massengeschäft. Nur mal als Beispiel: Eine Sahnetorte per Post funktioniert doch nicht. Deshalb bin ich gegen Tortenhimmel-Fil…« Lissi wurde vom Schlagen der alten Standuhr unterbrochen.

»Ah, die Uhr von Großvater Max schlägt Mitternacht. Bestimmt meldet er aus dem Jenseits seine Bedenken an«, unkte Rose und gähnte ungeniert. »Entschuldigt, aber ich bin todmüde. Können wir ein andermal weiterreden?«

Annemarie schloss sich Roses Vorschlag gerne an. »Gute Idee, wir drehen uns eh nur im Kreis. Als ältestes Familienmitglied beende ich hiermit den Abend und verschiebe die Diskussion auf … wann auch immer.«

# 20

Lissi war außergewöhnlich früh aufgestanden an diesem Sonntag, obwohl es der einzige Tag war, an dem sie ausschlafen konnte. Aber sie hatte vor, die praktische Gesellenprüfung in Echtzeit zu proben, ähnlich einer Generalprobe am Theater. Die umfangreichen Prüfungsaufgaben waren auf zwei Tage verteilt, einmal acht und einmal vier Stunden. Sie wollte das volle Programm an einem Tag absolvieren, denn sie hatte die Backstube nur am Sonntag zu ihrer freien Verfügung. Ein ziemlich ambitionierter Plan, aber mit einer Stunde Mittagspause sollte er gelingen.

Um sich mental auf den Tag einzustimmen, wollte sie vorher noch eine Runde schwimmen. Am Seeufer angekommen, änderte sie allerdings ihre Meinung: Der Himmel war bewölkt, dichte Nebelschwaden hingen über dem dunklen Wasser, und sie hatte wenig Lust, ins »Ungewisse« zu paddeln oder schlafende Wasservögel aufzuschrecken. Ein Poolhouse wäre jetzt genau das Richtige. Ersatzweise joggte sie die Promenade entlang, die um Viertel nach sechs menschenleer war. Nicht einmal Möwenkreischen oder Entengeschnatter war zu hören. Die Welt am Bodensee lag noch im Tiefschlaf.

Zwanzig Minuten später war sie komplett durchgeschwitzt, voll gepumpt mit frischer Luft und motiviert für die Generalprobe.

Als sie nach der Dusche, in ein Handtuch gewickelt, den Spiegelschrank öffnete und ihr Blick auf das leere Glasbord fiel, musste sie an Philip denken. Sie hatte das Fach für ihn leer geräumt und sich nach seinem Auszug noch nicht wieder ausgebreitet. Ihre wenigen Produkte hatten ohnehin auf zwei Ebenen Platz. Nun musste sie jeden Morgen an ihn denken, als hoffte sie auf seine Rückkehr.

Kopfschüttelnd verließ sie das Badezimmer, um sich anzuziehen. Ihr Zimmer wurde jetzt von den ersten Sonnenstrahlen erhellt, die sich durch die Wolkendecke gedrängt hatten. Es sah ganz nach einem Bilderbuchsonntag aus, hoffentlich würde sich das bewahrheiten. Motiviert schlüpfte sie in die weiße Arbeitshose, und als sie gerade das dazugehörige weiße Shirt über den Kopf zog, läutete ihr Smartphone.

Der Name des Anrufers ließ sie beim Wischen über das Display lächeln. »Hi, Charly, auch schon wach?«

»Und was treibt dich zu nachtschlafender Zeit aus dem Bett?«, hörte sie Charly flüstern, als wäre es noch zu früh für normale Lautstärke.

»Die Backstube wartet auf mich«, antwortete Lissi.

»Wow!« Er pfiff leise. »Du ziehst es tatsächlich durch. Bewundernswert. Dann kann ja nichts mehr schiefgehen. Du wirst bestimmt als Jahrgangsbeste abschließen.«

»So ist der Plan.« Lissi hatte mittlerweile genug Erfahrung in der Backstube, um zu wissen, wie schnell ein Tortenboden zu dunkel werden konnte.

»Dann drück ich dir die Daumen. Und vergiss nicht, eine Minute zu lange im Backrohr kann entscheidend sein«, mahnte Charly wie in jeder seiner Unterrichtsstunden. Er war prämierter Konditormeister und Lehrer an der Berufsfachschule, wo sie sich kennengelernt und angefreundet hatten. Auf rein platonischer Ebene, denn Charly war schwul. Sehr zu ihrem Bedauern.

Lissi beendete das Gespräch, stellte das Telefon auf lautlos, nahm die Arbeitsschuhe in die Hand und schlüpfte in Zehensandalen. Auf dem Weg in die Küche achtete sie darauf, die knarrenden Holzstufen vorsichtig zu betreten. Die Gäste schliefen noch.

Zu gerne wäre sie sofort in die Backstube geeilt und hätte mit der Arbeit begonnen, aber sie zwang sich zu einem kleinen Frühstück: Milchkaffee, Vollkornbrot mit Butter und selbst gemachter Erdbeermarmelade. Mit leerem Magen würde sie spätestens um zehn Hunger bekommen. Aber sie wollte nur eine Mittagspause machen. Sie zwang sich auch, langsam zu essen und den Kaffee in kleinen Schlucken zu trinken. Sie hatte noch zwanzig Minuten, ehe die Generalprobe begann.

Kurz vor dem Start betrat sie die Backstube, zog die Schuhe an, band sich ein Bandana ums Haar und motivierte sich mit einem halblauten: »Cool bleiben.«

Auf dem Arbeitstisch standen die gestern Nachmittag abgewogenen Zutaten bereit. Vorheriges Abwiegen war für die zweitägige Prüfung gestattet. Was sie wann zubereiten sollten, war nicht vorgeschrieben, die zu erfüllenden Aufgaben sehr wohl.

Herstellung einer dreistöckigen Hochzeitstorte. Die Böden durften fertig gebacken mitgebracht werden. Für die heutige Probe hatte sie gestern am späten Nachmittag drei hohe Biskuitböden gebacken. Als Füllung war deutsche Buttercreme verlangt.

Drei Sorten Teegebäck. Sie hatte sich für Florentiner, Wiener Kipferln und Mürbteigherzen entschieden. Jeweils zwanzig Stück. Drei Sorten Pralinen, je fünfzehn Stück.

Insgesamt sechs unterschiedliche Produkte, die sie am ersten Prüfungstag anfertigen sollte. Die Hochzeitstorte stand am zweiten Tag innerhalb der vier Stunden auf dem Plan.

Sie begann mit den Pralinen: Pistazienmarzipan in dunkler Schokolade. Weiße Pralinen, gefüllt mit fruchtigem Beeren-Ganache. Weichkrokant-Pralinen, eine klassische Nusspraline.

Die eigentliche Herstellung ging relativ rasch, doch einige Schokoladenschichten und auch die Ganache benötigten Zeit, um auszuhärten oder vollkommen auszukühlen. Während dieser Wartezeiten kümmerte sie sich um das erste Teegebäck: gefüllte Mürbteigherzen, verziert mit Zuckerglasur, darauf essbare Blüten.

Kurz bevor es Zeit für die Mittagspause war, durchzog die Backstube ein Wohlgeruch von Butter, Mandeln und Marzipan. Für Lissi waren das die köstlichsten Aromen überhaupt; der Duft ihrer Kindheit, der Duft in Opa Georgs Backstube. Damals war der Wunsch in ihr erwacht, Konditorin zu werden, das Café Haas weiterzuführen; doch dann war es verkauft worden. Als Angestellte in einer Backstube zu stehen, hatte Charlotte ihr ausgeredet, und heute war sie froh darüber, vielleicht wäre sie sonst nie hierhergekommen.

Der Gedanke an den Gesellenbrief löste ein geradezu sahniges Gefühl in ihr aus. War diese Hürde erst einmal geschafft, dann würde sie auch noch ihren Meister machen.

Mit dieser Qualifikation könnte sie die Konditorei dann auch in alleiniger Verantwortung führen.

Der süße Duft war jetzt fast zu intensiv, nicht mehr so angenehm. Lissi schnupperte. Es roch brenzlig.

Mist! Sie hatte die Herzen im Rohr vergessen. Die Zeiteinstellung am Backofen war abgelaufen. Vor lauter Träumen hatte sie das Klingeln überhört. Hektisch holte sie das Blech heraus. Die Herzen waren noch nicht verbrannt, aber viel zu dunkel. Das durfte ihr bei der Prüfung nicht passieren. Aber es gab doch diesen Spruch: Wenn bei der Generalprobe etwas schiefgeht, ist das die Garantie für eine gelungene Premiere! Hoffentlich. Mit halb verbrannten Mürbteigherzen würde sie garantiert durchfallen.

Die Mittagspause wollte sie mit einem von Waltrauds leckeren Sandwiches am Strand verbringen und sich ausruhen. Die Wolken hatten sich vollkommen aufgelöst. Es wäre schade, bei diesem Postkartenwetter allein in der Küche zu essen. Annemarie war mit Berthold unterwegs, Rose und Nico besuchten Iris.

Wie so oft bei strahlender Sonne war das Wintergartencafé nur mäßig besetzt, die Seeterrasse hingegen voll bis auf den letzten Stuhl, wie sie durch die Fenster sehen konnte.

Sie musste an die Unterhaltung wegen der Stornierung denken. Beim Anblick der unzähligen Gäste auf der Terrasse fand sie die Sorgen um Verluste übertrieben. Sie waren ein Familienbetrieb; war es nicht egal, woher die Einnahmen kamen? Allerdings war eine kaum belegte Pension auch nicht der Sinn eines rentablen Betriebes. Das Thema war noch aktuell, sie würden weiter darüber reden müssen.

Bei Waltraud bat sie um ein Tomaten-Käse-Sandwich,

dazu eine Zitronenlimonade, und wechselte noch ein paar Worte mit der liebenswürdigen Köchin.

Als sie das Café verließ, war sie tief in Gedanken versunken, bemerkte Philip zu spät und stieß direkt mit ihm zusammen. Der Duft seines würzigen Aftershaves stieg ihr in die Nase. Sofort war das leere Glasbord im Spiegelschrank wieder präsent.

»Hallo, Lissi.« Er balancierte einen Stapel weißer Wäsche in den Händen.

Lissi trat einen Schritt zurück. »Ähm … hallo …« Sie schluckte. Der direkte Blick in seine tiefblauen Augen machte sie jedes Mal nervös. Beinahe wäre ihr herausgerutscht, dass sie an ihn gedacht hatte. »Was machst du denn am Sonntag hier?«

Er schaute sie verwirrt an. »Ich arbeite hier, falls du dich erinnern magst. Wir sind gerade mit den Zimmern fertig, jetzt bringe ich Herrn Otto frische Tischtücher.« Er hob den Stapel Wäsche leicht an.

»Stimmt ja … ich war in Gedanken … tut mir leid«, stammelte sie eine Entschuldigung.

»Wie geht es dir denn? Wir haben uns ewig nicht mehr gesehen.«

Lissi erzählte ausführlich von der bevorstehenden Prüfung und den fast verbrannten Herzen.

Philip blickte sie direkt an, als er leise sagte: »Herzen sind eben empfindlich, denk nur an das geteilte Herz von der Scheidungsparty.«

»Das war lustig, und ich bin dir immer noch sehr dankbar für deine Hilfe.« Lissi schaute zur Seite, grinste aber in der Erinnerung an diese surreale Aktion.

»Ich fand es auch lustig, ganz schön schräg.« Er musterte das Sandwich und das Getränk in ihren Händen. »Bist du auf dem Weg in die Backstube?«

»Ähm …« Sie hätte ihre Mittagspause gerne mit ihm verbracht, aber er schien beschäftigt zu sein, und ihr wollten die passenden Worte nicht einfallen.

»Dann will ich dich nicht länger aufhalten, du hast ja einen arbeitsreichen Nachmittag vor dir.« Philip wünschte ihr viel Glück und nickte ihr noch lächelnd zu, ehe er mit großen Schritten ins Café ging, fast als wollte er vor ihr flüchten.

Was war das denn für eine seltsame Begegnung?, fragte sich Lissi auf dem Weg an den See. Die gusseiserne Gartenbank mit Blick auf das glitzernde Wasser war frei. Sie nahm Platz und ließ sich dieses kurze Treffen noch einmal durch den Kopf gehen.

Das Gespräch hatte doch positiv begonnen. Kurz vor Ende hatte sie einen Atemzug lang das Gefühl gehabt, er dachte gleichfalls an eine gemeinsame Mittagspause. Zu dumm, dass sie nicht einfach gefragt hatte. Steckte sie immer noch in der veralteten Geschlechterrolle fest, nach der Frauen nicht den ersten Schritt tun sollten? Oder hatte sie ihr Arbeitspensum zu sehr betont? Womöglich hatte sie gestresst gewirkt und Philip dadurch verschreckt. Oder tickten deutsche Männer einfach anders? Ihre Erfahrungen in Sachen Liebe hatte sie bislang nur in Wien gemacht, und die Wiener Männer waren charmant, außergewöhnlich charmant. Sogar das Klischee von »Küss die Hand« traf noch auf etliche zu. Nicht auf die jüngere Generation, aber auch die war einer Frau gegenüber sehr zuvorkommend – ein bisschen alte Schule. Zögerliches Anbandeln gehörte nicht zu ihrem Repertoire. Wollte ein Wiener eine Frau erobern, dann legte er sich ins Zeug mit Blumen, Einladungen, vielleicht einer romantischen Kutschfahrt mit dem Fiaker und natürlich jeder Menge Komplimente. Eine Situation wie gerade eben hätte ein an ihr interessierter Wiener niemals ungenutzt verstreichen lassen. Aber bei allem Charme waren auch die Wiener keine Unschuldslämmer, wie sie leidvoll hatte erfahren müssen.

Männer, seufzte sie. Entweder, sie waren schwul, oder Wesen von einem fremden Planeten. Irgendwo hatte sie gelesen, dass manche Männer nur auf klare Ansagen reagierten, Zwischentöne seien ihre Sache nicht. Sie ärgerte sich, keine klare Ansage gewagt zu haben. Seit der gemeinsamen Tortenrettungsaktion und der Wasserschlacht im Waschkeller war Philip in ihren Augen ein Traummann. Auch wegen der breiten Schultern, an die sie sich gerne anlehnen würde, der tiefblauen Augen und der rotblonden Haare, die heute leicht zerzaust ausgesehen hatten.

Sie hatte ihn vorschnell als Schönling eingestuft, was ungerecht war. Er war attraktiv, unbestritten, aber nicht auf eine langweilige Art. Er hatte Charisma und sah sogar in der spießigen Uniform sexy aus. Männer wie Philip steckten normalerweise in festen Beziehungen.

*Das* war es!

Warum war sie nicht eher draufgekommen? Er hatte eine Freundin und war einfach nicht an ihr interessiert. Auch gut, dann soll es eben nicht sein, sie konnte auch ohne Mann glücklich werden. Trotzig biss sie in das Sandwich.

Nach der Mittagspause stürzte sich Lissi mit doppeltem Eifer in die Arbeit. In der Backstube kamen niemals Unsicherheiten auf. Hier herrschten die Rezepte. Klare Angaben, klare Ergebnisse – wenn man sich streng an die Zutatenliste hielt und auf die Backzeiten achtete.

Jetzt ging es um das Kochen eines echten Vanillepuddings für die deutsche Buttercreme. Päckchenpudding war nicht erlaubt, er sollte frisch aus Milch, Stärkemehl, Eiern, Zucker und Vanillemark gekocht werden. Der fertige Pudding wurde in eine Schüssel umgefüllt, sofort mit Frischhaltefolie abgedeckt, damit sich keine Haut bildete, und zum Auskühlen zur Seite gestellt. Danach war die Fertigstellung der Pralinen an der Reihe. Gegen drei Uhr war dieser Punkt erledigt. Als zweite Sorte Teegebäck hatte sie Wiener Kipferln gewählt, auch wegen der unkomplizierten Zubereitung. Der weiche Teig aus Butter, Puderzucker, Mehl, etwas Speisestärke und Kakaopulver wurde in einen Spritzbeutel gefüllt, auf ein gefettetes Blech gespritzt und fünfzehn Minuten gebacken. Diesmal achtete sie ganz genau auf die Zeit, damit sie gut gelangen. Nun fehlten nur noch die Mandel-Florentiner. Ein kinderleichtes Familienrezept aus dem roten Rezeptbuch von Opa Georg, das ebenfalls wenig Zeit in Anspruch nahm und dessen Zutaten sie im Kopf hatte.

# Opa Georgs Florentiner

50 g Butter
125 g Zucker
200 ml süße Sahne
100 g gesalzene Erdnüsse
100 g Mandelstifte oder -blätter
100 g getrocknete Cranberrys (eine kleine Änderung zu
Opa Georgs Rezept, in dem Sultaninen angegeben waren)
150 g Zartbitterkuvertüre zum Überziehen der Unterseite
(wahlweise auch weiße Kuvertüre)

## Zubereitung

- Butter, Sahne und Zucker miteinander in ca. 10 Minuten unter ständigem Rühren dicklich/hellbraun einkochen.
- Nüsse und Cranberrys dazugeben, unter Rühren noch 2 bis 3 Minuten weiterrösten, die Masse soll fester werden.
- Die Masse auf ein Backblech mit Backpapier streichen, die Ränder mit einem Teigschaber auf eine Größe von 20 x 30 cm zusammenschieben und das Ganze vollkommen abkühlen lassen.
- Bei 190 °C (Umluft 170 °C) ca. 8 bis 10 Minuten goldbraun backen. Die Ränder laufen etwas auseinander,

deshalb sofort nach dem Backen mit dem Teigschaber zusammenschieben.

- Vollkommen auskühlen lassen.
- Kuvertüre über Wasserbad oder im noch heißen Backrohr schmelzen.
- Die ausgekühlte Nussplatte vorsichtig auf ein Blech stürzen, Papier abziehen und die Unterseite mit der Kuvertüre bestreichen.
- Wenn die Schokolade fest ist, mit einem scharfen Messer vorsichtig in beliebige Form schneiden.
- Kühl lagern.

Hochzufrieden betrachtete sie am späten Nachmittag zwei Tabletts: sechzig Stück Teegebäck und fünfundvierzig Pralinen. Sie hatte das Pensum für den ersten Tag geschafft. Trotz der etwas dunkleren Mürbteigherzen war sie stolz auf sich. Ihr Smartphone zeigte 17 Uhr an. Abzüglich der Mittagspause hatte sie achteinhalb Stunden gearbeitet und in dieser Zeit sogar noch den Pudding gekocht, was sie in der Prüfung erst am zweiten Tag tun würde. Sie war noch nicht komplett erschöpft, aber um eine dreistöckige Hochzeitstorte zu füllen und zu dekorieren, dafür reichte ihre Energie nicht mehr. Die Generalprobe war erfolgreich gewesen, sie hatte die Anforderungen in der vorgegebenen Zeit geschafft. Für die Hochzeitstorte sollten vier Stunden ausreichen. Die einzelnen Arbeitsschritte – das Aufschlagen der Buttercreme, das Einstreichen der Böden mit Creme und Fruchtmus – beherrschte sie perfekt. Auch das kniffelige Zusammensetzen der einzelnen Ebenen war kein Geheimnis für sie. Wichtig war, cool zu bleiben und konzentriert zu arbeiten. Denn für Korrekturen war keine einzige Minute Zeit.

Lissi streckte sich und gähnte genüsslich. Schluss für heute. Sie war müde und spürte, wie die Anspannung nachließ. Sie würde noch mit Charly telefonieren, ihm von ihrem Tag berichten und dann früh zu Bett gehen.

# 21

Philip faltete den letzten von insgesamt zehn Bettbezügen zusammen. Noch warm von der Heißmangel, verströmte der Baumwollstoff den typischen Duft von Frische und Sauberkeit.

Er liebte diesen Geruch, der ihn an seine geliebten Großeltern erinnerte, die bis vor zehn Jahren eine der letzten Wäschereien in München-Haidhausen betrieben hatten. In den Schulferien hatte er oft an der Heißmangel mitgeholfen und sich ein zusätzliches Taschengeld verdient. Im Waschkeller zu arbeiten, umgeben von frisch gewaschener Wäsche, war wie eine kurze Rückkehr in seine Kindheit. Doch jetzt war Feierabend; noch den Wäschestapel nach oben in die Wäschekammer bringen und dann nach Hause.

Er freute sich auf einen ruhigen Sonntagabend in seinem Apartment. Gestern hatte er noch die Zutaten für Pasta mit geräuchertem Lachs in Sahnesoße und frischen Rucola eingekauft. Nach dem Essen wollte er einen Film streamen oder im Bett ein Kochbuch lesen. Ein unspektakuläres Feierabendritual, das sich schnell etabliert hatte. Am Herd zu stehen, etwas Frisches zuzubereiten, entspannte ihn, auch wenn der Job in der Pension nie so anstrengend war wie der im Hilton.

Als er die Wäsche verstaut hatte und die erste Stufe auf der Treppe nach unten betrat, kam Lissi ihm entgegen.

War jetzt der perfekte Zeitpunkt, sie auf einen Kaffee oder ein Getränk einzuladen? Sich mit ihr zu unterhalten, sie besser kennenzulernen? Gab es überhaupt den perfekten Zeitpunkt? Wenn er es nicht tat, würde er es bereuen wie heute Mittag. Allerdings hatte sie so explizit über ihr geplantes Pensum gesprochen, dass er nicht gewagt hatte, auch nur eine Minute davon in Anspruch zu nehmen.

»Hi …« Er blieb stehen. Sie roch nach Butter, Zucker und Vanille. Nach Backstube, nach Frischgebackenem. Ihre Wangen waren rosig, als sei ihr warm. »Es bedeutet etwas, wenn man sich zweimal am Tag begegnet.«

»Hallo …« Lissi hob den Kopf und schaute ihn mit ihren dunklen Augen fragend an. »Und was genau bedeutet es?«

Er beschloss, aufs Ganze zu gehen. »Dass zwei Kollegen den Abend zusammen verbringen sollten.«

Lissi legte den Kopf schief und grinste. »Ist das eine alte Bauernregel, oder stammt der Spruch von Konfuzius?«

»Weder noch. Es ist eine Einladung zum Essen«, antwortete er und erklärte, er wolle sie in seiner neuen Wohnung in Konstanz bekochen.

»Essen in deiner Wohnung?«

Er sah die Unsicherheit in ihrem Blick, wollte aber keine Absage riskieren und sagte scherzhaft: »Ich bin unschuldig wie ein Hundewelpe. Und ich fahre dich natürlich wieder zurück.«

Lissi kicherte amüsiert. »Ein kochender Hundewelpe, wie könnte ich da widerstehen? Hab ich doch fast den ganzen Tag nur Süßes verkostet und großen Hunger auf etwas Pikantes oder Salziges. Was gibt's denn?«

Zwei ältere Damen traten aus dem Balkonzimmer. Man

grüßte einander höflich, wünschte einen schönen Abend und trat zur Seite, um Platz zu machen.

Erst als die Damen am Ende der Treppe angekommen waren, griff Philip das Thema wieder auf. Ausführlich beschrieb er das Menü, zu dem er einen leichten Weißwein servieren, aber leider keinen Nachtisch bieten könne.

»Sahnenudeln sind fast ein halber Nachtisch. Und wie schon erwähnt, habe ich heute genug Pralinen und Kekse gegessen«, entgegnete sie.

»Heißt das Ja?«

Lissi zupfte an ihrem weißen, mit Schokoladenflecken verzierten Shirt. »Gib mir ein paar Minuten, ich will mich nur schnell umziehen …«

»Na klar. Ich warte draußen am Parkplatz an meinem Wagen …« Ihm war nach einem breiten Siegesgrinsen, aber er bemühte sich um ein freundlich-kollegiales Lächeln.

Es dauerte dann doch eine Viertelstunde, ehe sie in einer schwarzen Hemdbluse, deren Ärmel hochgekrempelt waren, weiten schwarzen Hosen und weißen Sneakers aus dem Rundbogeneingang trat. Sie sah zauberhaft aus. Das schwarze Outfit betonte ihre schlanke Figur; in Kombination mit den kurzen dunklen Haaren wirkte sie wie ein Laufstegmodel. Aber er fragte sich, warum sie nur Schwarz trug.

»Entschuldige, ich war doch noch kurz unter der Dusche, um die Backstube abzuwaschen«, erklärte sie.

Er stand bereits an der Beifahrerseite und öffnete ihr die Tür. »Hat geklappt, du duftest nach Rosen.«

»Meine Lieblingsblumen.« Lissi zog die kleine schwarze Umhängetasche von der Schulter, ehe sie einstieg.

Er wartete, bis sie bequem saß, schloss die Tür und lief dann um den Wagen herum. »Wie war die Generalprobe?«, erkundigte er sich, als er den Wagen gestartet hatte und im Schritttempo den Parkplatz verließ.

»Klasse, wie geplant …« Lissi erzählte, was sie gebacken und kreiert hatte.

Er hatte konzentriert zugehört, und ihm lief das Wasser im Mund zusammen. »Wenn ich in einer Konditorei arbeiten würde, egal, ob in der Backstube oder im Verkauf, würde sich mein Gewicht innerhalb einer Woche verdoppeln.«

»Dann wärst du ein medizinisches Wunder.« Lachend drehte Lissi den Kopf zum ihm. »Wo genau ist denn deine neue Wohnung? Rose hat nur erzählt, dass du in Konstanz etwas gefunden hast.«

»In der Altstadt. Kennst du dich aus in Konstanz?«

»Kaum, ich hab einfach zu wenig Zeit, weil ich für die Gesellenprüfung büffle. Nach der Prüfung wird es sicher besser.« Lissi lehnte sich leise seufzend an die Kopfstütze. »Aber ich war schon mal da, unter anderem bei meinem allererstem Besuch in Auerbach mit meiner Mutter. Damals sind wir mit dem Zug in Konstanz angekommen und haben in einem Hotel gewohnt.«

»Und warum wohnst du jetzt in der Pension?«, wunderte sich Philip, um im nächsten Satz eine Entschuldigung anzufügen. »Das war indiskret.«

Lissi schüttelte leicht den Kopf. »Schon okay. Ist ja auch verwirrend für Außenstehende.«

Philip war nun doppelt neugierig, wagte aber nicht nachzufragen. Die wenigsten Menschen wurden gerne ausgehorcht, das galt auch für ihn selbst. Deshalb schwieg er und konzentrierte sich auf den dichten Verkehr an diesem frühen Sonntagabend. »Übrigens hat Roses Mann mir die Wohnung vermittelt. Sonst wäre das Gästezimmer noch immer belegt, und du müsstest dein Badezimmer weiterhin teilen«, wechselte er dann das Thema.

»Hat mir nichts ausgemacht«, entgegnete Lissi freundlich. »Und mit der Liste kamen wir doch gut zurecht. Außerdem wird das Gästezimmer sowieso kaum benutzt. Höchstens mal, wenn meine Mutter mich alleine besucht. Kämen meine Eltern gemeinsam, wäre es zu klein.«

»Mir hat das Zimmer genügt, obwohl ich eine Küche vermisst habe. Dafür konnte ich morgens länger schla… Idiot!« Ein Porschefahrer war mit überhöhter Geschwindigkeit an ihm vorbeigerauscht und hatte sich dann wegen des Gegenverkehrs vor ihn gedrängt. »Sorry …«

»Idiot ist viel zu freundlich«, stimmte Lissi ihm zu. »Du solltest mich am Steuer erleben; wenn mich so ein Raser behindert, fluche ich wie ein Fiaker. Hier fahre ich selten, in Wien war ich häufiger mit dem Wagen unterwegs.«

Er wusste kaum etwas über Lissi, nur dass sie wohl aus dem österreichischen Zweig der Familie stammte. Die Andeutungen zu ihrer Herkunft machten ihn einmal mehr neugierig. Aber er scheute sich nach wie vor, sie mit Fragen zu löchern.

Die restliche Fahrt lästerten sie einstimmig über den im Sommer dichteren Verkehr und die rasenden Touristen, wo es doch im Urlaub egal sein sollte, ob man sein Ziel früher oder später erreichte.

Kurz darauf hielt Philip in einer Konstanzer Seitenstraße, wo er einen Parkplatz fand. »Wir sind da, nur noch ein paar Meter um den Block.« Er stellte den Motor ab und beeilte sich, um Lissi die Tür öffnen zu können. Doch sie war schon halb ausgestiegen.

Als sie das steingraue Altbaugebäude und den Hauseingang erreicht hatten, betrachtete Lissi kurz das Nummernschild und lachte laut auf. »Philip Jäger in der Falkengasse, wenn das nicht Schicksal ist.«

»Fand ich auf Anhieb auch ein gutes Zeichen«, gestand Philip, schloss die braune, messingbeschlagene Haustür mit der antiken Klinke auf und ging voraus. »Es ist im ersten Stock.« Dort angekommen sperrte er die Wohnungstür auf, trat ein und öffnete sie weit. »Bitte.«

Doch Lissi blieb im Hausflur stehen und zog die wohlgeformten Augenbrauen zusammen, als müsste sie nachdenken. »Des is jetzt schad, i häd Brot und Salz zum Einstand mitbringn müssn«, verfiel sie in den weichen Wiener Tonfall. »Need a mal Blumen hab i.«

»Dann halt des nächste Mal«, antwortete er mit leicht bayrischer Färbung und freute sich, dass er sie damit indirekt verpflichtete wiederzukommen.

»Okay«, entgegnete sie locker und trat nun in den schmalen Flur. Von hier aus waren es nur fünf Schritte bis in das 33 Quadratmeter große Zimmer.

»Bitte, komm rein.«

Doch Lissi blieb auf der Türschwelle stehen und schaute sich ein paar Sekunden in dem spärlich möblierten Raum um, ehe sie urteilte: »Leiwand.«

Philip schmunzelte. »Ich weiß, das bedeutet so viel wie cool oder mega. Aber es fehlt noch eine Menge.«

»Wieso? Du hast ein schönes Sofa mit Beistelltisch, ein

Sideboard, einen Flachbildfernseher an der Wand, einen Mini-Esstisch mit zwei Stühlen, und dort ...« Sie wies mit einer Kopfbewegung zum Ende des Zimmers. »... geht's in die Küche. Mehr braucht man doch nicht, oder?«

»Meiner Meinung nach fehlt ein bisschen Schnickschnack. Ich fange ja bei null an. Es wird viel wohnlicher werden mit einem Teppich, vielen Kissen, ein paar Bildern, schönen Tischlampen und ...«

»Einem Plüschtier!«, unterbrach sie ihn vergnügt grinsend. »Das bringe ich dir das nächste Mal mit.«

»Abgemacht!« Er musste sich beherrschen, sie vor Begeisterung nicht zu umarmen und zu küssen und damit garantiert zu verschrecken. Aber er hatte sie nicht eingeladen, um sie zu verführen, so verlockend die Vorstellung auch war. Lissi war nicht nur schön und interessant, sie war auch etwas ganz Besonderes. In ihrer Gegenwart schlug sein Herz einige Takte schneller. Ihre Anwesenheit war wie Magie, als würde ein lang ersehntes Abenteuer genau jetzt beginnen. Zum Teil mochte das an den beiden Ereignissen liegen, die sie zusammen bewältigt hatten. Lissi unter solch außergewöhnlichen Umständen nähergekommen zu sein, hatte die ersten Gefühle für sie geweckt, und er hoffte sehr, dass sie ähnlich empfand. Doch eine stürmische Anmache könnte alles versauen.

Lissi folgte ihm in die Küche, die genau genommen nur eine vom Zimmer abgezweigte Kochnische in U-Form war.

»Wow! Das hätte ich jetzt nicht erwartet.« Mit glänzenden Augen betrachtete sie das offene Regal über der Arbeitsfläche, wo auf drei Ebenen eine stattliche Anzahl Back- und Kochbücher standen.

»Davon kann man nie genug haben«, sagte Philip und bemühte sich, nicht allzu dümmlich zu grinsen. »Gebacken hab ich schon als Kind. Zu Geburtstagen und Weihnachten habe ich mir oft solche Bücher gewünscht, und im Laufe der Jahre hat sich da einiges angesammelt. Magst du was trinken? Vielleicht ein Glas Wein?« Er öffnete den Kühlschrank, in dem die Flasche kühl gestellt war.

»Zum Essen gern, jetzt bitte ein Wasser. Ich habe den Tag über zu wenig getrunken und merke, dass ich Durst habe.«

»Ich kann eines mit wenig Sprudel bieten.« Er nahm die Wasserflasche aus dem Kühlschrank und holte ein Glas aus dem Hängeschrank darüber.

»Passt. Und dazu bitte dieses Märchenbackbuch …« Mit begieriger Miene deutete sie auf ein Hardcover-Buch in schwarz-golden glitzerndem Design.

Er zog das Buch aus dem Regal und reichte es ihr. Dieser wunderschön gestaltete Band mit märchenhaft anmutenden Fotos, Illustrationen und außergewöhnlichen Rezepten war die einzige Erinnerung an eine gescheiterte Beziehung.

»Danke …« Sie nickte zufrieden, wartete, bis er das Wasser eingeschenkt hatte, und setzte sich mit Buch und Glas auf das Sofa. »Ich würde dir ja gerne beim Kochen helfen, aber leider muss ich jetzt lesen.«

»Dann werde ich wohl allein klarkommen müssen.« Er lachte über ihren Scherz, während ihm ein angenehmes Kribbeln über den Rücken lief. Denn er reagierte genauso, wenn er irgendwo ein Backbuch entdeckte, das sich nicht in seiner Sammlung befand.

Lissi stellte das Wasserglas auf dem winzigen roten Beistelltisch ab, streifte die Sneakers von den Füßen und zog die Beine zum Schneidersitz.

Fasziniert beobachtete er sie unauffällig aus den Augenwinkeln. Was für ein Anblick: die schwarzhaarige Lissi, ganz in Schwarz gekleidet, mit einem schwarzen Buch in Händen auf dem weißen Sofa. Ein Motiv, das er zur Erinnerung an ihren ersten Besuch gerne mit seinem Handy festgehalten hätte. Was ihr womöglich nicht gefallen würde, deshalb konzentrierte er sich auf die Zubereitung des Gerichts.

Zwanzig Minuten später servierte Philip Linguine in Lachs-Sahne-Soße, bestreut mit gemahlenen rosa Pfefferkörnern und Rucolasalat, auf den er noch Parmesan gehobelt hatte. Das Essen war ihm so gut gelungen wie selten, der Wein hatte die richtige Temperatur, und dass er für Lissi gekocht hatte, adelte den Sonntag.

Er hob sein Glas. »Hiermit ist der Esstisch offiziell eingeweiht.«

»Auf den Koch!«, entgegnete Lissi und schaute ihn direkt an.

Philip erwiderte den Blick, doch ehe er zu intensiv wurde, nahm Lissi einen Schluck Wein. »Hmm, angenehm frisch, passt gut zum Lachs.« Sie wickelte eine Portion Pasta auf, kostete und lobte den feinen Geschmack.

Ehe das Gespräch in eine Unterhaltung über Weine abrutschte, wechselte er das Thema: »Wie alt warst du, als du deinen ersten Kuchen gebacken hast?«

Lissi kaute genüsslich an den Nudeln, ehe sie antwortete: »Elf. Die erste Sachertorte unter der Anleitung von Opa Georg, der auch Konditor war. Du weißt, dass ich mit Max König zwei Großväter habe, die Konditormeister waren?«

Philip ließ das Besteck sinken. »Nein, ich habe keine Ahnung. Das klingt nach einer spannenden Geschichte.«

»Wenn sie dich interessiert, erzähle ich sie dir …«

»Unbedingt, ich kann es kaum erwarten.«

»Es ist aber eine sehr lange Geschichte, das könnte dauern.«

Ihr Blick hatte etwas Laszives, als ginge es nicht nur um die Geschichte. Was auch immer sie vorhatte, er war zu allem bereit. »Ich hab die ganze Nacht Zeit – und Wein ist auch noch genug da.«

Gespannt hörte er zu, was Lissi über Max König erzählte. Von seiner Zeit in Wien, wo Max hoffte, die Geheimnisse der österreichischen Backkunst zu erlernen. Von der leidenschaftlichen Affäre mit ihrer Großmutter Elfie, aus der Lissis Mutter Charlotte hervorging. Wie sie Jahrzehnte später über einen Anwalt von Max König erfahren hatte, was auch bedeutete, dass Charlotte einen Anteil der Pension König beanspruchen konnte. Und dass Charlotte ihre Ansprüche an Lissi abgetreten hatte.

»So kam ich nach Auerbach und begann eine Ausbildung zur Konditorin. Irgendwann, wenn Annemarie die Leitung des Tortenhimmels abgibt, werde ich ihn übernehmen. Vielleicht werde ich eines Tages auch die Pension weiterführen, wenn Iris oder Rose kein Interesse daran haben«, schloss Lissi ihre Erzählung.

Philip war von den Wendungen des Schicksals derart gefesselt, dass er sein Essen kaum angerührt, aber zwei Gläser Wein getrunken hatte. Jetzt gelüstete es ihn nach einer Zigarette, um seine Nerven zu beruhigen. Zum Ende des Dramas war ihm nämlich ein fürchterlicher Gedanke gekommen, der alles veränderte: Für ihn als mittellosen Housekeeper war eine wohlhabende Erbin wie Lissi tabu! Bei der kleinsten Annäherung könnte sie auf die Idee verfallen, er sei weniger an ihr als vielmehr an dem Betrieb und dem wertvollen Anwesen mit eigenem Seezugang interessiert. Der Gedanke war vielleicht abwegig, aber nicht komplett aus der Welt. Und wie sollte er das Gegenteil beweisen?

»Wo schläfst du eigentlich? Ich sehe kein Bett.«

Er zuckte zusammen. »Ähm ... die Couch lässt sich ausziehen. Warum?«

»Ich bin todmüde, und du hast zu viel Wein getrunken. Wäre es okay, wenn ich über Nacht bleibe?« Sie gähnte hinter vorgehaltener Hand.

»Ähm ... du willst hier ... mit *mir* in einem Bett?« Er hörte selbst, wie fassungslos, ja bestürzt seine Frage klang.

Lissi lachte. »Na klar, mit einem ›Hundewelpen‹ kann mir doch nichts passieren. Oder?«

Er schluckte heftig, ehe er mit rauer Stimme versicherte: »Absolut gar nichts!«

# 22

Lissi lächelte seit Tagen glücklich vor sich hin. Momentan war sie in der Backstube dabei, »Schneewittchenäpfel« mit rot-gelber *Mirror Glaze* zu überziehen. Das mit Himbeer-Ganache gefüllte Gebäck und dem zartgrünen Marzipanblatt am Schokoladenstiel sah einem Apfel täuschend ähnlich. Gerade bei jungen Männern war er als Mitbringsel sehr beliebt. Viola, die jüngste der drei Schwestern, hatte das Gebäck anlässlich eines Wettbewerbs kreiert und damit den dritten Platz erreicht. Auch davon hing ein Foto in der Rezeption.

Lissi liebte es, Violas Schöpfung immer wieder neu entstehen zu lassen. Dadurch lebte die Erinnerung an die bei der Geburt ihrer Tochter Jasmin verstorbene Konditormeisterin weiter.

Annemaries grau melierter Schopf tauchte in der zwei Hand breit geöffneten Tür zwischen ihrem Büro und der Backstube auf. »Berthold, wann sind die Äpfel fertig?«

Der Chef kam zu ihr an den Arbeitstisch. »Was sagt denn unsere frischgebackene Gesellin, wie lange wird es noch dauern?«

»Ich bin fast fertig.« Lissi hob den Kopf und wuchs einige Zentimeter. Ja, letzte Woche hatte sie die Gesellenprüfung bestanden, als Jahrgangsbeste! Seitdem schwebte sie im höchsten Konditorhimmel. Auch der Chef und die gesamte Familie waren mächtig stolz auf sie.

Berthold ging zur Tür und küsste Annemarie erst mal auf die Wange, ehe er sagte: »Eine Stunde noch. Die Glasur muss im Kühlschrank vollständig durchtrocknen, bevor die Äpfel transportiert werden können.«

Annemarie bat darum, die bestellten acht Stück schön zu verpacken. »Philip wird sie ausliefern, die Kunden können leider doch nicht selbst abholen wie geplant.«

Lissi bot sich an, das Verpacken zu erledigen, und freute sich über die Gelegenheit, Philip zu sehen.

Seit der denkwürdigen gemeinsam verbrachten Nacht nutzte sie jede Möglichkeit, mit ihm zu reden und zu flirten, um endlich herauszufinden, was eigentlich passiert war. Oder besser gesagt, warum *nichts* passiert war. Worüber sie einfach nicht hinwegkam. Wann immer ihre Gedanken zu jenem Abend wanderten, und das geschah ziemlich oft, fragte sie sich, ob Philip nicht doch schwul war. Diese Möglichkeit war ihr blitzartig durch den Kopf gegangen, als er über fehlenden Schnickschnack in der Wohnung gesprochen hatte. Ihrer Erfahrung nach benutzten heterosexuelle Männer derart femininen Wortschatz eigentlich nicht. Sie lagen auch nicht die ganze Nacht neben einer Frau, als wären sie Geschwister. Noch dazu hautnah, denn die Liegefläche war nicht besonders groß gewesen. Dabei hatte sie sich riesig über die Einladung gefreut, eindeutige Signale gespürt und niemals mit einem solch frustrierenden Ende gerechnet. Der Abend hatte doch so vielversprechend angefangen. Alles war perfekt gewesen: das Essen köstlich, der Wein nicht zu schwer, und dann diese Back- und Kochbuchsammlung! Als er sein Smartphone nicht nur stumm-, sondern komplett ausgeschaltet hatte, war sie schockverliebt gewesen.

ER HATTE DAS HANDY AUSGESCHALTET!

Konnte man seine romantischen Ambitionen noch deutlicher demonstrieren?

Lissi erinnerte sich nicht, jemals einen Mann getroffen zu haben, der so gut zu ihr passte wie Philip. Der durch seinen erlernten Beruf wusste, dass ein Job in der Gastronomie wenig Freizeit bedeutete. Mit dem sie gemeinsame Interessen wie Kochen und Backen hatte, und die entsprechenden Bücher gleich dazu. Wenn sie an die Aktion im Waschkeller dachte, wurde ihr heiß, obwohl es wegen des vielen kalten Wassers eher eisig gewesen war. Mit Philip würde es niemals langweilig werden, darauf hätte sie gewagt, ihren Gesellenbrief zu verwetten. Sein gutes Aussehen, der muskulöse Körper und sein Charisma waren wie die extragroße Portion Sahne auf einem Stück Sachertorte. Ihn direkt zu fragen, ob sie bei ihm schlafen könne, war ein bisschen gewagt gewesen. Hatte sie sich ihm damit »an den Hals« geworfen? Doch als emanzipierte Frau hatte sie keinen Grund gesehen, die Initiative nicht zu ergreifen, ohne als »leicht zu haben« eingestuft zu werden. Den ersten Schritt zu tun, war doch längst kein Privileg der Männer mehr.

War Philip aber heterosexuell und in diesem Punkt womöglich extrem altmodisch, dann hatte sie einen großen Fehler begangen. Leider wusste sie immer noch viel zu wenig über ihn: Wann war er mit wem wie lange liiert gewesen? Hatte er vielleicht schon ans Heiraten gedacht? Oder litt er unter einer Enttäuschung und benahm sich deshalb so unberechenbar? Das alles musste sie unbedingt herausfinden.

Nachdem die *Mirror Glaze* getrocknet war, verpackte sie die Schneewittchenäpfel in einem weißen Karton mit goldener Tortenhimmel-Aufschrift. Laut Annemarie war Philip an der Rezeption anzutreffen, wo er heute Rose vertrat.

Als sie ankam, beendete er gerade ein Telefongespräch und legte das Mobilteil in die Station. »Hi, ich wurde bereits von Annemarie gebrieft.«

Sie fand ihn heute noch attraktiver als bei der letzten Begegnung vor ein paar Tagen. Da hatte sie von Rose gehört, er sei gerade im Waschkeller. Eilig hatte sie ihr Bett abgezogen, um ihre Wäsche mitwaschen zu lassen, weil ihre Waschmaschine defekt war. Leider hatte er derart beschäftigt, fast gestresst gewirkt, dass es bei einem kurzen Small Talk geblieben war.

»Hi, das ist die Lieferung.« Sie stellte den Karton auf der schwarzen Steinplatte ab. »Adresse hat Annemarie durchgegeben?«

Philip nickte. »Mein Dienst hier ist gleich zu Ende.« Er hatte viel im Garten gearbeitet, war knackig braun, und seine Augen leuchteten intensiv blau im Halbdunkel der Rezeption. »Übrigens: Herzlichen Glückwunsch zur bestandenen Prüfung. Sogar mit Auszeichnung. Mega!«

»Vielen Dank, ich hab aber auch gebüffelt wie eine Irre. Wir sollten das feiern. Wie wäre es mit einem Essen? Diesmal bekoche ich dich.« Sie gratulierte sich im Stillen zu dem spontanen Einfall.

»Ähm … ja …«

Amüsiert und gleichermaßen verwundert, beobachtete sie, wie er einen Notizblock von der Theke nahm und ihn irgendwo darunter einsortierte, als wollte er sie nicht ansehen.

»Muss nicht sofort heute Abend sein«, half sie ihm aus der Verlegenheit.

Das Telefon läutete, er griff hektisch nach dem Mobilteil und nickte ihr nur zu, während er sich mit seinem üblichen Sprüchlein meldete.

Lissi schluckte. Hatte er gerade erleichtert aufgeatmet, weil er um eine Antwort herumgekommen war? Auf das Ende des Telefonats zu warten und ihn zu fragen, ob es ein Problem gab, würde das Ganze unnötig aufbauschen. Sie winkte ihm kurz zu und verließ die Pension. Irgendwann würde sich eine Gelegenheit ergeben, bei der sie ihn direkt auf sein Verhalten ansprechen konnte.

Sie war nur wenige Meter vom Haus entfernt, als sie Philip rufen hörte: »Lissi, warte …«

Gerade noch mal Glück gehabt, dachte sie zufrieden grinsend, blieb stehen und drehte sich um.

»Eine Frage«, sagte er und schaute ihr direkt in die Augen.

»Ja?«

»Muss die Lieferung gekühlt werden?«

»Wie bitte?« Sie starrte ihn verdutzt an.

»Was soll ich der Kundin wegen des Gebäcks sagen? Manches muss doch bis zum Verzehr in den Kühlschrank, oder?«

Lissi konnte es kaum glauben, er benahm sich tatsächlich, als handle es sich um eine rein berufliche Angelegenheit. Das stimmte natürlich, aber eben nicht nur, immerhin war er ihr eine Antwort schuldig geblieben.

»Ja, in den Kühlschrank oder zumindest kühl stellen.«

»Danke, werde ich ausrichten.« Er schenkte ihr noch ein Kopfnicken, und weg war er.

Perplex schaute sie ihm nach. Wenn er sie auch nur ein bisschen mögen würde, hätte er zu ihrem Essensvorschlag etwas sagen müssen. Zumindest »Ja, gerne«, ohne sich auf einen Termin festzulegen. Hatte er aber nicht. Eindeutiger hätte er ihr nicht signalisieren können, dass sie für ihn eben doch nur eine Kollegin war.

Okay. Dann würde sie sich in Zukunft genauso benehmen. Es interessierte sie auch nicht mehr, ob er schwul war oder bi oder was auch immer. Das Thema »Philip, der Traummann« war nicht mehr aktuell. Sie gehörte nicht zu den Frauen, die sich in solchen Fällen einredeten, dass der Traummann nur launisch war und an einem anderen Tag wieder charmant sein würde. Illusionen waren nicht ihr Ding, auch wenn die Wirklichkeit ein bisschen wehtat. Keine Enttäuschung dauerte ewig. Sie würde sich in die Arbeit stürzen, das hatte noch immer geholfen.

Zurück in der Backstube, machte sie sich mit vollem Elan an die Zubereitung einer Malakoff-Torte fürs Wintergartencafé. Die österreichische Spezialität war auch privat eine ihrer Lieblingstorten. Sie ähnelte dem italienischen Tiramisu, wurde auch mit Löffelbiskuit hergestellt, aber statt der Tiramisu-Creme aus rohem Eigelb und Mascarpone wurde sie mit einer Butter-Sahne-Mandel-Creme geschichtet.

Als sie die fertige Torte zum Durchkühlen in den Kühlschrank stellte, hatte sie Philips befremdliches Benehmen schon fast vergessen. Stattdessen war ihr eingefallen, dass sie nach dem unglücklichen Ausgang ihrer letzten Lovestory doch eigentlich den Männern abgeschworen hatte. Der kurze Ausrutscher in romantische Ambitionen, Träume von Zweisamkeit, Sehnsucht nach Zärtlichkeit hatten ihr wieder einmal bewiesen, dass sie kein Glück in der Liebe hatte. Dafür umso mehr in ihrem Traumberuf. Die erste Auszeichnung hatte sie bereits in der Tasche, und es würde nicht die letzte bleiben, versprach sie sich selbst. Anerkennungen oder gewonnene Wettbewerbe waren ein bleibender Beleg für Können. Ihr Ansehen und das der Konditorei würden steigen.

Beim Falten des Blätterteigs für eine Holländer Kirschtorte, die mit Sahne-Schmand-Creme und eingekochten Kirschen gefüllt wurde, wandte sich Alex plötzlich an sie: »Hast du Lust auf einen Tortenwettbewerb?«

Lissi überlegte nicht lange. »Wann und wo?« Mit Alex hatte sie sich von Anfang an prima verstanden, und mit ihm zu arbeiten, war immer ein Vergnügen.

»In Friedrichshafen in einer der Messehallen«, antwortete er und nannte das Datum. »Es ist eine öffentliche Veranstaltung vor Publikum, speziell für Gesellen, die zu zweit arbeiten sollen. Aber wenn dir nicht danach ist, kann ich einen Kollegen aus Konstanz fragen. Das Thema ist ›Traumhochzeit‹. Du kannst es dir ja überlegen.«

»Da muss ich nicht lange überlegen, natürlich bin ich dabei!« Lissi war Feuer und Flamme. Es wäre ihr erster Wettbewerb und hoffentlich der erste von vielen, die sie gewinnen würde.

»Klasse!« Alex hob die Hand zum Abklatschen, Lissi schlug ein. »Das wird super! Dann melde ich uns an. Wir haben auch noch genug Zeit, uns etwas Spektakuläres auszudenken. Allerdings müsstest du deinen Sonntag opfern. Oder wolltest du bei dem Kurs für Hobbybäcker dabei sein? Der Chef hat doch einige Kurse für die nächsten Sonntage ausgeschrieben.«

»Nein, die Backstube ist doch ohnehin nicht groß genug. Ich mache gerne bei dem Wettbewerb mit. Und wir werden gewinnen!« Lissi hatte nicht den geringsten Zweifel und sah im Geiste bereits das Siegerfoto in der Rezeption neben den Bildern von Max König, Herbert und Viola hängen. Mit Alex konnte sie es erreichen, obwohl sie im Vergleich zu ihm natürlich noch Anfängerin war. Dass er sie gefragt hatte, machte sie stolz und war ein Beweis für sein Vertrauen. Alex war ein echter Künstler und wurde nie nervös, egal, wie stressig ein Arbeitstag war. Das hatte er nach Violas Tod ausreichend bewiesen, als er die Arbeit in der Backstube allein mit einer Auszubildenden bewältigt hatte. Herbert war damals durch den Verlust seiner jüngsten Tochter zutiefst traumatisiert gewesen und hatte nur offiziell als Konditormeister fungiert.

»Einiges habe ich mir schon überlegt, das sollten wir besprechen.«

»Und Skizzen anfertigen«, sagte Lissi und schlug vor, sich gleich nach Feierabend zusammen auf die Terrasse zu setzen.

# 23

Endlich war es so weit: Wettbewerbstag! Im Morgengrauen beluden Lissi und Alex den weißen Lieferwagen, den die pinkfarbene Aufschrift »Tortenhimmel« zierte. Boxen und Kühltaschen mit allen Zutaten, dazu ein Transportwagen, um vom Parkplatz alles bequem zum Veranstaltungsort fahren zu können, fanden Platz auf der Ladefläche.

Die Strecke nach Friedrichshafen führte über Konstanz mit der Fähre nach Meersburg und weiter auf der Landstraße. Zweieinhalb Stunden waren sie unterwegs, während sich die Sonne an einem wolkenlosen Himmel langsam über den Bodensee schob und das Wasser zum Glitzern brachte.

Auf der dreißigminütigen Überfahrt mit dem Fährschiff nach Meersburg hatten sie Zeit für ein Frühstück: Kaffee aus der Thermoskanne, Croissants und Sandwiches.

Gegen neun erreichten sie das Messegelände in Friedrichshafen, wo das Event in einem der großen Veranstaltungsräume im Konferenzzentrum West stattfand.

Lissi spürte, wie ihre Aufregung stieg, als sie mit Alex den beladenen Transportwagen in einen lang gezogenen Raum schob. Die etwa fünfhundert Plätze fürs Publikum waren noch nicht besetzt, aber es wuselten schon jede Menge Menschen hin und her. Auch Konkurrenten waren bereits eingetroffen, zu erkennen an weißen Klamotten, Bandanas und Schildkappen.

»Das ist … also … So riesig habe ich mir das Ganze nicht vorgestellt.« Lissi fröstelte, aber nicht vor Schreck, sondern wegen der Raumtemperatur, die höchstens achtzehn Grad betrug.

Sie musterte das lange Podest an der Stirnseite des Raumes, auf dem zehn lange Arbeitstische aufgebaut waren. Hinter den Tischen war jeweils ein großer Kühlschrank aufgestellt. Mehrstöckige Torten mussten zwischen den einzelnen Arbeitsgängen unbedingt gekühlt werden, damit Cremes und Füllungen bis zur endgültigen Fertigstellung frisch blieben und nicht zerflossen. An der Wand über dem Podest hing eine riesige Projektionsfläche. An einer Seite war eine Gruppe aus jungen Frauen und Männern damit beschäftigt, Kameras aufzubauen.

Lissi erschrak. »Wird das vielleicht auch noch im Fernsehen übertragen?«

»Nein, auf die Leinwand, damit auch die Zuschauer in den hinteren Reihen sehen können, was vorne abgeht.« Alex klang so gelassen, als würde er ein Rezept vorlesen.

Lissi war nur mäßig beruhigt, doch sie würde ihr Bestes geben, und es war beruhigend, Alex an ihrer Seite zu wissen.

Eine hochgewachsene, sehr jung aussehende Frau mit hüftlangen blonden Locken und einem Tablet in Händen kam auf sie zugeeilt. »Wunderschönen guten Morgen. Ich bin Petra Meissner und werde euch einweisen. Darf ich um die Anmeldung bitten?«

Alex zückte sein Handy, tippte und wischte ein paarmal auf dem Display herum, um ihr die Bestätigung zu zeigen.

»Ah, ihr seid die zwei vom Tortenhimmel, den kenne ich von Instagram. Toller Laden, bin sehr gespannt auf euer Werk. Mit euch sind es zehn Paare, einige sind schon da. Ihr wurdet für Tisch Nummer sieben eingeteilt.« Sie drehte sich zu den Arbeitstischen und deutete darauf. »Ihr dürft alles auspacken und für den Start bereitlegen, aber nicht vor neun Uhr beginnen. Pausen kann jeder selbst bestimmen, Hauptsache, um achtzehn Uhr steht das fertige Produkt auf dem Tisch.«

»Alles klar.« Alex grinste die Blondine freundlich an, als hätte er schon Hunderte solcher Wettkämpfe bestritten, und gab dem Transportwagen einen Schubs Richtung Podest.

Lissi folgte ihm wie ein Hundewelpe dem Herrchen. Kaum war ihr dieser Vergleich eingefallen, tauchte ein gewisser Housekeeper in ihren Gedanken auf. Verärgert blinzelte sie mehrmals, als könnte sie damit die Erinnerung an ihn verscheuchen. Zum Glück war er weit weg und würde sie heute nicht in ihrer Konzentration stören.

Das Auspacken und Sortieren der Zutaten beschäftigte sie eine Weile. Cremes, Ganache und fruchtige Füllungen waren fertig gerührt oder gekocht und wurden aus den Kühltaschen in den Kühlschrank umgelagert. Der enthielt auch einige Flaschen Mineralwasser, spendiert vom Veranstalter.

Lissis nervöses Magengrummeln hatte nachgelassen; sie konnte es kaum erwarten, endlich anfangen zu dürfen. Bei der Arbeit konnte sie sich entspannen, dann würden sich ihre Nerven beruhigen.

Kurz vor 9 Uhr waren alle Teilnehmer an ihren Plätzen,

und auch der Zuschauerraum hatte sich gefüllt. Noch fünf Minuten bis zum Start. Lissi hasste Warten, knetete die Hände, zupfte an ihrem Bandana oder ließ ihren Blick zum x-ten Mal über das Publikum wandern. Bekannte oder ehemalige Schulkameraden konnte sie keine entdecken. Auch das war eine Erleichterung. Die Gefahr, nicht zu gewinnen oder gar auf irgendeinem hinteren Platz zu landen, bestand immer. Trotz ihrer Selbstsicherheit. Trotz der besten Gesellenprüfung des Jahrgangs. Trotz der vielen Belobigungen, die sie vom Chef erhielt. Es gab Tage, an denen es nicht so optimal lief. Und auch der heutige Tag konnte einer davon sein.

Punkt neun eilte ein dunkelhaariger Mann im hellen Leinenanzug auf das Podest zu. Mit einem Mikrofon in der Hand stieg er hinauf.

»Sehr verehrtes Publikum, herzlich willkommen zum heutigen Hochzeitstorten-Wettbewerb. Das Ziel ist die Herstellung einer Hochzeitstorte mit Wow-Effekt. Wie Sie sehen können, verehrte Herrschaften, fehlen Backöfen. Aus gutem Grund: In Backöfen verbrennt schnell mal was …« Er wartete die Lacher ab, strich über sein zurückgekämmtes Haar und fuhr dann fort: »Die Teilnehmer und Teilnehmerinnen haben deshalb die Tortenböden bereits gebacken mitgebracht. Ebenso die Cremes und Füllungen. Denn der gewünschte Effekt entsteht bei Hochzeitstorten doch erst durch die Dekorationsobjekte: Marzipanblumen, modellierte Pärchen oder filigrane Zuckerelemente. Sie dürfen also gespannt sein, was uns geboten wird. Und nun darf ich Ihnen die Jury vorstellen.«

Eine Dame und zwei Herren, alle weiß gekleidet, betraten das Podest. Der Moderator stellte sie einzeln mit Namen und ihren Verdiensten vor. Lissi war viel zu aufgeregt, um sich Namen oder andere Einzelheiten zu merken.

»Die Jury wird den Gesamteindruck mit sechzig Prozent aller Punkte bewerten«, erklärte der Moderator weiter. »Geschmack und Füllungen mit jeweils zwanzig Prozent. Wie die Teilnehmerinnen und Teilnehmer arbeiten, können Sie in Großaufnahme hier oben auf der Leinwand verfolgen. Ich wünsche Ihnen viel Spaß beim Zuschauen, allen Kandidaten viel Glück und gutes Gelingen, und nun: Drei. Zwei. Eins: LOS!«

Lissi hatte mit Alex vereinbart, dass er als der routiniertere Geselle das Kommando übernehmen sollte. Sie würde ihm zuarbeiten.

Alex startete im Telegrammstil: »Buttercreme und ersten Rührteigboden.«

Lissi holte die Buttercreme aus dem Kühlschrank und den Tortenboden aus dunklem Rührteig aus der Vorratsbox, der die Basis der mehrstöckigen Torte bilden würde. Er musste stabil genug sein, um das Gewicht der zweiten und dritten Etage tragen zu können. Und diese Standfestigkeit war mit Rührteig am einfachsten zu erreichen.

Alex gab einen Löffel Buttercreme in die Mitte des *Cakeboards* – einer Pappunterlage mit silberner Beschichtung – und verstrich sie mit dem gebogenen Tortenspachtel. Dieser Klecks fungierte wie ein Kleber, sodass der Rührteigboden nicht mehr verrutschte.

Die Füllungen für die dreischichtige Basistorte aus Schokoladenrührteig bestanden aus weißer Schokoladen-Ganache und fruchtiger Kirschcreme. Das Ganze lehnte sich an die Schwarzwälder Kirschtorte an, die beliebteste deutsche Torte. Die Cremes hatten sie bereits zu Hause in der Back-stube in Spritztüten gefüllt, um Zeit zu sparen und parallel arbeiten zu können. Lissi besprühte die Böden mit Kirsch-likör und verteilte die Ganache in runden Kreisen, Alex verteilte die Creme. Auf diese Füllung wurde der zweite Rührteigboden gelegt, etwas angedrückt, wieder besprüht und befüllt. Der dritte Boden bildete dann die Unterlage für die zweite Ebene. Die fertige Basistorte erhielt eine Butter-cremeschicht, die mit einer Teigtafel glatt abgezogen und zur Stabilisierung mit vier dünnen Holzstäben durchsto-chen wurde.

Das Publikum reagierte in regelmäßigen Abständen mit mehr oder weniger heftigem Applaus, ausgelöst durch die Bilder auf der Leinwand.

Lissi und Alex hatten sämtliche Abläufe während der Autofahrt ein letztes Mal durchgesprochen; so bedurfte es nur noch weniger Worte.

»Ab in den Kühlschrank«, flüstere Alex ihr jetzt zu.

Applaus ließ Lissi zusammenzucken – beinahe hätte sie die Torte fallen lassen.

»Eine erste Basistorte wurde soeben in die Kühlung ver-frachtet!«, schrie der Mann im Leinenanzug euphorisch, der seit Beginn zwischen den Arbeitstischen auf und ab flanierte und einzelne Arbeitsschritte mit der Begeiste-rung eines Sportreporters kommentierte. Manchmal stieg seine Stimme direkt in unangenehme Höhen, als wollte er »Tooor, Tooor, Tooor!« brüllen.

Lissi schloss den Kühlschrank und konzentrierte sich wieder auf die Arbeit. Die mittlere Torte war aus luftigem

Biskuit angefertigt. Lissi parfümierte die einzelnen Böden mit Orangenlikör. Darauf wurde die Füllung aus Mascarponesahne und einer fruchtigen Orangenmousse verteilt. Als Knusperschicht streute sie gehackte und geröstete Pistazienkerne darüber. Fertig zusammengesetzt wurde diese Torte dann mit Buttercreme überzogen und der Überschuss mit der Teigtafel abgezogen. Holzstäbchen sorgten wieder für die nötige Stabilität.

Lissi stellte auch die zweite Torte in den Kühlschrank und schnaufte. Die andauernde Konzentration ähnelte der, die sie während der Gesellenprüfung gespürt hatte. Aber unter Beobachtung von Kameras und einem klatschenden Publikum fühlte sich der Druck noch intensiver an. Dabei gelassen zu bleiben, war fast unmöglich, egal, wie sehr sie sich bemühte. Zum Glück sorgte die Klimaanlage für Kühle, und sie geriet nicht ins Schwitzen wie bei der Prüfung.

»Huhuuu, huhuuu!«

Lissi vernahm eine Stimme, die ihr sehr vertraut war.

Annemarie!

Aber wie kam ihre Tante hierher? Sie hatte keinen Führerschein, konnte also kein Auto chauffieren. Mit öffentlichen Verkehrsmitteln war sie sicher nicht gefahren, das wäre viel zu umständlich und würde ewig dauern.

»Huhuuu!«

Lissi suchte die Sitzreihen ab. Am Rande der dritten Reihe schnellte eine Hand nach oben. Tatsächlich, Annemarie! In einem pistaziengrünen Kleid, um die Schultern ein mit Blumen bedruckter Schal, das kurze Haar modisch-unordentlich gestylt, die Lippen knallrot geschminkt.

»Huhuuu, hier sind wir!«

Wir?

Philip!

Ganz selbstverständlich saß er neben Annemarie, etwas verdeckt von einem breitschultrigen Vordermann. Was zur Hölle hatte er hier verloren?, fragte sich Lissi und wusste auch gleich die Antwort: Annemarie hatte ihn zu ihrem persönlichen Chauffeur erkoren.

»Lissi!«, zischte Alex ihr zu, als hätte er ihre momentane Verwirrung bemerkt. »Wir machen eine kurze Pause. Ich brauche frische Luft, geh du mal Annemarie begrüßen.«

»Das hat mir gerade noch gefehlt«, brummte Lissi fast lautlos.

Umständlich stieg sie vom Podest und rang sich ein Lächeln ab. »Das ist ja eine Überraschung!«, begrüßte sie beide.

»Es war eine spontane Entscheidung«, erklärte Annemarie und redete hektisch weiter. »Berthold hält heute den ersten Kurs für Hobbybäcker ab, aber das weißt du ja, und konnte natürlich nicht. Philip war so freundlich, mich zu fahren.«

»Ich hatte nichts anderes vor. Außerdem interessiere ich mich ja auch für die Konditorenkunst«, fügte er ungefragt hinzu.

Lissi überging seine Bemerkung. Sie empfand seine Anwesenheit als irritierend. Dazu der Duft seines würzigen Aftershaves, das sie an die Nacht erinnerte, die so ganz anders verlaufen war, als sie es sich gewünscht hatte. »Dann drückt uns mal die Daumen«, bat sie.

Annemarie umarmte sie flüchtig. »Machen wir, und wir schießen auch ganz viele Fotos für Instagram. Hochzeitstorten sind doch immer ein Hit! Ihr schafft das, da habe ich gar keine Zweifel. Toi, toi, toi!«

»Bestimmt«, schloss Philip sich Annemaries Wünschen an.

Lissi lächelte müde. Was sollte sie auch antworten? In ihrer Verlegenheit entschuldigte sie sich, um die Toilette aufzusuchen.

Anschließend ging sie nach draußen zu Alex, der am Lieferwagen stand und ein Sandwich aß.

»Waltraud hat uns reichlich mitgegeben. In der Kühltasche sind noch welche. Und Apfelschorle, wenn du magst.«

Lissi hatte keinen Appetit, zwang sich aber, ein halbes Sandwich zu essen und von der Schorle zu trinken.

Noch einige Male tief durchatmen und dann zurück an den Arbeitstisch für die dritte und kleinste Torte.

Die drei Böden für diese letzte Etage waren wieder aus luftig-leichtem Biskuit gebacken. Lissi parfümierte sie mit Limoncello, dem köstlichen italienischen Zitronenlikör. Die Füllung für die einzelnen Lagen bildeten einen leichte Joghurtmousse und frische Himbeeren. Auch die kleinste Torte wurde mit schneeweißer Buttercreme ummantelt, die Schicht glatt abgezogen und mit vier Holzstäbchen stabilisiert.

Nach der dritten Torte war die Hauptarbeit geschafft, aber noch hatten sie keinen Grund, sich auszuruhen.

»Zusammensetzen, verzieren, fertig«, sagte Alex wieder im Telegrammstil und verzog den Mund zu einem schrägen Grinsen.

»Klingt nach fünf Minuten Arbeit.« Lissi seufzte. Sie wusste, alle bisherigen Arbeitsschritte waren Kinderkram, verglichen mit der finalen Fertigstellung. Die musste auf Anhieb gelingen, wenn sie den Sieg einbringen sollte. Korrekturen oder »alles auf Anfang« war nicht möglich.

Lissi hatte sich bisher bemüht, weder nach links noch nach rechts zu schauen, und hatte die Konkurrenz absichtlich ignoriert. Doch nun bat sie Alex um eine Fünfminutenpause, um durchzuatmen. Ganz nebenbei wollte sie die anderen Tische beäugen.

Was sie sehen konnte, waren unterschiedlich hohe Gebilde, aber noch keine fertigen Torten. Doch es war ja auch erst kurz nach vier, also noch fast zwei Stunden Zeit bis zum Schlusspfiff.

Hochkonzentriert setzten sie die einzelnen Torten aufeinander, wobei sie sehr darauf achteten, die Kunstwerke jeweils genau mittig zu platzieren und dabei die äußere Buttercremeschicht nicht zu zerstören. Kaum war es geschafft, ertönte erneut Applaus. Die Kamera hatte diesen wichtigen Teil der Fertigstellung zur Freude des Publikums ganz besonders groß übertragen.

»Und jetzt volle Konzentration«, bat Alex leise. »Wie wir vereinbart haben!«

»Wir arbeiten von unten nach oben. Verteilen zuerst die Zuckerblumen, spritzen dann die Buttercremeblüten, ich die kleinen, du die großen. Die Perlenverzierung zum Schluss«, antwortete Lissi, während sie die entsprechenden Spritzbeutel aus der Kühlung nahm.

Den Applaus ignorierend, arbeiteten sie bis zur allerletzten Sekunde und gestalteten Blüten, Blätter und Rosetten aus schneeweißer Buttercreme. Durch unterschiedlich große Tüllen erzeugten sie Abwechslung und den Wow-Effekt. Eine Minute vor Schluss stellten sie noch ein Schild mit ihrer beider Namen und dem Namen der Torte auf.

Dann traten sie beide einen Schritt zurück. Zufrieden betrachteten sie das fertige Werk.

»Wenn wir damit nicht gewinnen, sattle ich um auf Metzger«, murmelte Alex schulterzuckend.

Lissi lachte. Sie kannte diesen Spruch, den Alex gerne verwendete, denn seine Großeltern waren Metzger.

Schlag achtzehn Uhr ertönte ein Gong.

Der Moderator erstürmte das Podest. »Mit dem Gongschlag ist der Wettbewerb beendet. Wer jetzt noch die Hände an seiner Torte hat, wird disqualifiziert!« Er drehte sich zu den Tischen und nach einem Kontrollblick wieder zum Saal. »Begrüßen wir die Dame und die Herren der Jury mit einem herzlichen Applaus. Willkommen zurück, liebe Melissa, Armin, Jürgen. Und einen Extraapplaus für die Kandidaten! Bravo!«

Das Publikum musste nicht lange gebeten werden und klatschte begeistert.

Lissi hätte liebend gerne den Saal verlassen. Die Spannung, während die Jury von Tisch zu Tisch spazierte, war kaum zu ertragen. Jeder von ihnen hatte ein Tablet in der Hand, mit dem sie die Werke fotografierten. Dann ging es ans Verkosten.

Petra, die junge Empfangsdame, hatte mit einem Assistenten neue Teller, Kuchengabeln, ein Messer, Wassergläser und -flaschen verteilt.

Lissi beobachtete jetzt ganz genau die Gesichter von Melissa, Armin und Jürgen, während sie begannen, die Torten zu verkosten. Einige schienen besonders gut zu schmecken, wie unschwer an den verzückten Mienen zu erkennen war. Bevor sie zu einem nächsten Tisch wechselten, tranken die Jurymitglieder jeweils einen Schluck Wasser.

Endlich standen die Preisrichter an ihrem Tisch. Lange Zeit betrachteten sie nur schweigend das dreistöckige Werk. Blickten sich gegenseitig mit einem leisen Lächeln an.

»Vintage-Hochzeitstorte, Lissi und Alex von der Konditorei Tortenhimmel«, las Melissa dann das Kärtchen vor.

Es folgte das übliche Prozedere: Foto, Notizen, Verkostung. Alles ohne Kommentare der Jury oder irgendwelche erkennbaren Hinweise, ob das Werk gefiel oder mundete. Nach der Zehnminutenbewertung bedankten sie sich und wanderten zum nächsten Tisch.

»Es hat ihnen gefallen! An unserem Tisch standen sie am längsten«, sagte Alex, als die Jury außer Hörweite war.

»Das wäre mega …« Lissi schnaufte erschöpft und streckte unbefangen die Arme in die Luft. Ihr Rücken schmerzte, und die Füße brannten. »Aber ehrlich, diese versteinerten Mienen könnten auch das Gegenteil bedeuten. Ich gehe ein paar Minuten an die Luft. Bis die mit ihren Urteilen fertig sind, dauert es noch mindestens eine halbe Stunde.«

Im Hinausgehen schaute sie sich nach Annemarie und Philip um, konnte die beiden aber nicht entdecken. Womöglich waren sie bereits abgefahren oder trieben sich auf dem Gelände herum. Zuzutrauen wäre es der neugierigen Annemarie. Sie hätte keine Hemmungen, durch die Räume zu flanieren und ein bisschen zu schnüffeln. Diesen Übermut, den man nicht unbedingt bei einer älteren Frau vermutete, mochte Lissi sehr an Annemarie. Trotz ihrer zweiundsechzig Jährchen war Annemarie immer für eine Überraschung gut. So wie heute, als sie unerwartet im Publikum saß. Durchaus möglich, dass sie sich einfach ohne große Verabschiedung wieder verdrückt hatte.

Einige der Konkurrenten hatten sich ebenfalls an die frische Luft begeben. Ein Mädchen zog nervös an einer Zigarette und schaute sich schuldbewusst um. In diesem Moment wäre Lissi froh gewesen, wenn sie ihre flatternden Nerven auch so beruhigen könnte, aber sie hatte nie geraucht und wollte jetzt ganz sicher nicht damit anfangen.

Unruhig marschierte sie mit großen Schritten an der Messehalle entlang und begab sich nach zwanzig Minuten zurück an den Austragungsort.

Annemarie und Philip saßen wieder in der dritten Reihe. Alex war bei ihnen.

»Lissi, ihr werdet gewinnen«, schmetterte Annemarie ihr entgegen. »Eure Torte ist der Wahnsinn. Einfach traumhaft, wie aus einem *Tortenhimmel*.«

»Die schönste von allen«, sagte Philip und lächelte ihr zu.

»Danke.« Lissi sank auf einen freien Stuhl. »Ich wünsche mir natürlich, dass ihr recht habt, aber die anderen waren auch nicht schlecht.«

»Stimmt, aber eure ist außergewöhnlich«, beharrte Annemarie. »Ich hab Millionen Fotos gemacht ...« Sie zückte ihr Smartphone, tippte ein paarmal darauf und reichte es Lissi. »Schau ...«

Lissi war baff. Annemaries Urteil war treffend. Im Foto sah die Torte einfach spektakulär aus. Sie war wohl einfach zu nah am Objekt, zu betriebsblind gewesen. »Stimmt, sie schaut wirklich super aus.«

»Meine Damen und Herren, wir kommen nun zur Verkündung der Gewinner«, ertönte die Stimme des Moderators über Lautsprecher. »Die Teilnehmerinnen und Teilnehmer bitte auf die Bühne. Und das Publikum darf die Tupperware auspacken. Wie die meisten von Ihnen wohl bereits wissen, kann später verkostet werden. Manche Teilnehmer möchten ihre Werke nicht mitnehmen und verteilen alles.«

Die Jurydame hielt eine kurze Ansprache, würdigte die Arbeiten, die alle ohne Ausnahme von hoher Fertigkeit zeugten und ausgezeichnet gemundet hätten. Aber wie es so wäre bei Wettbewerben, gewinnen könnten leider nicht alle. Dann begann sie mit dem dritten Platz.

Der ging an eine dreistöckige weiße Fondant-Torte, verziert mit einer Girlande aus roten Marzipanrosen, gefertigt von einem jungen Ehepaar.

Den zweiten Platz belegte eine pastellfarbene Herztorte auf zwei Ebenen. Auf der unteren stand der Bräutigam im schwarzen Frack, darüber die Braut im weißen Kleid, die ein Lasso nach ihm warf.

»Und nun zu den Siegern! Den ersten Preis hat eine Torte gewonnen, bei der uns sofort ein alter Song mit dem Titel *Ganz in Weiß* einfiel.« Unter stürmischem Applaus trat sie an den Tisch von Lissi und Alex. »Diese schneeweiße Vintage-Torte, eingestrichen mit italienischer Buttercreme, verziert mit kunstvollen Girlanden, Rosen, Zuckerblüten und silbernen Perlen, schmeckt einfach himmlisch. Sie ist wahrhaftig ein Produkt aus dem Tortenhimmel. Der erste Preis geht an Lissi und Alex von der Konditorei Tortenhimmel!« Unter donnerndem Applaus überreichte sie Alex eine Urkunde und Lissi eine goldene Miniaturtorte, auf der *Friedrichshafen*, das Datum und *Tortenwettbewerb* eingraviert waren.

Die Kameras übertrugen die Siegerehrung auf die große Leinwand. Das Publikum überschüttete Lissi und Alex mit Beifall und fotografierte sie minutenlang aus allen möglichen Perspektiven.

Und jetzt endlich fiel die Anspannung von Lissi ab. Sie atmete erleichtert auf und strahlte gemeinsam mit Alex in die Kameras.

# 24

Annemarie, in kurzen Shorts und einem bunt bedruckten Shirt, planschte mit ihrer Großnichte Jasmin in Ufernähe.

Die Augustsonne schien von einem azurblauen Himmel, auf dem sich weiße Schönwetterwolken tummelten, und eine leichte Brise sorgte für sanften Wellengang.

Jasmin, im T-Shirt, mit einem Baumwollhut auf dem Kopf und Schwimmflügeln an den Armen, war mit großem Eifer dabei, den Bodensee in ihren Eimer zu füllen. Lächelnd erinnerte sich Annemarie an ihre weit zurückliegenden Kindertage, als sie und Klein Herbert genau das Gleiche versucht hatten. Ein unerschöpfliches Spiel im buchstäblichen Sinn, das nie langweilig wurde. Selbst heute hatte sie noch großen Spaß daran, Jasmin zu helfen, den gefüllten Eimer auf die Wiese zu schleppen und auszuleeren. Leichte Wehmut überfiel sie, weil ihr dabei auch bewusst wurde, wie die Zeit verging, wie schnell die Kinder groß wurden, wie sich das Leben täglich veränderte. Ganz zu schweigen von den Falten, die auch noch so viele Sahnetorten irgendwann nicht mehr würden glätten können. Wieder einmal bedauerte sie, keine eigenen Kinder zu haben; dann wäre sie bestimmt schon Großmutter und nicht nur Großtante. Jammern wollte sie aber nicht, sondern sich lieber an ihrer Familie erfreuen.

Sie wagte einen Seitenblick zu der idyllischen Szene auf

dem von Philip frisch gemähten Rasen: Lissi im schwarzen Bikini, Rose in einem hellblauen Zweiteiler und Iris in einem bunten Badeanzug lagen auf einer grün-weiß karierten Picknickdecke. Iris fütterte Baby Max mit Bananenbrei. Dem kleinen Mann schmeckte es sichtlich, so wie er bei jedem Löffel gierig den Mund aufsperrte. Nächstes Jahr würde Mäxchen zwar noch in Windeln stecken, aber schon groß genug sein, um mit Jasmin den See auszuschöpfen.

Iris und Fritz kamen bei schönem Wetter gern mit den Kindern zu Besuch. Das Wasser war im August so warm, dass Jasmin lange darin spielen konnte, ohne blaue Lippen zu bekommen.

Annemarie fragte sich, wann Lissi oder Rose Nachwuchs bekämen. Wann sie wieder Großtante würde. Bei Lissi würde es wohl noch eine Weile dauern, so schwierig, wie sich ihr Liebesleben gestaltete. Rose hingegen war seit über einem Jahr verheiratet, das sollte genügen, um die Familienplanung anzugehen. Doch Rose und Nico schienen andere Pläne zu haben. Die Idee, nach England zu Nicos Eltern auszuwandern, war immer noch aktuell; Kinder passten da wohl nicht ins Konzept. Und sie selbst gehörte nicht zu der Sorte Verwandtschaft, deren Freude darin bestand, die jungen Leute mit Fragen wie »Na, wann ist es denn endlich so weit?« zu nerven. Ziemlich sicher würde Iris ein weiteres Kind bekommen. Sie war Mutter mit allen Sinnen und lebte für ihren Traum von einer großen Familie, wozu nach ihrer Ansicht mindestens vier Kinder gehörten.

Familie, und ganz besonders eine große Familie, war etwas Wundervolles; sich darauf zu versteifen, hatte aber noch nie geholfen. Das war Annemarie erst vor ein paar Wochen wieder aufgefallen, als sie versucht hatte, für Lissi ein bisschen Schicksal zu spielen, und mit Philip nach Friedrichshafen gefahren war. Philip hatte keinen Moment gezögert, mit ihr zum Tortenwettbewerb zu fahren, um Lissi moralisch zu unterstützen. Ihrem Eindruck nach war er sogar begeistert gewesen. Leider hatte Lissi kühl wie eine Eistorte reagiert.

Trotzdem waren Lissi und Philip in ihren Augen ein Traumpaar. Das war so sicher wie Schlagsahne süß. Die beiden mochten sich, das hatte sie von Anfang an bemerkt. Wer etwas anderes behauptete, war blind. Weiß der Himmel, warum sie nicht zueinanderfanden. Warum sie höchstens freundlich-neutral miteinander redeten, es aber oft vermieden, sich anzusehen. Doch genau das waren Indizien für Zuneigung oder sogar für eine heimliche Liebe.

Ach ja, seufzte Annemarie lautlos, einfach zu traurig, wenn junge Menschen sich das Leben schwer machten und wertvolle Zeit vergeudeten. Aber sie würde nichts unversucht lassen, die beiden zusammenzubringen.

»Papiii«, rief Jasmin plötzlich, ließ den Eimer fallen und rannte Fritz entgegen, der in Begleitung von Nico und Berthold auftauchte.

Die drei Männer in Shorts, Shirts und Sonnenbrillen hatten im Wintergartencafé Eisbecher besorgt, die sie jetzt auf Tabletts vorsichtig balancierten.

Annemarie betrachtete Berthold auch nach Monaten des Zusammenseins immer noch mit den Augen einer Frischverliebten. Der Tag, an dem ihr Traummann den angebotenen Job als Konditormeister angenommen hatte, war der schönste ihres Lebens gewesen. Also der bisher schönste.

Sie waren noch jung, es konnten noch Millionen wunder-voller Dinge geschehen.

»Auch die kleine Annemarie sollte jetzt aus dem Wasser kommen«, rief Berthold ihr zu.

»Gleich«, antwortete Annemarie glücklich. Sie liebte es, wenn Berthold albern war. Egal, wie übertrieben es für andere wirken mochte.

Minuten später löffelte die Familie genussvoll Eisbecher, als das schrille Klingeln eines Smartphones ertönte.

»Telefon!«, quietschte Jasmin aufgeregt, die gerade eine Kugel Schokoladeneis verspeiste.

Die Erwachsenen schauten sich fragend an und fixierten dann die Gartenbank. Dort waren eine Wickeltasche und diverse Handtaschen deponiert. In einer davon befand sich der Störenfried.

»Tut mir leid, das ist meines«, gestand Rose, als es weiter-klingelte. »Ich hab vergessen, die Mailbox zu aktivieren oder auf stumm zu schalten.«

Annemarie schickte Rose einen strengen Nicht-rangehen-Blick, der hoffentlich deutlich genug war. Sonntag war Familientag, und der sollte ohne Handys stattfinden.

Rose zuckte nur mit den Schultern, stellte ihren Eisbecher aufs Tablett, erhob sich mit einer geschmeidigen Bewegung und war mit zwei Schritten bei der Gartenbank. Eilig kramte sie das Telefon heraus und grinste beim Blick auf das Display.

»Hallo, Frau Trautmann, wie geht es Ihnen?«

Es folgte ein kurzes Gespräch, aus dem Annemarie nicht entnehmen konnte, was der Grund des Anrufs war. Dass die Hochzeitsplanerin nicht nur einen schönen Sonntag wün-schen wollte, davon war auszugehen.

»Erreichbar zu sein, hat sich heute mal wieder gelohnt, auch wenn du anderer Meinung bist, liebe Annemarie«, sagte Rose, nachdem sie das Gespräch mit »Sehr gerne« beendet hatte und sich samt Telefon auf der Decke niederließ.

»Hmmm …« Annemarie knabberte an einer Eiswaffel. »Wenn du meinst. Aber nun sag schon, worum ging es?«

»Sie bat um einen Besprechungstermin, möglichst schon morgen Vormittag. Ich habe zugesagt. Es geht um eine Hochzeit.« Rose griff nach ihrem Eisbecher.

»Das ist ja mal eine echte Überraschung«, scherzte Annemarie. »Hat sie schon gesagt, um welche?«

»Kennst du Gaby Hauptmann?«

»Nein, nie gehört. Wer soll das sein?«

»Wenn mich nicht alles täuscht, ist es eine berühmte Schriftstellerin«, sagte Berthold.

»Stimmt, sie wohnt am Bodensee, hat mehrere Bestseller geschrieben«, bestätigte Fritz. »Und die will heiraten?«

»Nein, nicht sie selbst, sondern Freunde von ihr, Cora Paulsen und Daniel Kraus. Ein Schauspielerpärchen, das sich vor neun Monaten bei Dreharbeiten kennengelernt hat und jetzt zu den Publikumslieblingen gehört.«

Fritz nickte bestätigend. »Generation Influencer, die lassen ihre Fans an ihrem Leben teilhaben. Haben unzählige Follower auf Instagram und werden jeden Tag berühmter.«

»Ganz genau«, bestätigte Rose. »Auf diesem Portal haben sie Lissis Vintage-Torte vom Wettbewerb gesehen, und so eine soll es bei ihrer Hochzeit sein. Das lässt sich doch machen, oder?«, wandte sie sich an Lissi.

»Klar, jederzeit«, versicherte Lissi. »Wir können gleich morgen anfangen.«

»So eilig ist es nicht, ihr habt acht Wochen Zeit. Das Paar hatte sich lange Zeit gelassen mit der Location. Eure Torte hat jetzt entschieden, dass sie bei uns am See feiern möchten.« Rose strahlte übers ganze Gesicht, während sie genüsslich den letzten Löffel Eiscreme verspeiste.

Lissi stellte ihr leeres Glas zurück aufs Tablett. »Schauspieler und dann auch noch Influencer, das ist kostenlose PR für den Tortenhimmel. Der Stress für diesen Wettbewerb hat sich wirklich gelohnt.«

»Und erweist sich noch im Nachhinein als Goldgrube«, ergänzte Annemarie und lächelte Lissi liebevoll an. »Ich bin sehr stolz auf dich und Alex. Herbert und Florence übrigens auch, ich hab ihnen Fotos per WhatsApp geschickt.«

»Wir sind alle stolz auf Lissi!«, echote die Familie.

Montagvormittag um elf Uhr empfingen Rose, Annemarie und Lissi die Hochzeitsplanerin im Wintergartencafé.

Frau Trautmann, in einer khakifarbenen Kombination aus weiten Hosen und passendem Top, war wieder die Eleganz in Person. Ihr aschblonder Pagenkopf hätte perfekter nicht aussehen können. Dass sie außer einem Paar goldener Ohrclips sonst keinen Schmuck trug, unterstrich ihren edlen Look. Annemarie in einer orange-pinkfarbenen Hose-Shirt-Kombination bewunderte die Hochzeitsplanerin ob ihres klassischen Stils. Sie selbst fühlte sich aber wohler als bunter Papagei.

»Ich liebe die Termine in Ihrem Café«, sagte Frau Trautmann, als sie sich an einen Vierertisch mit Blick auf den See setzten.

Rose nahm den Stuhl daneben, Annemarie und Lissi setzten sich gegenüber.

»Herzlichen Dank.« Annemarie wuchs ein paar Zentimeter, sie liebte Komplimente, waren sie doch wie eine Extraportion Sahne, die das Leben versüßte. »Was darf ich anbieten: Kaffee, Tee, vielleicht ein Stück Kuchen dazu oder eher ein kaltes Getränk?«

Frau Trautmann platzierte ihren Shopper aus schokobraunem Nappaleder auf dem Schoß. »Danke schön, falls es das kleine Sachertörtchen gibt, das ich auf eurer Instagram-Seite entdeckt habe, würde ich es gerne probieren. Es sieht köstlich aus.«

»Es müssten noch welche da sein, ich sause kurz rüber«, sagte Lissi und erhob sich.

Herr Otto kam an den Tisch geeilt. »Guten Morgen, Frau Trautmann. Schön, Sie wieder einmal begrüßen zu dürfen.« Er lächelte liebenswürdig, während er mit der Serviette in gewohnter Routine über die Tischdecke wischte und sich nach den Getränkewünschen erkundigte.

»Der Mann ist ein Phänomen«, stellte Frau Trautmann fest, als Herr Otto sich entfernt hatte. »Ich bin ja eigentlich kein Stammgast, und trotzdem hat er meinen Namen nicht vergessen.«

»Herr Otto hat ein Supergedächtnis, der nimmt es mit jedem Computer auf«, bestätigte Annemarie und wünschte sich im Stillen, dass Otto noch lange bei ihnen bleiben würde. Er war ja nicht mehr der Jüngste, und eines Tages würde er bestimmt aufhören wollen, Getränke durch die Gegend zu schleppen.

Frau Trautmann nahm eine rote Ledermappe aus ihrer Tasche, die ein Tablet enthielt. »Unlängst habe ich mein geliebtes Notizbuch ausgemustert. Man muss mit der Zeit gehen.« Sie schaltete es ein und tippte einige Mal auf das Display. »Also«, begann sie. »Rose hat sicher schon berichtet, dass es sich um das Promipärchen Cora Paulsen und Daniel Kraus handelt. Die junge Braut wünscht sich eine Vintage-Hochzeit. Auslöser war die Vintage-Torte vom Wettbewerb, die sie auf Instagram gesehen hat. Stattfinden soll das Event hier, weil Cora alles *voll cool vintage* findet.«

»Eine hübsche Idee. Ich kann mir unter einer Vintage-Hochzeit allerdings leider nicht sehr viel vorstellen«, gestand Annemarie. »Mag daran liegen, dass ich selber ein bisschen vintage bin.«

»In die Schublade passe ich auch, und damit liegen wir total im Trend.« Frau Trautmann lachte Annemarie zu und beugte sich wieder über das Tablet. »Vintage heißt ja nichts anderes als *altmodisch* oder zurück in die Vergangenheit, in eine bestimmte Epoche.«

Lissi kam mit vier Sachertörtchen zurück. »Es waren die letzten, ich hab sie mitgebracht, falls ihr auch Appetit habt«, sagte sie beim Abstellen der Teller und setzte sich wieder neben Annemarie.

Herr Otto servierte praktisch im selben Moment die Getränke. »Einmal Cappuccino für unseren Gast, Tee für Rose, Espresso für Annemarie und Kaffee für die Siegerin.« Er deutete eine Verbeugung an, als er Lissi die Tasse hinstellte. »Ich glaube, es fehlen noch Kuchengabeln. Kommen sofort.«

»Köstlich wie alles aus dem Tortenhimmel«, bemerkte Frau Trautmann, als sie die Minitorte verkostet hatte. Sie ließ sich das Gebäck schmecken, ehe sie nach ein paar Minuten das Thema Vintage-Hochzeit wieder aufnahm.

»Cora stellt sich eine Hippiehochzeit vor. Etwa einhundert bis einhundertfünfzig Gäste werden geladen. Endgültige Zahlen gibt's, sobald die Einladungen verschickt sind und wir Rückmeldungen erhalten haben.«

»Genau nach meinem Geschmack. Bunt und lustig, so sollte eine Hochzeit sein. Der Beginn eines neuen Lebensabschnitts«, merkte Annemarie an.

»Das sollte es unbedingt. Und ich glaube, dass wir hier ein traumhaftes Hippiefest veranstalten können. Mit DJ, Liveband, Love and Peace und Flower-Power, das volle Programm.« Frau Trautmann tippte erneut auf ihr Tablet und nannte ein Datum.

Rose rief ihren Kalender auf. »Geht in Ordnung«, bestätigte sie und markierte den Tag.

»Und wie sieht es an diesem Termin mit der Hochzeitssuite und überhaupt mit freien Zimmern aus? Das Brautpaar würde die Suite gerne mitbuchen. Es werden auch Gäste aus allen möglichen Ecken des Landes kommen.«

Annemaries Augen leuchteten, als Rose die Anzahl der zur Verfügung stehenden Zimmer nannte.

»Das wird die Brautleute freuen.« Frau Trautmann notierte die Information in ihr Tablet. »Optionieren Sie bitte alle Zimmer, ich gebe morgen definitiv Bescheid, wie viele wir benötigen. Ich schätze aber, alle. Wir werden sogar noch Zimmer in der Umgebung brauchen. Selbstverständlich werde ich eine Vorauszahlung für die Zimmerreservierung vereinbaren.«

»Gegen Vorauszahlung reservieren wir gerne das gesamte Haus«, entgegnete Annemarie und hörte im Stillen schon die Kasse kräftig klingeln.

# 25

Annemarie, Rose und Lissi hatten sich in der Rezeption versammelt und starrten gespannt durch die offen stehende Ausgangstür auf den Parkplatz.

»Wir sind berühmt!«, murmelte Annemarie zum wiederholten Mal. Ihre Augen leuchteten begeistert.

»Nicht zu fassen! Was für ein Wirbel!«, lachte Rose.

»Aber ziemlich spannend«, fand Lissi.

Vier Wochen waren vergangen, seit sie mit Frau Trautmann das große Promi-Event besprochen hatten. Heute wurde nun besagte Vintage-Hochzeit gefeiert.

Vor wenigen Sekunden war eine weiße Stretchlimousine auf den Parkplatz gefahren und quer vor dem Rundbogeneingang der Pension stehen geblieben. Dem Wagen entstiegen Cora und Christian, das prominente Schauspielerpaar, gekleidet im blumigen Partnerlook. Coras hüftlanges dunkles Haar fiel in wilden Locken über ihre Schultern. Das bunte, knöchellange Kleid mit dem großen Dekolleté betonte ihren Busen. Darüber baumelte eine Blumenkette. Christians nackenlanges blondes Haar war zerzaust, als käme er direkt aus dem Bett. In gestreiften Schlaghosen, einem knallgelben Rüschenhemd und der blauen John-Lennon-Brille auf der Nase sah er einem Hippie aus den Siebzigerjahren zum Verwechseln ähnlich.

Direkt hinter der Limousine hatten weniger auffällige Autos gehalten. Am Steuer Männer ohne besondere Merkmale, die aber leicht an ihren Kameras zu erkennen waren: Paparazzi! Auf der Jagd nach Fotomaterial für die vielen bunten Zeitschriften, die mit viel Fantasie und Erfindungsgabe angebliche süße Geheimnisse oder Skandale von *Celebritys* verkauften.

Frau Trautmann hatte das junge Paar in Empfang genommen. Die beiden kannten die Pension bisher nur von Fotos, deshalb stand zuerst ein Rundgang durch das Haus auf dem Programm.

Pension und Café waren kaum wiederzuerkennen. Eine Schar von Floristen hatte das Haus in einen duftenden Blumenpalast verwandelt: Bilderrahmen, Spiegel und Treppengeländer waren mit Girlanden verziert, die Hochzeitssuite mit Blütenranken dekoriert, auf dem Bett Blütenblätter verstreut, und auch das Badezimmer hatten sie nicht vergessen. Alle Zimmer, bis auf zwei Einzelzimmer, waren für auswärtige Freunde des Brautpaars reserviert und ebenfalls mit Blumen geschmückt worden. Das weiße Partyzelt glich einem Gewächshaus im botanischen Garten. Die Rasenfläche war in regelmäßigen Abständen mit Fackeln bestückt, die mit der Dämmerung entzündet würden. Und der Parkplatz wurde von derart vielen Journalisten und TV-Kameras belagert, als entstiege dem Bodensee eine geheimnisvolle Meerjungfrau.

»Ihr wisst schon, dass wir in ein paar Tagen über die Landesgrenzen hinaus berühmt sein werden«, sagte Lissi, die jede Bewegung der Kameraleute und Fotografen verfolgte.

»Mich hat noch keiner fotografiert. Würde ich auch nicht

wollen«, stellte Annemarie fest, strich sich aber mit den Fingern über die dichten Augenbrauen.

»Ist auch nicht nötig.« Lissi schubste Annemarie liebevoll an. »Es genügt, wenn die Pension im Bild erscheint, der Name erwähnt und die Torte gezeigt wird. Unser Prachtstück wird tausendfach im Netz auftauchen und bestimmt viral gehen.«

»Dann können wir uns vor Buchungen nicht mehr retten und sind *gerettet*«, resümierte Rose, die dauerlächelnd hinter dem Tresen stand und ihr dunkelblaues Uniformkostüm erneut zurechtzupfte.

Annemarie hielt ihre Hände mit überkreuzten Mittel- und Zeigefingern hoch. »Möge deine Prophezeiung eintreffen, und mögen alle Zimmer nach dieser Invasion noch bewohnbar sein.«

»Warum denn nicht?«, fragte Rose und blickte in den antiken Spiegel direkt gegenüber der Theke.

»Weil berühmte Menschen oft seltsame Gewohnheiten haben und manchmal Spuren hinterlassen, die nicht einmal unsere zwei Superzimmermädchen werden beseitigen können.«

»Dann schicke ich ihnen eine saftige Rechnung. Denn auch prominente Hochzeitsgäste müssen sich eintragen wie alle anderen«, erwiderte Rose pragmatisch. »Bisher hatten wir zwar noch nie solch eine Promidichte im Haus, aber ich denke positiv, und das solltest du auch, liebe Annemarie.«

»So etwa?« Annemarie verzog den rot geschminkten Mund zu einem unnatürlich breiten Grinsen. »Und jetzt entschuldigt mich. Als Familienälteste werde ich mich mal nach Frau Trautmann umsehen und fragen, ob alles nach Wunsch läuft.«

»Ich bin in der Backstube, wenn mich jemand sucht«, sagte Lissi, drehte sich um – und wäre um ein Haar mit Philip zusammengeprallt. Erschrocken wich sie zurück.

Annemarie blieb noch einen Moment im Durchgang zum Wintergarten stehen und beobachtete, wie sich das »verhinderte Liebespaar« anstarrte.

»Wir sind mit dem Housekeeping durch«, sagte Philip zu Rose und begrüßte Lissi mit einem lässigen: »Hi, alle reden über deine Torte.«

»Oh, danke, das ist … nett …« Lissi zupfte verlegen das weiße Shirt zurecht und hastete dann davon.

Annemarie marschierte kopfschüttelnd davon. Wieder hatte Philip in freundlich-neutralem Tonfall mit Lissi geredet. Aber seine Blicke waren ganz und gar nicht neutral gewesen, sondern eindeutig zärtlich. Und Lissi benahm sich wie ein schüchterner Teenager, obwohl sie sonst eine sehr selbstbewusste junge Frau war. Na, sie würde nichts unversucht lassen, die zwei verkrampften Kinder zusammenzubringen. Heute Abend wurde getanzt, da sollte es doch möglich sein, sie auf die Tanzfläche zu schubsen. Und wenn sie sich erst einmal in den Armen lagen …

Die Vintage-Torte war tatsächlich das Gesprächsthema Nummer eins, wie Annemarie vernahm, als sie zum Partyzelt eilte.

»Wow, die ist ja mega«, hörte sie eine Aushilfskellnerin flüstern, die mit einer Kollegin über ein Handy gebeugt war. »Logisch, dass so ein Prachtstück gewinnt. Ich will unbedingt was davon probieren.«

»Träum weiter! Wir werden garantiert nichts abbekommen. Ich hab schon oft auf Hochzeiten serviert, aber noch nie was von der Torte abbekommen«, kommentierte die Kollegin.

»Ich schon! Es bleiben immer Reste auf den Tellern, und es wäre doch schade, die in den Müll zu werfen«, entgegnete die andere.

Im Zelt war die Catering-Crew noch mit dem Aufstellen der Stühle beschäftigt. Annemarie sah Frau Trautmann mit besorgter Miene telefonieren.

Als die Hochzeitsplanerin das Gespräch beendet hatte, sprach Annemarie sie an. »Alles in Ordnung?«

Frau Trautmann seufzte erschöpft auf. »Die Hochzeit könnte platzen.«

Annemarie schluckte das impulsive »Sie machen Witze« hinunter, das ihr auf der Zunge gelegen hatte, und erkundigte sich gesittet: »Wie kann ich helfen?«

»Das Hochzeitskleid ist auf dem Weg hierher verunglückt und total ruiniert«, antwortete Frau Trautmann. »Die genaueren Umstände sind jetzt unwichtig, wichtig ist nur die Frage: Woher bekommen wir ein neues Kleid? Und wie lässt sich das bewerkstelligen, ohne dass diese Horde von Fotografen das mitbekommt? Sonst findet nämlich keine Hochzeit statt.«

Annemarie hörte gut zu, während die Hochzeitsplanerin von der Katastrophe berichtete.

»Wenn Cora jetzt das Haus verlässt«, erklärte Frau Trautmann weiter, »wird sie von der gesamten Fotografenmeute verfolgt, und das Geheimnis um das Brautkleid kommt ans Licht. Und das darf auf keinen Fall geschehen, denn die gesamte Hochzeit wurde exklusiv an eine große Illustrierte verkauft. Nur der von denen engagierte Fotograf darf Bilder machen.«

Annemarie schlug einen Ausweg vor: »Könnte man eine Auswahl an Brautkleidern hierher schicken lassen?«

»Daran habe ich auch schon gedacht, aber ich fürchte, auch das würde irgendjemand mitkriegen. Dazu kommt, dass Coras Kleid ganz außergewöhnlich war. Sie würde sich niemals mit einem der üblichen Gewänder begnügen.«

»Wo hat Cora das Kleid gekauft, und woher bekäme man ein vergleichbares?«

»Es ist von *New Traditional* in Konstanz. Jana Burowski, die Inhaberin, ist eine Designerin für unkonventionelle Braut- und Abendmode.«

»Dort haben auch meine beiden Nichten ihre Brautkleider gekauft«, sagte Annemarie, die sichtlich Hoffnung schöpfte. »Würde die Designerin eine Auswahl schicken?«

»Sicher. Aber wenn es nicht passt …« Frau Trautmann wurde vom Klingeln ihres Handys unterbrochen. Sie warf einen Blick darauf, entschuldigte sich, führte ein kurzes Gespräch mit Cora und wandte sich an Annemarie: »Vielleicht können Sie uns helfen.«

»Sehr gerne.«

»Sie haben Cora doch bei der Ankunft gesehen. Gibt es unter Ihrem weiblichen Personal eine junge Frau, die ungefähr ihre Figur hat und absolut vertrauenswürdig ist?«

Annemarie musste nicht lange nachdenken. »Lissi, unsere Konditorin. Sie erinnern sich? Lissi war bei der Besprechung dabei.«

»O ja, das könnte passen. Das wäre …« Frau Trautmann

atmete erleichtert auf. »Meinen Sie, Lissi wäre bereit, nach Konstanz zu fahren? Cora hat vorgeschlagen, die Betreffende solle Kleider anprobieren und ihr dann per WhatsApp Fotos schicken. Hat Lissi einen Führerschein? Oder kann jemand sie fahren?«

»Für die Fahrt kann ich unseren Philip empfehlen, der ist zuverlässig und verschwiegen«, sagte Annemarie und musste sich beherrschen, um nicht laut zu jubeln.

Was für ein prächtiger Glücksfall dieser Unglücksfall doch war! Lissi und Philip im Brautkleiderladen! Eine wunderbare Wendung. Wer weiß, ob da nicht Max König aus dem Jenseits am Schicksalsrad gedreht hatte, um seine Enkelin glücklich zu machen.

Lissi war bereit, nach Konstanz zu fahren, aber allein. »Ich benötige keinen Fahrer. Philip wird sicher hier gebraucht, denn wenn erst mal die prominenten Gäste eintreffen, herrscht an allen Ecken Personalbedarf.«

»Leider hat Iris den Viertürer ausgeliehen, und der Lieferwagen ist in der Werkstatt beim Service. Außerdem wurde Philip ja auch für Fahrten eingestellt, also mach dir keinen Kopf. Oder gibt es ein Problem zwischen euch?« Annemarie musterte Lissi eingehend.

»Nein, nein, schon okay«, wehrte Lissi ab. »Dann frag ihn mal, ob er fahren will. Zwingen können wir ihn ja wohl kaum, oder?«

»Das ist auch nicht nötig, wie gesagt, fahren gehört zu seinem Job. Und in dieser Notsituation könnte es doch ganz nützlich sein, einen Mann bei der Auswahl dabeizuhaben, auch wenn Männer beim Brautkleiderkauf normalerweise unerwünscht sind.« Annemarie gratulierte sich zu dieser raffinierten Begründung.

»Ich weiß nicht …« Lissi wiegte nachdenklich den Kopf. »Ob ein schwuler Mann dabei hilfreich ist?«

»Wie kommst du denn auf die Idee?« Annemarie war baff. »Philip und schwul, vollkommener Quatsch! Und selbst wenn, Schwule haben oft mehr Gespür für Mode als wir Normalfrauen. Die größten Designer waren schwul. Karl Lagerfeld, Saint Laurent, Versace und, und, und …«

Lissi war wenig begeistert von diesem Sonderauftrag. Brautkleider für eine fremde Frau zu probieren, das war die seltsamste Bitte, die ihr jemals angetragen worden war. Trotzdem hätte sie niemals abgelehnt. Dieses riesige Event war immens wichtig für die Pension. Dafür musste sie Philip eben ein, zwei Stunden ertragen. Der Bildbericht über die Hochzeit in einer Illustrierten bedeutete Renommee für den gesamten Betrieb, Extraaufmerksamkeit für die Konditorei und nicht zuletzt für sie als junge Konditorin. Bereits der Wettbewerb hatte massenhaft neue Aufträge eingebracht und auch Gäste in die Pension gelockt. Sie war immer schon ehrgeizig gewesen, aber diese Schauspielerhochzeit war eine ganz besondere Chance, die sie nicht verderben wollte. Nebenbei war es eine gute Gelegenheit, neue, jüngere Gäste zu gewinnen, denn der Großteil der Hochzeitsgäste war jünger als ihre Stammgäste. Die unlängst geführte Diskussion über finanzielle Probleme wäre dann endgültig vom Tisch.

Die Fahrt nach Konstanz lag ihr dennoch im Magen. Eine halbe Stunde lang allein mit Philip im Wagen – was sollte sie so lange mit ihm reden? Bloß nicht die Essens-einladung erwähnen, die er bis heute nicht beantwortet hatte.

»Kennst du das Brautpaar? Ich meine, hast du schon mal einen von ihnen im Film gesehen?«, begann Lissi ein harm-loses Gespräch, nach dem sie in Philips Wagen eingestie-gen war. Extra langsam legte sie den Sicherheitsgurt an, um ihn nicht ansehen zu müssen. Sie hatte sich vorgenom-men, jeden Blickkontakt zu vermeiden. Wie schnell konnte es dabei zu peinlichen Momenten kommen! Romantische Ambitionen in Bezug auf Philip waren ja offenbar reine Zeitverschwendung. Zu ignorieren, wie attraktiv er in den hellblauen Jeans, dem weißen Shirt und den heute glatt fri-sierten Haaren aussah, gelang ihr nicht.

»Nein. Du?« Philip hatte Auerbach hinter sich gelassen und bog auf die Landstraße ein.

»Auch nicht, aber Annemarie war wegen der beiden so aufgeregt, deshalb hab ich ein bisschen online recherchiert. Beim jüngeren Publikum scheinen die zwei eine riesige Fangemeinde zu haben.«

»Anders lässt sich die Paparazzidichte vor der Pension auch nicht erklären«, merkte Philip an.

»Die arme Cora tut mir leid, wenn die ganze Bekanntheit zur Folge hat, dass sie nicht mal mehr alleine shoppen ge-hen darf. Was ein Glück, dass einfache Konditorinnen kein Objekt für diese bunten Illustrierten sind!«

»Sag das nicht.« Philip drehte den Kopf und lächelte Lissi an. »Den Wettbewerb zu gewinnen, war vielleicht schon der erste Schritt. Noch nie gab es so viele Likes und neue Follower wie auf das Foto deiner Torte.«

Entsetzt stellte Lissi sich vor, von Fotografen verfolgt zu werden, und schüttelte sich innerlich. Alles, nur das nicht!

Das Gespräch endete, als sie den Designerladen erreicht hatten und Philip sich auf die Suche nach einem Parkplatz konzentrierte. Sehr zu Lissis Erleichterung. Seichtes Geplänkel war nicht ihr Ding. Was sie gleich erwartete, war zwar auch nicht ihr Ding, überhaupt nicht, aber sie hatte zugesagt und würde sich einfach von dieser etwas anderen Anprobe überraschen lassen.

Die erste Überraschung war die Größe von *New Traditional*. Lissi hatte angenommen, ein solcher Laden müsse über eine gewisse Fläche verfügen, um Platz für die ausladenden Traumkleider zu haben. Stattdessen lag in dem eher kleinen Schaufenster nur ein perlenbesetzter Tüllschleier, auf dem rote Rosenköpfe verstreut waren. Sie musste zugeben, dass sie nun neugierig war, was die Designerin zu bieten hatte.

Als sie eintraten, klingelte ein altmodisches Glöckchen. Der Laden selbst war von überschaubarer Größe. Sie schätzte ihn auf circa fünfzig Quadratmeter, halb so groß wie der Wintergarten. Und auch hier keine Spur von weißen Traumkleidern. Nur ein hellblaues Korsagenkleid mit bauschigem Tüllrock, das an einer Kleiderpuppe ohne Kopf drapiert war. An einer Wandseite standen zwei Korbsessel, die mit dicken Kissen belegt waren. Ein Standspiegel befand sich in einer Ecke.

Durch einen Perlenvorhang gegenüber dem Eingang trat eine sympathische Vierzigjährige heraus.

»Guten Tag, was kann ich für Sie tun?«

»Hallo, ich bin Lissi, Frau Trautmann hat mich angekündigt. Das ist Philip«, stellte sie ihn vor. »Er wird Fotos schießen.«

»Ich bin Jana Burowski, einfach nur Jana, freut mich, Sie kennenzulernen. Dann wollen wir uns gar nicht lange mit Small Talk aufhalten, denn soweit ich informiert bin, drängt die Zeit. Folgen Sie mir bitte. Es dauert nicht lange«, sagte sie an Philip gewandt und deutete auf die Korbsessel. »Nehmen Sie doch inzwischen Platz.«

Lissi hatte sich vorgenommen, das ganze Prozedere ohne jeglichen Kommentar durchzuziehen. Was auch immer die Designerin ausgewählt hatte, war nicht für sie gedacht. Es musste ihr nicht gefallen. Sie fungierte nur als lebende Kleiderpuppe. Weiß war so gar nicht ihre Farbe, abgesehen von den weißen Arbeitsklamotten, die sie in der Backstube anhatte.

Lissi folgte Jana durch den Perlenvorhang ins Atelier. Dort zog sie ihre schwarzen Sachen aus und wurde vermessen.

»Erstaunlich«, urteilte Jana, nachdem sie Lissis Maße mit Coras verglichen hatte. »Sie sind sechs Zentimeter größer, aber die sonstigen Maße sind fast identisch. Das erspart uns schon mal Änderungen.«

»Perfekt.« Lissi freute sich für Cora.

»Ich hab einige Kleider, die infrage kommen. Aber das hier ist meiner Meinung nach das schönste.« Jana hielt es auf einem Bügel in der Hand: »Ein Unterkleid aus cremeweißen Satin, darüber ein Puffärmelkleid im Empirestil aus durchsichtigem Seidenchiffon in Zartrosa, bestickt mit pastellfarbenen Seidenblumen. Wäre das ein Hochzeitskleid für Sie?«

»Es zeugt von großer Schneiderkunst«, lobte Lissi, ohne sich festlegen zu müssen. Ihre persönliche Meinung war bedeutungslos.

»Danke schön. Ich helfe Ihnen beim Anziehen.«

Als Lissi sich in dem Ganzkörperspiegel erblickte, entschlüpfte ihr doch ein Lächeln. Es war ein zauberhaftes Gewand, das zum Hippiethema passte und Cora bestimmt begeistern würde. Sie hatte keine Ahnung, wie man sich als Braut fühlen sollte; *sie* fühlte sich nur verkleidet.

»Dann wollen wir mal hören, was Ihr Begleiter davon hält.« Jana teilte den Perlenvorhang. »Bitte schön.«

Lissi ersparte sich den Hinweis, dass Philip nur als Fahrer und Fotograf fungierte, raffte den bodenlangen Rock und trat in den Laden.

Philip, der, über sein Handy gebeugt, im Korbsessel saß, hob den Kopf und starrte sie mit offenem Mund an, als sei sie eine Erscheinung.

Irritiert überlegte Lissi, ihn anzublaffen, er solle sie gefälligst nicht so anglotzen, und ihn daran zu erinnern, wozu er hier war. Aber das wäre wenig hilfreich, also nahm sie sich zusammen. »Bitte«, sagte sie und zwang sich zu lächeln. »Schau nicht so geschockt, und mach ein paar Fotos. Cora wartet sicher schon sehnsüchtig.«

# 26

Philip starrte unbeweglich auf den Bildschirm. Rose hatte ihn mittlerweile auch in die Abrechnungen eingearbeitet und ihn gebeten, Lieferscheine mit Rechnungen abzugleichen. Eine simple Arbeit von höchstens dreißig Minuten, doch er war unfähig, sich zu konzentrieren. Seine Gedanken wanderten unablässig zurück in den Designerladen *New Traditional*. Zu dem Moment, als Lissi in diesem atemberaubenden Kleid durch den Perlenvorhang trat. Als er nach Luft schnappte. Als sie sich innerhalb weniger Minuten in eine vollkommen andere Frau verwandelt hatte. Jedenfalls optisch. Kleider machen Leute, besagte eine angestaubte Weisheit, die manchmal so treffend war. Oft schon hatte er sich Lissi in etwas anderem als schwarzer Kleidung vorgestellt. Und dann stand sie plötzlich in diesem hauchzarten Etwas vor ihm, das nicht für sie gedacht, aber wie für sie gemacht war. Der Kontrast des burschikosen Kurzhaarschnitts, den er so liebte, zu dem hauchzarten Elfenkleid hatte ihn total überwältigt. Und zu sehen, wie unwohl sie sich in dieser ungewohnten Aufmachung fühlte, hatte ihn zutiefst berührt. Wie gerne hätte er sie wortreich bewundert, ihr gesagt, wie wunderschön sie aussah! Doch er hatte nicht gewagt, irgendeinen derartigen Kommentar abzugeben. Stattdessen hatte er die versprochenen Fotos geschossen und sie direkt an Frau Trautmann weitergeleitet. Coras Handynummer war natürlich geheim, einem unbedeutenden Housekeeper würde man sie niemals verraten. Interessiert hatte sie ihn ohnehin nicht.

»Philip, schau dir das an!«, drang eine vertraute Stimme zu ihm ins Büro. Er schob den Schreibtischstuhl zurück und begab sich an die Rezeption.

Annemarie, dynamisch wie eine Zwanzigjährige, mit einem Packen Illustrierten im Arm. Eine davon klatschte sie schwungvoll auf die schwarze Steinablage und strahlte ihn mit großen Augen an. »Ganz frisch vom Kiosk. Super Fotos. Wir gehören jetzt zu den Promis!«

Philip betrachtete das Titelbild. Cora und Daniel als glückliches Hochzeitspaar vor dem in der Abendsonne glitzernden Bodensee. Das perfekte Bild für die Zielgruppe der Zeitschrift, unerträglich kitschig für ihn. Außerdem bereitete Coras Hochzeitsgewand ihm leichte Übelkeit, beschwor das Foto doch erneut die Erinnerung an Lissi in diesem Kleid herauf.

»Kannst es in Ruhe anschauen und dich dran freuen«, sagte Annemarie und spazierte summend davon.

Philip blätterte das Heft durch. Er musste Annemarie zustimmen, der engagierte Fotograf hatte ein Auge für wirkungsvolle Perspektiven. Vom Jawort am Strand über die Picknicks im Fackelschein bis hin zu prominenten Tänzern im Partyzelt hatte er unvergessliche Motive eingefangen. Das Haus hatte er im weichen Abendlicht fotografiert und der Pension dadurch den Stempel »romantisch« aufgedrückt: Der sonnengelbe Anstrich, die weißen Sprossenfenster, die altmodischen Fensterläden, die hübschen Dachgauben und die goldene Schrift *Pension König* über dem Rundbogeneingang zeigten den ultimativen Ort für Vintage-Hochzeiten. Es würde ihn überraschen, wenn es bei einer einzigen Hochzeit dieser Art bliebe.

Das Telefon unterbrach seine Betrachtung.

»Pension König, Philip Jäger am Apparat, was …«

Eine aufgeregte helle Stimme unterbrach ihn.

»Hallo, ist dort die Pension, wo die Cora und der Daniel geheiratet haben?«

»Ja, da sind Sie hier richtig. Was kann ich für Sie tun?«, antwortete er.

»Wir wollen auch da heiraten. Was kostet das?«

Philip erklärte freundlich, dass die Hochzeit von der Eventagentur *Trau Dich* organisiert worden war, und gab die Telefonnummer durch. Er wusste nicht, wie lukrativ solche Events waren, aber das war Roses Job, und er würde niemals auf Verdacht einen Betrag nennen.

Die Anruferin bedankte sich mit »Cool!« und beendete das Gespräch abrupt.

Schmunzelnd legte Philip das Mobilteil auf die Station. Die Stimme hatte sehr jung geklungen, beinahe mädchenhaft. Ob sie tatsächlich heiraten oder nur herausfinden wollte, was eine Promihochzeit kostete? Manchen Fans war alles zuzutrauen.

Er blätterte erneut in dem Heft. Das eindrucksvollste aller Bilder zeigte das Brautpaar beim Anschneiden der Hochzeitstorte. Es war der Höhepunkt der Feier gewesen, bejubelt und beklatscht von zweihundert Gästen. Das Bild wurde in einem silbernen Rahmen präsentiert, als Anfang einer Kollektion von Erinnerungen. Auf einigen Fotos war

Cora allein zu sehen; mal mit Champagnerglas, mal mit einem Stück Torte in Händen oder umringt von tanzenden Gästen. Ihr langes, lockiges Haar war mit Blumen geschmückt, und sie sah in dem Designerkleid genauso aus, wie man sich eine Hippiebraut vorstellte. *Er* allerdings sah immer nur Lissi darin. Als wäre das Bild in sein Gehirn eintätowiert.

In der nächsten Stunde klingelte das Telefon noch etliche Male. Einige erkundigten sich nach der Promihochzeit, aber auch Urlaubsbuchungen waren darunter. Am Ende des Tages war die Pension bis September ausgebucht.

Annemarie hatte jedes einzelne Bild aus der Illustrierten abfotografiert und per WhatsApp an Herbert geschickt. Sie erstattete ihm regelmäßig Bericht – auch wenn er weit entfernt war, gehörte ihm schließlich nach wie vor die Hälfte des Betriebs. Er sollte sehen, dass alles bestens lief und er sich keine Sorgen machen musste: Die Kasse klingelte im Moment fröhlicher als noch vor einigen Wochen.

An diesem Abend hatte sie sich mit Berthold, wie so oft nach einem langen Arbeitstag, auf dem neu erworbenen Polsterbett ausgestreckt. Sie blätterten die Illustrierte durch und feierten den gelungenen Bericht mit einer Flasche Prosecco und Kartoffelchips. Beim Abendessen hatte sich das Gespräch nur um das erfolgreiche Event gedreht.

»Man kann Frau Trautmann nur beglückwünschen. Sie macht einen super Job«, sagte Berthold, als sie einen weiteren Schluck auf den Erfolg tranken.

Annemarie stellte ihr Glas ab, griff nach einem Chip und kuschelte sich an Berthold. Knabberzeug, prickelnder Sekt und sein Arm um ihre Schulter: Schöner konnte ein Abend nicht sein. »Das tut sie.«

»Ist sie eigentlich verheiratet?«

»Hmm … keine Ahnung. Warum fragst du?«

»Wer mit der Liebe sein Geld verdient, sollte doch überzeugt davon sein. Ich esse ja auch gerne Kuchen, wäre doch seltsam, wenn nicht.«

»Das lässt sich nicht wirklich miteinander vergleichen«, widersprach Annemarie. »Im Prinzip betreibt sie nur eine Eventagentur, veranstaltet Partys, große, kleine, für viel oder wenig Geld. Dazu muss sie selbst doch nicht unbedingt einen Ring am Finger tragen. Oh, Sekunde …« Annemarie überlegte, schenkte sich Prosecco nach und nahm noch einen Schluck. »Tatsächlich kann ich mich nicht erinnern, einen Trauring bei ihr gesehen zu haben. Was aber nichts bedeuten muss. Es soll Frauen und auch Männer geben, die dieses äußere Zeichen ablehnen. Warum auch immer.«

»Jetzt bin ich erst recht neugierig geworden.«

Annemarie war alarmiert. Woher, fragte sie sich, kam Bertholds plötzliches Interesse für die Hochzeitsplanerin? Dann erinnerte sie sich, die beiden lachend am Büfett gesehen zu haben. Musste sie sich Sorgen machen? Berthold war ihr Traumprinz, der zwar nicht auf einem weißen Pferd gekommen war, aber er brauchte sich vor keinem Prinzen zu verstecken. Sie richtete sich abrupt auf und musterte ihn eingehend. Grau meliertes Haar, türkisblaue Augen, wacher Blick, gepflegte Hände, stattliche Figur. Mit seinen achtundfünfzig ein Mann in den besten Jahren mit reichlich Charisma – und ein bisschen Bauch. Welche Frau würde da nicht weiche Knie bekommen? Erst recht, wenn er sie mit köstlichem Kuchen verwöhnte.

Berthold strich sich irritiert über den Bauch und betrachtete seine »Problemzone« mit zerknirschter Miene. »Ich weiß, ich weiß … Aber seit Lissi angefangen hat, abends zu kochen …« Er seufzte. »Ihre Küche schmeckt einfach zu lecker. Diese Kartoffelpizza mit Frischkäse und Rucola war einfach zu köstlich.«

Annemarie lehnte sich beruhigt wieder zurück und streichelte über Bertholds Bauchansatz. »Mich stört so eine kleine Kugel nicht. Ist garantiert gemütlicher als auf einem Waschbrettbauch.«

Berthold zog sie eng an sich, küsste sie zärtlich, und Annemarie schnurrte zufrieden.

Annemarie wusste wenig bis nichts über die Privatperson Trautmann. Die Frau trug nur teure Designerklamotten, war schlank und stets wie aus dem Ei gepellt und mochte womöglich keine Männer mit Bäuchlein. Bei nächster Gelegenheit wollte sie mal vorsichtig nachfragen, ob es einen Mann an ihrer Seite gab. Und sie würde Berthold im Auge behalten, wenn andere Frauen in seiner Nähe waren. Eigentlich war sie keine misstrauische Person und schien auch keinen Grund zur Eifersucht zu haben. Aber auf das Liebste im Leben zu achten, hatte noch nie geschadet.

Annemarie hatte die Unterhaltung mit Berthold noch gut in Erinnerung, als Frau Trautmann wenige Wochen später wieder Thema war.

»Es handelt sich um eine Promotionsfeier«, berichtete Rose, als sie bei einem Absacker zusammensaßen. »Junges

Publikum. Etwa siebzig bis achtzig Personen. Leider hat die Sache einen kleinen Haken.«

»Wir haben nichts gegen junge Menschen«, bemerkte Annemarie, die sich an diesem sehr warmen Septembertag mit kalter Zitronenlimonade abkühlte. »Feiern, fröhlich sein und sich nicht um das Morgen scheren, das ist das Vorrecht der Jugend.«

»Unbedingt! Und wir wollen ja auch mehr junge Menschen unter den Gästen …« Rose nahm ihr Weinglas, in dem sich ein leichter, eisgekühlter Chardonnay befand, und prostete Annemarie zu. »Nur leider könnte es laut werden, und das verträgt sich nicht so doll mit unseren Pensionsgästen.«

»Mist. Daran hatte ich nicht gedacht. Aber jetzt, wo du es erwähnst …« Annemarie schlürfte ihre Zitronenlimo, die jetzt plötzlich sehr sauer schmeckte.

»Wann soll die Fete denn stattfinden?«, erkundigte sich Lissi, die sich einen »Biedermeier« zubereitet hatte: Kaffee mit Schlagobers und Marillenlikör.

»An einem Samstag in sechs Wochen. Falls du die Zimmerbelegung ansprichst, Lissi, das habe ich bereits gecheckt«, erklärte Rose. »Etwa die Hälfte ist gebucht. Was bis dahin noch an Buchungen reinkommt, lässt sich nicht vorhersagen. Aber seit der Promihochzeit läuft die Pension wieder so gut wie früher. Anfragen ablehnen kommt natürlich nicht infrage. Die Pension ist immer noch unser Kerngeschäft.«

»Wie war das eigentlich bei der Promihochzeit?«, erkundigte sich Lissi. »Wenn ich mich recht erinnere, waren da zwei Einzelzimmer mit Urlaubsgästen belegt.«

»Das waren zwei lebenslustige Damen um die sechzig. Zwei Freundinnen, die seit vielen Jahren ihren Urlaub bei uns verbringen. Sie durften mitfeiern und fühlten sich geehrt, auf einer so exklusiven Party tanzen zu dürfen, was sie auch bis in die frühen Morgenstunden getan haben«, antwortete Rose.

»Ob eine Gruppe um einen frischgebackenen Doktor auch wildfremde Gäste in ihrer Mitte sehen will?« Lissi schaute fragend in die Runde.

»Dieses Problem ergibt sich ja bei jedem Event aufs Neue«, gab Nico zu bedenken. »Ihr solltet grundsätzlich darüber nachdenken, wie man das regeln könnte.«

»Nico hat recht. Wir wollen natürlich nicht als Partypension verschrien werden, in der die Gäste nachts keine Ruhe finden. Mir fällt aber keine Lösung ein, die sowohl den Urlaubern als auch den Events gerecht würde.«

»Es handelt sich doch nur um eine Nacht. Vielleicht kann man die Pensionsgäste mit Nachmittagskaffee und Kuchen auf Kosten des Hauses entschädigen«, meldete Berthold sich zu Wort. »Frau Trautmann lässt die Kasse doch ordentlich klingeln. Ihre Events sind ein lukratives Geschäft für den gesamten Betrieb. Wenn der Zuspruch für die Konditorei weiter anhält, müssen wir unbedingt noch eine Kraft einstellen. Wirtschaftlich gesehen ist der Tortenhimmel also genauso wichtig wie die Zimmervermietung. Oder sehe ich das falsch?«

Annemarie wurde sofort hellhörig. Wieso ergriff Berthold plötzlich so explizit Frau Trautmanns Partei? Niemand bezweifelte die Wichtigkeit der Hochzeitsplanerin, und jeder hier wusste, wie viel Geld sie einbrachte. »Niemand stellt die Wichtigkeit des Tortenhimmels infrage«, entgegnete sie etwas zu scharf. »Aber wir dürfen unsere Urlaubsgäste nicht verärgern. Kostenloser Kuchen und Kaffee ist aber eine brauchbare Idee.«

»Andere Frage, mein Röslein«, wandte sich Nico an seine Frau. »Finden eigentlich alle Events immer an Samstagen statt?«

»Meistens, aber wir hatten auch schon kleinere Feiern an Freitagen oder Donnerstagen im Wintergartencafé, bei denen es aber noch nie Lautstärkenprobleme gegeben hat. Bei größeren Veranstaltungen ist das allerdings die Norm, egal, an welchem Wochentag. Warum?«

»Die perfekte Lösung wäre doch, wenn das Haus an diesen Tagen leer wäre«, antwortete Nico.

Nach einigen Sekunden des konsternierten Schweigens lachte Rose laut auf. »Du immer mit deinen Scherzen, aber wenn das ernst gemeint war, ist es ein Ding der Unmöglichkeit. Freitags ist üblicherweise An- und Abreisetag. Die Leute wollen das Wochenende mitnehmen.«

»Verstehe …« Nico schenkte Rose Wein nach und goss auch sich selbst noch ein wenig ein. »Ließen sich diese Reisetage auf die Sonntage verlegen?«

»Ach Nico, Schatz, du bist vielleicht ein cleverer Immobilienmakler, aber von der Gastronomie hast du keinen blassen Schimmer.« Sie beugte sich zu ihm und drückte ihm einen sanften Kuss aufs Ohr. »Wenn die Gäste eine Woche buchen und am Sonntag anreisen, reisen sie erst nächsten Samstagvormittag ab. Das heißt, sie bleiben immer über einen Freitag. Und eine Abreise am Samstag ist keine Garantie, dass am gleichen Tag keine neuen Gäste anreisen.«

Nico schlug sich mit der flachen Hand auf die Stirn. »Mathe Sechs, setzen.«

Nach Nicos Selbstanklage lockerte sich die leicht angespannte Stimmung, und es wurden die unterschiedlichsten Varianten diskutiert: Für die Pensionsgäste außer Kaffee und Kuchen wahlweise starker Alkohol oder Schlaftabletten. Ein schallgedämpftes Partyzelt. Nur bis zweiundzwanzig Uhr feiern. Die Pensionsgäste auf eine Schiffsübernachtung einladen. Oder nur noch schwerhörige Urlaubsgäste annehmen.

»Und wenn ihr die Nase voll davon habt, euch ständig mit lautstarken Partygästen und ruhebedürftigen Urlaubern herumzuschlagen, bleibt immer noch der Verkauf«, resümierte Nico und erinnerte an den berühmten Schönheitschirurgen. »Der hat doch fünf Millionen für das Anwesen geboten, um es in eine Rehaklinik zu verwandeln.«

»Das Thema hatten wir schon, aber nur über meine Leiche«, lachte Lissi. »Wir wären schön doof, ausgerechnet jetzt, wo die Illustrierte uns zur romantischsten Pension am Bodensee ernannt hat, alles hinzuschmeißen. Meinen Anteil am Betrieb bekommt niemand. Max König würde sich im Grab umdrehen, allein deshalb bin ich komplett dagegen.«

»Auch Herbert würde seine Einwilligung verweigern. Er war damals schon entsetzt, dass wir überhaupt darüber nachdenken konnten«, ergänzte Annemarie.

Das Lautstärkenproblem wurde verschoben, und Annemarie hob die Familienkonferenz für diesen Abend auf.

# 27

Lissi starrte in ihre leere Kaffeetasse, als stünde auf dem Tassenboden die Antwort auf die Frage, was sie tun sollte. Doch da stand nur ein Name.

Ferdinand Stein.

Bei der Verlobungsfeier einer Freundin waren sie einander vorgestellt worden.

»Wer heißt denn bitte Ferdinand?«, hatte sie flapsig gefragt, als er ihre Hand unangemessen lange drückte.

»Alle Männer in meiner Familie, und das seit fünf Generationen«, hatte er schlagfertig geantwortet und sie schmachtend angeblickt. »Kannst mich gerne Ferdl oder Fred nennen, oder noch besser: dir ein Kosewort ausdenken.«

Brummig hatte sie gefragt: »Warum sollte ich mir für dich ein Kosewort ausdenken, *Ferdinand*?«

»Verliebte geben sich doch welche!«, hatte er mit Augenzwinkern geantwortet und sie damit genauso verblüfft wie amüsiert. Kaum eine Woche später waren sie tatsächlich ein Paar geworden und heftig ineinander verliebt. Ein Fehler, wie sie rückblickend fand. Aus heutiger Sicht waren die im Frühling aufwallenden Hormone für diesen Fehltritt verantwortlich.

Später hatte sie seinetwegen wochenlang geweint, ehe sie

aus Wien nach Auerbach geflohen war. Und irgendwann hatte sie ihn endlich vergessen – bis er vor ein paar Minuten wie ein plötzliches Unwetter hier aufgetaucht war.

Dabei hatte der Sonntag so himmlisch unbeschwert angefangen. Ihr Tag ohne Verpflichtungen, den sie nach Lust und Laune verbrachte. Das sonntägliche Familienfrühstück hatte sie verschlafen und sich deshalb mit einem Haferl Kaffee und einem Croissant von gestern auf ihr Zimmer verzogen. Hatte sich an den Tisch am Dachfenster gesetzt und den Blick auf den Bodensee genossen, der in der späten Vormittagssonne glitzerte. Träge hatte sie überlegt, ob sie schwimmen gehen und sich danach mit einem Buch in die Sonne legen sollte. Oder am Nachmittag ihre Cousine Iris und die Kinder besuchen. Ein Blumenstrauß für Großvater Max' Grab wäre auch mal wieder fällig. Doch zuerst hatte sie wie jeden Sonntag ihre Eltern anrufen wollen.

Gerade als sie das Smartphone vom Ladekabel gelöst hatte, klingelte es, und eine ihr unbekannte Nummer leuchtete auf.

Sie hatte angenommen, Mama habe womöglich den Anbieter gewechselt, eine neue Telefonnummer erhalten und wollte ihr nun die Neuigkeit mitteilen.

Doch nein. »Servus, Lisa«, hatte eine dunkle Stimme mit eindeutigem Wiener Zungenschlag gesagt.

Nur *er* nannte sie Lisa.

Zwei Atemzüge lang hatte sie die Luft angehalten und gehofft, jeden Moment aus einem unangenehmen Traum aufzuwachen.

»Woher hast du meine Handynummer?«, hatte sie ihn angefahren.

»Der Portier war so freundlich ... Ich war zufällig in der Gegend und sitze jetzt im Wintergarten. Hast Zeit auf ein Schalerl Kaffee? Um der alten Zeiten willen.«

Die alten Zeiten! Lissi hatte bitter aufgelacht. Er benahm sich, als wären sie nichts weiter als gute Freunde gewesen. Einem kurzen Treffen hatte sie zugestimmt. Sie hatte keine Gefühle mehr für ihn, wollte ihm aber sagen, wie sehr er ihr wehgetan hatte. Und er sollte sie um Verzeihung bitten.

Doch je länger sie darüber nachdachte, umso lächerlicher empfand sie ihr Vorhaben. Abzurechnen, war kindisch. Nein, sie würde sich nicht benehmen wie ein verletzter Teenager, sondern auf ihrem Zimmer bleiben und nicht auf weitere Anrufe reagieren.

Nach einer Weile schickte er eine Nachricht.

*Sehr schade, Lisa, dass du mich nicht sehen magst. Was ich gut versteh. Der Kaffee war nur ein Vorwand, in Wahrheit wollte ich dich um Verzeihung bitten. LG*

Diese Nachricht empfand sie als ziemlich frech. Er tat so, als wäre mit diesen drei Zeilen alles wieder gut. Als könnten sie ganz einfach »Freunde bleiben«.

So bequem wollte sie ihn dann doch nicht davonkommen lassen. Vielleicht war es unklug, vernarbte Verletzungen aufzukratzen; eine Befriedigung würde es garantiert sein.

Sie putzte sich die Zähne, schlüpfte in weite schwarze Hosen, eine schwarze Hemdbluse und weiße Sneakers. Sie verzichtete auf jegliches Make-up und benutzte nur einen Fettstift für die Lippen. Als einziges Schmuckstück legte sie das goldene Gliederarmband mit dem Herzanhänger von Großvater Max an.

Bewusst langsam trat sie den Weg nach unten an. Als sie an der Rezeption vorbeikam, sah sie Philip hinterm Tresen stehen. Also war es bereits nach elf Uhr und das Housekeeping erledigt. Sie wünschte ihm einen schönen Sonntag.

»Danke … Ich hoffe, es war in Ordnung, dass ich dem Herrn deine Handynummer gegeben habe? Er meinte, er sei dein Cousin. Ich hatte keinen Anlass, ihm nicht zu glauben. Seinem Tonfall nach zu urteilen, seid ihr eindeutig verwandt.«

Lissi lachte amüsiert auf. »Alles gut. Aber wir sind nicht miteinander verwandt, er ist … ähm … ein alter Freund.«

Nach Philips Analyse wäre ganz Wien miteinander verwandt, doch sie war ihm nicht böse. Ferdinand hatte die Gabe, grundsätzlich zu bekommen, was er wollte. Er hätte ihre Telefonnummer auf jeden Fall herausgefunden. Was sie jetzt interessierte, war, wie er sie in Auerbach aufgespürt hatte.

Sie verweilte kurz am Eingang zum Café und suchte Ferdinand in dem gut besetzten Wintergarten. Er saß allein an einem Tisch in der mittleren Reihe, die bei den Gästen nicht sonderlich beliebt waren, da man nicht auf den See blicken konnte. Er war mit seinem Handy beschäftigt, schien sie tatsächlich nicht mehr zu erwarten und schenkte auch dem Eingang keine Beachtung.

Selbstbewusst ging sie auf den Tisch zu. Erst da blickte er auf, hob fragend die dichten dunklen Augenbrauen, erkannte sie scheinbar nicht.

»Hallo, Ferdinand.« Sie zog den Stuhl etwas zurück, setzte sich und schlug die Beine übereinander.

»Lisa!«, hauchte er ergriffen, ehe er stammelte: »Du … du

hast dich … ähm, ich hätt dich fast nicht erkannt. Warst ja schon immer eine fesche Person. Aber heut schaust aus … Es haut mich direkt um.« Demonstrativ beugte er sich mit dem Oberkörper etwas zur Seite, als fiele er vom Stuhl. Typisch für ihn, jede Gelegenheit für eine übertriebene Geste zu nutzen.

Lissi musterte ihn mit unbeweglicher Miene. Seine dünnen Komplimente berührten sie nicht mehr. Aber sie musste zugeben, dass er in dem dunkelblauen Designeranzug sehr attraktiv aussah. Sein halblanges brünettes Haar war lässig zurückgekämmt, sein Kinn unrasiert. Er war kein Schönling, hatte eine große Nase, buschige Augenbrauen und eine kleine Narbe an der Stirn. Der leichte Bartwuchs hatte sie vor drei Jahren an eine jüngere Version von Harrison Ford erinnert. Heute löste sein Anblick kein Magenkribbeln mehr aus wie damals. Als es genügt hatte, in seine braunen Augen mit den goldenen Punkten zu schauen, um zu erzittern. Als sie sich nichts mehr gewünscht hatte, als in seinen Armen zu liegen.

»Wie hast du mich gefunden?«

»Ach geh, Lisa, so kühl heute? Des bist doch ned du. Denk doch nur an unsere gemeinsame Zeit«, versuchte er, sie mit dem üblichen Schmäh einzuwickeln.

»Also, wie hast du mich gefunden?«, wiederholte sie ihre Frage.

»Ich hab den Herrn Papa bei einer Weinprobe getroffen. Ganz stolz hat er von deiner glänzenden Karriere und dem Tortenwettbewerb erzählt. Danach musste ich nur a bisserl online recherchieren, hab eure Instagram-Seite g'funden … na, weißt eh, wie des heutzutag funktioniert. Trink ma a Glaserl Wein?«

»Sicher nicht.«

Herr Otto kam an den Tisch und begrüßte sie freundlich. »Guten Morgen, Frau Lissi. Was darf ich Ihnen bringen?«

»Einen Orangensaft. Danke, Herr Otto.«

»Sehr gerne. Haben der Herr noch einen Wunsch?«

»Ein Achterl leichten Weißwein, bitt' schön.«

Herr Otto nahm den Wunsch wortlos, aber mit einem minimalen Kopfnicken entgegen.

»Soso, Frau Lissi bist hier!«, redete Ferdl weiter, als Herr Otto sich entfernt hatte. »Sehr fesch. Hast vielleicht den jungen Herrn Chef geheiratet, bist Chefin worden?« Er betrachtete ihr goldenes Armband. »Da schau her, ein Herzerl. Vielleicht vom Herzensmann?«

»Ich wüsste nicht, was dich das angeht. Also, was soll der Überfall?« Sie lehnte sich zurück und verschränkte abweisend die Arme.

Demonstrativ lehnte er sich nach vorne an die Tischkante und stützte sich mit den Unterarmen auf. »Wirst es mir nicht glauben, aber ich hab Sehnsucht nach dir g'habt.«

»Mach dich nicht lächerlich«, höhnte Lissi, und wenn nicht Herr Otto in diesem Moment die Getränke serviert hätte, wäre sie aufgestanden und gegangen.

»Ehrlich, es war ein Fehler, dich gehen zu lassen. Ich bereu es heute.« Er lächelte, suchte ihren Blick, wohl in der Hoffnung, sein Schmäh wirke immer noch wie eine Liebesdroge auf sie.

Entweder litt er unter frühzeitiger Demenz, oder er war einfach nur unverschämt, dachte Lissi, ließ die Arme sinken und rutschte mit dem Stuhl an den Tisch. »Du hast mich monatelang hintergangen«, raunte sie mit gedämpfter

Stimme, um kein Aufsehen zu erregen. »Hast mich glauben lassen, wir hätten eine gemeinsame Zukunft, dabei warst du mit einer anderen verlobt. Und das schon, bevor wir uns überhaupt kennenlernten.«

Er senkte den Kopf wie ein gescholtenes Kind. »Ich weiß, des war nicht sehr fein von mir. Bist mir noch bös, Lisa-Schatzilein?«

»Lass das! Ich bin nicht dein Schatzilein, und für dich immer noch Elisabeth.«

Er wirkte erschrocken, als er sie jetzt ansah. »Oje, hab ich dich verstimmt. Aber es war alles ganz anders …«

Lissi verengte die Augen und blitzte ihn wütend an. »Logisch, du bist die Unschuld in Person!«

»Ja, schon … weißt, die Mizzi hat überall rumerzählt, dass wir heiraten würden. Dabei hab ich das nur mal beim Heurigen g'sagt, als ich ein paar Achterln zu viel hatte. Weißt eh, wie das oft geht.« Wie zur Bekräftigung griff er nach seinem Glas, das er noch nicht angerührt hatte, und trank es mit einem Zug aus.

»Nein, das weiß ich nicht!« Lissi war jetzt auf hundert und spielte mit ihrem Armband, um sich zu beruhigen. »Aber es ist mir längst egal, wie das zustande gekommen ist. Tatsache ist, du warst mit mir *und* gleichzeitig mit einer anderen Frau liiert. Wie würdest du das nennen? Ich nenne dich einen ganz miesen, hinterhältigen Betrüger.«

»Bitt' schön, Lis… ähm, Elisabeth. Die Mizzi und ich … also, das ist vorbei. Endgültig. Lass uns die alten G'schicht'n vergessen und noch mal von vorne anfangen! Oder bist vergeben?« Wieder musterte er das goldene Armband.

Lissi glaubte, sich verhört zu haben. »Wie bitte?«

»Weißt, ich hab immer an dich denken müssen. Hab dich so vermisst und in Wien überall g'sucht. Und jetzt hab ich dich endlich wiederg'funden. Wir waren doch ein Traumpaar! Du und ich, des war leiwand. Ich träum jede Nacht von dir.«

Lissi hatte genug gehört, schob den Stuhl zurück und stand auf. »Dann träum weiter.«

Noch ehe sie es verhindern konnte, war er gleichfalls aufgestanden, hatte ihre Hand ergriffen und küsste sie. »Bitt' schön, Elisabeth, bleib doch, ich hab dich noch gar nicht um Verzeihung gebeten.«

»Geschenkt!«, zischte sie leise, entzog ihm ihre Hand und verließ das Café ohne Hast.

Einige der Gäste an den nahen Tischen hatten bereits getuschelt; keiner sollte denken, es gebe Schwierigkeiten und sie wäre jetzt auf der Flucht.

Im Durchgang zur Pension lehnte sie sich an die Wand, um Luft zu holen. Die Begegnung hatte ihr zugesetzt. Er hatte es geschafft, sie in Aufregung zu versetzen. Der geplante Racheakt war komplett misslungen. Sie ärgerte sich, diesem selbstgefälligen Aufschneider nicht deutlicher die Meinung gesagt zu haben. Dass sie keine passenden Worte für ihre Abscheu gefunden hatte. Es blieb nur, seine Telefonnummer zu blockieren, damit er sie nicht noch einmal belästigen konnte. Mäßig erleichtert steckte sie das Handy wieder in die Hosentasche und beschloss, sich umzuziehen und schwimmen zu gehen. Sich abzukühlen.

Als sie die Rezeption passierte und Philip ihr zunickte, überkam sie eine Idee. Zugegeben, der Plan war ein wenig

grotesk, aber er konnte funktionieren. Mit etwas Glück sogar in doppelter Hinsicht.

Lächelnd schritt sie auf den Tresen zu, an dem Philip
gerade das Gästebuch zuklappte und weglegte. »Hi, Philip,
ich wollte dich um einen Gefallen bitten.«

# 28

Philip hörte irritiert zu, was Lissi ihm aufgeregt zuflüsterte. Einige Male musste er die atemlos erzählte Story unterbrechen und nachfragen, um den Zusammenhang genau zu erfassen. Als sie schließlich ihre Bitte vortrug, entschlüpfte ihm ein Grinsen. Das klang nach großem Spaß.

»Wenn ich dir damit helfen kann, gerne. Aber vielleicht sollte ich mich umziehen. Eine Angestelltenuniform ist nicht unbedingt repräsentativ.« Er schaltete den Anrufbeantworter ein, kam hinter dem Tresen hervor und begann, die Weste aufzuknöpfen.

Lissi schaute ihm zu und sagte schließlich: »Nein, nein, die Uniform passt gut zu meinem Plan.«

Er schloss die Knöpfe wieder. »Na, dann los!«

Am Eingang zum Café griff Philip nach Lissis Hand. Er spürte ein minimales Zögern, als sei es ihr unangenehm, doch dann umschlang sie seine ganz fest und nickte ihm augenzwinkernd zu.

Hand in Hand steuerten sie auf den Tisch zu, an dem Ferdinand noch immer saß und auf seinem Telefon herumtippte. Offensichtlich hatte er ein weiteres Glas Wein bestellt, das noch unberührt vor ihm stand.

Am Tisch angelangt, hielt sich Lissi nicht mit Small Talk

auf. »Ehe du aus meinem Leben verschwindest, hätte ich noch neuen Stoff für deine *Träume*.«

Ferdinand riss verstört die Augen auf und schaute mit flackerndem Blick von Philip zu Lissi und wieder zu Philip. »Ich verstehe nicht.«

Lissi hob selbstbewusst den Kopf. »Das ist mein Verlobter Philip Jäger. Philip, das ist dieser gemeine Betrüger. Ich hab dir die Geschichte ja erzählt.«

Ferdinand schluckte sichtlich überrascht, musterte Philip mit krauser Stirn, hatte sich aber schnell wieder unter Kontrolle. »Du bist mit einem *Portier* verlobt?« Er lachte hämisch und musterte ihn verächtlich. »Geh, Lisa, ein windiger Angestellter ist doch kein Ersatz für mich. Den schick mal gleich in die Wüste.«

Philip versuchte, Lissi durch leichten Händedruck zu signalisieren, dass ihm solch abfällige Bemerkungen nichts anhaben konnten. Schon gar nicht von jemandem, der sich Frauen gegenüber so unverschämt benahm.

Lissi drückte ebenfalls Philips Hand und sagte mit ruhiger Stimme: »Du solltest dich nicht von Kleidung oder einer Tätigkeit irritieren lassen, Ferdinand. Mein Verlobter ist nämlich kein *Portier*, sondern der Sohn des Hauses. Eines Tages wird er das Anwesen erben, und wir werden es gemeinsam leiten.«

Ferdinand schnappte nach Luft. »Ah, geh, verzähl doch kaan Schmarrn.«

Lissi streckte den Arm mit der Goldkette aus. »Das war Philips Verlobungsgeschenk. Massives Gold! Du kannst dir sicher vorstellen, dass sich ein Portier so etwas Wertvolles nicht würde leisten können.«

Ferdinand fixierte das Armband und schien Lissis Geschichte nun doch zu schlucken, wie seiner fassungslosen Miene anzusehen war.

Philip schnappte ebenfalls nach Luft, aber unauffällig. Lissi hatte gehörig übertrieben. Ihn als Erben auszugeben, war natürlich lustig; ausgemacht war aber gewesen, ihn lediglich als Verlobten vorzustellen, damit der Kerl seine Ambitionen aufgab. Von dieser »Beförderung« war nicht die Rede gewesen. Wenn Ferdinand clever war, konnte er online in wenigen Minuten herausfinden, wie die familiären Verhältnisse tatsächlich waren. Dass er nur den Posten als Housekeeper innehatte. Und dann ging Lissis schöner Racheplan nach hinten los. Aber wie die Situation retten? Keinesfalls nervös werden, durchfuhr es ihn, besser mitspielen. Und weil Lissi nun schon mal mit den Übertreibungen angefangen hatte, konnte er ja getrost damit weitermachen.

Er ließ Lissis Hand los, legte seinen Arm um ihre Schulter und zog sie leicht an sich. »Verzeihen Sie, *Herr* Ferdinand, wenn wir Sie erschreckt haben«, sagte er gönnerhaft. »Sie sehen blass aus. Vielleicht einen Cognac auf den Schock? Wir geben Herrn Otto Bescheid, der wird sich um Sie kümmern. Das geht natürlich aufs Haus.« Mit leichtem Druck auf Lissis Schulter signalisierte er ihr den Abgang.

Lissi verstand. »Ein schönes Leben noch«, sagte sie im Umdrehen und legte ihren Arm um Philips Taille.

Eng umschlungen, ganz das liebende Paar, spazierten sie zu Herrn Otto, der am Ausschank beschäftigt war. Lissi informierte ihn wegen Ferdinands Rechnung, dann begaben sie sich zurück an die Rezeption.

Dort klingelte gerade das Telefon, und Philip schaffte es

rechtzeitig, sich zu melden, ehe der Anrufbeantworter ansprang.

Lissi ließ sich derweil auf einen der Samtsessel unter dem großen antiken Spiegel fallen und streckte die langen Beine aus.

Während er die Fragen des Anrufers beantwortete und nach kurzer Zeit eine zweiwöchige Zimmerbuchung notierte, sah er aus den Augenwinkeln, wie Lissi leise vor sich hin kicherte.

Als er das Telefonat beendet hatte und das Mobilteil in die Station stellte, stand Lissi auf und kam an den Tresen. »Das lief ja noch besser als geplant. Danke, Philip. Ich bin dir mindestens ein Essen schuldig. Die Einladung steht noch. Würdest du sie jetzt annehmen?«

»Hat großen Spaß gemacht«, entgegnete er ablenkend und meinte es auch so. Aber am besten hatte ihm Lissis Arm um seinen Körper gefallen und mit ihr wie ein Paar durchs Café zu schlendern. Oh, er wünschte sich nichts mehr, als mit ihr allein zu sein. Seine Bedenken hatten sich aber nicht geändert, sie war immer noch eine Tochter des Hauses und er ein Housekeeper mit einem Hungerlohn. Ein massives Goldarmband könnte er sich in zehn Jahren nicht leisten. Und er hatte den Eindruck, dass sie teuren Schmuck mochte.

Lissi stützte ihre Arme auf die schwarze Steinplatte und ihr Gesicht in beide Hände, während sie ihn mit großen Augen ansah. »Wenn du keine Lust auf meine österreichische Hausfrauenküche hast, lade ich dich in ein Restaurant ein. Da könnten wir nebenbei ein bisschen Feldforschung betreiben.«

Mit ihr in der Öffentlichkeit bestand keine Gefahr, dass es zu zweideutigen Situationen kam, wie bei ihrem Besuch in seiner Wohnung. »Du meinst, wir sollten bei der Konkurrenz rumschnüffeln?«

»Genau. Auch wenn der Wintergarten nur ein Café mit kleinen Gerichten ist, kann es doch ganz nützlich sein, mal zu schauen, was die anderen so zu bieten haben.«

»Okay, gehen wir schnüffeln.«

»Und welche Küche ist deine Lieblingsküche? Italienisch, französisch, asiatisch?«

»Mag ich alles.«

»Aha, dann frage ich anders: Wenn du für den Rest deines Lebens nur noch die Gerichte eines einzigen Landes essen dürftest, welches Land wäre das?«

Darüber musste er nicht lange nachdenken. »Italien.«

»Wäre auch meine Wahl«, sagte Lissi und schaute ihn verliebt an – zumindest bildete er sich das ein. »Obwohl Florence wirklich super kocht und ich auch die Küche meines Heimatlandes sehr liebe. Die Italiener haben himmlische *Dolci* und verstehen es, aus langweiligem Gemüse sensationelle Gerichte zu zaubern. Außerdem liebe ich Pasta.«

»Nudeln gehen immer«, stimmte er ihr zu. »In München waren Spaghetti mit Öl und Knoblauch eines meiner Lieblingsgerichte. Wenn am Monatsende noch mehr Monat als Geld übrig war, kam immer das auf den Tisch.«

»Oh, *aglio olio e peperoncino,* da könnte ich mich reinsetzen …« Lissi verdrehte schwärmerisch die Augen. »Jetzt kriege ich direkt Hunger. Wenn du heute Abend noch keine Pläne hast, würde ich dich gerne schon heute einladen.«

»Keine Pläne. Aber unter einer Bedingung.«

Lissi hob die Augenbrauen. »Du kommst aber jetzt nicht mit diesem antiquierten Männerquatsch, dass du bezahlen willst, oder? Ich halte dich eigentlich für einen emanzipierten Mann.«

»Kein Sorge, damit habe ich überhaupt kein Problem.«

»Gut, dann habe ich mich nicht getäuscht. Also, raus mit der Sprache. Was muss ich tun? Mir eine rosa Schleife ins Haar binden?« Lissi grinste ihn vergnügt an. »Das kannst du vergessen. Sonst bin ich aber für alle Wünsche offen.«

»Schleife würde dir bestimmt stehen, so im Barbie-Look«, revanchierte er sich scherzhaft. »Aber nein, ich würde gerne die *ganze* Geschichte über Ferdinand hören. Fände ich nur fair, wo ich quasi dein Rachekumpel war.« Er suchte herausfordernd ihren Blick.

Lissi schaute nachdenklich zur Seite, brummelte »Hm …« und knabberte an den Lippen, ehe sie ihn ansah. »Okay, und im Gegenzug erzählst du mir, was der wahre Grund für deinen Wechsel von München nach Auerbach war. Von einer quirligen Großstadt in ein winziges Nest zu ziehen, das ist doch ungewöhnlich.«

»Wenn ich mich recht erinnere, hast du vorher in Wien gelebt, kamst also auch nicht aus der Provinz an den Bodensee. Zwei sehr ähnliche Lebenswege, findest du nicht?«

Lissi lachte. »Erwischt. Also ein Abend mit Geschichten über tragische Schicksale! Deal?«

»Bin dabei!«

»Abgemacht, dann recherchiere ich jetzt mal nach Italienern. Oder willst du? Kannst gerne was aussuchen. Vielleicht kennst du ja bereits ein gutes Restaurant in Konstanz.«

Er schüttelte den Kopf. »Nein, du weißt ja, ich koche meistens selbst. Also mach mal, ich lasse mich gerne überraschen. Aber vor achtzehn Uhr kann ich leider nicht weg. Rose möchte die Rezeption während der Sommermonate ganztags besetzt wissen. Deshalb übernehme ich meist den Dienst nach dem Housekeeping. Seit ihr den Wettbewerb gewonnen habt, steigt der Zulauf nämlich konstant an. Wie du gerade eben mitbekommen hast.«

»Die Blume stecke ich mir gerne an den Hut.« Lissi tippte sich an die Stirn, drehte sich dann um und sagte im Weggehen: »Bis später, ich melde mich.«

Mit gemischten Gefühlen schaute er ihr nach. Er freute sich über die Einladung. Gleichzeitig war ihm ein wenig mulmig zumute. Ein Abend mit Lissi – auch in der Öffentlichkeit – würde seine romantischen Ambitionen neu entfachen. Zugeben würde er das aber niemals, eher trocknete der Bodensee aus. Er nahm sich vor, sich den ganzen Abend so neutral wie irgend möglich zu benehmen. Sie waren einfach nur Kollegen, die Zeit miteinander verbrachten, sich besser kennenlernen wollten. Erfahren wollten, was sie erlebt hatten, bevor sie schließlich in Auerbach »gestrandet« waren. Er war sehr gespannt, was dieser Ferdinand ihr angetan hatte. Sollte er den Mann nach der kurzen Begegnung beurteilen: arrogant, eingebildet, unhöflich. Ein echter Schnösel.

Eine halbe Stunde später meldete sich Lissi auf seinem Handy. »Halb acht im *Ristorante Pinocchio*, Untere Laube 47 in Konstanz. Das Essen soll sensationell sein, sagen die Bewertungen.«

»Pinocchio …« Er überlegte einen Moment. »Das ist

doch die kleine Holzpuppe mit der Lügennase. Ob uns dort lange Nasen wachsen, wenn wir die Unwahrheit sagen?«

Er hörte Lissi lachen, ehe sie entgegnete: »Die reine Wahrheit und nichts als die Wahrheit, heißt es doch. Abgesehen von meinen oft verrückten Einfällen, bin ich grundsätzlich viel zu ehrlich. Sollen wir uns dort treffen?«, wechselte sie das Thema.

»Ähm …« Darüber hatte er noch gar nicht nachgedacht. Tatsächlich würde er sich vor dem Essen gerne umziehen, und da er morgens in der Uniform zur Arbeit kam, war das nur zu Hause möglich.

»Ich dachte, dass es mit zwei Autos weniger … ähm … na ja …« Lissi beendete den Satz nicht.

Philip wusste dennoch, worauf sie anspielte. »Gute Idee, dann treffen wir uns vor dem Lokal. Ich freu mich.«

»Ich mich auch. Bis später. Vielleicht binde ich mir doch eine Schleife ins Haar. Das nur, damit du dich nicht wunderst.«

# 29

Lissi betrachtete den Inhalt ihres Kleiderschranks. Bei ausschließlich schwarzen Klamotten war es eigentlich egal, nach welchem Kleiderbügel sie griff. Und egal, was sie anhatte, den Unterschied bemerkte sowieso niemand. Aufzufallen, war nie ihre Absicht gewesen. Schwarz war praktisch, zeitlos und auch elegant, seit Coco Chanel das »kleine Schwarze« erfunden hatte. Alle Teile ihrer einfarbigen Garderobe passten zusammen, einerlei, was sie auswählte. Ideal, wenn einem Mode unwichtig war. Dass sie heute etwas Besonderes suchte, lag natürlich an Philip. Endlich hatte er ihre Einladung angenommen! Und das verlangte nach einem besonderen Outfit.

Manchmal ging das Leben doch seltsame Wege. Da tauchte ein Mann aus der Vergangenheit auf und verhalf ihr ungewollt zu dem ersehnten Date mit dem Mann der Gegenwart. Sie war fast geneigt, Ferdinand dankbar zu sein. Sein fassungsloser Blick, als sie ihm Philip als Erben vorgestellt und ihm das Armband von Großvater Max unter die Nase gehalten hatte: einfach unbezahlbar. Überhaupt war die ganze Szene filmreif gewesen. Dass Philip ohne Zögern mitgespielt hatte, dafür hätte sie ihn am liebsten geküsst. Doch selbstverständlich hatte sie sich zurückgehalten, um ihn nicht zu verschrecken.

Sie hoffte, dass es ein außergewöhnlicher Abend werden würde. Das Lokal hatte auf den Online-Fotos ziemlich romantisch ausgesehen, mit kleinen Nischen und einem idyllischen Garten, in dem sie einen Tisch bekommen hatte.

Schade, dass heute Sonntag war, sonst wäre sie in ihrer überschäumenden Laune losgedüst und hätte ein neues Outfit erstanden. Sie hatte große Lust auf etwas Farbe.

Ob Rose ihr etwas borgen würde? Im Schrank der Cousine hingen bestimmt massenhaft traumhafte Klamotten. Rose war zwar kleiner, aber ein Oberteil könnte passen.

Fragen schadete nicht. Rose und Nico wohnten ja wie alle Familienmitglieder unterm Dach, sie musste nur über den Flur gehen. Hoffentlich waren sie und Nico nicht schon unterwegs, wie gewöhnlich an Sonntagen. Rose stand seit Jahren jeden Morgen an der Rezeption, kümmerte sich um die Geschäfte, wie sie es Herbert versprochen hatte. Erst seit Philips Einarbeitung kam auch sie in den Genuss ehrlich verdienter freier Nachmittage.

Sie lauschte zuerst an der Tür. Als sie glaubte, Stimmen zu hören, klopfte sie und rief: »Ich bin's, Lissi.«

Sekunden später kam Rose an die Tür. Das schulterlange Haar war nachlässig zurückgebunden, einzelne Strähnen hingen seitlich herunter. Sie war barfuß und trug ein überlanges dunkelblaues Shirt, unter dem hellgraue Shorts hervorlugten.

»Hallo, Rose, kann ich dich kurz stören?«

»Klar, komm rein. Was gibt's denn?«

Lissi trat ein und sah sich flüchtig um. Kein Nico auf dem komfortablen Boxspringbett, auch nicht auf einem der beiden Stühle am Caféhaustisch, der am Fenster stand.

»Tut mir leid, wenn ich dich beim Telefonieren gestört habe«, sagte Lissi.

»Nein, nein ... ich hab nur Englisch geübt. Nico drängt, dass wir endlich nach England gehen. Noch ist es nicht so weit, ich habe Herbert versprochen, die Stellung zu halten, bis er zurückkommt. Aber so lange will Nico nicht warten ...« Rose senkte die Stimme. »Nicht weitersagen.«

»Ich weiß von nichts«, versicherte Lissi und trug ihre Bitte vor. »Ich hab ein Date, aber in meinem Schrank hängt nur Schwarzes, und mir wäre nach Farbe. Ich wollte fragen, ob du mir für einen Abend ein Oberteil leihen würdest.«

»Na klar, such dir was aus. Wenn du was Passendes findest, kannst du es gerne ausleihen.« Rose deutete auf den Einbauschrank, der eine ganze Wandseite bedeckte. »Einfach aufmachen und wühlen. Blusen hängen auf Bügeln, Shirts liegen im Fach daneben.«

Lissi öffnete die Doppeltür. Beim Anblick der Menge und der immensen Farbenpracht musste sie unwillkürlich lächeln. Genau das war der Grund, warum sie Schwarz trug. Jeden Tag die Qual der Wahl durchzustehen, musste anstrengend sein.

»Soso, ein Date. Darf man erfahren, wer der Glückliche ist?«

»Philip«, antwortete Lissi im Umdrehen.

»*Unser* Philip?« Roses hellgrüne Augen glänzten. »Das ist ja großartig! Ihr gebt das perfekte Paar ab. Und wie weit seid ihr? Ich meine, habt ihr schon ...«

»Nein, nein ...« Lissi spürte, dass ihr heiß wurde. »Es ist auch kein richtiges Date-Date«, merkte sie an und erzählte, wie es dazu gekommen war. »Deshalb ist mir nach etwas

Farbe. Blöd nur, dass heute Sonntag ist, sonst wäre ich nach Konstanz gefahren und hätte mir was gekauft.«

»Ach was«, winkte Rose ab. »Ich hab doch genug Zeug. Einiges ist noch ungetragen. Nico verwöhnt mich so. Jedes Mal, wenn wir nach Konstanz fahren, kauft er mir was. Er liebt Shoppen, kann man sich kaum vorstellen. Ganz besonders liebt er es, mir zuzuschauen, wenn ich was anprobiere und mich in einem neuen Teil vor ihm drehe. Dann fühle er sich, als könne er mich ›aussuchen‹, sagt er. Ich lasse ihm natürlich die Freude. Schuhe hab ich auch in Massen … achtunddreißig …« Sie musterte Lissis nackte Füße. »Aber die würden wohl nicht passen. Du hast mindestens vierzig, oder?«

»Einundvierzig. Aber vielen Dank, ein Oberteil genügt völlig.«

»Dann los, nimm dir, was immer dir gefällt.« Rose setzte sich an den Tisch ans Fenster. »Also du und Philip, ich finde wirklich, ihr passt hervorragend zusammen.«

Lissi hatte ein rosarotes Oberteil mit Carmen-Ausschnitt und Paillettenstickerei in Händen und betrachtete es kritisch. Nein, sie wollte nicht glitzern wie ein Weihnachtsgeschenk.

Als Nächstes zog sie ein Leinenhemd heraus, weiß mit großen schwarzen Punkten, das toll zu einer ihrer weiten Hosen passen würde. Sie probierte es an, und es passte. Aber farbig war anders.

Nach weiteren Fehlgriffen in Rot, Lila, Hellgrün, Türkis und Gelb fand sie eine dunkelgrüne Schluppenbluse aus Seide.

»Die Bänder kannst du lässig hängen lassen oder am Hals

zur Schleife binden«, erklärte Rose, als sie sich die Bluse vor die Brust hielt.

Lissi probierte die Seidenbluse. Der Stil war ungewohnt schick, aber der weiche Stoff schmiegte sich an die Haut und fühlte sich luxuriös an. Je länger sie sich damit vor dem hohen Standspiegel drehte, desto besser gefiel sie sich in diesem edlen Teil. Und damit würde sie tatsächlich eine Schleife tragen.

Rose hatte auch noch eine dunkelgrüne Umhängetasche im Schrank, die zu der Bluse passte.

Den Nachmittag verbrachte Lissi mit einem Buch in einem Liegestuhl im Garten. Die Idee, hier einen Spielplatz zu bauen, war bislang noch nicht umgesetzt worden, Rose hatte aber Kostenvoranschläge eingeholt. Wann mit dem Bau begonnen würde, war noch ungewiss, es fehlte an Personal. Zum Vorteil der ruhebedürftigen Gäste.

Nach einhundert gelesenen Seiten wurde es ihr in der Sonne zu warm. Sie brachte das Buch in ihr Zimmer, zog den Badeanzug an und ging schwimmen. Während der ganzen Zeit wanderten ihre Gedanken immer wieder zu Philip. Sie spürte, dass sie aufgeregt war wie vor einem *Blind Date.*

Lissi verfluchte die viertürige Limousine, die in den engen Gassen der Konstanzer Altstadt so praktisch war wie ein Schwertransporter. Mit diesem Ungetüm einen Parkplatz zu finden, war fast unmöglich. Zu ihrer Erleichterung zeigte die App ein Parkhaus ganz in der Nähe des Restaurants.

Auf dem kurzen Fußweg zum Pinocchio notierte sie sich in Gedanken, beim nächsten Familientreffen die Anschaffung eines Kleinwagens anzusprechen. Ihr gesamtes Vermögen steckte im Betrieb, und ihr Verdienst reichte nicht aus, um sich privat einen Wagen anzuschaffen. Zeitgemäße Carsharing-Firmen waren in winzigen Ortschaften wie Auerbach leider noch nicht vertreten.

Wenige Meter vor dem Ziel sah sie auch Philip ankommen. Er trug einen sandfarbenen Anzug, darunter ein weißes Shirt und dazu dunkelbraune Lederslipper. Das lässig frisierte rotblonde Haar verlieh ihm genau den jungenhaften Touch, den sie so an ihm mochte.

»Hi«, begrüßten sie sich einstimmig und mussten lachen.

»Ah … mit Schleife …« Philip schmunzelte. »Etwas verrutscht, sieht aber mega aus.«

Lissi war froh, dass er es bei diesem einen Kompliment beließ und weder ihr Make-up noch die lackierten Fingernägel bemerkte. Vielleicht ignorierte er sie auch höflich. Jetzt fragte sie sich sowieso, warum sie diesen für sie unüblichen Aufwand betrieben hatte. Wollte sie ihn verführen? Obwohl sie keine Ahnung hatte, ob er geschminkte Frauen mochte, und immer noch nicht wusste, wie es um seine sexuelle Orientierung stand.

Philip öffnete die Glastür des vorgebauten Wintergartens zum Lokal und ging voraus.

Ein Kellner kam ihnen entgegen und wandte sich sofort an Philip mit der Frage, ob sie reserviert hätten. Es war noch ein weiter Weg bis zur völligen Emanzipation, dachte Lissi.

Philip reagierte souverän. »Die Dame hat reserviert.«

»*Scusa*«, entschuldigte sich der Angestellte mit schiefem Lächeln an Lissi gewandt.

»Auf den Namen Strasser«, sagte Lissi.

Der Kellner nickte. »*Signora* Strasser ...« Vorausgehend führte er sie durchs Lokal in den Hinterhof an einen weiß gedeckten Tisch. Die Bestuhlung bestand aus gepolsterten Gartenstühlen. Weiße Sonnenschirme schützten gegen die Sonne und am Abend gegen womöglich aufkommenden Wind.

Lissi fühlte in den ersten Minuten eine leichte Anspannung, doch die verging beim Lesen der Speisekarte und der Frage, was sie trinken wollten. Lissi war nach Champagner, sie sprach es aber nicht aus. Im Parkhaus stand ein Fahrzeug, das sie unversehrt nach Hause bringen wollte.

Philip wohnte ja ums Eck und musste sich nicht zurückhalten. Aber für ihn begann der morgige Arbeitstag wie immer um halb acht.

Sie entschieden sich für ein Glas Prosecco als Aperitif und danach für Wasser. Als Vorspeise die Antipasti für zwei. Als Hauptgericht wählte Lissi die *Gamberoni Aglio con Spaghettini*. Philip entschied sich für *Bistecca con Gnocchi e Spinaci*. Ein Dessert wollten sie später aussuchen.

»Ich muss dir was gestehen«, begann Lissi nach dem ersten Schluck Prosecco.

Philip hob die Augenbrauen. »Gehört das zum Drama um Ferdinand?«

»Nein, oder ... na ja, indirekt ein bisschen. Es geht um meine miserable Menschenkenntnis. Ein wenig hat es also doch mit Ferdinand zu tun, in dem ich mich massiv getäuscht habe.«

»Aha. Ich bin gespannt.«

Lissi nahm einen großen Schluck und erzählte von ihrem Veto gegen Philips Einstellung und dass er den Job erst nach Hermines Absage bekommen hatte. »Ich war der Ansicht, dass sich unsere Zimmermädchen in dich verlieben und es Streit geben würde. Das hätte bedeutet, wir müssten uns erneut um eine neue Hausdame kümmern, denn die Mädchen gehören zur Familie, und deren Entlassung stünde außer Frage.«

Philip hatte amüsiert zugehört und jetzt ein breites Grinsen im Gesicht. »Aha, in Zeiten von *MeToo* sind Männer erst mal die Bösen. Aber Spaß beiseite, ich kann das gut verstehen. In kleinen Betrieben ist die Personalfrage doppelt schwierig. Es sei dir verziehen.«

»Danke.«

»Und zu deiner Beruhigung«, fuhr Philip fort. »Beide Mädchen haben feste Freunde. Anfangs haben sie versucht herauszufinden, ob ich liiert bin. Bis ich durchblicken ließ, schwul zu sein. Seitdem ist unser Verhältnis sehr entspannt.«

»Genau das dachte ich übrigens auch schon …«

»Dass ich schwul bin?« Philip hatte seine Stimme gesenkt, das Lokal war gut besucht.

Lissi nickte beschämt und sah ihn prüfend an. Noch hatte er den Verdacht nicht ausgeräumt. Sie beugte sich leicht vor und flüsterte: »Und, bist du?«

Die Vorspeise wurde serviert.

»Das ist jetzt aber nicht unser Thema«, antwortete Philip ausweichend. »Du hast mir die tragische Liebesgeschichte von dir und Ferdinand versprochen.«

Lissi spießte eine Scheibe Salami auf und schob sie sich in den Mund. »Hm … okay, dann also mein Drama zur Vorspeise.«

»Ich bitte darum.« Philip probierte eine in Öl eingelegte getrocknete Tomatenhälfte. »Hm, köstlich.«

»Ich lernte Ferdinand über eine Freundin kennen, fand ihn zuerst ziemlich eingebildet, mochte aber seinen Humor. Wir wurden schnell ein Paar, er ist bei mir eingezogen, und ich dachte, wir hätten eine gemeinsame Zukunft. Bis ich herausfand, dass er ein Doppelleben führte …« Lissi stockte. Die Erinnerung machte sie immer noch wütend.

»Doppelleben!«, wiederholte Philip kopfschüttelnd. »Ich dachte, so was gäbe es nur in Filmen.«

»Mir kommt es heute noch absurd vor, dass er zeitgleich bei Maria, genannt Mizzi, und bei mir gewohnt hat. Er war oder ist immer noch in der Modebranche tätig, was mit häufigen beruflichen Reisen verbunden ist. Also hatte ich keinen Grund, misstrauisch zu sein, wenn er mit der Reisetasche aus dem Haus ging. In Wahrheit hat er nur die Wohnung gewechselt.«

»Und wie bist du dahintergekommen?«

»Maria hat wohl Verdacht geschöpft und die Reisetasche mit Dessous von sich gefüllt, die ich dann gefunden habe. Zuerst war er tatsächlich so unverfroren und hat alles abgestritten. Er sei in Paris gewesen und habe die Wäsche für mich gekauft. Dummerweise waren die Teile benutzt, was gut zu erkennen war. Da haben ihm keine noch so raffinierten Lügen mehr geholfen.«

»Ziemlich unappetitliche Geschichte«, sagte Philip mitfühlend. »Kein Wunder, dass du so wütend auf ihn bist.«

»Jetzt nicht mehr, dank deiner Hilfe konnte ich ihm ja eine ordentliche Lektion erteilen.« Lissi hob ihr Glas. »Auf den Erben der Pension König!«

Philip nahm ebenfalls sein Glas. »Ist zwar nur Wasser in unseren Gläsern, aber ich bin ja auch kein wohlhabender Erbe, sondern nur eine mittellose *Hausdame*. Also auf dich! Möge den Ferdinands dieser Welt nichts Gutes widerfahren.«

»Auf die *Hausdame*!«, stimmte Lissi ihm leise lachend zu, während sie versuchte, ihm tief in die Augen zu schauen.

War Philip also doch schwul? Sich als Hausdame zu bezeichnen ... Fehlte nur noch, dass er von sich als *Philippa* sprach. Okay, diese angeblichen Marotten waren üble Klischees, und soweit sie ihn kennengelernt hatte, trafen sie nicht auf ihn zu. Sie brauchte Beweise oder eine Strategie, um die Wahrheit herauszufinden. Sie nahm die letzte Scheibe Salami und suchte einmal mehr seinen Blick, um eine eventuelle Unsicherheit zu entdecken.

In diesem Moment erschien der Kellner mit den Hauptgerichten und wünschte »*Buon appetito!*«.

Sie richtete ihre Aufmerksamkeit auf die Speisen und verschob die Aufklärung des Rätsels bis zum Dessert.

# 30

Philip war dem Kellner direkt dankbar, dass er die Unterhaltung durch das Servieren der Hauptspeisen unterbrach. Sollte Lissi für den Moment ruhig glauben, er wäre schwul. Es war amüsant, zu beobachten, wie sie betreten zur Seite und ihn dann wieder prüfend angesehen hatte, als wollte sie flirten. Was er trotz seiner Zweifel genoss.

Er konzentrierte sich auf den Teller vor ihm. Auf den Anblick des rosig gebratenen Filetsteaks und den köstlichen Duft, der ihm in die Nase stieg.

»Die Gambas schmecken phänomenal«, lobte Lissi. »Die Online-Beurteilungen waren nicht übertrieben. Das *Pinocchio* könnte mein Stammlokal werden.«

»Das Fleisch zergeht auf der Zunge, so zart ist es«, schloss er sich Lissis Lob an.

Insgeheim bedauerte er, in solch hochpreisigen Lokalen niemals Stammgast werden zu können. Die Preise auf der Speisekarte hatten ihn heftig schlucken lassen. Sie bestätigten seine Meinung, dass Lissi zu den Frauen gehörte, die für ihn unerreichbar waren. Offensichtlich war sie ein Luxusleben gewohnt, das er ihr als einfacher Angestellter niemals würde bieten können. Die Tragik seines Lebens …

Einer heißen Affäre wäre sie vermutlich nicht abgeneigt, dafür sprach die Nacht in seiner Wohnung. Nur mit allergrößter Beherrschung war es ihm gelungen, sie nicht in seine Arme zu nehmen. Sehr deutlich hatte er an ihrer Körpersprache gemerkt, dass sie genau das wollte. Aber er wollte das nicht! Die »Verbrennungen« von der letzten heißen Affäre waren gerade verheilt.

»Das war die köstlichste Pasta seit Langem«, sagte Lissi, als sie ihr Besteck geräuschlos auf den Teller sinken ließ, sich die Mundwinkel mit der Stoffserviette abtupfte und sie dann gefaltet auf den Tisch legte.

Philip verzehrte das letzte Stück Filet mit großem Genuss und wischte den Rest Soße mit einem Stück Brot auf. »Es war außergewöhnlich köstlich. Danke für die Einladung.«

»*Ich* danke für deine Hilfe. Wir sind also *fast* quitt.« Lissis dunkle Augen blitzten.

Er wusste nur zu gut, worauf sie anspielte. »Dann bin ich jetzt wohl mit meiner Geschichte dran?«

»Ganz genau, und ich bin schon sehr gespannt.«

Philip füllte die Wassergläser auf, nahm einen großen Schluck und räusperte sich, ehe er begann: »Wir lernten uns ganz unspektakulär bei der Arbeit im Hilton kennen. Als Hotelkaufmann war ich für die Azubis zuständig, die den Frühstücksservice innehatten. Einige hatten kaum Erfahrung in der Gastronomie, auch wenn Büfetts auffüllen oder Tische abräumen keine Wissenschaft ist, für die man lange studieren müsste. Aber die ›Frischlinge‹ benötigen oft etwas mehr Hilfe. Du kannst dir sicher vorstellen, dass schwierige Gäste ausgefallene Extrawünsche haben.«

»Das klingt bis jetzt eher romantisch als nach Drama.« Lissi klang enttäuscht.

Philip zuckte mit den Schultern. »Jedem Anfang wohnt ein Zauber inne‹, heißt es doch. Man ist euphorisch, das Herz klopft bei jedem Blick, und wenn man zusammen arbeitet, sucht man nach Möglichkeiten, sich davonzustehlen. So viel Zeit wie möglich miteinander zu verbringen.«

Lissi blickte an ihm vorbei, als erinnerte sie sich an eine bestimmte Situation. Philip bewunderte ihre dicht getuschten Wimpern, die ihre schön geformten Augen wirkungsvoll umrahmten. Der Tag im Waschkeller fiel ihm ein, als sie gemeinsam die Wäsche aus der Maschine geholt, ausgewrungen und auf die Leinen gehängt hatten. Er hörte fast noch ihr übermütiges Lachen, als sie beide klatschnass waren und sie so sexy ausgesehen hatte. Schon da war es ihm schwergefallen, die Situation nicht auszunutzen.

»Okay, alles cool am Anfang. Und wann oder warum war es vorbei mit den glücklichen Tagen?«

»Nur Geduld. Die Geschichte lief einige Monate, wir begannen, Pläne zu schmieden, wollten eine eigene Bar in München eröffnen und hatten sogar schon einen Namen dafür. *Die Zwei* sollte sie heißen. In meiner Verliebtheit bin ich sogar auf Lokalsuche gegangen und habe nicht bemerkt, dass irgendwas nicht stimmte. Dass unsere Beziehung eigentlich schon zu Ende war. Rückblickend denke ich aber, dass ich einfach nicht wahrhaben wollte, was nicht sein durfte.«

»Ah, jetzt wird es endlich spannend.« Lissis Augen weiteten sich.

»Wünschen die Herrschaften ein Dessert?« Eine ganz in Schwarz gekleidete junge Frau kam mit der Karte an den Tisch.

»Danke, wir nehmen gern noch was Süßes, also ich auf jeden Fall«, sagte Lissi und schaute ihn fragend an.

Philip nickte. Sie wusste doch genau, dass er eine Schwäche für Süßes hatte. In seiner Wohnung hatten sie seine gesamte Kollektion an Backbüchern durchgeblättert und sich lange über Kuchen, Torten und auch Eiscreme unterhalten.

Nachdem sie die angebotenen Desserts studiert hatten, bestellte Lissi das *Tartufo* und er eine *Cassata Siciliana*.

»Hast du gewusst, dass ein Eismacher aus Sizilien das *Tartufo* aus einer Not heraus erfunden hat?«, fragte Philip, als die Kellnerin sich entfernt hatte. »Für ein Festmahl des späteren Königs Umberto hatte er nicht genügend Dessertformen. Also formte er Haselnuss- und Schokoladeneis zu einer Kugel, füllte sie mit geschmolzener Schokolade wie eine Praline und legte sie noch mal ins Eis. Vor dem Servieren wälzte er sie in Kakao, und weil die Eispraline den echten Trüffeln ähnlich sah, nannte er die Kreation *Tartufo*, was übersetzt Trüffel bedeutet.«

»Interessant, aber bitte nicht von *deinem* Drama ablenken, es fehlt noch der Schluss«, mahnte Lissi.

Er hatte gehofft, dass er um den unerfreulichen Rest der Geschichte herumkäme, doch Lissi schien begierig zu sein, alles zu erfahren. »Wo war ich stehen geblieben?«

»Ihr wolltet eine Bar eröffnen, und du hast auch schon ein Lokal in München gesucht«, half sie ihm, den Faden wiederzufinden.

Inzwischen war es dunkel geworden, Lichter waren aufgeflammt und verbreiteten eine behagliche Atmosphäre.

Philip seufzte. Die Erinnerung war quälend, und er war immer noch nicht frei von Wut. »Ich fand tatsächlich ein geeignetes kleines Lokal, das nicht mal großartig umgebaut werden musste. Drei Monate später hätten wir den Laden übernehmen können, das Angebot war so perfekt, wie es perfekter nicht hätte sein können. Ich vereinbarte mit dem Makler einen Besichtigungstermin und stand dann allein mit dem Mann vor Ort. Sie ist nicht gekommen!«

»Sie?« Lissi starrte ihn mit großen Augen an, als habe er vorgeschlagen, die Zeche zu prellen.

Die Nachspeisen wurden serviert, was ihm Zeit gab, sich an Lissis überraschter Miene zu erfreuen.

»Hmm …« Philip nickte grinsend. »Damit ist deine Frage, ob ich schwul bin, auch beantwortet.«

»Allerdings. Und wie heißt *sie*?« Lissi teilte genüsslich die Eispraline und ließ die flüssige Schokolade über den Löffel laufen.

»Mary.«

»Mary wie Maria wie Mizzi?« Lissi hielt sich die Hand vor den Mund, offensichtlich, um nicht laut loszulachen.

»Tja, nicht alle Marias, Mizzis oder Marys sind so unschuldig, wie ihre Namen uns glauben machen wollen.« Er probierte die halbgefrorene *Cassata*, die genau die richtige Menge kandierter Früchte enthielt.

»Ich könnte jetzt den Spruch von Namen, Schall und Rauch anbringen, aber erzähl lieber weiter. Was war los mit *deiner* Mary?«, drängte Lissi und begann, ihre Eispraline zu löffeln. »Was war ihre Ausrede?«

»Sie hatte behauptet, die Schicht für eine erkrankte Kollegin übernommen zu haben. Ich habe das nicht bezweifelt und auch nicht nachgeprüft. In einem großen Hotel wie dem Hilton kommt es immer mal wieder zu solchen Situationen, das ist völlig normal. Stutzig wurde ich erst, als ich sie erwischte, wie sie aus dem Zimmer eines Gastes kam. Mit zerwühlten Haaren.«

»Nicht verwunderlich, dass du misstrauisch wurdest.«

»Mir blieb erst mal die Spucke weg. Sie starrte mich an, stotterte was von Grippe, nur mal kurz ausgeruht zu haben. Und genau in dem Moment kam der Gast heraus. Ein etwas älterer Mann aus Texas.«

»*Holy cow!*«, platzte Lissi heraus. Mit weit aufgerissenen Augen schaute sie ihn an, in Erwartung auf mehr Informationen.

»Genau das hat der Cowboy auch gesagt, allerdings weniger leise, als er mich auf dem Flur sah. Ich stand nur fassungslos da, wusste aber natürlich sofort Bescheid. Mary hatte sich keine Grippe *eingefangen*, sondern eine Affäre *angefangen*.«

Lissi wandte sich wieder ihrem Dessert zu. »Schon traurig, dass solche Geschichten immer ein unschönes Ende nehmen, meist für alle Beteiligten. Wie ging es weiter? Wurde Mary entlassen? Intime Beziehungen zwischen Gästen und Personal waren bestimmt nicht erlaubt, oder doch?« Sie schob sich einen Löffel Nusseiscreme in den Mund.

»Nein, auch wenn sich so was nicht direkt verbieten lässt. Wo kein Kläger, da kein Richter.« Philip verspeiste den letzten Rest der sahnig schmeckenden *Cassata*, ehe er sich wieder der unschönen Vergangenheit zuwandte. »Mary hat mich angefleht, sie nicht der Hotelleitung zu melden. Sie war noch in der Ausbildung, die sie natürlich beenden wollte. Ich hab es ihr versprochen. Billige Rache hätte mir nichts gebracht, und ihr hätte ich damit die Zukunft vermasselt. Mein Traum von einer eigenen Bar war so oder so geplatzt. Das Projekt alleine zu starten, dazu hatte ich keine Lust. Es hätte mich zu sehr an Marys Betrug erinnert.«

»Traurige Geschichte«, kommentierte Lissi mitfühlend, wollte aber zu gern wissen, wie das Drama um Mary und den Cowboy überhaupt angefangen hatte.

»Er war ein wohlhabender Farmer mit deutschen Wurzeln, der Geschäftsverbindungen in München und auch noch Verwandte in Bayern hatte. Deshalb war er regelmäßig im Hilton zu Gast und sprach auch leidlich Deutsch. Als Mary einmal für den Zimmerservice eingeteilt war, sind sie sich begegnet, und da hat er sie nach Ausflugstipps gefragt oder wo man gut essen kann. Wie es weiterging, kannst du dir vielleicht vorstellen.«

»Mary hat sich als Stadtführerin angeboten?«

Philip nickte. »Sie ist dann tatsächlich mit ihm nach Texas gegangen. Was aus der Geschichte geworden ist ...« Er zuckte die Schultern. »Ich würde gerne noch einen Espresso trinken«, wechselte er das Thema. Er hatte genug erzählt. Keine Lust mehr auf schmerzliche Erinnerungen, und er wollte auch die Nachricht von Mary nicht erwähnen, die er kürzlich bekommen hatte.

»Gute Idee«, schloss Lissi sich an. »Dann schlafe ich auf der Heimfahrt auch nicht ein.«

Einige Minuten saßen sie schweigend am Tisch, lächelten sich nur kaum merklich zu, als läge ihnen die Unterhaltung schwer im Magen.

Als die Espressi serviert wurden, nahm Lissi zwei Teelöffel Zucker.

»Es heißt ja immer, Gemeinsamkeiten hätten was zu bedeuten«, sagte Philip. Und kaum ausgesprochen, ärgerte er sich über die peinliche Anmache.

Lissi schien es scherzhaft aufzufassen, denn sie lachte nur und rührte konzentriert in ihrer Tasse.

Nachdem er seinen Kaffee getrunken hatte, überfiel ihn eine plötzliche Müdigkeit, und er musste ein Gähnen unterdrücken.

Lissi schien es bemerkt zu haben. »Kaffee sollte aber eigentlich wach machen«, sagte sie und musterte ihn eingehend.

»Bei künstlichem Licht schaltet das Hirn schnell auf Schlafmodus«, scherzte Philip.

Lissi zog ihr Smartphone aus der grünen Handtasche, die sie auf dem Stuhl neben sich abgelegt hatte. »Ist auch schon halb elf, die Zeit verging wie im Flug mit deiner spannenden Geschichte.« Sie schaute ihm tief in die Augen. »Es war der schönste Abend, seit ich in Auerbach bin.«

»Meiner auch«, entgegnete er, und es war ehrlich gemeint, aber richtig wohl war ihm nicht dabei. Sie waren sich nähergekommen, das spürte er sehr deutlich, aber genau das hatte er doch vermeiden wollen.

»Dann werde ich mal die Rechnung verlangen.« Lissi schaute sich nach der Bedienung um, die gerade noch am Nebentisch kassiert hatte. »Morgen ist Montag, und das Auftragsbuch ist voll.«

»Was steht auf dem Plan?«, erkundigte er sich, beruhigt, dass Lissi das Thema gewechselt hatte. »Falls du es verraten darfst.«

»Ist kein Betriebsgeheimnis, abgesehen davon gehörst du ja zur Crew. Also wirst du nichts verraten …«

Er hob die Hand wie zum Schwur. »Ich schweige wie ein Grab.«

Ein Kellner kam an den Tisch und erkundigte sich, ob sie noch Wünsche hätten.

Lissi bat um die Rechnung und überreichte ihm ihre Kreditkarte, die sie aus ihrer Handtasche geholt hatte. »Morgen basteln Alex und ich einen Blumenkorb«, erklärte sie dann.

»Wenn du keinen Weidenrutenkorb flechten willst, kann ich mir darunter wenig vorstellen. Aber es hört sich aufregend an.«

»Könnte aufregend werden, denn es ist eine Premiere«, gestand Lissi mit einem kleinen Seufzer. »Den Korb werden wir aus Mürbteig herstellen. Wenn er gebacken ist, wird er mit Tortenböden, Fruchteinlagen und leichten Cremes gefüllt. Den Abschluss bilden natürlich Blumen aus Buttercreme, Marzipan und Zucker«.

»Wow, allein die Beschreibung klingt nach einem Kunstwerk«, sagte Philip bewundernd und schlug vor, das fertige Werk unbedingt auf der Instagram-Seite einzustellen.

Die Rechnung wurde gebracht, Lissi unterschrieb und steckte die Kreditkarte zurück in die Tasche.

Sie lächelten einander zu und verließen schweigend das Lokal. Die Vertrautheit, die während des Abends zwischen ihnen gewachsen war, schienen sie am Tisch zurückgelassen zu haben.

»Ich bringe dich zu deinem Wagen«, sagte Philip, als sie vor dem Restaurant standen.

»Nicht nötig«, wehrte Lissi das Angebot ab. »Du bist müde, musst ins Bett.«

»Keine Chance. Parkhäuser sind Orte des Bösen. Und was wird dann aus dem Blumenkorb, wenn dir was passiert?«

»Na gut, ich ergebe mich. Aber nur ...«

»Auch Bedingungen sind zwecklos«, unterbrach Philip sie.

»Du weißt doch gar nicht, was ich sagen wollte«, tadelte sie ihn, hakte sich dann aber fröhlich kichernd bei ihm unter. »So kann mir bestimmt nichts passieren.«

»Freut mich, wenn ich dich erheitern kann«, stieg er auf die locker gewordene Stimmung ein.

»Apropos erheitern ... ich hätte eine grandiose Idee, wie du vielleicht doch noch zu deiner Bar kommst.«

Er blieb ruckartig stehen und schaute Lissi konsterniert an. »Was auch immer du überlegt hast, es ist schlecht möglich, solange ich hier arbeite.«

»Ist es doch!«, erwiderte Lissi bestimmt und zog ihn weiter die Straße entlang, während sie beinahe atemlos weiterredete: »Und zwar in unserem Wintergarten! Der ist nur bis zwanzig Uhr geöffnet, danach ist der Raum das reinste Verlustgebiet. Es müsste doch möglich sein, ohne großen Aufwand daraus eine Bar zu machen. Tischdecken weg, Kerzenleuchter drauf. Eine Batterie Cocktailgläser anschaffen, dazu natürlich Alkohol in Mengen und das Equipment, um die Cocktails zu mixen. Auf der Terrasse stellen wir Lichter auf, dann bekommt der Blick nach draußen etwas Romantisches. Öffnungszeit ... sagen wir, bis Mitternacht.«

Philip spürte, wie sein Herzschlag sich verdoppelte. Lissis

Idee war nicht nur grandios, sondern ein Zeichen ihrer Zuneigung, auch wenn sie sich dessen vielleicht gar nicht bewusst war. Doch leider gab es einen Haken. »Ob sich die Pensionsgäste über eine Bar freuen würden?«

»Falls du die Lautstärke ansprichst, eine Bar muss doch nicht laut sein wie ein Club, wo Bässe die Wände wackeln lassen. Wir machen einfach nur leise Musik und nennen sie ›Flüster-Bar‹.« Sie lachte über ihren Einfall, redete aber gleich weiter. »Und die Gäste freuen sich vielleicht, wenn sie abends noch in gemütlicher Atmosphäre einen Absacker zu sich nehmen können, ohne das Haus verlassen zu müssen. Eine Bar würde den Betrieb auch aufwerten, oder nicht? Und sie würde junges Publikum anlocken, was bei der letzten Familienkonferenz ein großes Thema war. Die alten Stammgäste sterben nämlich langsam aus. So traurig das auch ist.«

Inzwischen waren sie am Parkhaus angelangt. Lissi dirigierte ihn über zwei Stockwerke zu ihrem Parkplatz.

Sie lehnte sich an den Kofferraum des Wagens und gestikulierte mit beiden Händen. »Theoretisch könnte man sich im Pyjama einen *Sundowner* holen und damit wieder aufs Zimmer verschwinden. Wäre das nicht großartig?«

Philip konnte trotz der dämmerigen Beleuchtung sehen, dass Lissis Wangen vor Begeisterung gerötet waren. In seinen Augen leuchtete sie wie der hellste Stern am Nachthimmel. Wie sie sich für seinen Traum begeisterte, machte ihn sprachlos. Er war so gerührt, dass er kaum atmen konnte. »Das … Das wäre es«, flüsterte er schließlich.

»Okay, dann ist es fix! Der Familie werde ich das schon verkaufen.« Sie sagte es mit einer Selbstsicherheit, als müsste man tatsächlich nur die Tischdecken entfernen, schlang im selben Moment ihre Arme um seinen Hals, zog ihn an sich und küsste ihn zart auf den Mund.

Ein hingehauchter Kuss, beinahe wie zwischen Freunden, der plötzlich inniger und leidenschaftlicher wurde.

Eine Minisekunde lang schrak er zurück wie vor einem Eintausend-Volt-Scheinwerfer, der ihm plötzlich ins Gesicht schien und ihn blendete. Doch dann wehrte er sich nicht länger gegen seine Gefühle für diese zauberhafte Person. Die nun auch noch im Dämmerlicht eines Parkhauses den Traum von seiner eigenen Bar wieder aufleben ließ. Schwer atmend zog er sie an sich und erwiderte ihren Kuss mit gleicher Leidenschaft.

Doch dann meldete sich die Vernunft, und er ließ seine Arme sinken.

»Wir sollten das nicht tun …«

»Ich weiß, es ist viel zu spät, um zu *eskalieren*. Ich muss noch fahren, und deshalb verschieben wir es einfach.« Sie hauchte ihm noch einen zarten Kuss auf die Lippen, sagte: »Schlaf gut, und träum von mir!«, und stieg in den Wagen.

Vollkommen überwältigt blieb er stehen und beobachtete, wie sie geschickt aus der Parklücke fuhr und im Dunkeln verschwand wie eine Vision.

# 31

Lissi saß laut singend am Steuer. Sie war glücklich. Ach was, sie war überglücklich. Oder noch genauer: euphorisch. Ja, das war es! Ein Glücksrausch kribbelte von den Haarwurzeln bis in die Zehenspitzen. Sie spürte immer noch das leise Kratzen von Bartstoppeln auf ihren Lippen.

Sie hatte es nicht geplant. Es war einfach ein Moment gewesen, in dem sie nicht lange nachgedacht und es getan hatte. Es hatte sich richtig angefühlt. Offensichtlich auch für Philip. Hätte er sonst ihren Kuss erwidert? Hätte er sonst seine Arme um sie gelegt und sie an sich gezogen? Hätte er sie sonst mit solcher Leidenschaft geküsst?

Was für ein Tag!

Was für ein Abend!

Was für eine Wendung!

Was für ein Mann!

Was ... sollte daraus nur werden?

Leider war heute nicht *mehr* daraus geworden. Sie hatte so sehr auf die Einladung für einen »Absacker« in seine Wohnung gehofft! Die natürlich von ihm hätte ausgehen müssen. Schließlich hatte sie mit dem Kuss den ersten Schritt getan.

In Lissis Kopf drehte sich das Gedankenkarussell in berauschendem Tempo. Dazu der Satz: Affären zwischen

Mitarbeitern sind kompliziert. Genau das hatte Philip mit seinem Einwand »Wir sollten das nicht tun« sagen wollen.

Aber sie war keine Angestellte. Sie war Mitinhaberin, und eines Tages würde sie einen Teil des Betriebes erben. Also konnte *sie* nicht entlassen werden, und *er* war längst zu einem unersetzlichen Mitarbeiter geworden.

Wo also war das Problem?

Wenn er die gesellschaftlichen Unterschiede gemeint hatte, würde sie ihn vom Gegenteil überzeugen. Sie lebten doch nicht mehr im 19. Jahrhundert, als solche Verbindungen undenkbar waren. Als Klassenunterschiede kaum überwindbar waren.

In bester Laune erreichte sie Auerbach und bald auch den Parkplatz, wo sie die Autotür nach dem Aussteigen vorsichtig ins Schloss drückte. Leise zu sein, nicht auf der Treppe zu trampeln und überhaupt jeglichen Lärm zu vermeiden, war ihr schnell zur Gewohnheit geworden. Sobald es nach 22 Uhr war, benahmen sich alle Familienmitglieder wie die Mäuschen. Es war eine der Gewohnheiten, über die keiner mehr nachdachte.

Im Wohnzimmer schien allerdings noch Betrieb zu sein. Lissi sah im Vorbeigehen einen hellen Lichtschein unter der Tür hervorblitzen.

Sie klopfte kurz, um niemanden zu erschrecken, und trat dann ein.

Rose und Nico saßen in Schlabbershirts und Shorts am blank gescheuerten Holztisch, Florences Mitgift aus Frankreich, tranken Tee und hatten ein Tablet aufgestellt.

»Hallo, Lissi! Schon zurück? War's nicht schön?«, begrüßte Rose sie erstaunt.

»Hab ich was verpasst?«, fragte Nico mit neugierigem Blick auf ihre Bluse, an die er sich eventuell erinnerte.

»Lissi hatte ein Date mit Philip, und ich habe ihr eine Bluse geliehen«, erklärte Rose.

»Fabelhaft, ganz fabelhaft«, fand Nico. »In meinen Augen seid ihr das perfekte Paar.«

Lissi lächelte Nico zu. »Das finde ich auch, aber so einfach ist die Sache nicht. Wie auch immer, morgen ist ein anstrengender Tag …« Sie setzte sich an den Tisch. »Und warum seid ihr noch wach?« Sie beäugte das Tablet, das sich leider automatisch ausgeschaltet hatte.

»Wir schauen uns Häuser in England an«, antwortete Nico und erntete einen Hieb von Rose.

»Wenn das ein Geheimnis bleiben soll, ich verrate nichts, keine Sorge«, beruhigte Lissi die Cousine.

»Magst einen Tee? Ich hol dir eine Tasse.« Nico war bereits aufgestanden, noch ehe sie ablehnen konnte.

»Ist er nicht süß?« Rose schaute ihrem Ehemann verliebt nach. »Ein höflicher Engländer ist wie ein Lottosechser. Aber sag, wie war es mit Philip?«

Nico kam mit Tasse, Untertasse und Teelöffel zurück, stellte sie vor Lissi auf den Tisch und schenkte ein.

Lissi bedankte sich und begann zu erzählen. Erst von dem köstlichen Essen, von ihren Gesprächen und am Ende von der Idee, den Wintergarten in eine Bar umzufunktionieren. »Was sagt ihr dazu?«

»Ich bin für alles zu haben, womit man Geld verdienen kann«, erklärte Rose. »Den Wintergarten am Abend ungenutzt zu lassen, ist eigentlich ein absolutes No-Go, also betriebswirtschaftlich gesehen.«

»Wegen der Lautstärke würde ich mir keine Sorgen machen«, merkte Nico an. »Der Wintergarten ist ja ein Anbau und hat keine Etage darüber, in dem Gäste schlafen würden. Eventuell müsste man einen Fachmann für Schallschutz kontaktieren, damit er sich die Bausubstanz und die Decke genauer anschaut.«

Rose kuschelte sich an Nicos Schulter. »Was bist du doch für ein kluger Mann.«

»Wenn ich als Immobilienfachmann nicht mit der Materie vertraut wäre, hätte ich den falschen Job.« Nico küsste Rose auf die Wange und flüsterte ihr etwas zu. Lissi konnte es nicht verstehen. Aber sie wusste, dass er Rose »mein Seepferdchen« nannte, weil diese Wassertierchen einander lebenslang treu waren.

Lissi wurde ganz wehmütig zumute, wenn sie das Glück der beiden beobachtete. Nach über einem Jahr Ehe noch so verliebt zu sein wie in den Flitterwochen, das wünschte sie sich auch. Dass die Beziehung mit Ferdinand ein Desaster gewesen war, daran war nicht allein sein Doppelleben schuld. Sie hatten keine Gemeinsamkeiten gehabt, was ihr in der anfänglichen Verliebtheit nicht aufgefallen war. Philip und sie hingegen, da musste sie nicht lange nachdenken. Der Abend in seiner Wohnung, das Essen im Pinocchio, der lustige Nachmittag im Waschkeller oder wie er ihr beim Transport der Scheidungstorte geholfen hatte. Sie fühlte sich unglaublich wohl in seiner Nähe, und seit dem Kuss wusste sie, dass es zwischen ihnen gefunkt hatte.

»Dann findest du die Idee auch gut?«, wandte sie sich an Nico.

»Unbedingt! Man könnte auch die Terrasse dazunehmen, die ebenfalls nach zwanzig Uhr nicht genutzt wird.«

»Stimmt!« Lissi war hellauf begeistert. »Daran hab ich noch gar nicht gedacht. Sommerabende mit einem Cocktail und Blick auf den See zu verbringen … Es gibt doch nichts Schöneres. Den Pensionsgästen wird das auch gefallen.«

»*Was* wird den Gästen gefallen?«

Annemarie tauchte überraschend im Salon auf. Das grau melierte Haar stand wie üblich wild vom Kopf ab. Ein rotweiß getupfter Pyjama mit dreiviertellangen Hosen ergänzte den Look. Dass sie sich nun auch noch die Hand vor den Mund hielt, um ihr Gähnen zu verdecken, vervollständigte die Szene.

»Lissi hat uns gerade von einer neuen Idee erzählt, mit der wir jüngere Gäste anlocken könnten«, antwortete Rose.

Nico schob Annemarie einen Stuhl zurecht. »Darf's auch ein Tässchen Tee sein?«

»Aber nur Kamillentee. Dein englischer ist ein echter Wachmacher«, sagte Annemarie und wandte sich Lissi zu, die am Tisch gegenübersaß. »Dann lass mal hören, was du ausgebrütet hast.«

»Also, ich war mit Philip essen …«, begann Lissi und wurde sofort von Annemarie unterbrochen.

»Ah! Deshalb die feine Bluse mit der Schleife! Steht dir gut.« Annemarie hob die Augenbrauen und nickte wissend. »Das war ja mal überfällig nach den heißen Blicken, die ihr ständig wechselt. Ich hatte schon längst mit einem Tête-à-Tête gerechnet. Bravo! Und die Idee hat mit Philip zu tun?«

»Hm«, murmelte Lissi verträumt, ließ sich aber Zeit mit der Antwort und rührte Zucker in den Tee. Dann nahm sie einen Schluck, ehe sie von Ferdinands seltsamem Besuch und Philips Beistand berichtete. »Als Dankeschön habe ich Philip zum *Italiener* eingeladen. Dort haben wir nicht nur hervorragend gegessen, sondern uns auch bestens unterhalten. Die Idee mit der Bar war eine Blitzidee, die sich aus der Unterhaltung ergeben hat. Aber je länger ich darüber rede, desto besser gefällt sie mir. Was meinst du dazu, Annemarie?«

»Donnerwetter, das nenne ich einen aufregenden Abend. Ehrlich gesagt wundere ich mich aber, dass du jetzt *hier* sitzt. Als ich in deinem Alter war ...« Annemarie war inzwischen trotz Kamillentee hellwach und schien sich bestens zu amüsieren, wie an ihren geröteten Wangen abzulesen war.

»Das ist eine andere Geschichte, Annemarie, jetzt geht's um die Bar, mit der wir zweierlei erreichen könnten. Mehr Umsatz und jüngere Gäste«, lenkte Lissi die Aufmerksamkeit wieder auf ihr Thema.

»Gefällt mir. Dass der Wintergarten nicht voll ausgenutzt wird, ist tatsächlich sehr schade. Aber mit ein bisschen Umdekorieren, Gläser und Zubehör anschaffen wird es nicht getan sein.«

»Ich weiß, die Lautstärke. Aber Nico meinte, das wäre kein Problem«, versuchte Lissi, die Bedenken der Tante zu zerstreuen.

»Nein, ich sorge mich nicht um Lärm oder Nichtlärm. Meine erste Frage ist: Woher bekommen wir das Personal? Will sich Philip hinter den Tresen stellen? Damals, beim Vorstellungsgespräch, hat er ja erzählt, dass er im Hilton Erfahrungen an der Bar sammeln konnte. Er würde sich natürlich super machen als Barkeeper. Ein Foto von ihm mit dem Cocktailshaker auf Instagram, und die Damenwelt rennt uns die Bude ein. Aber zwei Jobs schafft niemand. Wir müssten uns also eine neue Hausdame suchen. Zusätzlich braucht es auch Servicepersonal für den Innenraum und die Terrasse.« Annemarie war auf ihrem Stuhl nach vorne gerutscht, setzte sich jetzt aufrecht hin und schaute Lissi herausfordernd an.

»So weit haben wir noch gar nicht gedacht. Das wäre den zweiten Schritt vor dem ersten tun«, entgegnete Lissi. »Zuerst wollte ich abklären, wie euch der Gedanke grundsätzlich gefällt.«

»Ja, eine Bar wäre klasse, aber wie du sicher auch mitbekommen hast, herrscht landesweit Personalmangel. Manche Cafés öffnen nur noch an drei oder vier Tagen die Woche. Bäcker Wyss hat den Sonntagsverkauf eingestellt, weil er niemanden fürs Ladengeschäft findet. *Wir* benötigen dringend einen Azubi für die Backstube, morgen wollen sich drei Kandidaten vorstellen. Ich bin sehr gespannt, ob wir diesmal Glück haben. Bisher waren nämlich nur Nieten dabei, du hast es ja mitbekommen. Wenn du mich fragst, müsste die Personalfrage tatsächlich zuerst geklärt werden.«

»Ich muss Annemarie leider zustimmen«, gestand nun auch Rose. »Aber es muss ja nichts umgebaut werden. Sobald wir das nötige Personal haben, können wir praktisch am nächsten Tag loslegen.«

Schweigen breitete sich aus. Jeder im Raum erinnerte sich noch sehr gut daran, wie dürftig die Resonanz auf die Ausschreibung für den Hausdame-Job gewesen war.

»Vielleicht könnte ich mich nützlich machen?«, meldete sich Nico.

Rose war so überrascht, dass sie lachend ausrief: »Nico, du kannst ja vieles, aber Barkeeper? Das kann ich mir nicht vorstellen.«

»Mit den Immobilien bin ich kaum ausgelastet«, sagte Nico, streckte beide Arme aus und schüttelte pantomimisch einen Cocktailshaker. »Ist doch kinderleicht, ich kann das!«

Rose griff in Nicos Strubbelhaar. »Du bist der beste Ehemann der Welt, aber kein Barmann. Dafür muss man lange üben.«

Nico schien die Kritik nicht zu stören. Er tippte auf dem Tablet herum und drehte es dann zu Rose. »Hier, mein geliebtes Röslein, Ausbildung zum Barkeeper in läppischen vier Wochen! Allerdings kann es sein, dass ich dich dann vorübergehend verlassen muss, je nachdem, wo so ein Kurs stattfindet. Aber ich könnte mir vorstellen, dass es großen Spaß macht.«

»Du in einer fremden Stadt ohne mich und ich die ganze Zeit allein hier?« Rose war offensichtlich schockiert. »Das ertrage ich nicht. Ich bin es nicht mehr gewohnt, allein zu schlafen. Und ich will das auch nicht!«

Lissi wusste, dass Rose fürchtete, der Umzug nach England würde sich erneut auf unbestimmte Zeit verschieben.

»Immer langsam, ihr zwei Turteltauben, im Moment ist das Ganze noch ein Luftschloss oder auch eine *Luftbar*, also müsst ihr euch nicht echauffieren«, stoppte Annemarie Roses kleinen Ausraster. »Bevor irgendwas geschieht oder entschieden wird, muss erst noch Herbert gefragt werden, wie er das fände. Er hat ein Mitbestimmungsrecht. Über seinen Kopf hinweg werden gravierende Änderungen nicht vorgenommen.«

Erneut schwiegen alle, bis Rose auflachte. »Herbert brauchen wir nicht zu fragen, der wäre begeistert. Falls du es vergessen hast, Annemarie, mein Vater pichelt gerne. Also, was glaubst du, was würde er von einer eigenen Bar halten?«

Nico stimmte in Roses Lachen ein. »Er wäre Feuer und Flamme. Ich könnte mir vorstellen, dass er sogar mit mir den Barkeeper-Kurs absolvieren und sich dann ebenfalls hinter den Tresen stellen würde.«

»Gut möglich«, glaubte auch Annemarie. »Aber Florence würde das Ganze überhaupt nicht gefallen. Ich wage zu behaupten, dass sie komplett dagegen wäre oder mit Scheidung drohen würde. Und was das bedeutet, könnt ihr euch selber ausdenken.«

»Sie würde Herbert vielleicht tatsächlich verlassen. Wenn das geschieht, wird er gegen die Bar sein und behaupten, es sei von Anfang an eine Schnapsidee gewesen«, wusste Rose und lachte.

Lissi hatte in den letzten Minuten nur zugehört. Sie fand Annemaries Bedenken übertrieben, so schnell würde sie aber nicht aufgeben. »Okay! Wir haben zwei Kontras: Herbert und die Personalfrage. Davon lassen wir uns doch nicht entmutigen, oder?«

Annemarie hatte ihren Kamillentee ausgetrunken und stellte die Teetasse auf den Unterteller. »Gut, selbst wenn wir Florence überzeugen können, dass Herbert auf diese Weise nicht zum Trinker wird, wie kommen wir an Servicekräfte? Niemand von uns kann einen zweiten Job übernehmen. Du auch nicht, Lissi, falls dir das jetzt durch den Kopf geht. So, ich muss ins Bett. Berthold wird sich wundern, wo ich so lange bleibe.« Sie gähnte hinter vorgehaltener Hand, erhob sich dann, wünschte: »Gute Nacht, Kinderlein«, und schlurfte winkend davon.

Lissi half, die Tassen abzuräumen, und verabschiedete sich dann ebenfalls. Auf dem Weg in ihr Zimmer summte sie vergnügt vor sich hin. Ihre Idee war gut angekommen. Annemaries Einwände waren zwar berechtigt, Personal war wichtig. Aber sich jetzt schon den Kopf darüber zu zerbrechen, fand sie voreilig. Mit Roses und Nicos Unterstützung würde sie es schaffen, Philips Traum von einer Bar zu verwirklichen.

Oben angekommen holte sie das Smartphone aus der Handtasche, die sie Rose morgen zurückgeben wollte, und sah, dass auf WhatsApp eine Nachricht von Philip eingegangen war.

*Schlaf gut!*

Nur zwei kleine Wörter, die doch so viel aussagten. Für ihn war der Abend nicht einfach zu Ende gegangen, er hatte noch an sie gedacht.

Als sie nach Abschminken, Eincremen und Zähneputzen schließlich in die Kissen fiel, dachte sie nicht mehr über Personalprobleme oder den pichelnden Herbert nach. Viel spannender war es, sich einen Namen für die Bar zu überlegen: *Chez Philip*!

# 32

Annemarie beendete das Telefonat mit einem freundlichen »Auf Wiederhören und bis morgen«.

Man soll den Tag nicht vor dem Abend verfluchen, dachte sie vergnügt. Der Spruch lautete in der Originalfassung zwar anders, aber für *ihren* Tag bedurfte es dieser Abwandlung. Denn bis zu diesem Telefongespräch war er mehr als bescheiden gewesen.

Angefangen hatte er wie einer jener Montage, die alle Welt hasste. Seit dem frühen Morgen hatte es geregnet, was allein schon für miese Laune sorgte. Im See herrschten zwar noch angenehm warme Temperaturen, doch das Regenwetter war ein Vorbote des Herbstes.

Nach dem Mittagessen hatten Vorstellungsgespräche mit den potenziellen Azubis im Kalender gestanden. Berthold hatte schon mal vorsichtig gejubelt: drei Jungs, die tatsächlich Konditor werden wollten. Ein Glücksfall!

Doch er hatte sich zu früh gefreut. Ein Kandidat war ohne Erklärung nicht aufgetaucht. Der zweite kam eine halbe Stunde zu spät, fand es aber nicht der Mühe wert, das zu begründen. Und der dritte hatte Berthold nur ratlos angesehen, als er ihn bat, ein Kilo Mehl in Gramm umzurechnen. Es war zum Heulen. Dabei hatte Berthold seine Ansprüche an den Schulabschluss bereits heruntergeschraubt!

Doch nach all diesem Frust kam nun dieser erfreuliche Anruf: Katinka Lambert, eine achtzehnjährige Abiturientin, bewarb sich als Azubi. Sie war beim Hochzeitstortenwettbewerb in Friedrichshafen gewesen und seitdem der festen Überzeugung, Konditorin sei ihr Traumjob. Einziges Problem: Sie stammte aus Friedrichshafen und besaß kein Auto. Die Strecke täglich mit öffentlichen Verkehrsmitteln zu fahren, wäre zeitlich nicht machbar. Ob es eine seriöse Unterkunft in der Nähe gäbe, hatte sie sehr höflich gefragt. Sie sei zwar schon volljährig, aber ihre Eltern seien etwas überfürsorglich.

Annemarie hatte Katinka beruhigen können. Wenn sie sich einig würden, könne sie im Gästezimmer im Familientrakt unterkommen.

Gespannt wartete Annemarie nun auf die Unterlagen, die Katinka per Mail schicken wollte. Fünfzehn Minuten später waren sie da, inklusive Farbfoto von Katinka.

Annemarie betrachtete es mit wachsender Begeisterung: Die junge Frau wirkte sympathisch und war hübsch, sehr hübsch. Sie hatte grüne Augen, ein rundes Gesicht, einen vollen Mund und schulterlange blonde Locken. Ein ähnlicher Typ wie Rose. Annemarie überflog die anhängenden Unterlagen, ehe sie aufstand, sich zur Backstube begab und im Türrahmen stehen blieb.

»Berthold, hast du einen Moment Zeit?«

Berthold hatte sein Tablet in der Hand, in dem er Rezepte speicherte. Er ging zwar auf die sechzig zu, war in vielen Dingen aber weit moderner eingestellt als sie. Nur einer der Gründe, warum sie sich in ihn verliebt hatte. Er war stets gut informiert und forderte von ihr, nicht an Gewohnheiten zu hängen, sondern mit der Zeit zu gehen.

»Für dich doch immer.« Er legte das Tablet auf einen der Regalböden über dem langen Arbeitstisch und kam zu ihr an die Tür. »Du strahlst, als hättest du gerade das große Los gezogen«, sagte er.

»Könnte man sagen!« Annemarie berichtete von dem Telefonat mit Katinka. »Komm mit, schau sie dir an, die Unterlagen sind schon auf dem Rechner.«

Nach einigem Lesen und Herumscrollen leuchteten Bertholds Augen. »Kaum zu glauben, dass sie eine Ausbildung bei uns beginnen möchte. Diesmal freue ich mich aber nicht zu früh, sonst wird es wieder nichts.«

»Doch, doch, freu dich nur. Es ist ihr großer Wunsch«, versicherte Annemarie. »Wir haben für morgen Vormittag um elf einen Termin vereinbart, damit wir uns persönlich kennenlernen und alle Einzelheiten besprechen können.«

»Es wäre fantastisch, wenn das klappt. Wir brauchen wirklich dringend eine weitere Kraft. Auch wenn sie noch nicht ausgebildet ist: Abwiegen und diverse Vorarbeiten kann sie ohne Weiteres erledigen, was uns viel Zeit erspart. Vorausgesetzt, sie stellt sich nicht ganz dumm an«, seufzte Berthold, wohl in Erinnerung an die nachmittäglichen Azubi-Anwärter.

»Da bin ich sehr zuversichtlich«, sagte Annemarie. »Wenn sie nur halbwegs so clever ist, wie sie im Gespräch klang, wird sie in kürzester Zeit den ersten Gugelhupf ins Rohr schieben. Informiere bitte Lissi, sie sollte bei dem Gespräch auch dabei sein. Die beiden werden ja zusammenarbeiten.«

Das Vorstellungsgespräch fand wie üblich im Wintergarten statt. In Roses Büro hinter der Rezeption konnte man sich zu zweit gerade noch umdrehen, in Annemaries Arbeitsraum passten zwar vier Personen, aber nicht, ohne Platzangst zu bekommen. Dass sie in diesem Kämmerlein Berthold zu seinem Antrittsbesuch empfangen hatte, war eine Ausnahme und auch eine praktische Überlegung gewesen. Durch einen Blick von der Türschwelle aus hatte er seinen zukünftigen Arbeitsplatz direkt in Augenschein nehmen können.

Kurz vor elf saßen Annemarie, Berthold und Lissi an einem ruhigen Vierertisch, den Herr Otto reserviert hatte. Rose hatte die Vormittagsschicht an der Rezeption und würde die Anwärterin ins Café führen.

Pünktlich um elf tauchte Rose in Begleitung von Katinka auf, die Annemarie an den schönen blonden Locken erkannte. Katinka trug dunkelblaue Dreiviertelhosen, dazu ein blau-weiß gestreiftes Shirt und über der Schulter eine graue Handtasche. Ihr folgte eine etwas ältere kurzhaarige Frau in einem Kleid mit ornamentalem Muster, über dem sie eine graue Strickjacke trug.

Es war Katinkas Mutter, wie sich bei der Begrüßung herausstellte. Sie hatte ihre Tochter mit dem Wagen gebracht, verabschiedete sich aber gleich wieder, um nicht zu stören.

»Setzen Sie sich gerne auf die Terrasse«, sagte Annemarie und lud sie zu Kaffee und Kuchen ein. »Ich gebe unserem Herrn Otto Bescheid.« Die Mutter bedankte sich erfreut und verließ den Wintergarten.

Katinka lächelte anfangs etwas unsicher, strich sich mehrmals das blonde Haar zurück, sprach leise oder hielt sich an dem Wasserglas fest. Doch als Berthold eine Unterhaltung übers Backen begann, färbten sich ihre etwas blassen

Wangen rosig. »Ich backe, seit ich zehn war, jedes Wochenende einen Kuchen«, erzählte sie aufgeweckt. »Und jeder in meiner Familie bekommt zum Geburtstag eine Torte. Die sind natürlich nicht perfekt, aber sie schmecken immer.«

»Wolltest du immer schon Konditorin werden?«, wandte Lissi sich an Katinka. »Äh, ist es okay, wenn ich einfach Du sage?«

Katinka nickte. »Klar, kein Problem. Also, nach dem Abitur im Mai dieses Jahres wollte ich erst einmal nichts tun. Mich vom Abistress ausruhen. Meine Eltern waren einverstanden und haben mir drei Monate Bedenkzeit gegeben. Vor dem Abi hatte ich noch an ein Biologiestudium gedacht, aber während des Tortenwettbewerbs hat es klick gemacht. Beim Zusehen wurde mir bewusst, was für ein kreativer Beruf das ist und welche Kunstwerke dabei entstehen können. Einfach genial, dass so etwas aus Butter, Eiern, Zucker, Mehl und so weiter entstehen kann. Ein bisschen wie Zauberei.« Katinka verdrehte schwärmerisch die Augen.

»Es ist tatsächlich ein wundervoller Beruf, kann aber auch mal stressig werden«, sagte Lissi. In vorheriger Absprache mit Annemarie sollte sie die negativen Seiten erwähnen. »Darüber darf man sich keine Illusionen machen. Und das lange Stehen in der Backstube ist an manchen Tagen sehr anstrengend. Zu Beginn meiner Ausbildung habe ich am Abend oft die Beine nicht mehr gespürt. Inzwischen habe ich mich daran gewöhnt, und es macht mir nichts mehr aus.«

»Das wurde mir auf dem Wettbewerb beim Zusehen bewusst«, entgegnete Katinka. »Ich dachte die ganze Zeit, was für ein psychischer Druck das sein muss, und dann noch die körperliche Anstrengung. Abgeschreckt hat es mich aber nicht. Denn jeder Tag wird anders sein, vermute ich mal.«

»Ganz recht, es gibt die etwas ruhigeren und dann die richtig stressigen Tage«, bestätigte Berthold. »Dennoch sollte man diesen Beruf nur ergreifen, wenn man weiß, was es bedeutet, jeden Tag auf den Beinen zu sein. Die *Zauberei* ist nicht immer einfach zu erlernen.«

»Das würde ich schon aushalten. Ich bin körperlich sehr fit und treibe regelmäßig Sport. Eine Frage hätte ich aber noch: Wie sind die Karrierechancen?« Katinka schaute von Berthold zu Lissi. »Also, ganz allgemein. Ich habe mich zwar online bereits über den Beruf informiert, würde es aber gerne aus erster Hand hören.«

»Konditorin zu sein, bedeutet, Handwerkerin zu sein. Denn dieser Beruf ist ein Handwerk, und wie es so schön heißt: Handwerk hat goldenen Boden. In diesem Beruf gibt es keine Arbeitslosen«, antwortete Berthold und erzählte, dass der Meisterbrief unabdingbar sei, um sich selbstständig zu machen, seine eigene Konditorei oder ein Café zu eröffnen. »Aber auch ohne Meisterbrief stehen einem alle Türen offen, zum Beispiel in renommierten Hotels oder Restaurants, in Cafés oder großen Konditoreien. Und wer die Welt bereisen möchte, heuert auf einem Kreuzfahrtschiff an.«

»Ein Kreuzfahrtschiff, du lieber Himmel, daran hab ich noch gar nicht gedacht.« Katinka lachte ungeniert auf. »Aber das wäre nichts für mich, ich würde gerne in einem Betrieb mit familiärer Atmosphäre arbeiten und nicht auf so einem Riesenschiff, wo es garantiert ewig hektisch zugeht.«

»Dann sind Sie bei uns richtig«, hakte Annemarie an

dieser Stelle ein. »Wenn Sie keine Fragen mehr haben, zeigen wir Ihnen jetzt die Backstube und die Konditorei Tortenhimmel.«

Katinka nickte erfreut. »Sehr gerne, ich bin total gespannt. Online habe ich das Geschäft natürlich schon angeschaut, aber in Original ist es bestimmt noch viel eindrucksvoller.«

»Der Tortenhimmel ist unser ganzer Stolz, zu Recht, wie ich meine. Der Erfolg bestätigt es jedenfalls«, sagte Annemarie, als sie gemeinsam über den Parkplatz marschierten.

Wegen der Hygienevorschriften konnte Katinka die Backstube leider nur von der Türschwelle aus bestaunen. Alex, der am langen Arbeitstisch mit grünem Marzipan hantierte, winkte ihr aus der Entfernung zu, nachdem Berthold sie einander vorgestellt hatte.

»Das ist eine Bestellung für einen Kindergeburtstag«, erklärte Lissi. »Schokoladenmuffins, ein Topping aus Vanillesahne, darauf jeweils ein grüner Marzipanfrosch. Das Kind wird drei Jahre alt und von den Eltern Fröschlein genannt.«

»Am liebsten würde ich sofort mitmachen«, platzte Katinka begeistert heraus.

Auch die ganz in Weiß-Gold gehaltene Konditorei und die Verkaufstheke mit der runden Glasabschirmung, hinter der das köstlichste Gebäck ausgestellt war, ließen Katinkas Augen erneut aufleuchten. »Wenn ich mir vorstelle, eines Tages auch so perfekte Kuchen und Torten herstellen zu können, kann ich es kaum erwarten, damit anzufangen.«

»Dann bist du trotz einiger negativer Aspekte immer noch entschlossen, bei uns anzufangen?«, vergewisserte sich Lissi.

»Ja, unbedingt! Nur das Wohnungsproblem müsste ich zuerst lösen …«

Annemarie erinnerte sich selbstverständlich. »Wie gestern am Telefon erwähnt, haben wir unterm Dach ein kleines Zimmer, das können wir anbieten. Sollen wir Ihre Mutter dazubitten? Alles Weitere können wir dann oben bereden.«

Sie wollte diesem klugen Mädchen das Gästezimmer gerne überlassen. Mit Lissi hatte sie gestern schon darüber gesprochen, denn sie müsste ja wieder ihr Badezimmer teilen.


»Die sonnengelben Wände sind ja ganz hübsch«, urteilte Frau Lambert, der Annemarie den Vortritt gelassen hatte. »Aber durch die Dachschräge wirkt es … ein wenig bedrückend. Und die Einrichtung …« Sie hob die etwas zu stark betonten Augenbrauen, drehte sich zu ihrer Tochter und schaute sie prüfend an. »Die ist doch sehr dürftig, oder nicht?«

»Nein, nein, mach dir keine Gedanken, Mami, mir würde es genügen«, beeilte sich Katinka, die Bedenken ihrer Mutter zu zerstreuen.

»Hm …«, murmelte Frau Lambert wenig überzeugt und wandte sich wieder an Annemarie: »Und Sie sind sicher, dass Katinka hier einziehen könnte? Ich meine, hier oben ist doch Ihr privates Refugium, wie Sie sagten. Da eine fremde Person einzuquartieren, könnte das nicht schwierig werden?«

Annemarie hörte überdeutlich, dass Frau Lambert nicht einverstanden war. Dass sie nach negativen Argumenten suchte, Katinka die Idee madigzumachen. »Das Zimmer steht seit Ewigkeiten leer. Sollten wir tatsächlich privaten Besuch bekommen, haben wir reichlich Auswahl unter den Pensionszimmern. Da ist immer irgendeines frei. Wenn es Ihrer Tochter also gefällt, kann sie so lange darin wohnen, wie sie möchte«, antwortete Annemarie. »Selbstverständlich kann sie es nach Belieben dekorieren. Kissen, Decken und was auch immer sie möchte.«

»Ich finde es echt kuschelig unter der Dachschräge«, betonte Katinka erneut. »Es ist alles da, was man braucht. Das Bett mit dem Polsterkopfteil sieht bequem aus, es gibt einen Nachttisch mit Schubladen und Tischlampe. Die fahrbare Kleiderstange würde mir für meine Klamotten vollkommen genügen, und sogar ein Fernseher ist vorhanden.«

»Den wirst du wohl am wenigsten brauchen«, bemerkte ihre Mutter leicht verschnupft.

»Ja, ich weiß, du magst es nicht, wenn ich am Handy hänge«, gestand Katinka und lächelte ihre Mutter versöhnlich an. »Aber von hier aus hätte ich nur eine Minute zur Arbeit, das ist doch mega. Oder nicht?«

Frau Lambert ging ein paar Schritte ans Fenster und schaute hinaus. »Und wo wäre Katinkas Badezimmer?«, fragte sie im Umdrehen.

»Katinka müsste das Bad mit mir teilen«, erklärte Lissi an dieser Stelle und zeigte den Weg ins angrenzende Badezimmer. »Da wir beide morgens zeitgleich in der Backstube sein müssten, würden wir einen Plan aufstellen, damit wir uns nicht ins Gehege kommen. Wäre das für dich machbar?«

Katinka trat ein und schaute sich kurz um. »Auf jeden Fall«, versicherte sie. »Zu Hause habe ich ja auch kein eigenes Bad, eines zu teilen, wäre für mich also keine Umstellung. Selbstverständlich würde ich mich nach dir richten, Lissi, es ist schließlich dein Bad.«

»Gut, dann wäre das auch geklärt«, beendete Annemarie die Besichtigung.

Berthold reichte Frau Lambert die Hand. »Lissi und ich müssen uns leider verabschieden. Hat mich sehr gefreut. Und wenn sich Ihre Tochter definitiv für eine Ausbildung bei uns entscheidet, wird sie es nicht bereuen.«

»Wir werden sehen«, entgegnete Frau Lambert, und zu Annemarie: »Katinka wollte eigentlich studieren. Eine Ausbildung halte ich für eine Laune, die sicher nicht anhalten wird. Kuchen backen kann sie doch bereits! Dafür muss sie nicht in die Lehre gehen.«

Diese Worte versetzten Annemarie in Alarmstufe Rot. Die Frau war eine sogenannte Helikoptermutter, bei der alles nach ihrem Willen gehen musste. Jetzt war allerhöchste Diplomatie gefragt. »Natürlich sollte so ein wichtiger Schritt gut überlegt sein, da bin ich ganz Ihrer Meinung.«

»Sie sagen es.« Frau Lambert ließ sich zu einem Nicken herab.

»Ich verstehe Ihren Standpunkt vollkommen. Nun ist es ja nicht so, dass Katinka verpflichtet wäre, die Ausbildung auch zu beenden«, fuhr Annemarie mit sanfter Stimme fort, während sie mit ausgestrecktem Arm zur Treppe und dem Weg nach unten deutete. »Wenn Katinka nach einigen Wochen feststellen sollte, dass Konditorin eben doch nicht ihr Traumberuf ist, wäre das zwar höchst bedauerlich. Aber wir wären die Letzten, sie zum Bleiben überreden zu wollen.«

»Siehst du, Mami, ich werde hier zu nichts gezwungen. Aber ich möchte es wirklich gern versuchen.«

»Aha!«

So dürftig die Reaktion von Frau Lambert auch gewesen war, so erfreulich war Katinkas anhaltende Begeisterung.

In der Rezeption angekommen, lächelte Annemarie tapfer weiter. »Ich würde vorschlagen, Sie besprechen sich innerhalb der Familie und geben uns dann Bescheid. Was meinen Sie?« Ihre Wangenmuskeln schmerzten, so eingefroren fühlte sich ihr Lächeln an.

»Guter Vorschlag. Dann verabschieden wir uns.« Frau Lambert reichte Annemarie die Hand und lächelte ein wenig.

Annemarie wünschte »Gute Fahrt« und schickte eine Bitte an ihren Vater Max König – er ruhe in Frieden –, diese verbohrte Mutter zur Einsicht zu bewegen.

# 33

Lissi las die Nachricht noch einmal, um das Kribbeln im Magen zu genießen, das sich wie ein kleines Feuerwerk ausbreitete.

*Lust auf einen Feierabenddrink? Ich würde dich auch gerne was fragen*, hatte Philip via WhatsApp geschrieben.

Um was es sich wohl handelte? Vermutlich nicht, ob sie mit ihm die Nacht verbringen wollte. Auch wenn sie darauf sofort mit Ja geantwortet hätte.

Zugesagt hatte sie längst, ihn aber mit Fragen nach dem Was, Wie, Warum zu löchern, das versagte sie sich. Was auch immer gestern Abend zwischen ihnen entstanden war, es war empfindlicher als Salzburger Nockerln, die sofort zusammenfielen, wenn man sie eine Minute zu früh aus dem Rohr nahm. Philip auszufragen, konnte ihn verschrecken, und er würde zurück in sein Schneckenhaus kriechen, aus dem sie ihn während des Essens so mühsam herausgelockt hatte.

»Lissi, die beiden Bleche Biskuit sind fertig«, rief Alex ihr zu. »Eine Minute länger, und sie sind verbrannt!«

»Oh ... sofort ... danke ...« Sie steckte das Handy in die Hosentasche und beeilte sich, die Tortenböden aus dem Rohr zu holen und zum Auskühlen auf ein Gitter zu legen.

Sie blickte auf die große Wanduhr, die Großvater Max

König selbst angebracht hatte. Noch vier Stunden, dann war es sechs Uhr und Feierabend, dann hatte die Qual ein Ende. Dann würde sie erfahren, ob es ein Happy End gab. Eines, das in Philips Armen endete. Vielleicht wollte er aber auch nur über »seine Bar« reden, fiel ihr ein. Dann durfte sie auf keinen Fall enttäuscht wirken und müsste ihm stattdessen vom nächtlichen Gespräch mit Rose, Nico und Annemarie erzählen. Dass es zwar noch keine Zusage gegeben hatte, dass aber alles möglich war. Dass sie dranbleiben würde. Dass er an seinen Traum glauben sollte.

Jetzt aber Konzentration, motivierte sie sich selbst für die anstehende Aufgabe: die bestellte Torte zu einer Goldenen Hochzeit. Nicht die übliche zwei- oder dreistöckige Hochzeitstorte: Eine Zahlentorte war gewünscht, und die Kunden hatten Annemarie ein Foto geschickt. Eine übergroße Fünfzig, dreilagig, gefüllt mit Himbeer-Mascarpone-Creme und Schokoladen-Mandel-Creme. Umhüllt mit Swiss-Buttercreme, verziert mit Marzipanrosen und Zuckerblüten.

Lissi legte die Zahlenschablonen auf den abgekühlten Biskuit. Ob das Jubelpaar wirklich seit fünfzig Jahren glücklich miteinander war?, überlegte sie während des Zurechtschneidens. Wie viele Feste sie wohl gemeinsam gefeiert hatten? Wie viele Sorgen sie überstanden hatten? Ob sie sich jemals hatten trennen wollen? Sie wusste nicht, ob die Jubilare Kinder und Enkelkinder hatten, vermutlich, denn die Torte sollte für fünfzig Gäste ausreichen. Also gut, wer nach fünfzig Jahren Ehe ein großes Fest feiern konnte, dessen Leben musste wohl glücklich gewesen sein.

Lissi dachte an ihre Beziehung mit Ferdinand, die etwa sechs Monate gedauert hatte. Zu lange. Und doch war diese unglückselige Geschichte der letzte Anstoß gewesen, Wien zu verlassen und nach Auerbach zu gehen. Konditorin zu werden. Was sie geschafft hatte. Man soll seine Träume niemals aufgeben, dachte sie und nahm sich vor, Philip in seinem Traum zu bestärken. Genau das wollte sie ihm nachher sagen.

Kurz vor sechs verabschiedeten sich Berthold und Alex in den Feierabend. Lissi war noch mit dem Einstreichen der Zahlentorte beschäftigt. Entsetzt stellte sie fest, dass sie etwa eine halbe Stunde länger brauchen würde als eingeplant. Aber bis zum Treffen um sieben war es zu schaffen, sie durfte jetzt nur nicht trödeln.

Schmunzelnd dachte sie an Katinka, die sich hoffentlich gegen ihre Mutter durchsetzen würde, trotz der weniger schönen Seiten des Berufs. Genau das hatte sie dem Mädchen vermitteln wollen. Manchmal dauerte ein Arbeitstag eben etwas länger, trotzdem musste man exakt arbeiten. Schlamperei rächte sich. Schnell gerann eine Creme und war vielleicht nicht mehr zu retten. Dann musste man von vorn beginnen und hatte sowohl Material als auch Zeit vergeudet. Geduld war als Zutat ebenso wichtig wie Hingabe. Sie war dem Ergebnis immer anzusehen.

Zwanzig nach sechs stellte sie die »Fünf« und die »Null« in den Kühlschrank. Morgen Vormittag würde sie die Torte mit roten Marzipanrosen dekorieren, wofür zwei Stunden eingeplant waren. Gegen elf Uhr sollte das Prachtstück dann abgeholt werden.

Lissi räumte alles auf, putzte die Gerätschaften und die Arbeitsplatte; erst dann war Feierabend. Nachdem sie die

Backstube abgeschlossen hatte, eilte sie über den Parkplatz, durch die Rezeption und die drei Treppen hinauf in ihr Reich unterm Dach. Noch eine schnelle Dusche und etwas Hübsches anziehen. Wie auch gestern schon stand sie ratlos vor ihrem Kleiderschrank. Unverändert hing da nur schwarzes Zeug drin. Sie musste dringend shoppen gehen. Vielleicht am nächsten Samstag, da hatte sie frei. Also würde sie den Abend wie gewohnt in Schwarz verbringen, noch einmal wollte sie Rose nicht bitten. Schade, dass es zu spät war, um sich die Fingernägel rot zu lackieren, das wäre zumindest ein kleiner Farbtupfer gewesen. Dann eben nur roten Lippenstift, das dauerte nur zwei Minuten.

Kaum hatte sie den Stift angesetzt, änderte sie ihre Meinung. Roter Lippenstift verschmierte ziemlich unschön beim Küssen, und nicht alle Männer mochten geschminkte Lippen. Wenn Philip dazugehörte, würde der Abend ganz sicher anders verlaufen, als sie sich erhoffte. Und das durfte nicht sein. Ein Pflegestift musste genügen.

Mit einigen Minuten Verspätung betrat sie die Terrasse, wo sie verabredet waren. Philip saß an einem Tisch nahe der Abgrenzungsmauer. Hier hatte man den besten Blick auf den See, konnte die Wasservögel, Schiffe und auch das Schiff in der Luft, den Zeppelin, beobachten. Rundflüge über den Bodensee waren ein beliebter Spaß bei den Touristen.

»Hi, entschuldige die Verspätung ...«

Philip war aufgestanden. »Hi, ich bin auch erst seit dreißig Sekunden da.« Er beugte sich zu ihr und küsste sie auf eine Wange. »Was magst du trinken? Ich hole es an der Theke.«

»Einen Aperol Spritz, bitte. Ich mag diesen Drink. Das Orange erinnert an Sonnenuntergänge.«

»Schöner Vergleich.«

Lissi setzte sich mit Blick zum See, obwohl sie Philip gerne nachgeschaut hätte wie ein verliebter Teenager. Normalerweise sah sie ihn in Uniform, heute trug er Jeans, ein weißes Hemd und dunkelbraune Lederschuhe. Eine simple Kombination; sie mochte diesen klassischen Stil. Viel lieber würde sie ihn aber ohne Klamotten …

Philip kam zurück, stellte zwei Aperol auf den runden Caféhaustisch, setzte sich und griff nach seinem Glas. »Auf den Bodensee«, sagte er und sah ihr dabei in die Augen.

»Auf Sonnenuntergänge und Feierabenddrinks«, fügte Lissi hinzu, seinen Blick erwidernd. Sie konnte es kaum erwarten, seine Frage zu hören.

»Wie war dein Tag?«, erkundigte sich Philip, nachdem sie einen Schluck getrunken hatten. »Hoffentlich stressfrei.«

Lissi seufzte lautlos; sie war enttäuscht. War das etwa der Grund, warum sie sich hier trafen? Selbstredend war es sehr nett, dass er sich nach ihrem Befinden erkundigte, aber das konnte doch wohl unmöglich der Hauptgrund sein! Sie lächelte tapfer, erzählte von Katinka, der Jubiläumstorte und dass die Torte der Grund war, warum sie sich verspätet hatte.

»Jubiläumstorte ist ein gutes Stichwort«, griff er das Thema auf. »Dazu wollte ich dich nämlich etwas fragen.«

Lissi richtete sich im Stuhl auf. Jetzt wurde es spannend. »Gibt es was zu feiern?«

»Ja, mein Vater wird fünfundsechzig und geht in den Ruhestand. Ich weiß nie, was ich ihm schenken soll. Er äußert auch nie irgendwelche Wünsche, behauptet, alles zu haben. Deshalb dachte ich an eine richtig schöne Torte von dir. Vorausgesetzt, man könnte sie so verpacken, dass sie die Fahrt nach Geiselgasteig überlebt.«

»Geiselgasteig?« Lissi war fassungslos. Sie hatte sich solche Hoffnungen gemacht. Dass es um ihn und sie, um ein *Wir* gehen würde. Und jetzt wollte er nur eine Torte. Auch wenn das ein Kompliment war. »Nie gehört. Klingt nach einem winzigen Dorf am Rande von Eisenbahnschienen, auf denen nur ein einziger Zug am Tag vorbeifährt. So ein bisschen wie in einem alten Hollywoodfilm.«

Philip lachte, als hätte Lissi einen guten Witz erzählt. »Du hast ja eine blühende Fantasie. Aber mit Film liegst du gar nicht so verkehrt. Es ist ein Vorort von München, bekannt durch die Bavaria-Filmstudios. Früher war die Gegend rund um die Filmstudios sogar berühmt dafür, dass Filmstars dort in tollen Villen wohnten. Aber das ist ewig her. Heute leben die Stars eher in Berlin.«

»Von den Bavaria-Studios habe ich schon mal gehört oder als Abspann bei Filmen gelesen. Und deine Eltern wohnen dort?« Lissi hatte eigentlich nicht so direkt fragen wollen, aber wenn es schon kein romantischer Abend würde, wollte sie wenigstens ein bisschen mehr über ihn und seine Familie erfahren. Wer konnte schon sagen, ob das heute nicht die einzige Gelegenheit war.

»Ja, sie leben in einem kleinen Reihenhaus. Ich bin dort aufgewachsen. Mein Vater hat dreißig Jahre in den Filmstudios als Beleuchter gearbeitet. Meine Mutter leitet die Kantine voraussichtlich noch ein paar Jahre. Sie ist erst neunundfünfzig und ziemlich agil.« Er nahm einen Schluck aus dem Glas und schaute Lissi dann fragend an. »Also, was meinst du, wäre eine Torte noch essbar, nachdem sie knapp vier Stunden durch die Gegend gefahren wurde?«

»Kommt auf die Torte an. Von einer Sahnebombe würde ich abraten, die fällt womöglich in sich zusammen, wenn die Fahrt unruhig verläuft. Aber eine Sachertorte lässt sich problemlos transportieren. Das Hotel Sacher verschickt sie schließlich in die ganze Welt.«

»Die berühmte Sachertorte. Die mag mein Vater bestimmt. Der ist auch ein *Süßer*, genau wie ich«, sagte Philip und lachte verlegen. »Du weißt, was ich meine.«

»Ihr esst gerne Süßes«, bestätigte Lissi und musste an sich halten, um ihn nicht zu umarmen. Sie fand ihn heute besonders *süß*. Wenn er sie anschaute, wurde ihr heiß. Es lag aber nicht am Blau seiner Augen, das in der Abendsonne intensiv leuchtete, sondern an der Vorstellung, er würde sie küssen.

Aus den Augenwinkeln beobachtete Lissi, dass am Nebentisch lautstark Stühle gerückt wurden. Nach und nach leerten sich alle Tische. In einer halben Stunde würden das Café und die Terrasse geschlossen. Ihr blieb nicht mehr viel Zeit, um noch ein bisschen zu flirten.

»Also: Würdest du eine Sachertorte für mich backen?«

»Warum nicht? Ich verpacke sie auch so, dass sie die Reise überlebt, versprochen. Wann brauchst du sie denn?«

»Nächstes Wochenende. Ich fahre am Samstagvormittag, die Feier soll nach dem Mittagessen starten.«

»Ach, dann ist ja reichlich Zeit. Habe ich dir übrigens erzählt, dass ich im *Sacher* ein Praktikum machen konnte?«

»Wow, in diesem weltberühmten Haus! Aber nein, du

hast es nie erwähnt. Wie war das? Sicher eine interessante Geschichte.«

»Ja, und eine lange Geschichte, das dauert. Irgendwie hat sie auch mit Max König zu tun. Wenn wir mal mehr Zeit haben, erzähle ich sie dir.« Sie blickte sich um. »Bald wird geschlossen, dann werden wir bestimmt rausgeworfen.«

»Wie wäre es, wenn du mich begleitest?« Philips Stimme war plötzlich sehr leise, als sei er selbst über die Frage erschrocken.

»Wohin?« Lissi wusste genau, wohin, mochte es aber nicht recht glauben. Das musste ein Scherz sein. Sie waren doch nur Kollegen, auch wenn sie gerne viel mehr für ihn wäre.

»Zum Jubiläum meines Vaters«, verdeutlichte Philip mit leichtem Lächeln. »Er würde bestimmt ausrasten, wenn ihm eine preisgekrönte Konditorin die Torte selbst überreicht. Und vier Stunden Fahrt reichen bestimmt für deine Geschichte aus.«

Um sie herum waren jetzt alle Tische leer. Die Sonne würde bald in den See sinken. Herr Otto würde sie bitten zu gehen. Er und die Kellnerinnen würden die Stühle mit langen Seilen festbinden. Und das Treffen mit Philip wäre vorbei. Aber sie wollte nicht, dass es zu Ende ging. Sie wollte, dass der Abend andauerte. Die ganze Nacht. Sie brauchte nur eine zündende Idee, damit Philip nicht in seinen Polo stieg und nach Konstanz in seine Wohnung fuhr.

»Du willst tatsächlich, dass ich dich zum Jubiläum deines Vaters begleite?« Lissi stellte sich absichtlich naiv, um Philip herauszufordern.

»War eine spontane Idee.« Philip legte seine Hand auf ihre. »Ja, ich fände es schön, wenn du mitkämst.«

Lissi blickte ihn überrascht an. Die vertraute Geste machte ihr Mut. »Wenn es dir nur um meine Erlebnisse im Sacher geht, die kann ich dir natürlich auch hier erzählen. Und ich kann dir das berühmte rote Rezeptbuch von Max König zeigen. Handgeschrieben, sehr nostalgisch. Du liebst doch Backbücher. Ein Originalrezept für die Sachertorte ist auch drin. Das Buch ist oben in meinem Zimmer. Oder musst du nach Hause?« Sie lächelte verhalten. Die Einladung zum Lesen war ein wenig riskant, aber sie liebte das Risiko. Und wenn er sie genauso sehr wollte wie sie ihn, würde er den Hintergedanken verstehen.

Schweigend schaute er ihr tief in die Augen. Dann schob er den Stuhl zurück und zog sie im Aufstehen hoch. »Lass uns gehen.«

Lissi lächelte nun doch etwas breiter, allerdings wurde ihre Nervosität nicht geringer, als sie Hand in Hand die Terrasse verließen und über den Hintereingang ins Haus gingen.

»Das Stockwerk ist dir ja nicht ganz fremd«, sagte sie, als sie oben angekommen waren. »Falls du ins Bad möchtest, findest du es.«

»Ich denke schon, es steht ja immer noch an derselben Stelle«, erwiderte Philip mit Blick auf die Tür und lächelte sie dann an.

Lissi vermutete, dass auch ihm jetzt der Moment einfiel, als er nur mit einem Badehandtuch um die Hüften aus der Tür getreten war. Sie jedenfalls hatte den flüchtigen Blick auf seinen noch nassen Körper nie vergessen.

Als sie die Tür zu ihrem Zimmer öffnete, war sie so nervös, dass ihr die Knie zitterten. Endlich allein mit Philip!

Obwohl, Moment, sie war ja schon einmal allein mit ihm gewesen. Doch nach dem Kuss im Parkhaus hatte sich etwas verändert.

»Bitte, fühl dich wie zu Hause«, rettete sie sich mit einer banalen Floskel. »Setz dich, wohin du möchtest. Ich such mal das Rezeptbuch von Opa Max.«

Philip trat ans Dachgaubenfenster. »Ein traumhafter Blick von hier oben, vor allem in der Dämmerung.«

Lissi hatte das rote Büchlein in der Kommodenschublade gefunden und hielt es hoch. »Wo liest du am liebsten?«

Philip drehte sich um. »Im Bett. Bei mir zu Hause ist es da am bequemsten.«

»Das ist auch hier der gemütlichste Ort«, sagte Lissi, schlüpfte aus den Sneakers und ließ sich ganz sachte in die Kissen fallen.

Langsam kam Philip auf sie zu. »Auf Anhieb würde ich sagen, die Einrichtung ist nicht von dir. Nicht falsch verstehen, es ist ein rundum angenehmer Raum, aber wenn ich sagen müsste, welche Einrichtung zu dir passt, dann sicher kein Rattan. Eher Richtung Bauhaus, schwarz lackiertes Holz, Chrom und Glas. Immerhin, der Glastisch passt zu dir.«

Lissi hatte noch keine der Lampen angemacht, der Raum lag im Halbdunkel, und Philips Gestalt im Gegenlicht fühlte sich aufregend romantisch an. Auch wenn sie hoffte, dass er sie gleich küssen oder zumindest in die Arme nehmen würde, es konnte auch anders kommen. Zu deutlich war die Erinnerung an die Nacht auf seinem Ausziehsofa. »Die Möbel habe ich von Iris übernommen, und die hatte sie wiederum von Viola, der dritten König-Schwester. Viola ist bei der Geburt ihrer Tochter Jasmin gestorben. Iris hat das Baby dann adoptiert. Viola hatte das vorher noch festgelegt, als hätte sie etwas geahnt. Sie war übrigens eine begnadete Konditorin. Du hast bestimmt schon die Fotos in der Rezeption gesehen, sie hat massenhaft Wettbewerbe gewonnen, aber das ist eine andere Geschichte.«

Philip setzte sich auf die Bettkante und drehte sich zu ihr. »In diesem Haus scheint es jede Menge Geschichten und Geheimnisse zu geben. Angefangen bei Max König und bis hin zu dir ...« Er nahm ihr das rote Buch aus der Hand, legte es auf die Kommode neben dem Bett und zog sie in seine Arme. »Das lesen wir später.«

# 34

»*Holy cow*«, raunte Lissi leise, als sie viel später keuchend in Philips Armen lag.

»Leiwand«, erwiderte Philip heiser.

Sie lachten im gleichen Moment laut auf.

»Psst, leise!«, zischelte Lissi.

Sie war so glücklich, dass sie es am liebsten aus dem Fenster gerufen hätte. Aber nach 22 Uhr würde sie das niemals wagen.

»Zu spät«, entgegnete Philip, als hätte er ihre Gedanken erraten. »Ich wundere mich sowieso, dass niemand an die Tür geklopft und um Ruhe gebeten hat.«

Lissi drehte sich aus seiner Umarmung und richtete sich etwas auf. »Hätten wir uns mehr beherrschen sollen?«

»Leidenschaft in *leise* gibt es nicht.« Er küsste sie sanft auf die Lippen. »Weißt du, dass ich dich damals im Waschkeller schon verführen wollte? Du sahst zum Wahnsinnigwerden sexy aus in diesen nassen Klamotten …«

Lissi seufzte wohlig. »Und warum hast du dich zurückgehalten? Ich hätte mich nicht gewehrt, du sahst nämlich auch ziemlich heiß aus. Und wo wir schon dabei sind, auch in deiner Wohnung hast du dich ja demonstrativ an die Wand gedrückt, um mich ja nicht zu berühren. Danach war ich ganz sicher, dass du schwul bist.«

»Tut mir beides noch nachträglich leid. An dem Abend hattest du doch einiges getrunken, ich wollte die Situation nicht ausnutzen, falls du das als Erklärung gelten lässt. Und im Waschkeller hätte doch jeden Moment jemand reinkommen können. Stell dir vor, Annemarie wäre reingeplatzt! Sie wäre bestimmt schockiert gewesen, und ich hätte vielleicht eine Entlassung kassiert.«

»Glaube ich nicht. Sie findet nämlich, dass wir gut zusammenpassen.«

»Das finde ich auch ... und zwar in jeder Beziehung ...«

Lissi legte sich auf ihn und schlang ihre Arme um seinen Hals. Etwas in Philips Stimme signalisierte ihr, dass er genauso glücklich war wie sie. Dass es eine Zukunft für sie beide geben könnte. Obgleich es noch verfrüht war, das Wort *Zukunft* und ihrer beider Namen in einem Satz zu verwenden. Aber es eilte ja nicht. Im Moment war sie einfach nur völlig verrückt nach seinen Küssen, seinem Körper und seinem keuchenden Atem an ihrem Ohr. »Dann lass uns mal schnell das Versäumte nachholen.«

Philip wehrte sich nicht gegen einen langen Kuss, schob Lissi dann aber sanft zurück. »Du hast noch nicht gesagt, ob du mich zum Geburtstag meines Vaters begleitest.«

»Ja, ich will«, kicherte Lissi aufgedreht. »Ich hätte auch eine super Idee für die Torte.«

»Lass hören.«

»Wir backen sie gemeinsam in der Backstube.«

»Wirklich, ich darf die geheiligte Backstube betreten? Und mit dir gemeinsam backen? Meine kühnsten Träume werden wahr.« Philip zog sie eng an sich und drückte sie innig.

»Oder ich assistiere nur, damit es ein echtes Geschenk von *dir* wird.«

»Ach Lissi, das wäre einfach super ...« Philip löste die Umarmung, setzte sich auf und schaute sie direkt an.

Lissi konnte trotz der Dunkelheit an seinen glänzenden Augen sehen, wie sehr er sich freute. »Also abgemacht. Donnerstag nach Feierabend backen. Freitag ebenfalls nach Feierabend mit der Marillenmarmelade füllen und mit dem speziellen Sacherguss überziehen. Samstag ist sie dann transportbereit. Oder willst du schon Freitag nach Feierabend losfahren? Dann müssten wir am Mittwoch die Böden backen.«

»Freitagabend losfahren würde uns mehr Zeit in München einbringen. Ach, ich freu mich so über deine Hilfe! Dafür hast du was gut bei mir.«

Lissi drängte sich an ihn und raunte ganz dicht an seinem Ohr: »Kann ich diesen Gutschein sofort einlösen?«

Er nahm ihre Hand und führte sie über seinen Bauch nach unten. »Wenn dir das gefällt ...«

»Ziemlich gut sogar ...«

Es war Mitternacht, als beide schwer atmend in den Kissen lagen. Das Licht der Promenadenlaternen, das sich im See spiegelte, drang durch das offene Fenster und erhellte den Raum ein wenig.

Schließlich knipste Lissi die Tischlampe auf der Kommode an. »Ich hole uns mal was Kaltes aus dem Minikühlschrank«, sagte sie und erhob sich träge.

»Ich sehe dich heute zum ersten Mal ohne schwarze Klamotten«, lachte Philip und ließ seinen Blick über Lissis nackten Körper wandern.

»Kunststück!« Lissi lachte ebenfalls, nahm eine Flasche Wasser aus der Kühlung und zwei Gläser, die umgedreht obendrauf standen. »In meinem Schrank hängen ja auch nur schwarze Sachen. Dazu weiße Arbeitsklamotten und weiße Sneakers.«

»Und was ist mit der hübschen Bluse, die grüne mit der Schleife?«

»Die war von Rose geliehen.« Lissi setzte sich aufs Bett, reichte Philip ein Glas und füllte es halb voll mit Wasser. »Ich wollte mir schon lange ein paar neue Sachen kaufen … etwas in Farbe.«

Durstig trank er das Glas zur Hälfte aus. »Wir könnten in München shoppen. Ich begleite dich …«

»Du willst mit mir Klamotten einkaufen?«, unterbrach Lissi ihn fassungslos. »Das ist zwar sehr lieb, aber Männer hassen es doch, einkaufen zu gehen! Meinetwegen musst du dir das nicht antun.«

»Was heißt hier antun?«, wehrte Philip grinsend ab. »Ich liebe es, durch die Läden zu flanieren. Mir macht das Spaß. Und ehrlich gesagt vermisse ich das hier ein wenig. In München bin ich oft mit Kolleginnen einkaufen gewesen. Man sagt mir nach, ich hätte einen sehr guten Geschmack.«

»Oder doch eine schwule Ader«, konterte Lissi lachend.

»Tja, wer weiß …« Philip hob die Hände. »Auf jeden Fall gehöre ich nicht zu den Männern, die ihre weibliche Seite hinter Machogehabe verstecken.«

»Dann freue ich mich jetzt schon auf den Shoppingbummel mit dir.« Lissi trank ihr Glas aus und füllte es wieder auf. »Aber sag mal, wo werden wir in München wohnen? Doch nicht bei deinen Eltern, oder? Das wäre zu viel Aufwand, bestimmt sind jede Menge Gäste eingeladen, und dann noch Übernachtungsbesuch. Ich würde lieber in ein Hotel gehen.«

»Meine Eltern sind gesellige Menschen und würden sich freuen. Ein Gästezimmer unterm Dach wäre auch da, aber leider ohne eigenes Bad. Deshalb dachte ich ans Hilton am Englischen Garten.«

»Deine ehemalige Wirkungsstätte, *très chic*.« Lissi war begeistert. »Nebenbei können wir ein bisschen Recherche betreiben, und ich lerne deine ehemaligen Kollegen und Kolleginnen kennen. Ob Mary noch da ist – oder wieder zurückgekommen ist? Ich würde deine Ex zu gerne kennenlernen oder wenigstens aus der Ferne begutachten.«

»Bitte, nein!« Philip stöhnte auf und verzog angewidert das Gesicht. »Erinnere mich bloß nicht an diese dunkle Stunde. Aber sie hat tatsächlich gekündigt, das weiß ich sicher. Die anderen Kollegen treffe ich gerne wieder, und die freuen sich bestimmt, wenn ich aufkreuze. Auch die Geschäftsleitung. Sie haben mich ja ungern gehen lassen. Womöglich kann ich einen annehmbaren Preis aushandeln.«

Lissi stellte ihr Glas ab, nahm Philip das seine aus der Hand und kuschelte sich wieder in seinen Arm. »Ich kann es kaum erwarten. Den Absacker nehmen wir dann in der Bar … Da fällt mir ein, ich habe dir ja noch gar nicht von meinem Gespräch mit Annemarie, Rose und Nico erzählt.«

»Noch mehr Geheimnisse?« Philip strich mit der Hand über ihre Stirn. »Aber nein, du hast es nicht erwähnt. Erzähl, ich bin ganz Ohr.«

»Bist du noch nicht müde? Es ist schon spät, vielleicht sollten wir lieber etwas schlafen«, sagte Lissi überlegend, während sie ihr Kissen aufschüttelte. »Sonst machen wir morgen bei der Arbeit schlapp.«

»Nichts da!«, protestierte Philip in gespielter Strenge. »Mit Andeutungen meine Neugier wecken und mich dann auf morgen vertrösten, das geht gar nicht. Also, worüber habt ihr euch unterhalten? Es hat ja anscheinend mit mir zu tun.«

»Ja, mit deinem Traum von einer Bar«, antwortete Lissi und berichtete, was im Familiengespräch besprochen worden war. Dass Nico begeistert war und sofort nach Kursen für Barkeeper recherchiert hatte. Dass aber leider jede Idee von Annemarie abgeschmettert worden war. »Sie meinte, man könne sich die Anschaffung von Cocktailshakern, Gläsern und sonstigem Zeug sparen, solange das Personalproblem nicht geklärt wäre. Und niemand von uns könne zwei Jobs gleichzeitig machen, du auch nicht. Sie wirkte direkt panisch bei der Vorstellung, sich eine neue Hausdame suchen zu müssen, wenn du auf Barkeeper umsattelst.«

»O Lissi, ich weiß gar nicht, was ich sagen soll«, sagte Philip, der aufgeregt zugehört hatte. Jetzt küsste er sie einmal mehr zärtlich auf den Mund. »Annemaries leise Panik nehme ich als Kompliment. Sieht ganz so aus, als wären alle sehr zufrieden mit meiner Arbeit.«

»Du schuftest ja auch für zwei«, stellte Lissi fest und zählte an den Fingern ab: »Vormittags die Zimmer. Mehrmals wöchentlich stehst du an der Rezeption. Du kümmerst dich um den Garten. Machst Ausfahrten. Die Wäsche. Und bist stets gut gelaunt. Wenn du eine Gehaltserhöhung beantragen möchtest, werde ich sie als Miteigentümerin befürworten.«

»Klingt nach *Superman*.« Philip setzte sich abrupt auf, drehte sich mit dem Oberkörper zu Lissi, hob beide Arme und spannte die Muskeln an. »Ist aber alles halb so wild. Die Zimmerreinigung überwache ich nur, die echte Arbeit erledigen Antonella und Marcella. An der Rezeption schwatze ich mit den Gästen. Gartenarbeit ist wie Meditation. Bei den Ausfahrten lerne ich die Gäste kennen, die mir oft sogar noch ein Trinkgeld zustecken. Und im Wäschekeller, da hänge ich einfach gerne rum, weil …« Er stockte, drehte sich zu Lissi und raunte ihr ins Ohr: »Weil ich dort von einer Konditorin in nassen Klamotten träume.«

»Also gut, dann keine Gehaltserhöhung für den besonders engagierten Housekeeper. Stattdessen würde ich gerne unsere Übernachtungen in München übernehmen.«

»Warum?«

»Warum was?«

»Die Hotelrechnung. Warum du sie übernehmen willst?«

»Als Bonus für deine ausgezeichnete Arbeit!« Lissi lachte, wurde aber gleich wieder ernst, als Philip aufstand und seine auf dem Fußboden verstreute Kleidung aufsammelte. »Was ist denn jetzt passiert?«

»Vielleicht fahre ich doch nach Hause und schlafe noch zwei Stunden.«

»Sei nicht albern, Philip, schlafen kannst du hier auch, und zwar mindestens drei Stunden. Außerdem wäre es viel zu gefährlich, übermüdet, wie du bist, jetzt die Strecke nach Konstanz zu fahren. Schon gar nicht, wenn du verärgert bist. Denk an Nico, der hat in solch einer Verfassung einen sehr schweren Unfall gebaut.«

»Danke für deine Fürsorge. Aber soweit ich Nicos Geschichte kenne, gab es damals ein heftiges Unwetter, und heute ist es trocken. Und nach jahrelangen Schichtdiensten macht es mir auch nichts aus, lange wach zu bleiben. Ich werde trotzdem nicht am Steuer einschlafen.«

»Na gut, du bist also fit. Aber außerdem bist du ziemlich sauer, das merke ich doch. Ich würde gerne wissen, warum. Was habe ich gesagt, das deine Stimmung plötzlich so hat umschlagen lassen?«

Philip zog den Reißverschluss seiner Jeans zu. »Nichts, es ist alles gut. Ich würde nur wirklich gerne nach Hause fahren.« Er griff nach seinem Hemd und schlüpfte hinein. »Es wäre doch auch seltsam, wenn mich jemand aus deinem Zimmer kommen sieht.«

Lissi musterte ihr entgeistert, während sie zusah, wie er sein Hemd zuknöpfte. Sie spürte ganz deutlich, dass er ein Problem hatte, aber nicht damit rausrücken wollte.

»Du brauchst auch deinen Schlaf, und allein schläfst du doch sehr viel ruhiger«, behauptete er, ohne sie dabei anzusehen.

»So ein Blödsinn.« Ungläubig beobachtete Lissi, wie Philip den letzten Hemdknopf schloss. Er wirkte plötzlich so abweisend, als hätte sie nicht gerade in seinen Armen gelegen. Keine Pläne für ein gemeinsames Wochenende in München geschmiedet. Und als hätte er niemals daran gedacht, sie seinen Eltern vorzustellen. Denn genau das bedeutete doch die Reise zum Geburtstag seines Vaters!

Er stieg in seine Schuhe, kam zu ihr ans Bett. »Schlaf gut«, sagte er, hauchte einen flüchtigen Kuss auf ihre Wange und schlich leise davon.

»Philip, das ist doch albern!«, rief sie ihm nach, doch da hatte er schon die Tür ins Schloss gezogen.

Fluchend warf sie sich in die Kissen. Nachlaufen würde sie ihm bestimmt nicht. Schlafen konnte sie in dieser aufgewühlten Verfassung aber auch nicht. Eben noch hatte sie die beste Nacht ihres Lebens verbracht und war überzeugt, Philip empfinde genauso. Und plötzlich benahm er sich, als könnte er gar nicht schnell genug das Haus verlassen. Als seien es die grässlichsten Stunden seines Lebens gewesen.

# 35

Annemarie hatte unruhig geschlafen. Dementsprechend müde und schlapp war sie jetzt. Ungewöhnlich, denn seit Berthold fast täglich bei ihr übernachtete, waren ihre Nächte göttlich. In jeder Beziehung.

Ein seltsamer Traum von schreienden Kindern hatte sie geweckt. Danach hatte sie wach gelegen, das Kopfkissen immer wieder auf die kühle Seite gedreht, war kurz weggedöst und eben von einem Motorengeräusch aufgewacht. Kurz nach zwei zeigten die Leuchtziffern ihres Radioweckers an. Das konnte nur ein spät heimkehrender Gast sein. Niemand aus der Familie war zu nachtschlafender Zeit noch unterwegs. Im Gastgewerbe begannen die Arbeitstage um sechs oder sieben Uhr, und meistens schlüpften alle vor Mitternacht in die Federn. Lächelnd betrachtete sie Berthold, der gleichmäßig atmend neben ihr lag. Der Glückliche hatte offenbar nichts gehört.

Sie lauschte in die Dunkelheit. Alles war ruhig, keine schreienden Kinder. Woher sollten die auch kommen? Jasmin war mit Iris ausgezogen. Sie schloss die Augen und zählte Anatorten. Die Vorstellung einer prall gefüllten Vitrine mit der schokoladenüberzogenen Ananasbombe, die Max König zu ihrer Geburt kreiert hatte, war ihr Einschlafritual.

Als sie wieder wach wurde, dämmerte es bereits, zu erkennen am schmalen Lichtschein, der seitlich durch einen Vorhangspalt fiel.

Sie musste an die Unterhaltung mit Lissi wegen einer Bar im Wintergartencafé denken. Eine großartige Idee, fand sie immer noch. Vom wirtschaftlichen Standpunkt betrachtet, war es ja tatsächlich unsinnig, den Raum nicht voll auszunutzen. Nur ein Familienbetrieb wie der ihre konnte sich solch einen Luxus leisten. Aber die Zeiten hatten sich geändert, die Familie schrumpfte. Florence hatte erst neulich bei einem Telefonat durchblicken lassen, dass sie und Herbert nicht zurückkämen. Er habe sich wundervoll eingelebt, einige Kilo abgespeckt und mit der kleinen Bäckerei vor Ort vereinbart, nach Bedarf Kuchen und Torten zu liefern. Iris würde auch nicht wieder in den Betrieb einsteigen – jedenfalls nicht, bevor sich ihr Traum von der Großfamilie mit vier Kindern erfüllt hatte, und die wollten erst mal großgezogen werden. Rose und Nico waren auf dem Sprung, was sie längst bemerkt hatte, obwohl beide nur darüber flüsterten. Wenn Rose ihrem Nico nach England folgte, fehlte jemand für die Rezeption und den Papierkram. Lissi und sie konnten den Laden nicht alleine schmeißen. Gefühlsmäßig gehörte Berthold natürlich auch zur Familie, aber eben nur theoretisch. Außerdem war er der *König* der Konditorei und als solcher für den Tortenhimmel unentbehrlich und unersetzlich. Ihn konnte sie nicht mit zusätzlichen Aufgaben belasten.

So eine eigene Bar würde ihr aber sehr gefallen. Wie sich das Ganze verwirklichen ließe und wie viel Personal tatsächlich notwendig wäre, darüber würde sie gründlich nachdenken. Ein gemeinsames Projekt mit Lissi würde ihr Freude bereiten und neuen Schwung ins Haus bringen. Die Tortenhimmel-Filialen hatte Lissi ihr ja madiggemacht, und vielleicht hatte sie auch recht: Exklusivität war ein nicht zu unterschätzender Faktor. Wobei sie den Filialentraum noch nicht endgültig begraben hatte.

Gähnend streckte sie sich, rappelte sich schließlich auf und schwang die Beine über die Bettkante. Die Dusche würde heute etwas länger und der Kaffee doppelt so stark ausfallen. Am Schreibtisch einzuschlafen, konnte sie sich nicht erlauben. Sie hatte eine ellenlange To-do-Liste, die keinen Aufschub duldete. Nach Feierabend stand auch noch ein Termin mit Frau Trautmann auf dem Plan. Dabei zu gähnen oder müde im Stuhl zu lümmeln, war natürlich keine Option. Die Frau war zu wichtig.

Berthold rekelte sich jetzt auch, brummelte: »Guten Morgen, mein Anne-Schätzchen ...«, und: »Warum bist du denn schon wach?«

»Guten Morgen, Liebling, du kannst noch eine halbe Stunde weiterschlafen ...« Annemarie musste erneut gähnen.

»Du bist aber auch noch ziemlich müde, wie ich merke.«

»Ein seltsamer Traum hat mich aufgeschreckt ...«

Berthold war zu ihr rübergerollt und zog sie an der Schulter zurück ins Bett. »Komm zu mir und erzähl, was dich bedrückt.«

Annemarie sank nur zu gerne in Bertholds Arme. Nirgendwo fühlte sie sich geborgener. Nirgendwo schlug ihr Herz ruhiger. Mit niemandem besprach sie lieber ihre Sorgen und Nöte. Er war ein guter Zuhörer, auch ein guter

Ratgeber und nicht zuletzt ein wundervoller Lebensgefährte. Dass sie nicht verheiratet waren, störte sie nicht. Sie war ihr Leben lang eine selbstständige Frau gewesen, sie konnte damit umgehen.

»Mir kamen die Veränderungen der letzten Wochen und Monate in den Sinn. Die Schwestern vom See sind demnächst Geschichte; Rose und Nico sind mit halbem Fuß schon auf dem Weg nach England. Die Familie König schrumpft zusammen, es bleiben nur Lissi und ich«, seufzte sie und erzählte auch von Lissis Idee für den Wintergarten.

Berthold hörte ruhig zu, ohne Annemarie zu unterbrechen, brummelte nur gelegentlich zustimmend: »Hmm.«

»Was sagst du, wäre so eine Bar nicht schick? Und Philip würde sich hervorragend hinterm Tresen ausnehmen. Er ist ja ein sehr attraktiver Mann. Ich sehe ihn schon umringt von jungen Frauen. Und uns beide sehe ich nach Feierabend mit einem erfrischenden Cocktail auf der Terrasse sitzen und den Sonnenuntergang genießen.«

»Mit Philip hast du recht«, bestätigte Berthold. »Er würde garantiert jüngeres Publikum anlocken.«

»Blöd nur, dass wir dann wieder ohne Hausdame dastehen. Ob die Mädchen das inzwischen vielleicht doch alleine schaffen? Immer diese Personalsorgen, und das, wo wir doch so ein freundlicher Arbeitgeber sind. Was bin ich froh, mit dir den Hauptgewinn gezogen zu haben.« Annemarie drückte ihm einen zärtlichen Kuss auf die leicht kratzige Wange. »Den Rest bereden wir demnächst mal in aller Ruhe. Jetzt springe ich unter die Dusche, und danach koche ich heute einen richtig starken Kaffee.«

»Warte …« Berthold war mit einem Satz auf den Beinen. »Ich komme mit, das spart Wasser.«

Kichernd schlichen sie ins angrenzende Badezimmer.

Annemarie stand summend an der von heller Morgensonne beleuchteten Arbeitsplatte in der Küche. Ein Quickie am Morgen, und sie war so fit, als habe sie zwei Tage durchgeschlafen. Ein starker Kaffee schadete trotzdem nicht, dachte sie und gab einen Extralöffel Kaffeemehl in den Filter der Maschine. Wasser in den Tank und Einschalten nicht vergessen. Während der Kaffee durchlief – bei dem altersschwachen Teil dauerte das zehn Minuten –, füllte sich die Küche langsam mit dem köstlichen Aroma von frischem Wachmacher. Ohne diesen belebenden Duft – und ohne Berthold – wäre es für sie kein Frühstück. Die frischen Brötchen, die er gerade bei Bäcker Wyss holte, waren wie das Sahnehäubchen auf dem Eisbecher.

Als sie Eier für Rühreier aus dem Kühlschrank holte, die Berthold sich zum Frühstück gewünscht hatte, fiel ihr Blick auf den Ringfinger ihrer rechten Hand. Nein, es war wirklich kein Drama, dass sie nicht verheiratet waren. Hauptsache, sie liebten sich und ihre Beziehung war harmonisch. Und das war sie zweifellos.

Die Küchentür ging langsam auf. Aber statt Berthold schlurfte Lissi herein. Mit einem kaum vernehmbaren »Morgen« setzte sie sich an den großen Esstisch.

Annemarie unterbrach das Aufschlagen der Eier, stellte die Schüssel ab und drehte sich um. Zu fragen, ob alles in Ordnung sei, war unnötig. Lissis Anblick sagte alles. Sie hatte zwar frisch gewaschenes Haar, aber auch dunkle

Ringe unter den Augen, war blass um die Nase und sah richtig krank aus. Sichere Indizien waren die zusammengefallene Körperhaltung und der aufgestützte Kopf.

Annemarie nahm eine Henkeltasse aus dem Schrank. »Kaffee ist fertig. Soll ich dir einschenken?«

Lissi nickte träge. »Hm, danke ...«, murmelte sie, blieb aber unbeweglich am Tisch sitzen.

Annemarie war alarmiert. So kannte sie Lissi gar nicht. Sie war noch nie ein Morgenmuffel gewesen, stets guter Dinge, ausgenommen vor der Gesellenprüfung. Aber die hatte sie ja mit Auszeichnung bestanden. Hätte Lissi eine Beziehung, würde sie auf Liebeskummer tippen, aber soviel sie wusste ... Moment, war es bei der Unterhaltung mit Philip am Ende nicht nur um die Bar gegangen? Hatte sich da etwas angebahnt, das vorbei war, ehe es hätte schön werden können? Na, dann würde sie Lissi doch ein wenig ausfragen. So konnte das Kind unmöglich in die Backstube gehen, da wurde ja die Sahne sauer!

Sie brachte den Kaffee zum Tisch, setzte sich neben Lissi und sagte leise: »Liebeskummer?«

Lissi zuckte zusammen. »Was?«

Ha! Da hatte sie ja wohl ins Schwarze getroffen. Und jetzt ahnte sie auch, dass ihr seltsamer Traum von leidenschaftlichem Stöhnen aus dem Nachbarzimmer ausgelöst worden war. Sie musste nicht lange nachdenken, sondern schoss sofort den nächsten Pfeil ab: »Philip?«

Lissi hob endlich den Kopf und schaute sie aus rot geweinten Augen an. »Wie kommst du denn auf *die* Idee?«

Annemarie grinste. »Weibliche Intuition. Also los, erzähl deiner Tante, was passiert ist.«

Berthold kam in die Küche und brachte den Duft von frischen Brötchen mit. »Was für ein wunderschöner Morgen, die Luft ist herrlich draußen, auch wenn es schon ein bisschen nach Herbst riecht«, plauderte er gut gelaunt, während er den Inhalt der Papiertüte in den bereitstehenden Korb kippte.

Annemarie lächelte ihn an und schickte ihm ein Luftküsschen. »Danke fürs Holen.«

»Mache ich doch gerne«, entgegnete Berthold, wollte sich setzen, hielt aber in der Bewegung inne. »Stör ich?«, fragte er Annemarie.

»Nein«, antwortete Lissi knapp, griff erst jetzt nach der Henkeltasse und rührte zwei Teelöffel Zucker in den Kaffee. »Aber wenn du magst, die Rühreier sind noch nicht fertig.«

»Wird erledigt«, sagte Berthold und zwinkerte Annemarie zu. »Rühreier sind so gut wie gebraten.«

»Also, was hat der schöne Housekeeper angestellt?«, nahm Annemarie das Thema wieder auf.

Lissi schüttelte schwach den Kopf und nahm einen großen Schluck Kaffee, als wollte sie nicht antworten.

Doch Annemarie war nicht bereit aufzugeben und wurde deutlich. »Ich hab euch gehört!«

Lissi schluckte, senkte den Kopf und murmelte schuldbewusst: »Tut mir leid.«

»Schon gut«, winkte Annemarie ab. »Den Geräuschen nach war es ein schöner Abend. Deshalb wundere ich mich jetzt auch über dein trauriges Gesicht. Du solltest doch eigentlich lachen und singen.«

Lissi nickte und begann plötzlich, leise zu weinen.

Annemarie reichte ihr eine der Papierservietten, die auf einem Stapel neben dem Brotkorb lagen. »Worüber habt ihr denn gestritten?«

»Nicht gestritten«, schniefte Lissi, trocknete sich die Augen, putzte sich dann die Nase und begann zu erzählen.

»Gemeinsames Backen! Das hört sich doch nach einer romantischen Liebesgeschichte an«, urteilte Annemarie am Ende und freute sich, recht gehabt zu haben. Die beiden passten hervorragend zusammen und verstanden sich bestens. Kleine Unstimmigkeiten gab es in jeder Beziehung. Sie hörte schon die Hochzeitsglocken läuten. Dann würde die Familie wieder wachsen. Was für ein schöner Tag!

Lissi zog die Nase hoch. »Liebesgeschichte? Wenn er lieber durch die Nacht fährt, als in meinem Bett zu schlafen?«

»Hm, hm …« Annemarie dachte nach. Das war tatsächlich kein gutes Zeichen. »An welcher Stelle genau wurde denn ein Drama daraus? Ich meine, wann hat er sich plötzlich angezogen?«

Lissi schaute sie ratlos an.

Annemarie musste nachbohren, alles noch mal durchkauen, bis sie den entscheidenden Punkt erkannt hatte. »Wenn du das Hotel bezahlst, fühlt sich Philip, als würdest du ihn aushalten.«

»So ein Schmarrn!«, brauste Lissi auf. »Es war als Bonus für seine Arbeit gedacht. Wir sind doch superzufrieden mit ihm. Das habe ich auch extra betont.«

Berthold kam mit den Rühreiern an den Tisch. In der anderen Hand hatte er einen Topfuntersetzer für die Pfanne. »Los, essen, dann ist alles nur noch halb so wild«, kommandierte er in freundlichem Tonfall. »Nicht böse sein,

Lissi, ich habe eher unfreiwillig zugehört, aber Annemarie hat recht. Philip scheint sich unwohl bei dem Gedanken zu fühlen, dass *du* bezahlen willst. Immerhin bist du eine Tochter des Hauses, könntest theoretisch seine Chefin sein, und das macht die Situation kompliziert für ihn. Nach so einer Nacht auf einmal mit einem Bonus für die gute Arbeit daherzukommen – nicht sehr diplomatisch, würde ich als Mann sagen.«

»In die Richtung habe ich auch schon gedacht«, gestand Lissi seufzend, und ihre Miene hellte sich auf. »Aber das ist doch so was von altmodisch! Ist es nicht egal, von wem das Geld kommt? Hauptsache, es ist da!«

»Im Prinzip ja«, sagte Berthold und lächelte Annemarie dabei an. »Aber nicht am Anfang, wenn man sich noch nicht so gut kennt und die Liebe empfindlich wie …«

»Wie Salzburger Nockerln ist«, ergänzte Lissi und konnte wieder lachen. »Ich werde mich bei ihm entschuldigen und getrennte Kassen vorschlagen. Damit ist das Missverständnis hoffentlich aus der Welt.«

»Dann können wir jetzt in Ruhe frühstücken«, sagte Berthold, wobei er Annemarie anlächelte. »Ich hab nämlich einen Mordshunger.«

»Ich auch«, stimmte Annemarie ihm zu, während sie unterm Tisch ihr Bein gegen Bertholds Oberschenkel drückte.

# 36

Annemarie hatte sich für das Treffen mit der stets sehr elegant gekleideten Frau Trautmann extra umgezogen. Die Hochzeitsplanerin war um die fünfzig und somit etwa zehn Jahr jünger, in ihrer Gesellschaft fühlte sie sich schnell alt. Dagegen half sorgfältiges Styling: Lippenstift, rot lackierte Fingernägel, Wimperntusche und ein Klecks Pomade in der grauen Kurzhaarfrisur. Dazu das rote Leinenkleid mit der raffinierten Schnittführung, und schon erwachte wieder ihr junges Ich.

In bester Laune saß sie nun an Frau Trautmanns Lieblingstisch, den Herr Otto reserviert hatte, und genoss den weiten Blick über den See.

Am blassblauen Septemberhimmel schoben sich rosa gefärbte Wolken vor die tief stehende Sonne. Auf der Promenade waren nur noch wenige Flaneure unterwegs. Und auch die Terrasse leerte sich zusehends.

Gewöhnlich vereinbarte die Hochzeitsplanerin lieber Termine am Vormittag, aber sie hatte gestöhnt, in extremer Zeitnot zu sein. Das Heiratsfieber sei ausgebrochen, sie käme kaum noch nach mit den Events. Deshalb hatte sie um ein spätes Treffen gebeten.

Annemarie ahnte, dass Frau Trautmann abgekämpft sein und sich über eines von Frau Waltrauds berühmten Sandwiches freuen würde. Vorsichtshalber hatte sie zwei davon reservieren lassen.

»Die Termine bei Ihnen sind immer eine große Freude«, befand Frau Trautmann, nachdem sie Annemarie die Hand gedrückt, ihren sandfarbenen Blazer ausgezogen und Platz genommen hatte.

Ein Sandwich war hochwillkommen, ebenso ein großer Milchkaffee und Mineralwasser. »Vielen Dank«, sagte Frau Trautmann und strich sich beiläufig mit der Hand über das tadellos sitzende aschblonde Haar. »Mein Blutzuckerspiegel ist am Limit, in dieser Verfassung ist nicht gut verhandeln.«

Annemarie gab an der Theke Bescheid und klopfte sich selbst auf die Schulter für ihre Weitsicht.

Nach etwas Small Talk über das Wetter und Lobeshymnen für die köstlichen Brote war Lissi immer noch nicht aufgetaucht. Annemarie tippte auf Versöhnung mit Philip und schlug vor, einfach zu beginnen.

Frau Trautmann schaltete ihr Tablet ein. »Wenn die junge Dame doch noch kommt, setzen wir sie kurz ins Bild. Und da bin ich auch schon beim Thema«, fuhr sie fort und zeigte Annemarie einige Fotos auf dem Tablet. »Kennen Sie dieses Paar?«

»Aber ja, Melissa und Marvin, ein prominentes Gesangsduo, sehr erfolgreich mit Heimatliedern. Ist zwar nicht meine Musik, aber irgendwo habe ich etwas über eine Scheidung gelesen. Muss ein kleiner Skandal gewesen sein, wo diese Ehe doch angeblich die glücklichste der gesamten Volksmusikbranche war.«

»Ganz genau, das Paar hat sich vor einem Jahr scheiden

lassen. Und jetzt wollen sie wieder heiraten, und zwar hier in der Pension König.«

»Zweiter Versuch ist kluch«, scherzte Annemarie und konnte sich einen Lacher nicht verkneifen.

»Das habe ich auch gedacht.« Frau Trautmann lachte mit. »Aber bitte, ich werde den Teufel tun und den beiden abraten. Noch dazu, wo sie sich ein besonders großes Event wünschen, um es medial auszuschlachten. Kann ja nicht schaden. Auch für mich und die Pension König ist es kostenlose PR, von all den anderen Einnahmen einmal abgesehen. Das nehmen wir doch mit, oder?«

»Ich muss schon sagen, Sie verstehen Ihren Job«, lobte Annemarie.

»Danke, sehr freundlich …« Lächelnd spielte Frau Trautmann mit der einreihigen Perlenkette, die sie über dem sandfarbenen Etuikleid trug. »Aber ich bin hoffnungslos romantisch und glaube an die große Liebe. Vielleicht klappt es beim zweiten Mal tatsächlich besser, weil man weiß, was schiefgelaufen ist. Zumindest sollte man es wissen.«

Annemarie nickte diplomatisch. Sie konnte beim Thema Heiraten nur theoretisieren, aber ihre persönliche Meinung war in diesem Fall ohnehin unwichtig. »Dann fehlt uns nur noch ein Termin. Wann soll die große Party denn steigen? Und wie immer gleich auch die Frage, wie viele Gäste sind geplant?«

»November wurde angefragt für einhundertfünfzig bis zweihundert Gäste. Und es wird eine standesamtliche Trauung, die ebenfalls hier vollzogen werden soll …«

»Im November ist auf gutes Wetter aber kein Verlass mehr«, hakte Annemarie an dieser Stelle ein.

»Das ist kein Problem. Wir stellen wieder ein Maxizelt in den Garten, dann sind wir auf der sicheren Seite. Der Termin ist deshalb so gewählt, weil der November ein eher ernster Monat ist, in dem keine großen Veranstaltungen stattfinden. Das Paar hat in diesen vier Wochen keine Auftritte oder Konzerte, deshalb passt es perfekt. Ist das für Sie eher ungünstig?«

»Nein, nein. Der November ist so gut wie jeder andere Monat. Vor allem für Torten, und das Anschneiden der Hochzeitstorte ist doch auch jedes Mal ein Höhepunkt. Oder ist das beim zweiten Versuch nicht mehr gewünscht? Das wäre schade«, befand Annemarie. »Konditormeister Müller würde sogar sagen, für Torten ist die kühlere Jahreszeit geradezu ideal.«

Kaum hatte Annemarie Berthold erwähnt, erschien er plötzlich am Eingang, als hätte er seinen Namen gehört. In weißen Hosen und weißem Shirt, einen weißen Karton mit der goldenen Aufschrift »Tortenhimmel« in Händen, kam er einer Vision tatsächlich sehr nahe.

Annemarie überlegte. Hatte sie etwa eine Auslieferung vergessen? Elektrisiert sprang sie vom Stuhl auf, doch da war Berthold bereits am Tisch angelangt.

»Guten Abend, Frau Trautmann«, grüßte er höflich, und dann lächelte er Annemarie an. »Hab dich gesucht«, sagte er und stellte den Karton auf den Tisch. »Der ist für dich.«

Annemarie musterte die repräsentative Tortenschachtel und schaute dann zu Berthold auf. »Du siehst mich verwirrt.«

»Mach einfach auf«, entgegnete Berthold, wobei seine türkisfarbenen Augen leuchteten.

»Das klingt ja aufregend«, wisperte Frau Trautmann.

Annemarie schob ihre Tasse und den Teller zur Seite, nahm den Karton zur Hand und stellte ihn auf dem frei gewordenen Platz ab. Zögernd fasste sie an den unteren Rand.

Berthold lächelt immer noch. »Nur zu …«

Aufgeregt hielt Annemarie den Atem an, öffnete den Karton und schnappte dann nach Luft. »Berthold … das ist … ich … das ist so wunderschön …« Ihr kamen die Tränen. Er hatte eine Anatorte gebacken. Und auf dem Überzug aus dunkler Schokolade stand in weißer Zuckerschrift: *Willst du mich heiraten?*

»Wenn du möchtest, falle ich auch auf die Knie, aber dann komme ich nicht wieder hoch«, sagte Berthold jetzt und verzog das Gesicht.

Annemarie sprang auf und fiel ihm um den Hals. »Ja, ja, und noch mal ja, mein Liebling. Danke für diesen romantischen Antrag!«

»Spontan kam mir heute Morgen die Idee, als du von deiner schrumpfenden Familie gesprochen hast. Ich hätte dir natürlich auch einen Ring kaufen können, aber …«

»Mit Ring kann jeder. Mit Torte nur du!«, unterbrach ihn Annemarie und küsste ihn leidenschaftlich.

Den Moment nutzte Frau Trautmann, um sich die Torte anzusehen. Mit großen Augen betrachtete sie Bertholds Werk und drückte sich dabei gerührt eine Papierserviette an die Nase.

»Dann lasse ich euch wieder allein«, sagte Berthold, als Annemarie ihn losgelassen hatte.

»Kommt nicht infrage«, protestierte Annemarie. »Setz dich bitte zu mir, und halte meine Hand, sonst glaube ich noch, ich hätte fantasiert.«

Frau Trautmann schmunzelte entzückt. »Dann können wir mit Meister Müller doch gleich über die Hochzeitstorte für das Event sprechen, oder sind Sie jetzt zu aufgewühlt, Frau König? Was ich gut verstehen könnte, nach so einem außergewöhnlichen Antrag.«

»Mir zittern zwar die Knie, aber ich sitze und bin ganz Ohr«, antwortete Annemarie. Ihr zitterten nicht nur die Knie, vor Aufregung kribbelte es bis in die Fingerspitzen. Doch solange Berthold neben ihr saß, war alles gut.

»Wir könnten auch gleich über unsere Hochzeit reden«, merkte Berthold an. »Nicht wahr, mein Schatz? Die soll bitte von Frau Trautmann organisiert werden.«

Die Hochzeitsplanerin bedankte sich und gratulierte dem Paar. »Wie ich vorhin gesagt habe, das Heiratsfieber ist ausgebrochen.« Lachend tippte sie den Kalender auf ihrem Tablet an. »Welcher Termin schwebt Ihnen vor?«

Die Verhandlungen dauerten noch eine gute Stunde, ehe alles vereinbart war. Am Ende zog Frau Trautmann eine pinkfarbene Mappe aus ihrer dunkelbraunen Shoppingtasche, auf der ihr Firmenlogo *Trau Dich* prangte. »Ich hatte doch angeregt, die Pension in eine Hochzeitspension umzuwandeln. Sie erinnern sich? Das ist der Businessplan.« Sie überreichte Annemarie die Mappe.

»Aber ja, und ich könnte es mir sehr gut vorstellen«, antwortete Annemarie in ihrer romantisch-rosaroten Stimmung.

»Das freut mich sehr, letztes Mal waren Sie ja noch unschlüssig. Deshalb habe ich mir erlaubt, einmal aufzulisten, wie das Ganze finanziell für Ihren Betrieb aussehen würde. Die Zahlen sprechen für sich. Ich habe vorsichtig kalkuliert, mit durchschnittlich sechs Events pro Monat. Doch allein bei dieser minimalen Ausnutzung wäre es ein großer Gewinn für Ihren Betrieb. Studieren Sie die Unterlagen in aller Ruhe, wir können dann gerne an einem anderen Tag noch mal darüber sprechen.«

»Das müssten wir ohnehin, da ich ja nicht alleinige Eigentümerin bin. Ohne die Zustimmung meines Bruders ist eine Umwandlung nicht machbar.«

»Selbstverständlich.« Frau Trautmann packte ihr Tablet in die Handtasche.

Berthold erhob sich. »Dann wäre jetzt ein Schlückchen Sekt angebracht, oder?«

»Sehr gerne, aber ich bin mit dem Wagen hier, deshalb bitte nicht böse sein, wenn ich tatsächlich nur einen Schluck zum Anstoßen nehme.«

»Geht in Ordnung«, erwiderte Berthold und schob seinen Stuhl zurück, um bei Herrn Otto an der Theke eine Flasche und Gläser zu besorgen.

»Wie wäre es, wenn Sie bei uns übernachten?«, schlug Annemarie spontan vor. »Vielleicht ist die Hochzeitssuite frei. Dann können Sie unser wunderschönes Balkonzimmer einmal selbst testen. Auf Kosten des Hauses, versteht sich. Was auch immer Sie an Kosmetika benötigen, das können wir zur Verfügung stellen. Und sicher findet sich auch ein frisch gewaschenes Nachthemd oder ein Shirt.«

»Die Suite testen?« Frau Trautmann überlegte einen Moment. »Doch, das würde mir gefallen.« Sie checkte ihre Termine, verschob einen am frühen Morgen und sagte zu.

Annemarie telefonierte mit Rose wegen der Belegung. Das Zimmer war tatsächlich verfügbar. »Dann trag bitte Frau Trautmann ein, sie bleibt über Nacht.«

Berthold kam mit vier Sektgläsern zurück, gefolgt von Herrn Otto, der den Sekt stilecht im Eiskühler brachte und gratulieren wollte.

Gerade als sie anstießen, kam Rose angelaufen. »Ich wollte eigentlich nur Frau Trautmann begrüßen und fragen, was sie benötigt und ob ich etwas besorgen kann. Aber ich sehe, hier wird gefeiert.« Ihr Blick fiel auf die Anatorte, und zwei Sekunden später stieß sie einen Freudenschrei aus. »Wie wunderbar! Das wurde aber auch Zeit. Ich rufe Nico an.«

»Und ich besorge noch mehr Gläser.« Herr Otto eilte an den Tresen.

»Sagen Sie bitte Frau Waltraud Bescheid, sie soll mit uns feiern!«, rief Annemarie ihm nach.

Nico hatte Lissi verständigt, die wenige Minuten später erschien – Hand in Hand mit Philip. Sie gratulierte herzlich und entschuldigte sich auch bei Annemarie, sie habe den Termin einfach vergessen. Auch Philip wünschte »Alles Gute«.

»Schon in Ordnung«, winkte Annemarie ab und schmunzelte wissend. Sie konnte deutlich an den geröteten Gesichtern der beiden erkennen, warum Lissi nicht zur Besprechung erschienen war.

An den Vierertisch wurde ein zweiter Tisch geschoben, weitere Stühle wurden herangeholt. Herr Otto öffnete die nächste Flasche. Und Frau Waltraud stellte eine Schale mit Knabberzeug in die Mitte.

Die Unterhaltung drehte sich anfangs um Bertholds romantischen Antrag. Rose bekam feuchte Augen und schniefte. Nico legte den Arm um ihre Schultern und versprach ihr eine süße Überraschung zum nächsten Hochzeitstag.

Lissi fotografierte Bertholds Antrag auf der Anatorte aus allen möglichen Blickwinkeln. »Das lässt sich doch hervorragend vermarkten!«

»Hochromantisch für jeden Süßschnabel, und wenn man knapp bei Kasse ist, kommt es günstiger als ein Diamantring«, ergänzte Philip mit einem Blick auf Lissi.

Frau Trautmann holte ihr Tablet noch einmal hervor, notierte die Idee und bemerkte, wie wundervoll sich das Café für eine Verlobungsfeier eignen würde. »Der Blick aus dem Fenster ist nachts besonders reizvoll, wenn sich die Laternenlichter im See spiegeln. Übrigens, Verlobungspartys sind in meinem Businessplan noch gar nicht aufgeführt.«

»Hörst du, Annemarie? Noch ein Grund, das Café am Abend in eine Bar umzugestalten«, sagte Lissi und löste mit dieser Bemerkung eine Diskussion aus, zu der eine dritte Flasche Sekt in den Eiskübel gestellt wurde.

»Eine Bar als Ergänzung zur Umgestaltung der Pension?« Frau Trautmann wusste noch nichts von Lissis Plänen.

»Nun, es ist noch nicht endgültig, obwohl niemand hier am Tisch dagegen ist«, sagte Annemarie und schaute in die Runde. »Allerdings muss Herbert auch dieser Idee noch zustimmen. Sollten er und Florence aber in Südfrankreich bleiben, wird es ihn vielleicht gar nicht groß interessieren.«

»Muss Herbert überhaupt von der Bar erfahren?« Rose warf diese provokante Frage in die Runde.

»Rose!« Annemarie schnaufte empört. »Herbert gehört die Hälfte des Ladens, das wäre … Wir können ihn doch nicht anlügen!«

»Wir müssen nicht lügen«, merkte Rose gelassen an. »Bei jedem Event war das Café doch bereits eine Bar.«

»Das stimmt«, hakte Frau Trautmann ein. »Es bietet sich einfach an.«

»Vor allem bei Regen«, fügte Lissi hinzu und schaute Philip dabei an.

Annemarie wiegte nachdenklich den Kopf. »Hm … hm … ziemlich raffiniert. Aber es stimmt, dann wäre es keine Lüge. Und mein Bruder gehört ja zu den Menschen, die erst mal dagegen sind, und wenn sie sehen, wie gut es funktioniert, finden sie es prima. Wenn ich an das Drama um die Stehtische erinnere … Zuerst ›nur über seine Leiche‹, dann stand er zufrieden dort, hat Kaffee getrunken und Kuchen verspeist. Okay. Wie stellen wir es am schlausten an?« Annemarie musterte jeden Einzelnen durchdringend.

»Ich scanne den Businessplan ein«, sagte Rose. »Den schicke ich ihm per Mail, dann meldet er sich garantiert. Ich denke, es wird ihm gefallen.«

»Warum auch nicht?«, sagte Nico. »Das Haus und der Betrieb bleiben Eigentum der Familie König, die Konditorei ebenfalls, aber die Einnahmen steigen garantiert. Mein Schwiegervater hat doch kaufmännischen Verstand, er muss da einfach zuschlagen.«

»Sehr guter Plan«, befand Annemarie und schaute Rose fragend an. »Schaffst du das morgen Vormittag?«

»Drei Seiten zu scannen, ist keine Doktorarbeit, das dauert nur Minuten.«

Nico meldete sich zur Unterstützung. Was Rose dankend ablehnte, weil es dann unter Umständen eher länger dauern könnte.

»Gut. Für den Nachmittag setze ich ein Familienmeeting an, bei dem auch Iris mit den Kindern dabei sein kann. Wir skypen mit Herbert, damit er seine Enkelkinder mal wieder sieht. Außerdem verkünde ich ihm, dass Berthold und ich heiraten werden. Falls Herbert störrisch wird, kann Berthold ihn mit ein paar Worten von Mann zu Mann besänftigen. Was meinst du, Liebling?«

»Mach dir nicht so viele Gedanken.« Berthold legte den Arm um Annemaries Schultern und zog sie sanft an sich. »Wie Nico schon gesagt hat, Herbert ist Kaufmann, er wird zustimmen.«

Annemarie ließ sich nur zu gern beruhigen. Strahlend hob sie ihr Glas. »Dann trinken wir auf neue Abenteuer.«

»Dem Glück entgegen!«, ergänzte Lissi und schmiegte sich eng an Philip.

# Epilog

Lissi verteilte blassrosa Marzipanrosen auf der schneeweißen Torte, als ihr Handy piepste. Es war eine Nachricht von Philip: *Wie lange noch? Ich vermisse dich so sehr.* ♥ Sie fotografierte die fertige Torte und schickte sie ihm mit den Worten: *Bin bald bei dir! Nur noch die Backstube aufräumen.*

Sie vermisste ihn auch, in jeder Sekunde, in der sie getrennt waren. Tagsüber, wenn jeder zu tun hatte, wurde die Sehnsucht oft unerträglich, dann halfen nur ein kurzes Treffen und ein leidenschaftlicher Kuss.

Nach dem Missverständnis wegen der Hotelrechnung in München hatten sie sich ausgesprochen und getrennte Kassen vereinbart. Wenn sie an die leidenschaftliche Versöhnung dachte, wurde ihr heiß. Für die Familie waren sie nun offiziell ein Liebespaar, wohlwollend beäugt von Annemarie, die schon auf die nächste Hochzeit hoffte. Doch sie hatte keine Hochzeitstorte gebacken, sondern eine für die heutige Feier zum Neuanfang der Pension Garni als Hochzeitspension.

Der Tag hatte mit der Vermählung von Annemarie und Berthold begonnen. Berthold hatte seiner frischgebackenen Ehefrau zum Trauring auch noch einen Diamantring an den Finger gesteckt, den sie immer wieder verzückt betrachtete. Wer aus alter Gewohnheit jetzt noch *Frau Kö-*

*nig* sagte, wurde freundlichst darauf hingewiesen, dass sie eine verheiratete Frau Müller sei.

Die Feierlichkeiten hatten im Kreise aller Angestellten und mit Freunden und Familie stattgefunden. Nicos Eltern waren aus England und Lissis Eltern aus der Wachau angereist. Und auch Herbert und Florence hatten ihre neue Heimat Frankreich für kurze Zeit verlassen.

Herbert hatte der Umwandlung zur Hochzeitspension schneller zugestimmt als angenommen. Der Businessplan von Frau Trautmann hatte ihn sofort überzeugt, blieben die Eigentumsrechte doch unangetastet. Von den zu erwartenden Einnahmen würde die Familie, er und seine geliebte Florence in Frankreich, sorgenfrei leben können. Ab und zu käme er aber noch zu Besuch, verkündete er.

*Zu Besuch!* Solch eine Bemerkung hätte niemand für möglich gehalten. Er, der letztes Jahr noch gegen ein paar harmlose Stehtische gewesen war, hatte sich in einen umgänglichen Menschen verwandelt. Die Sonne Südfrankreichs hatte ihn nicht nur gebräunt, sondern auch gelassener gemacht.

Die allabendliche Verwandlung des Cafés und der Terrasse zur Bar hatte Herbert besonders begeistert. Philip hatte ihm und Florence einen alkoholfreien Cocktail gemixt, während er von den sonstigen Veränderungen berichtete.

Rose und Nico hatten ein Haus in Exmouth, einem Seebad im Südwesten Englands, erworben. Es lag eine halbe Autostunde entfernt von Nicos Eltern, die in Exeter lebten. Im nächsten Frühjahr wollten sie die Koffer packen und Auerbach verlassen. Bis dahin hatte Rose genügend Zeit, um Philip gründlich in alle Abläufe einzuarbeiten. Abends stand er an der Theke, nachmittags erledigte er die eher trockenen Arbeiten: Bestellungen mit Annemarie koordinieren, Abrechnungen kontrollieren und sich um Zimmerbuchungen kümmern, die im Zusammenhang mit den Events anfielen. Der Posten Housekeeping war gestrichen worden, Reinigungsarbeiten waren nur noch nötig, wenn auswärtige Hochzeitsgäste im Haus logierten. Darum kümmerten sich dann wie gewohnt Antonella und Marcella. Allerdings nicht mehr als fest angestellte Zimmermädchen, sondern als freiberufliche Mitarbeiterinnen. Die Schwestern hatten mit Horst eine Servicefirma für Housekeeping gegründet, die Arbeiten von A bis Z anbot: von A wie Aschenbecher leeren bis Z wie Zuckerdosen auffüllen.

Katinka hatte ihre Ausbildung angefangen und bewohnte eines der kleinen Pensionszimmer mit eigenem Bad. Sollten einmal tatsächlich alle Zimmer für auswärtige Gäste benötigt werden, würde sie für ein, zwei Tage ins Dachgeschoss umsiedeln. Damit war sogar Katinkas besorgte Mutter einverstanden.

Für die Events war im Garten dauerhaft ein Zelt aufgestellt und die Gartenarbeiten an eine Firma vergeben worden.

Auch bei Iris und Fritz gab es Neuigkeiten: Im Sommer würden sie wieder Eltern werden.

Philip hatte die Wohnung in Konstanz aufgegeben und war zu ihr ins Dachgeschoss gezogen. Wenn sie abends gemeinsam auf dem Bett saßen und in Backbüchern blätterten oder sich Rezepte ausdachten, wusste sie, dass sie ihren Traummann gefunden hatte, mit dem sie ihr ganzes Leben verbringen wollte.

Auf den ersten Blick hatten sich so ziemlich alle Träume erfüllt. Aber Annemarie träumte manchmal noch von Konditoreifilialen. Sie selbst von ihrem ersten eigenen Backbuch. Und Philip kreierte fleißig Cocktailrezepte, die sich auch für ein Buch eigneten.

## Sachertorte (Rezept aus dem roten Rezeptbuch)

**Zutaten**
180 g Butter
125 g Zucker
6 Eier Größe M
60 g geschälte, geriebene Mandeln
70 g Mehl
125 g geriebene dunkle Schokolade
1 P. Vanillezucker mit echter Vanille
5–7 EL Aprikosenmarmelade

**Für den Guss:**
125 ml Wasser
300 g Kristallzucker
250 g dunkle Kuvertüre

1. Zuerst das Backrohr auf 180 °C Ober- und Unterhitze vorheizen. Biskuit niemals in den kalten Backofen schieben, er würde sonst zusammenfallen.
2. Schokolade im Wasserbad schmelzen. Zur Seite stellen.
3. Eier trennen, Eiklar zu Schnee schlagen, Zucker während des Aufschlagens einrieseln lassen.

4. Das gesiebte Mehl mit Mandeln und Backpulver vermischen.

5. Die weiche Butter schaumig rühren, die geschmolzene Schokolade unterrühren, Staubzucker, Vanillezucker, Salz und Eidotter einrühren, bis eine cremige Masse entsteht. Zuletzt Eischnee, Mehl und Backpulver unterheben.

6. Eine Springform (Durchmesser 26 cm) mit Butter befetten und mit Mehl ausstäuben. Die Schokoladenmasse einfüllen. Die Torte ca. 20 Minuten bei 180 °C backen, dann die Temperatur auf 160 °C reduzieren und 30–40 Minuten weiterbacken. Stäbchenprobe machen.

7. Nach dem Backen etwa 10 Minuten in der Form auskühlen lassen, anschließend aus der Form lösen (die Seiten vorsichtig mit einem Messer lockern) und auskühlen lassen. Dann die Torte auf einem mit Backpapier belegten Kuchengitter umgedreht auflegen. Dadurch erhält man eine glatte Tortenoberfläche. Nach dem vollkommenen Erkalten einmal quer durchschneiden, um zwei Böden zu erhalten.

8. Marmelade in einem Topf erwärmen (so lässt sie sich leichter verstreichen) und die Torte jeweils an der Oberseite und an den Rändern damit bestreichen. Torte auf eine erhöhte Unterlage befördern, die sich evtl. anheben lässt. Das ist hilfreich, um die Glasur gleichmäßig zu verteilen.

**Für die Glasur** das Wasser mit Zucker bei starker Hitze ca. 5 Minuten kochen, ab und zu umrühren und abkühlen lassen. Schokolade im Wasserbad weich werden lassen (muss nicht komplett schmelzen), dann mit dem warmen Zuckerwasser nach und nach verrühren – am besten mit einem Schneebesen. Die Glasur vor dem Auftragen noch weiter abkühlen lassen, dabei immer wieder umrühren. Der Guss muss sehr dickflüssig sein. Danach die Torte von der Mitte aus begießen. Mit einer Winkelpalette glatt streichen, auch die Seiten. Dabei ist zügiges Arbeiten gefragt. Der Guss kann auch durch Anheben der Unterlage verteilt werden. Die Glasur muss mindestes zwei Stunden aushärten.

Im Hotel Sacher wird die Torte mit ungesüßtem Schlagobers serviert.